Target Love

LAURA GARDÉNIA

TARGET LOVE

ROMAN

HARPERCOLLINS FRANCE
83-85, boulevard Vincent-Auriol, 75646 PARIS CEDEX 13.

www.harlequin.fr

ISBN 978-2-2804-8261-5 — ISSN 2271-0256

Si t'écoutes les personnes qui dorment, les rêves n'arrivent jamais.

Casseurs Flowters

À tous ceux à qui on a dit que leurs rêves n'étaient pas réalisables, qu'ils n'étaient pas assez grands pour les atteindre. Ne cessez jamais d'écouter votre cœur, il est votre meilleur guide. Personne ne vous connaîtra aussi bien que vous-même et personne ne peut vous dicter ce qui est le mieux pour vous. Croyez en vous, car on ne le fera pas à votre place.

Prologue

Violette

La loi du talion est un concept vieux comme le monde. Depuis l'apparition des hommes, la vengeance fait partie intégrante de leur existence. Cette soif intarissable de réclamer justice pour un méfait peut toucher n'importe qui, même le plus innocent des êtres, du moment qu'il a une bonne raison.

Dieu lui-même a cautionné ce principe en punissant Ève lorsqu'elle a croqué dans une pomme aussi attrayante que celle dans *Blanche-Neige*.

Pauvre Ève, elle a trinqué la première, mais si vous voulez mon avis, ce n'était qu'une question de temps avant qu'Adam ne le fasse à sa place. Depuis, les hommes ont été mis sur un piédestal. Il est plus que nécessaire d'en finir avec cette croyance archaïque que les femmes sont à la racine du malheur sur cette Terre.

L'heure est venue qu'on reprenne le pouvoir.

L'heure est venue qu'hommes et femmes soient sur un pied d'égalité.

L'heure est venue d'écraser celui qui m'a tant fait souffrir.

Mon Adam à moi est d'un genre différent du sien. Un pur produit de la modernité. Magnat de la finance à la tête d'un empire, riche à millions, et dont l'ambition est d'avoir un compte en banque aussi fourni que celui d'Elon Musk.

Mon Adam à moi porte des costumes à 3 000 dollars. À croire que même pour le diable, on peut faire du sur-mesure.

Mon Adam à moi se nomme John Hamilton et il m'a tout pris.

Aujourd'hui a sonné l'heure de ma revanche, celle que je prépare depuis longtemps et qui va les mettre à genoux, lui et ses fantasmes de grandeur.

Avant la fin de cette année, John Hamilton aura perdu ce qu'il considère comme les deux joyaux les plus précieux de son empire : son unique héritier, Dean Hamilton, et sa fortune.

Chapitre 1

Violette

La musique de la discothèque Dream résonne dans les caissons de basse. La foule se déhanche sur la piste de danse en braillant les paroles du dernier tube à la mode. Il doit bien faire 40 °C, mais la chaleur de l'été ne les dissuade pas de bouger comme s'il n'y avait pas de lendemain. Ce genre d'endroits bondés de monde m'insupporte, mais je n'ai pas le choix si je veux approcher ma proie. Dean Hamilton est un adepte des soirées alcoolisées et bruyantes, c'est ma chance d'établir le contact. Enfin. Il est plus de minuit, et ma victime ne tardera pas à arriver.

Cela fait plusieurs mois que j'étudie avec minutie cet énergumène. La semaine, il travaille d'arrache-pied comme vice-président de Hamilton's Jewelry, l'entreprise de joaillerie de son père. Et quand l'heure du week-end a sonné, ce fils à papa de trente ans relâche la pression de la manière la plus primaire qui soit. « Drague, sexe et alcool » est le mantra auquel Dean Hamilton donne vie tous les vendredis soir. Aujourd'hui ne fera pas exception.

Assise au bar, je sirote un cosmopolitan et balaye du regard la petite discothèque. On est loin des grandes boîtes de nuit de New York. Ici, tout est *too much* : des murs dorés aux canapés de même couleur, dont les accoudoirs sont incrustés de pierres précieuses. La majorité des clients sont des bourges qui passent quelques jours de repos dans les Hamptons.

Qu'est-ce que tu fous là, Violette ?

Fille de prolétaire, je ne suis pas à mon aise ici. Ma place est dans le quartier le plus pauvre de Brooklyn, Brownsville. Mais ce soir, personne ne pourrait deviner mon secret. Je ne suis pas l'une des leurs, mais tel un agent infiltré, je m'intègre à la perfection parmi la population dorée. Car j'en respecte tous les codes : robe bustier rouge Prada, escarpins Louboutin, rivière de diamants au cou, sac à main Chanel.

J'irradie le luxe.

J'irradie la fille facile.

J'irradie tout ce qui me répugne le plus.

Ma vengeance est l'unique chose qui me donne assez de force pour passer outre tout ce qui me fait horreur. Qui me pousse à travestir ce que je suis pour devenir cette infâme poupée d'abondance, accro à la richesse, n'acceptant que ce que cette Terre peut offrir de plus luxuriant.

Et ce soir, je suis le type de Dean Hamilton : brune aux longues jambes dont la crinière arrive presque en bas du dos.

Je sors le petit miroir de ma pochette bandoulière et vérifie le maquillage charbonneux sur mes yeux. Après avoir regardé une bonne trentaine de fois un tuto sur YouTube, m'être planté dans l'œil l'eye-liner, parce que ça me chatouillait de trop, j'ai réussi à obtenir ce rendu outrageusement aguicheur.

Sans parler du fond de teint, de l'highlighter, de la poudre colorée, du blush… J'ai l'impression d'avoir mis plus de coups de pinceau sur ma figure que Claude Monet sur ses tableaux. Une vraie peinture à l'huile. Mes traits manquent d'authenticité, mais ils dissimulent le visage de la vengeance. Celui que John Hamilton ne verra pas venir. Ce châtiment est mérité, car il m'a volé une partie de mon essence.

C'est ce que je me répète en boucle, depuis des années, pour alimenter ma détermination et me donner la force d'aller au bout de ma vendetta.

J'applique de nouveau un trait de gloss couleur grenat sur mes lèvres pulpeuses et enlève du bout des doigts un excédent de mascara sur mes cils. Je jette un coup d'œil à l'entrée de la discothèque et c'est alors que je le vois.

Dean Hamilton.

Le fils du chouchou de l'Amérique passe les portes du Dream. Le prince retourne dans son royaume, où ses sujets l'admirent presque comme un dieu. La quasi-totalité des regards est posée sur lui alors qu'il descend les marches qui mènent au bar, en compagnie de ses collègues de travail et amis. D'habitude, il ne vient qu'avec l'un d'entre eux, Noah Hudson. Ils s'éclatent tous les week-ends, dépensant plus que de raison. Mais cette fois-ci, l'autre membre de leur trio est de la partie : Ethan Young. C'est une première. J'ai la vague impression qu'il n'est pas là de son plein gré, vu sa mine renfrognée.

Dean n'a qu'un signe de la tête à faire au serveur et l'employé sait quelle est sa tâche à accomplir pendant que lui et ses acolytes prennent place à leur table traditionnelle. Celle située juste en face de la piste de danse.

Je range mon miroir, reprends mon cocktail en main et répète mentalement la première partie de mon plan : capturer Dean Hamilton dans mes filets, lui résister en jouant avec sa frustration et lui faire croire que c'était son idée de me demander mon numéro pour me revoir. Devenir une conquête de plus sur sa liste n'est pas envisageable, j'ai besoin que son intérêt pour moi perdure le temps afin d'accomplir ma vengeance.

Ma tâche ne sera pas facile, car la plupart des filles présentes ici désirent attirer son attention. Chacune espère se faire passer la bague au doigt et profiter ainsi d'une vie à se la couler douce dans un manoir qui pourrait loger la moitié des sans-abris de New York.

Mais j'ai une chose qui me différencie d'elles : la rage et ma soif de justice circulent dans mes veines.

Je termine d'un trait mon cocktail et fais signe de la tête au barman de m'en servir un second. Ce serait mentir de prétendre que je ne suis pas angoissée, et l'alcool calme mes nerfs. Cela fait cinq ans que je prévois ce plan et, à présent, il est temps de passer à la pratique. Je caresse de l'index le tatouage dans le creux de mon poignet : un rose noire entourée par sa tige sur laquelle sont insérées cinq épines. Elles représentent mon attente, ma patience et la détermination qui m'anime. Je me suis payé ce petit bijou il y a quelques mois pour ne jamais oublier pourquoi je faisais tout ça. J'ai la vengeance jusque dans la peau.

Le barman remplace mon verre par un nouveau, et lorsque je sors mon portefeuille de mon sac, il me dit :

— Offert par la maison.

Le serveur, avec son teint hâlé et ses cheveux courts aussi noirs que les miens, m'adresse un clin d'œil. Il est très beau, c'est indéniable. Je m'apprête à répliquer quand quelque chose frôle mon épaule. Je tourne la tête et rencontre deux iris émeraude. Et pas n'importe lesquels, ceux de Dean Hamilton. Mon souffle se bloque une demi-seconde, et ma bouche s'entrouvre. De près, ce foutu gosse de riche est encore plus sublime qu'on le dit. Sa réputation de dieu grec aux traits anguleux est amplement justifiée. Sa mâchoire carrée et sa barbe de trois jours sont particulièrement attrayantes.

Dean rabat sa tignasse blonde en arrière et dévisage mon corps de ses yeux avides de chair fraîche. Les muscles de ses bras tendent sa chemise blanche et attirent mon regard plus longtemps que nécessaire. Je me mets une gifle mentale pour me sortir de ma léthargie et saisir l'opportunité qui m'est offerte. C'est encore mieux que mon plan initial : il est venu à moi, comme un grand garçon.

— Une bouteille de vodka, de rhum pastèque et une de champagne, Hugh, demande-t-il au serveur sans me lâcher des yeux.

Et le « s'il te plaît », il est en option ?

Foutu riche.

Le dénommé Hugh hoche la tête et s'affaire pour se plier aux quatre volontés de son client. Dean et ses acolytes ont déjà une montagne de bouteilles sur leurs tables, mais la démesure est son credo. Je retourne à mon cocktail, ignorant le don Juan à mes côtés. La seconde d'après, les pieds d'un tabouret grincent.

Sa majesté des dragueurs n'apprécie visiblement pas ce manque d'attention, car, depuis trois mois que je l'observe, jamais il ne s'est encore assis au bar. À croire que les tabourets ne sont pas dignes de son cul prestigieux.

Il se racle la gorge, mais je feins de ne pas l'avoir entendu. Dean augmente donc le volume et cette fois-ci, je me tourne vers lui. Il pose les yeux sur mes jambes croisées, presque entièrement dévoilées à cause de ma robe courte. Son regard louche vers mon décolleté pigeonnant, et je sais que j'ai remporté la première manche : attirer son attention.

— Je peux vous offrir un verre ?

Il daigne enfin revenir vers mon visage et arrête de me reluquer.

Tu me fais trop d'honneur, connard.

La suffisance inonde sa figure. Son rictus à la noix et ses dents blanches me donnent envie de lui administrer une gifle. Je n'ai encore rien répondu qu'il lève un doigt à l'attention du serveur.

— J'ai déjà un verre, répliqué-je, laconique.

Je bois une gorgée de mon cosmopolitan et vois du coin de l'œil Dean sourire de plus belle. L'une de ses canines est un peu plus pointue que ses autres dents, tout comme l'acteur britannique Henry Cavill. Et je dois l'admettre, ça ne l'en rend que plus sexy.

Une partie de moi comprend les femmes qui veulent le mettre dans leur lit. S'il n'était pas la progéniture d'un démon doublé d'un *serial* baiseur, je pourrais peut-être envisager la chose.

— Qui que soit mon rival, oublie-le, ma jolie. J'ai les moyens de t'offrir une soirée dont tu te souviendras toute ta vie.

— Et laisse-moi deviner… Ensuite tu m'emmèneras dans ta tour d'ivoire pour me faire goûter aux plaisirs de la chair ? Pour me baiser comme jamais on ne l'a fait avant ? demandé-je en arquant un sourcil.

L'une des paupières de Dean tressaute, et l'espace d'un instant, la surprise anime son visage.

— Tes mots, pas les miens, ma jolie, rit-il en replaçant l'une de mes mèches de cheveux avec le reste de ma crinière.

— Alors ce second verre ? Je t'en paye un autre ? s'enquiert Hugh.

Dean et moi nous tournons vers le barman. Le coup d'œil interloqué de Dean ne m'échappe pas.

Eh ouais, connard, ton concurrent est un homme qui gagne un centième de ton salaire, ça t'en bouche un coin ?

— Une prochaine fois peut-être, je vais danser.

Hugh sort quelque chose de la poche arrière de son jean et me le tend. C'est une carte avec son prénom et son numéro de téléphone. J'offre un sourire radieux au serveur en la rangeant dans ma pochette bandoulière. Puis, sous le regard médusé de Dean, je m'avance vers la piste de danse.

Chapitre 2

Dean

Assis dans notre canapé habituel du Dream, j'enchaîne mon quatrième shot de vodka avec mes deux meilleurs amis, Ethan et Noah, après m'être pris le râteau du siècle. Cette semaine a été décisive pour Hamilton's Jewelry, et nous nous reposons enfin après avoir bossé plus de soixante-dix heures en l'espace de cinq jours. Depuis aujourd'hui, les magasins de la famille s'étendent sur trente États américains, et la filiale entend conquérir les vingt restants d'ici quelques années.

L'ambition de mon père, John Hamilton, n'a aucune limite. Initialement, il a ouvert cinq boutiques à New York et domine à présent le marché américain du bijou. Moi, son bras droit, je l'assiste au quotidien dans son désir de mainmise sur tout le pays.

John Hamilton ne fait confiance qu'à un cercle restreint de personnes, parmi lesquelles je figure, ainsi que mes deux amis, avec qui je célèbre ce soir la victoire pour laquelle nous avons travaillé dur une année entière.

— Putain, on l'a fait, les gars ! braille Noah en nous resservant une cinquième tournée.

Il loupe les verres et renverse une partie du rhum pastèque sur la table. Son regard vert est vitreux derrière ses lunettes rondes, et ses bouclettes rousses semblent pleines de sueur. Il est complètement cuit.

— Ça fait moins d'une heure qu'on est ici, et tu es déjà bourré. Laisse, je m'en occupe, râle Ethan en lui arrachant la bouteille.

Ce dernier lève ses yeux bleus en l'air en constatant qu'elle est toute collante. Il faut dire qu'il ne nous accompagne jamais en boîte, il est plutôt du genre solitaire. À de rares occasions, il participe à quelques soirées chez moi, mais Ethan n'a pas du tout la même vision de l'amusement que nous. Les beuveries et les aventures d'une nuit, très peu pour lui. Je ne sais pas comment Noah a réussi l'exploit de le convaincre de se joindre à nous. Tandis qu'il remplit les shooters, Noah se penche vers lui et ébouriffe son chignon haut.

— Mais qu'est-ce que tu fous ? s'exclame Ethan en chassant la main de notre ami.

Je souris en les écoutant se chamailler. Parfois, on dirait de vrais gosses, il n'y en a pas un pour relever l'autre.

— Lâche-toi un peu, mec ! Tu as travaillé aussi dur que nous, tu mérites bien une récompense, affirme Noah.

Il desserre sa cravate et ouvre les premiers boutons de sa chemise blanche.

— Je picole, ce n'est pas suffisant ?

— Je ne faisais pas allusion à l'alcool. Je te parle d'une fille.

— D'une fille ?

— Je crois que tu as besoin de tirer un coup. Je m'inquiète pour ta santé mentale, assure Noah avec un air faussement sérieux en faisant un signe de croix.

Je me retiens de rire. Noah est sans conteste le petit marrant de notre groupe et c'est d'ailleurs ce qui séduit les femmes. Quant à Ethan, il s'enfonce dans son siège après avoir descendu cul sec son rhum pastèque. Il se passe la main dans sa barbe bien fournie et réajuste son chignon que Noah a décoiffé. Puis, il balaye des yeux la piste de danse avant de reporter son regard sur nous.

— Ça ne m'intéresse pas et ça ne servirait pas à grand-chose, affirme-t-il en reprenant à boire.

Il n'aurait qu'à lever le petit doigt pour séduire l'une des femmes présentes ici, j'en suis certain. Son aura de brun ténébreux a tendance à les fasciner. Sans parler de son air renfermé et de son look hipster : jean troué, chemise à carreaux nouée à la taille, T-shirt sombre, long collier de perles noires et anneaux aux oreilles.

— Oh que si ! Ça t'enlèvera peut-être le gros balai que tu as dans le cul ! Tu fais tout le temps la tronche en ce moment.

Ethan lui répond par un sourire, doublé d'un charmant doigt d'honneur, ce qui ne fait qu'augmenter l'hilarité de Noah.

— Bon, on trinque les gars ? proposé-je pour mettre fin au débat stérile.

Nos verres s'entrechoquent, et je laisse la brûlure de l'alcool se répandre dans mon organisme. Un peu étourdi par ma consommation excessive, je m'avachis dans l'assise confortable du canapé en soufflant.

Quand est-ce que tout ça est devenu ma vie ?

Chaque semaine, la même routine se répète : job non épanouissant et bringue le week-end. Je n'ai pas à me plaindre : j'ai trente ans, je suis plein aux as, j'ai une demeure des plus somptueuses, les femmes se bousculent au portillon pour atterrir dans mon pieu. Je suis le modèle parfait de la réussite, l'homme dont la vie est jalousée par beaucoup d'autres qui se sont mariés trop tôt et qui regrettent de ne pas avoir suffisamment profité des plaisirs qu'apporte la jeunesse.

Sauf que depuis quelque temps, cette routine bien ficelée commence à me lasser. Je possède assez d'argent pour arrêter de bosser, je peux épouser n'importe quelle femme des Hamptons, elle signera même si je deviens borgne. Mon existence est d'une facilité affligeante alors que bon nombre l'envient sûrement.

Mais où est le plaisir là-dedans ? Où est le challenge ?

Ethan s'éclipse, et j'attrape une coupe de champagne.

— Tu as repéré une fille qui te plaît ?

Noah hurle dans mes oreilles pour couvrir le son de la musique.

Bordel, mon tympan doit être en train de saigner.

— Tu devrais peut-être ralentir sur la picole, conseillé-je en lui prenant des mains sa bière pour la remplacer par de l'eau.

— De la flotte ?

— Tu me remercieras plus tard, quand tu arriveras à lever popol avec la fille que tu vas ramener. Chose qui ne se produira pas si tu continues à t'enfiler de l'alcool comme si c'était du p'tit-lait.

— Mate un peu cette déesse ! hurle Noah, le regard perdu vers la piste de danse.

Les néons du club agressent mes rétines. Mon pote me montre quelqu'un du doigt. C'est elle. La fille du bar. Celle qui a un visage qui mettrait à genoux bon nombre d'hommes. Je ne me lasse pas de contempler ses traits harmonieux, ses joues légèrement creusées, son nez droit délicat et ses yeux ambrés flamboyants.

J'ai été surpris qu'elle refuse de se faire payer un verre, je le reconnais, mais sûrement pas comme elle le croit. Au même titre que tous les autres, elle se fie à l'image que tout le monde voit : un petit con pété de tunes qui n'admet pas qu'on le rejette pour un serveur. Sauf qu'elle ne pourrait pas se tromper davantage. Je considère qu'il n'y a pas de sot métier, et Hugh est un ami. Il est parti de rien et a réalisé l'un de ses rêves. Il ne le doit qu'à lui, la richesse ne l'a pas aidée et il a toute mon admiration pour ça. Et pour une fois qu'il a la fille, et l'occasion de me battre à plate couture, il a saisi l'opportunité d'agiter sa victoire sous mon nez. Car dans les Hamptons, si votre portefeuille n'est pas rempli de plusieurs millions, vous n'êtes pas considéré comme un bon parti par la gent féminine.

Je souris en repensant à l'air fier de Hugh, alors que j'observe la brune sur la piste, moulée dans sa robe rouge. Ses bras, au-dessus de sa tête, décrivent des mouvements lents tandis qu'elle se lance dans une ondulation des hanches qui m'hypnotise. Son corps voluptueux remue à la perfection sur le rythme sensuel de *Lips on You* de Maroon 5. Noah la bouffe littéralement des yeux, et j'éprouve une pointe de… jalousie ?

Alors que je m'apprête à clamer à Noah qu'elle est à moi, je n'ai nul besoin de le faire, car cette dernière se retourne et m'accorde toute son attention. Son regard ambré accroche le mien, et elle continue sa danse de la séduction. Je n'ai aucun doute là-dessus, il s'agit bien de ça. Chacun de ses gestes est calculé, jusqu'à son petit sourire insolent qui ne me laisse pas indifférent.

Elle sait y faire, et pour la première fois depuis longtemps, je suis intrigué. Intrigué de découvrir où ce jeu va nous mener. À présent, je ne vois plus qu'elle.

À l'étroit dans mon caleçon, je me redresse et pose mes coudes sur mes genoux pour mieux me concentrer sur cette déesse en dégustant un verre de champagne. Je me perds dans la contemplation de son corps pulpeux qui ondule pour moi. Elle est audacieuse et aguichante, mais j'ai la nette impression qu'une dualité navigue dans ses iris. Comme au bar tout à l'heure, où elle m'a fait les yeux doux pour la seconde d'après me repousser.

Qui est cette fille ?

Je ne sais pas si tout ça fait partie d'un stratagème, mais quoi qu'il en soit, elle m'a séduit, et une évidence s'impose à moi : je ne repartirai pas sans elle ce soir. J'ai une envie furieuse de goûter sa bouche pleine et de la sentir bouger des hanches contre mon sexe.

Rien qu'à cette pensée le principal concerné se met à durcir. Et ça ne s'arrange pas quand elle aspire sa lèvre inférieure entre ses dents.

C'est presque imperceptible. En a-t-elle conscience ?

— La vache, elle ne fait pas semblant, elle ! beugle Noah, dont le regard s'égare sur les courbes de *ma* déesse.

Je n'ai pas une minute à perdre. L'envie que je lis dans les yeux de mon pote, je la discerne aussi dans ceux de plusieurs mâles qui dansent près d'elle. En vérité, si elle n'avait pas son attention fixée sur moi, je sais que plusieurs auraient déjà lancé l'attaque. Et il est hors de question que je les laisse faire.

Ce soir, elle sera mienne. Je refuse de l'abandonner à un autre, pas avant d'avoir découvert le mystère qui l'entoure.

Je finis d'un trait ma coupe de champagne et me lève pour aller la rejoindre. Lorsque je ne suis qu'à quelques mètres d'elle, sa bouche s'incurve en un sourire.

— Enchanté, Dean Hamilton, me présenté-je en lui tendant la main.

Elle la serre puis se retourne. Je lui demanderai son prénom plus tard, j'ai autre chose en tête pour le moment. Ma jolie danseuse ne tressaille même pas quand j'agrippe sa taille. Car c'est exactement ce qu'elle désire, le but de cette danse endiablée qui m'a rendu dingue. Des notes subtiles et sucrées de fleur d'oranger et de pomme chatouillent mes narines tandis qu'elle se colle à moi.

Bordel, rien qu'à son parfum, je suis accro.

Mais je veux voir son visage, pas son dos. La musique change pour le remix de *I Took a Pill in Ibiza* de Mike Posner, et je la fais virevolter vers moi. Mes mains trouvent le chemin vers ses reins, et elle noue ses bras autour de ma nuque. Je continue sur le même rythme que celui qu'elle a initié tout à l'heure. Sensuel. Ma déesse aux cheveux ébène soutient mon regard sans ciller, un demi-sourire fendant son visage tandis que je mène la danse.

Elle est vraiment belle.

Et je suis convaincu que sans son maquillage charbonneux, elle l'est tout autant. Ce qui me captive le plus, ce sont ses iris couleur whisky qui me fixent. Il y a une infime trace de désir à l'intérieur, mais aussi autre chose que je n'arrive pas à identifier. Elle a tous les atouts que j'apprécie chez une femme, mais je suis certain qu'elle n'a rien à voir avec celles que je drague habituellement. Son comportement ne colle pas avec son visage… presque angélique.

Pourquoi ? Je n'en sais rien, mais c'est cette différence qui m'attire vers elle. J'ai envie de me consumer dans le feu ambré de ses yeux, d'expérimenter quelque chose de nouveau et de faire tomber le voile qui gravite autour de cette femme.

Je resserre ma prise autour de sa taille et, de la main, j'envoie valser sa chevelure vers l'arrière. Mes pupilles ne lâchent pas les siennes alors que mon index trace une ligne invisible entre ses clavicules. Ses lèvres s'agitent légèrement et du rose parsème ses joues.

Je sens mon membre s'épaissir dans mon pantalon de costume. Les yeux de la belle brune s'écarquillent l'espace d'une seconde. Étrange pour quelqu'un qui vient de se livrer à une danse érotique des plus provocantes. Ça ne fait qu'appuyer mon hypothèse initiale : ma déesse n'est pas une femme comme les autres.

Mais que veut-elle ?

Elle s'est recomposé une mine de circonstance, il n'y a plus aucune trace de la courte gêne qu'elle a éprouvée. Si bien que j'ai l'impression d'avoir rêvé. J'ai envie d'écraser ma bouche contre la sienne, de la ramener chez moi pour lui faire l'amour toute la nuit, mais je n'arrive pas à m'y résoudre.

Bordel, mais qu'est-ce qui cloche chez toi, Hamilton ? C'est ton domaine ça ! Séduire, baiser et se quitter bons amis.

Ma déesse se retourne, et je ne peux pas m'empêcher de penser que c'est pour me fuir. Ou fuir ce qu'elle ressent. Mes mains sont sur ses hanches, et elle pose les siennes dessus pour m'imposer sa cadence. Elle reprend sa danse sexy, ce qui fait grandir mon érection déjà bien conséquente.

Au bout de quatre chansons, elle me lance un regard par-dessus son épaule, et je suis tenté de capturer sa bouche alors qu'elle dévore la mienne des yeux. J'enroule les doigts autour de sa gorge pour la forcer à tourner la tête. Je sens son pouls qui bat à un rythme inquiétant. Nous sommes si proches que nos souffles se mélangent. L'odeur de la cranberry du cosmopolitan qu'elle a bu avant chatouille mes narines.

Ça serait plus facile si elle faisait le premier pas, si elle me donnait une excuse pour l'embarquer jusque chez moi et la faire grimper au rideau. Mais une partie de moi ne veut pas qu'elle agisse comme les autres, elle souhaite qu'elle fasse durer le mystère et que la nouveauté persiste.

— Tu ne m'embrasses pas ? murmure-t-elle à quelques centimètres de mes lèvres.

— Tu n'avais pas l'air d'en avoir envie au bar…

Elle émet un petit rire et se retourne aussitôt. De nouveau, ses yeux s'arrondissent un court instant. Ensuite, comme si de rien n'était, elle se hisse sur la pointe des pieds et fonce sur ma bouche. Mais, au dernier moment, elle dévie de sa trajectoire pour poser un baiser sur ma joue.

— Au revoir, Dean Hamilton, susurre-t-elle à mon oreille d'une voix suave.

Elle fuit presque au galop et me plante pour la seconde fois de la soirée. Hébété, je la regarde franchir les portes du Dream en songeant que je ne connais même pas son prénom.

Bordel, mais qui est cette fille ?

Chapitre 3

Violette

Mais qu'est-ce que j'ai fichu ?

C'est la question que je me pose en boucle alors que je shoote du pied dans le sable de la plage. Mes escarpins à la main, je me maudis intérieurement. Ce soir, j'ai réussi à attirer l'attention de Dean Hamilton. Et la suite logique aurait pu s'enclencher si je n'avais pas fui. Mais je ne lui ai même pas volé un baiser. Au mieux, j'ai fichu le bordel dans sa caboche à l'allumer dans un premier temps et en me dégonflant dans un second.

Après cinq ans de sacrifices financiers pour économiser suffisamment pour intégrer le monde richissime des Hamilton, après cinq ans à mûrir ma vengeance, j'ai tout fait capoter parce que… Dean m'a prise au dépourvu.

Foutu Hamilton.

Après le petit show que je lui ai offert, je pensais qu'il essayerait de me mettre rapidement dans son lit. La bosse proéminente de son pantalon en était la preuve. Mais Dean s'est contenté de danser avec moi. Son corps massif et brûlant collé au mien. Pendant plusieurs chansons. En me dévorant des yeux. Et ça, ça a fichu en l'air mon plan de le faire languir, de le pousser à me demander mon numéro pour ensuite me barrer.

D'après ce que j'avais pu observer durant les soirées que j'ai passées au Dream, Dean Hamilton est du genre à baisser son caleçon plus vite que son ombre. Aucune jupe qui l'intéresse ne lui résiste. Sauf qu'aujourd'hui, sa réputation sulfureuse n'a pas été au rendez-vous. Ça m'a perturbée. Et ça, je suis certaine qu'il s'en est aperçu. J'ai donc préféré m'enfuir, de peur de perdre toute constance. Il fallait qu'il voie en moi une femme sûre d'elle, une femme comme il a l'habitude d'en fréquenter. La prochaine fois, je prendrai les devants et ne me laisserai pas duper par sa belle gueule.

Après quelques minutes de marche supplémentaires, j'arrive enfin à la maison que je loue avec ma meilleure amie, Lana Sham. Elle est le long de la plage de Little Plains à Southampton. Idéalement placée, parce qu'elle se situe à quelques centaines de mètres du manoir de Dean Hamilton, et face à l'océan. Pour moi, la nage est un exutoire, le seul moyen que j'ai trouvé pour me détendre. Et je sens que je vais en avoir grandement besoin pour mener à bien cette mission.

Je monte les marches du perron en bois tandis que la brise marine caresse ma peau et m'offre un peu de fraîcheur. Ce n'est pas trop tôt, je n'en peux plus de cette chaleur caniculaire : mon corps est comprimé et étouffe à cause du tissu trop moulant de ma robe. L'éclairage extérieur illumine la façade bleu clair de la bâtisse, ce qui m'indique que Lana ne dort toujours pas, elle est sûrement trop impatiente d'avoir le compte rendu de ma soirée.

Ma théorie se confirme quand je franchis la porte d'entrée : mon amie est avachie sur le canapé, dans une combinaison de panda, un saladier de pop-corn entre les mains, ses yeux gris hypnotisés par l'écran de télévision. J'envoie valser mes chaussures par terre et reconnais le générique de la série qu'on regarde en ce moment : *Outlander.* Elle est si absorbée par la vision du héros, Jamie Fraser, torse nu qu'elle ne m'entend même pas.

— Tu n'étais pas censée m'attendre pour la suite ?

Lana pousse un petit cri et sursaute. La poignée de pop-corn dans sa main vole dans les airs, et une partie atterrit dans ses cheveux frisés. Si j'ai des origines françaises du côté de ma mère, Lana est mauricienne. Elle est un parfait mélange entre ses parents : sa chevelure châtaine lui vient de sa mère et ses yeux gris clair de son père.

— Merde, Violette ! Ça ne va pas de me faire si peur ? !

— Eh ! C'est toi qui mates les abdos de Jamie Fraser sans moi ? Comment oses-tu me faire ça, *Sassenach* ?

Ce mot gaélique est utilisé par les Écossais pour désigner les Anglais et c'est celui dont Jamie se sert pour parler de la femme dont il est amoureux, Claire, qui est britannique.

— T'es bête, rit mon amie en secouant ses cheveux pour enlever les grains de maïs soufflés. Ben, j'ai fini de lire mon livre… Et une chose en entraînant une autre, sa belle gueule m'a attirée, le bouton de la télé s'est presque pressé tout seul…

— Hum, oui, et toi, tu es faible…

— Coupable, votre honneur ! Enfin, qui résisterait à son minois de petit chien battu ? C'était cruel de ta part de me demander de t'attendre quand on y pense…

— Bien sûr, bien sûr, ironisé-je avec un demi-sourire.

Lana jette un coup d'œil à l'horloge accrochée au-dessus de la porte d'entrée qui indique 2 heures du matin. Elle éteint l'écran et tapote de la main le sofa pour que je vienne m'asseoir à ses côtés.

— Je vais d'abord me changer, j'en peux plus de ce truc, dis-je en désignant avec une grimace ma robe.

Je monte deux à deux les marches de l'escalier qui mène en haut. Cette maison est assez petite par rapport aux autres demeures de riches des Hamptons, bien qu'elle fasse six fois la taille de notre ancien minuscule appartement avec Lana. On y trouve un rez-de-chaussée qui regroupe cuisine et salon en une seule pièce et un étage avec deux chambres et une salle de bains. De mon point de vue, c'est bien assez grand comme ça, surtout si je veux pouvoir assumer les autres postes de dépense qu'engendre ma vendetta. Ça m'écœure de débourser autant d'argent en fringues, maquillage, chaussures, mais si c'est le prix à payer pour enterrer ma Némésis, je suis prête à allonger les dollars.

Je file dans la salle de bains et enlève les trente couches de produits que j'ai sur le visage. Face au miroir, je touche de l'index les petites taches de rousseur qui ont refait leur apparition. Je suis enfin moi. Ensuite, je prends une douche froide en quatrième vitesse et enfile mon pyjama blanc avec des corgis dessus. Il est d'une élégance plus que discutable, mais j'adore leur bouille. Lana me l'a offert il y a des années à un Noël. Lorsque le refuge dans lequel elle fait du bénévolat en a mis en vente pour financer l'achat de nouveaux paniers pour les chiens, elle s'en est procuré une bonne dizaine.

Ma meilleure amie est une fervente défenseuse de la cause animale : elle n'hésite pas à militer dans la rue, signer tout un tas de pétitions, secourir des chatons abandonnés. Je ne compte plus le nombre de fois où notre minuscule studio a accueilli pour quelques semaines des petites boules de poils dans l'attente qu'elles soient placées. Sa sensibilité est sa force, et j'admire son engagement. C'est d'ailleurs à son contact que je suis devenue végétarienne, il y a quelques années.

Je jette un coup d'œil au miroir au-dessus de l'évier et éclate de rire en m'attachant les cheveux en queue-de-cheval. J'imagine la tête de Dean Hamilton s'il me voyait ainsi vêtue. L'étalon prendrait ses jambes à son cou, c'est certain. Il doit être un habitué des déshabillés en dentelle.

Je redescends et m'assois en tailleur sur le canapé gris perle. Cette location est un meublé, et toute la décoration est articulée autour du thème marin, du sol en parquet blanc, aux murs de la même couleur, en passant par les meubles bleus ou gris. Les pièces se ressemblent toutes.

— Alors, Dean a mordu à l'hameçon ? demande mon amie en tapant dans ses mains, excitée.

Lana est à mes côtés depuis la première année de *middle school*[1]. Ce qui nous a rapprochées, c'est notre amour commun pour cet imbécile de Warren White. Il s'est payé le culot de sortir avec nous en même temps, sans bien sûr nous en informer. Lorsqu'on s'en est rendu compte, nous l'avons plaqué le jour du bal de promo. Depuis, Lana et moi sommes inséparables.

— On peut dire ça comme ça, réponds-je.

Lana arque un sourcil, et ses yeux gris s'arrondissent.

— Tu développes ?

— Eh bien… Il m'a accostée, a voulu m'offrir un verre que j'ai refusé. Puis, j'ai pris sur moi pour me déhancher de manière plus qu'outrageuse devant une centaine de personnes.

C'est le moins qu'on puisse dire. Je n'aurais jamais cru être capable de me donner en spectacle ainsi devant autant de monde. On sous-estime le pouvoir de la haine qui, clairement, fait pousser des ailes.

— Et alors ? Il n'a pas apprécié ?

— Oh que si, dis-je en sentant mes joues chauffer rien qu'à la pensée du renflement de son pantalon de costume.

— Qu'est-ce qui a foiré ? m'interroge Lana en jouant avec une de ses mèches frisées.

— Eh bien… Il ne m'a pas sautée dessus comme je m'y attendais. Il s'est contenté de… danser avec moi.

— Danser ? s'étonne mon amie.

— Oui, danser. Pendant pas loin d'une demi-heure. Pas de

1 Équivalent du collège français.

pelotage, pas d'embrassade, rien. Chose qu'il ne fait jamais. Depuis que je l'observe, il répète le même schéma : un verre, une danse et direction son plumard. Et du coup, ça m'a complètement déroutée.

Dire que son comportement a fichu la pagaille dans mes pensées est un euphémisme.

— Et ensuite ? enchaîne Lana.

— Euh… J'ai paniqué et je me suis barrée. L'idée de prendre l'initiative de l'embrasser m'a paralysée. Qu'est-ce que je suis conne, ce n'était pas si difficile !

Je souffle d'exaspération et m'empare d'un coussin du canapé pour hurler dedans. Lana me le retire des mains et m'offre un sourire bienveillant.

— Bien sûr que ce n'était pas difficile. Mais tu sais comment tu es, Violette. Quand quelque chose ne se passe pas comme tu l'as prévu, tu angoisses. Il faut que tu acceptes que les êtres humains ne fonctionnent pas ainsi. C'est impossible d'anticiper à 100 % leurs réactions. Ne t'en veux pas pour ça…

Elle a raison. Quand quelque chose ne va pas dans le sens de mes projets, j'ai la fâcheuse habitude de rester bloquée dessus, sans considérer les autres issues. Du coup, m'adapter n'est pas chose aisée. Ma mère assure que je suis comme ça depuis l'enfance et que ça frise l'obsession à certains moments.

— Mais je fais quoi maintenant ? Je l'ai allumé comme pas permis et je me suis enfuie après… Il a dû me prendre pour une cinglée de première et doit déjà être en train de culbuter une autre brune.

— On va réfléchir à un nouveau plan, on trouvera bien, ne t'inquiète pas.

Je hoche la tête en serrant davantage le coussin contre ma poitrine.

— Et comment ça se passe à Hamilton's Jewelry ? Toujours aucun problème à l'horizon ?

Lorsqu'un plan pour me venger a germé dans mon esprit, mon

amie m'a tout de suite soutenue. Par chance, la société de mon ennemi recrutait une secrétaire. Et Lana n'a pas hésité une seule seconde : elle a quitté son emploi dans une petite fleuristerie pour m'accompagner dans les Hamptons. Elle a commencé à y travailler il y a trois semaines, mais nous sommes installées dans la maison depuis deux mois pour espionner les moindres faits et gestes de Dean.

— Rien à signaler pour le moment, la routine. Mais bonne nouvelle : j'ai établi le contact avec Scott, l'un des comptables.

— Super ! Et alors ?

— Nous allons boire un café la semaine prochaine.

Je souris.

— Génial, enfin une bonne nouvelle.

Si j'ambitionne d'infiltrer le cercle intime de la famille afin de dénicher des preuves qui détruiraient le patriarche, Lana, elle, tente de trouver un moyen de discréditer ma Némésis au travail. Il est communément admis que si un homme riche a quelque chose à se reprocher, ça passe souvent par ses comptes en banque. Et je suis certaine que John Hamilton n'est pas blanc comme neige là-dessus non plus. Pas après ce qu'il m'a fait.

— Que c'est plaisant de joindre l'utile à l'agréable. Scott est plutôt mignon, ça rend ma mission d'infiltration bien plus intéressante !

Je ris.

— Tu n'es pas croyable !

— Ben quoi ? Le mec est canon, intelligent, il a une bonne place… Que demande le peuple ? Bref, la nuit porte conseil, relaxe-toi, Violette.

J'ai beaucoup de chance d'avoir Lana dans ma vie. Elle est si pétillante et optimiste que c'est impossible de rester stressée en sa présence. Et c'est exactement ce dont j'ai besoin ce soir.

— Mais pour le moment, il y a un beau mâle qui nous attend !

s'esclaffe Lana en agitant la télécommande entre ses mains. Et Jamie Fraser est cent fois plus canon que Dean Hamilton !

Je souris devant son entrain en me disant que je ne suis pas certaine de son affirmation. Pas après avoir vu le fils Hamilton de près.

— Je vais refaire du pop-corn !

Je fonce à la cuisine, mettant de côté ma vendetta pour le reste de la soirée.

Chapitre 4

Violette

Voilà une heure que je remue dans mon lit. Le sommeil ne vient pas. Les moments passés avec Lana ont fait redescendre la tension, mais maintenant que je suis seule, c'est une autre chose. J'ai tout le loisir de repenser aux événements de la soirée. Et dès que je ferme les paupières, les deux iris émeraude de Dean Hamilton m'appellent. Dans ma tête se rejoue la petite comédie à laquelle je me suis adonnée sur la piste de danse. Et l'admiration qui s'est peinte à ce moment-là sur ses traits me hante, jamais un homme ne m'avait contemplée ainsi.

Inquisiteurs, ses yeux ont pris le temps de scruter chaque parcelle de mon corps, chaque détail de mon visage. S'il est possible de faire l'amour en un regard, assurément, Dean Hamilton l'a fait avec moi ce soir. Je me demande quel goût ont ses lèvres…

Violette ! Tu t'égares ! N'oublie pas qui il est !

Un Hamilton. Un foutu Hamilton.

Je rejette ma couette et ouvre la fenêtre de ma chambre qui donne sur l'océan. La brise de tout à l'heure prend des allures de tempêtes, et les vagues se déchaînent. Tant pis pour la nage, ça m'aurait pourtant calmée… Je secoue la tête et m'assois dans le fauteuil en osier sur le petit balcon.

Il ne faut surtout pas que j'oublie pourquoi je fais ça. Et je ne dois pas me laisser charmer par le fils de Satan. Après tout, la pomme ne tombe jamais loin de l'arbre. Je ne peux pas croire que Dean n'est pas au courant de l'homme qu'est son père, celui derrière la façade de philanthrope qu'il vend au monde. Dean n'est qu'un pion dans mon plan, celui qui me fera gagner la partie pour asséner à John Hamilton un magistral échec et mat. Et si dans tout ce merdier j'ai une compensation qui implique du sexe avec un bel étalon, je ne me priverai pas. Ce ne sera que du bonus. Mais je ne me livrerai pas à des mièvreries affligeantes. La manière dont il m'a dévorée des yeux ce soir, il le fait probablement avec toutes celles qui se bousculent pour une place entre ses draps.

Dean est un Hamilton. Et les Hamilton n'ont pas d'honneur. La preuve, il est vice-président de la société de son paternel et choisit d'adhérer à sa façon de faire les choses par ce biais. Il pense que l'argent peut tout acheter, lui donne le droit de régner en maître sur les pauvres gens. Ils ne verront pas ce qui va leur tomber dessus et ne soupçonneront pas la force de ma colère. Car depuis une décennie, elle guide mes pas.

Elle contamine un peu plus chaque jour mon cœur.

Depuis ce jour, l'un de ceux que j'ai passés en stage chez Hamilton's Jewelry, du haut de mes dix-sept ans…

Dix ans plus tôt

Je lisse les plis de mon tailleur gris et remets de l'ordre dans mes cheveux coupés très court, presque comme un garçon. Je vérifie encore une fois dans le miroir des toilettes mon maquillage et, surtout, que je n'ai rien de coincé dans mon appareil dentaire. Il ne manquerait plus que ça ! Le jour où je rencontre le grand boss de la boîte pour lui présenter le projet que je dois rendre à mon professeur d'économie la semaine prochaine. La puberté est vraiment une sale époque, j'ai hâte d'en sortir.

J'avoue être anxieuse à l'idée de me retrouver seule avec John Hamilton. C'était inespéré qu'il m'accorde un stage dans son entreprise, car celle-ci est très prisée. Mais celui-ci n'a pas été la hauteur de mes attentes. Je me suis fait toute petite pendant un mois, acceptant sans ronchonner des tâches qui ne correspondaient en rien à ce pour quoi j'avais postulé... À la base, je souhaitais mettre un pied dans les rouages de la finance, de la vie en multinationale. Mais au lieu de ça, je me suis retrouvée à servir des cafés et faire des photocopies toute la journée.

J'inspire et expire lentement, plusieurs fois, pour calmer mon cœur qui bat à toute vitesse. Puis, je sors et me dirige vers le bout du couloir sur ma droite. Ici, les locaux sont aseptisés, tout est tapissé de gris et de noir. La tristesse hante les lieux, et tous les employés semblent à cran, sous tension, comme si la menace de se faire virer à tout moment planait sur eux.

Ce n'est pas vraiment ce que j'imaginais en postulant ici. Le succès du patron de Hamilton's Jewelry est manifeste, sa société de bijoux s'agrandit de jour en jour. Mais sans son équipe, il ne serait rien. Je m'attendais à le voir travailler main dans la main avec ses employés, et non pas régner en seigneur et maître sur sa compagnie. Force est de constater que je me suis trompée. Mais je suppose que le salaire généreux qu'il offre est un bon motif pour rester.

J'ai de la peine pour mes collègues dans le service comptabilité où j'ai été affectée, quand je perçois la pression à laquelle ils ont à faire chaque jour. L'unique raison pour laquelle John Hamilton leur parle, c'est pour leur aboyer dessus.

Mais j'ai espoir qu'il reconnaisse la qualité du dossier que je vais lui présenter. J'ai travaillé très dur et c'est un projet qui me tient à cœur. De plus, nous nous sommes croisés à plusieurs reprises depuis que je suis ici et M. Hamilton s'est montré charmant.

Arrivée devant la porte du boss, j'ignore la petite pointe d'appréhension qui me gagne, et frappe trois coups.

Pourvu que ça lui plaise.

Sa secrétaire, une jolie blonde coiffée d'un chignon banane, m'offre un sourire radieux et m'invite à entrer.

L'endroit est dans les mêmes tons que le reste du bâtiment : insipides et déprimants. John Hamilton est assis dans son siège en cuir, derrière son immense bureau de verre. La secrétaire m'annonce et s'éclipse pour rejoindre une pièce attenante.

— Bonjour, monsieur Hamilton.

Il ne daigne pas lever les yeux vers moi, le regard rivé sur un dossier. Il passe la main dans ses cheveux courts poivre et sel. Je me sens à cran comme jamais et me racle la gorge. Mais il ne réagit toujours pas.

Mal à l'aise, je me dandine, ne sachant que faire. Au bout d'une minute, il envoie valser les documents à l'autre bout de son bureau et consent enfin à m'accorder de l'attention, posant sur moi ses iris gris. Il détaille mon visage ainsi que mon corps. Il s'attarde un peu trop, à mon goût, sur ma poitrine moulée dans mon chemisier blanc.

— Je suis venue vous présenter le projet que je dois rendre la semaine prochaine à mon professeur d'économie… J'ai besoin de votre avis et validation.

Hamilton se lève de son bureau et s'avance vers moi d'un pas rapide. Une bouffée de soulagement m'envahit lorsqu'il me tend la main. En revanche, son sourire prédateur me glace le sang.

— Asseyez-vous, mademoiselle… ?

Une paume sur la chute de mes reins, il me guide vers une chaise. Mal à l'aise à cause de cette proximité, je prends place. Le regard appuyé qu'il m'adresse, lorsqu'il s'installe face à moi, ne m'échappe pas.

Mais à quoi il joue ?

— Dash, finis-je par répondre.

— *C'est un plaisir de vous rencontrer, mademoiselle Dash, dit-il en prenant le dossier que je lui tends.*

Je n'aime pas son attitude. J'ai presque l'impression qu'il essaye de me draguer. Mais je refuse de me laisser démonter, même si l'angoisse me tord l'estomac.

Violette, il se montre juste sympathique, tu te fais des idées !

— *Oh ! nous nous sommes déjà rencontrés plusieurs fois. Je fais un stage dans votre entreprise depuis un mois…, dis-je d'une voix timide en souriant.*

Il reporte son attention sur moi. Sa présence m'incommode de plus en plus.

Allez, Violette, un peu de courage ! C'est une opportunité rêvée de lui présenter ton projet et d'en discuter avec lui ! Il est juste intimidant, c'est tout !

— *Vous voulez boire quelque chose ? demande-t-il en ouvrant son minibar derrière lui, agitant une bouteille de whisky dans ma direction.*

— *Euh… Non, ça va aller, je vous remercie.*

Mon ton est clair et ma voix ne tremble pas. J'ai enfin retrouvé la maîtrise de moi-même.

Son sourire s'évanouit. Il n'est sûrement pas habitué à ce qu'on lui dise non. J'aurais peut-être dû accepter…

Hamilton se sert un verre et retourne à mon dossier, sans un mot. Après cinq longues minutes, ponctuées de soupirs, il le balance sur son bureau. Il finit d'un trait son whisky et darde sur moi un regard dépourvu de chaleur.

— *Mademoiselle Dash, vous avez beaucoup travaillé pour ce dossier ?*

— *Je…*

La suite de ma phrase meurt dans ma bouche lorsqu'il se lève. Il se place à côté de moi, restant debout.

— *Laissez-moi me montrer plus clair.*

Nos yeux se croisent et je n'aime pas la lueur presque lubrique que je lis dans les siens. Son visage affiche toujours un air charmant, mais ça ne me dit rien qui vaille.

— Si vous voulez mon aval pour valider votre projet, il va falloir être convaincante, ajoute-t-il d'une voix mielleuse.

Je n'ai pas le temps de lui demander à quoi il fait référence, car mon regard est attiré par sa main qui ajuste la boucle de sa ceinture de pantalon.

Quoi ?

Ma bouche s'entrouvre, et mon souffle se bloque un instant.

Il n'est pas en train de suggérer ce à quoi je pense ?

Cette entrevue tourne à la catastrophe.

— Monsieur Hamilton, je viens seulement vous présenter mon projet.

La panique s'entend dans chacune de mes paroles. Je me racle la gorge pour me redonner une contenance et fixe mon regard droit devant moi.

— Et rien d'autre, reprends-je d'un ton glacial, de plus en plus mal à l'aise.

Un rire fend le silence. Hamilton se réinstalle derrière son bureau et secoue la tête.

— Mademoiselle Dash. Vous avez mal interprété la situation. J'avais besoin de me dégourdir les jambes, rien de plus ! Tous les jours, je reste assis ici des heures.

Il me sourit en se resservant un autre verre de whisky.

Je n'en reviens pas du culot qu'il se tape ! Il me prend vraiment pour une gourde.

— Ce que j'attends de vous, c'est que vous argumentiez votre projet. Rien de plus, assure-t-il.

La bienveillance marque les traits de son visage, mais je ne crois pas un traître mot qui sort de sa bouche. J'ai bien compris son manège.

Quel porc !

— Je vous écoute, parlez-moi davantage de votre restaurant caritatif.

Je fais de mon mieux pour ignorer ce qu'il vient de se passer. J'entends bien lui montrer que je suis capable d'être une vraie pro. Pas comme lui.

— Eh bien, il ne s'agirait pas seulement d'un restaurant qui fournirait des repas dignes de ce nom à des sans-abris. L'enjeu serait aussi de les mettre en contact avec les foyers d'accueil les plus proches. Des levées de fonds seraient également organisées. Pourquoi pas des galas de charité. L'objectif serait de récolter de l'argent pour acheter le minimum vital à ces sans-abris : de nouveaux habits, des brosses à dents… Ce que j'aimerais, c'est plus tard ouvrir ce restaurant, en plus de mon activité professionnelle. Et mon but ultime, c'est d'arriver à développer ce concept dans tout l'État de New York.

— Je vois.

Il se frotte la barbe en hochant la tête. Le regard fermé et dépourvu d'empathie qu'il m'adresse ensuite me glace le sang. Le Hamilton qui m'observe n'est pas le P-DG charmant que j'ai eu l'habitude de côtoyer.

— Je n'ai jamais entendu un tel ramassis de conneries, annonce-t-il.

— Je vous demande pardon ? rétorqué-je, incrédule.

J'ai du mal à filtrer l'incompréhension qui m'anime. Mon projet peut ne pas lui plaire, mais il n'est pas obligé de le dire comme ça…

— Le sujet de votre devoir est bien « Comment améliorer l'image d'une entreprise ? » ?

— Oui, tout à fait.

— Et selon vous, un restaurant caritatif pour accueillir des SDF serait la solution ? Demander à des entreprises de financer un truc pareil et, en plus, de préparer un risotto au caviar pour des sans-abris ?

Je malaxe les mains l'une contre l'autre pour décharger mon anxiété.

— Les entreprises ne payeraient que les matières premières pour les repas. Et les employés ne viendraient qu'une fois par mois cuisiner un plat qu'ils aiment, bredouillé-je. Ça permettrait de redorer l'image qu'ont les gens des grosses sociétés, de montrer que derrière cette course au profit, l'humain n'est pas oublié.

— *On a autre chose à foutre que d'aller jouer à la dînette avec des crados. Vous êtes tombée sur la tête, ma pauvre.*

Oh mon Dieu.

Mes yeux s'arrondissent. Si j'avais encore espoir que John Hamilton soit un type bien en entrant dans son bureau, il l'a balayé d'un revers de main.

Ébahie, je ne trouve même pas les mots pour lui répondre.

— *Dans votre intérêt, je vous conseille de changer de projet. Votre vision utopique ne convaincra personne. Comme je dois fournir un rapport à votre lycée concernant votre expérience chez nous, je n'oublierai pas de mentionner votre manque de coopération au sein de l'entreprise, si vous ne le faites pas.*

L'agacement a chassé l'incrédulité. Je serre les dents et refrène mon envie de lui dire ce que je pense de tout ça. Maintenant que j'ai vu son vrai visage, Dieu seul sait ce qu'il fera si je ne le respecte pas suffisamment.

Je retourne dans mon lit, me sentant plus forte que jamais. Oui, je ne dois pas oublier pourquoi je fais tout ça. Et, plus important, je ne dois pas oublier de quel milieu vient Dean. Quand on grandit avec un père pareil, cela ne peut que nous influencer. Je pose la tête sur mon oreiller et, les minutes suivantes, Morphée me trouve.

Chapitre 5

Dean

Je referme le dossier Johnson et m'affaisse dans mon siège de bureau. Un coup d'œil jeté à l'écran de mon PC m'indique qu'il est plus de 19 heures. Je n'ai qu'une envie : rentrer chez moi et m'affaler sur mon canapé devant une série débile. Mon système peine à évacuer les litres de vodka et rhum que j'ai ingurgités tout le week-end. Ma maison est dans un bordel pas possible, ma femme de ménage est malade, et je me suis levé trop à la bourre ce matin pour ranger quoi que ce soit.

Et on n'est que lundi.

Putain que la semaine va être longue.

Le pire dans tout ça ?

C'était un week-end à chier, où je me suis emmerdé du début à la fin. Mais ce n'est rien comparé à la déesse à la chevelure ébène que je n'ai pas réussi à me sortir de la tête. Il y avait pourtant un paquet de filles plus belles les unes que les autres, mais personne ne m'a captivé comme la brune du Dream.

Aucune ne jouait des hanches comme ma déesse.

Aucune n'a tenté de me séduire comme elle.

Aucune n'avait cette sorte d'innocence dissimulée dans les pupilles.

C'était du tout cuit d'avance. Je n'avais qu'un mot à prononcer, et n'importe laquelle me suivait jusqu'à l'étage pour s'extasier dans mon lit. Pour elles, je ne suis qu'un pion, un moyen de parvenir à leurs désirs de richesses opulentes. Pour le dire vulgairement, elles font le tapin en espérant que je m'entiche d'elles.

Loupé, je l'ai appris à mes dépens avec mon ex-copine, Cassy, et je ne commettrai plus cette erreur.

— Tu te ramènes dans le bureau de Noah ? demande Ethan, qui passe la tête par la porte du mien. Il faut qu'on parle des prochaines fusions de la boîte.

J'acquiesce et, dès qu'il part, j'avale une aspirine avec le fond d'eau dans ma gourde. Une minute plus tard, je les rejoins. Lui et Ethan sont déjà installés autour de sa table de réunion. Des dossiers, triés par couleurs et en piles bien distinctes, sont posés sur le plateau en verre dans un alignement parfait. Noah est un brin obsessionnel en ce qui concerne le rangement, et c'est aussi un maniaque de l'organisation. C'est le genre d'hommes qui donne vie au dicton « une place pour chaque chose et chaque chose à sa place » dès qu'il le peut.

— Alors, Cendrillon, tu t'es bien amusé à classer des documents aux coloris de l'arc-en-ciel ? me moqué-je.

— C'est ça, fous-toi de ma gueule, répond-il. Mais quand on me décernera le Under 30[1] l'année prochaine, tu auras l'air bien con !

Je retrousse les lèvres en un sourire. Provoquer Noah sur son côté obsessionnel ne fait que renforcer sa détermination à décrocher ce prix. Et il le mérite sincèrement. Mon ami est plus jeune de deux ans qu'Ethan et moi, et il travaille plus que nous deux réunis. Il y a certains jours où je songe qu'il devrait prendre ma place de vice-président tant il met son énergie dans la boîte. Sans parler

1 Prix américain qui récompense les jeunes talents dont les idées sont innovantes.

de ses idées toutes plus novatrices les unes que les autres. J'étais comme lui, il y a quelques années. Mais depuis quelque temps, la lassitude me gagne.

— Eh bien, je dirais aux journalistes que c'est moi qui t'ai tout appris, renchéris-je.

Ce n'est pas vrai du tout, Noah ne doit qu'à lui son propre mérite.

Il lève les yeux au ciel, semi-amusé, semi-excédé, et ouvre le carnet devant lui à une nouvelle page pour y inscrire la date ainsi que le sujet de notre réunion. Ensuite, il réajuste ses lunettes et attrape une bouteille d'eau sur la table. Ethan fronce les sourcils.

— Tu fais chier avec tes bouteilles en plastique, mec. Où est la gourde en inox que je t'ai donnée ? ronchonne-t-il.

Ethan est très à cheval sur l'écologie. Avant, je n'y prêtais pas spécialement attention. Mais ma vision des choses a changé quand je l'ai rencontré en deuxième année de fac, lorsqu'il était en train de ramasser les déchets du campus, un sac-poubelle à la main. Intrigué, j'ai engagé la conversation pendant un cours commun. D'année en année, je me suis mis de plus en plus à embrasser sa cause. Et tout a commencé avec cette fameuse gourde qu'il m'a offerte.

Et lorsque Noah a rejoint notre duo dans l'entreprise, il y a un an, après que mon père est allé le débaucher dans une autre société, Ethan a tenté la même stratégie qu'avec moi.

Sauf que ça n'a pas eu le résultat escompté.

— Il y a des abeilles sur ta putain de gourde, râle Noah.

Il ouvre un dossier et me tire par la même occasion de mes pensées.

— Quel est le problème ? Sans elles, il n'y aurait pas de vie sur cette terre ! Les pollinisateurs, ça te parle ? s'insurge Ethan.

— Bon, les gars, je n'ai pas envie d'y passer la soirée. On commence ? dis-je pour couper court à la dispute qui se profile.

Surtout que je sais d'avance comment ça va se finir : Ethan va plaider sa cause, Noah l'enverra sur les roses. Alors, autant s'éviter tout ça et gagner du temps.

Durant l'heure qui suit, je présente les candidatures des futures bijouteries auxquelles nous envisageons de proposer une fusion. Noah prend, avec une ferveur quasi religieuse, des notes. Quant à Ethan, il décroche au bout de vingt minutes et se contente de hocher la tête à certains moments.

Ce qui ne m'étonne pas. D'ici quelques mois, son contrat chez Hamilton's Jewelry prendra fin et il plaquera tout pour voyager autour du monde. Avant ça, Ethan était comme Noah et moi, un vrai bourreau de travail qui ne comptait pas ses heures. Mais le décès de sa mère, il y a un an environ, a tout changé. Après ça, Ethan a négocié son départ.

Depuis, il ne parle plus à son père et ne veut plus le voir. Je ne sais pas vraiment ce qu'il s'est passé entre eux, car il refuse d'en discuter. Et si à l'origine Ethan était quelqu'un de réservé et qui avait du mal à se confier, maintenant, il s'est carrément renfermé sur lui-même. Chaque jour, il devient de plus en plus taciturne.

— Je crois qu'on a fait le tour, annoncé-je en me levant, imité par Ethan.

— Mais non, loin de là ! On doit encore établir des devis pour les éventuels rachats de bijouteries, ajoute Noah.

— Ça peut attendre demain, je n'ai pas envie de partir à minuit, dis-je.

— Tu n'as qu'à t'en occuper, toi, déclare Ethan. Après tout, c'est toi qui es en lice pour le Under 30…

— Allez, barrez-vous, bande de bons à rien ! Sans moi, cette boîte s'écroulerait, nous taquine Noah en nous congédiant de la main.

Nous avons à peine franchi le seuil de son bureau qu'il est déjà retourné à ses dossiers. Ethan me salue avant de rejoindre son propre bureau pour passer un appel.

Je monte dans l'ascenseur. Les portes se ferment, puis le décompte des étages commence. Le miroir dans la cabine me renvoie mon reflet. Mes cernes descendent plus bas que d'habitude, mes yeux sont encore un peu vitreux et vu ma coupe de cheveux, on croirait que je viens de dormir pendant une semaine. En gros, j'ai une sale gueule.

Je passe la main sur mon visage et frappe les joues pour tenter de me réveiller, mais rien n'y fait.

Les portes s'ouvrent sur le hall de Hamilton's Jewelry. Mes chaussures Richelieu foulent le marbre du sol tandis que des employés me saluent, serrés dans un open space. Je réponds poliment à leurs sourires du mien et me dirige vers la sortie du bâtiment pour foncer le plus vite possible dans mon lit. Nos locaux principaux sont situés à Southampton et j'habite à moins d'un quart d'heure.

Il est 20 heures passées, et la plupart des personnes travaillant pour nous sont encore à leur bureau. Ce n'est pas une vie, et je me demande comment ils peuvent s'en satisfaire. Moi, c'est différent, je suis vice-président, et mon salaire est multiplié par vingt par rapport au leur, ce qui me donne une sacrée motivation pour faire des heures supplémentaires. Je n'envie pas leur quotidien, voir leurs femmes et gosses à peine quelques heures par jour, je ne l'accepterais pas à leur place. Mon père pourrait embaucher plus de personnel, mais c'est un radin. Et comme je ne suis pas président, je n'ai pas voix au chapitre pour ce genre de décisions.

— Monsieur Hamilton !

Sur le point de passer le portique en verre de l'entrée, je soupire en entendant notre nouvelle assistante, Lana. Je fais le chemin en sens inverse pour me rendre à son petit bureau. Cette fille est une originale : chaque jour, elle a un accoutrement plus étrange que le précédent. Aujourd'hui, elle porte un tailleur jaune parsemé de citrons verts et a relevé ses cheveux en deux macarons. Le moins qu'on puisse dire, c'est que Lana apporte fraîcheur et bonne humeur à la société.

— M. Davis a encore rappelé pour parler à votre père…

Lana esquisse une moue désolée en touchant l'un de ses macarons et me tend un papier. Je ne cache pas mon exaspération et pousse un soupir. C'est aussi l'une des raisons de ma lassitude quant à mon boulot. Mon père n'accorde pas la même importance à toutes les tâches. Pour signer un contrat de fusion de bijouterie afin d'implanter la nôtre à la place, pas de problème, il répond toujours à l'appel. Mais c'est très souvent moi qui suis chargé de régler les difficultés qui surviennent ensuite. Heureusement, je peux compter sur Ethan et Noah pour me seconder.

— Merci, Lana. Vous devriez partir, il est plus que temps de rentrer chez vous, dis-je.

— Malheureusement, je n'ai pas terminé ma paperasse du jour… Et je dois encore établir la liste des bijouteries du New Jersey qui nous ont contactés pour intégrer notre société.

Beaucoup de commerces en Amérique nous ouvrent grand leurs portes, acceptent sans ronchonner d'être rachetés, car ils savent qu'ils toucheront une belle enveloppe qui leur permettra de vivre de manière plus que correcte. Signer avec Hamilton's Jewelry garantit un revenu mensuel. Mon père a mené judicieusement sa barque dans le monde des affaires, il a sué sang et eau pour arriver là où il en est aujourd'hui. Mais ai-je vraiment envie d'emprunter le même chemin ?

— Bonne soirée, Lana, et courage pour le travail.

Elle me salue, et je me dirige vers le portique en verre. À peine ai-je fait une trentaine de pas qu'un rire cristallin s'élève à proximité.

— Bon, on va enfin pouvoir aller dîner ?

Cette voix veloutée et harmonieuse. La déesse du club ?

Je me retourne, et ce que je vois me laisse perplexe. C'est bien elle. Vêtue d'une robe d'été jaune à petites bretelles, un sac à main en osier à l'épaule. Perchée sur ses chaussures compensées en liège et accoudée au comptoir du bureau de Lana. Elle discute avec la secrétaire.

Elles se connaissent ? Mais qu'est-ce qu'elle fiche ici ?

Je m'approche discrètement pour avoir le loisir de détailler son visage à la lumière du jour. Je m'aperçois que l'ambiance tamisée du Dream ne lui a pas rendu justice. Elle est encore plus belle. Son maquillage est moins prononcé qu'au club, et je me fais la réflexion que ça lui va mieux, elle paraît plus naturelle et authentique. Des petites taches de rousseur parsèment ses pommettes, semblables à des éclaboussures de peinture, et j'ai une envie aussi subite qu'incompréhensible de les caresser du pouce.

Ses cheveux attachés en queue-de-cheval par un chouchou m'inspirent des images peu orthodoxes que je repousse. J'intime également à mon sexe de se calmer, car il commence à se réveiller en pensant à elle, nue dans mes draps, en train de vanter ses mérites.

— Allez, Lana, je meurs de faim ! se plaint la déesse.

Je me racle la gorge pour attirer son attention. Elle se retourne et papillonne des yeux en m'apercevant, puis fronce les sourcils. Son sourire s'évanouit aussitôt. Qu'est-ce qui lui prend ?

— Dean ? Qu'est-ce que tu fiches ici ?

Elle me toise en détaillant mon costume bordeaux. Je ne comprends pas la raison de son comportement. C'est elle qui s'est barrée vendredi soir, pas moi. Elle ne va pas en plus se payer le culot d'être froissée pour ça ?

— Je suis le vice-président de cette boîte, dis-je d'un ton froid.

Prétendre être un con arrogant, je sais faire. Je l'ai été pendant de nombreuses années. Jusqu'à Cassy et ses magouilles. Je chasse de mon esprit les images de mon ex. Du coin de l'œil, j'aperçois Lana devenir rouge pivoine, son regard alternant entre la brune et moi.

— Lana, sentez-vous libre de partir si vous le souhaitez, vraiment. Je vois que vous avez des engagements.

— Votre père veut la liste des bijouteries sur son bureau demain, première heure, dit-elle avec une mine blasée. J'ai fini d'ici une demi-heure, Violette, ajoute-t-elle en s'adressant à la belle brune.

Quel magnifique prénom.

Il lui va à ravir. Car, à bien y regarder, des reflets prune dansent dans sa chevelure en fonction de la lumière. La violette est une fleur sauvage, délicate, au parfum enivrant. Comme elle.

— Bon, eh bien, je vais t'attendre dehors dans ce cas, déclare-t-elle avec un sourire à Lana. Monsieur Hamilton, poursuit Violette d'un ton solennel en me faisant un salut militaire.

Elle prononce mon nom de façon distante, pas du tout avec la même sensualité qu'au club. Ma fleur s'est refermée et tente de m'empêcher de la butiner. Mais je ne me laisserai pas décourager pour autant. Si j'ai d'abord été surpris de sa réaction, ça ne fait qu'alimenter mon besoin de relever l'agréable défi qu'elle représente.

Sur ce, elle sort du bâtiment. J'échange un regard avec Lana, qui hausse les épaules avant de retourner à sa paperasse. Je prends la même direction que ma déesse avec la ferme intention d'aller cueillir cette fleur et d'apprivoiser cette fougue qui l'anime aujourd'hui.

Chapitre 6

Dean

Violette est assise sur le banc en face de Hamilton's Jewelry. Dans la rue, on entend les aboiements des chiens qui jouent dans le parc derrière elle. Je retire ma veste, la mets sur l'une de mes épaules et traverse le passage piéton pour aller à sa rencontre.

Il a rarement fait aussi beau pour une fin de mois de juin, la chaleur caniculaire est étouffante. Les touristes ne vont pas tarder à débarquer pour l'été, tout comme les grosses fortunes de New York pour célébrer la fête nationale dans leurs demeures extravagantes. L'*Independence Day*, le 4 Juillet, est dans une dizaine de jours, et je vais être de corvée pour la réception qu'organisent mes parents. Ça me fait chier d'avance de devoir plaquer sur mon visage un sourire hypocrite en prétendant passer un moment agréable, en écoutant des vieux croulants parler d'inflation, de la bourse, du bon parti que représentent leurs filles en abusant de la picole.

Comment j'ai pu apprécier ce genre d'événements avant ?

C'est ce que je me demande en arrivant à la hauteur de Violette. Je ne suis sorti du building qu'une minute après elle, mais elle est déjà installée confortablement, un livre à la main. Je m'assois à ses côtés, mettant mon bras sur le dossier du banc en bois. Elle sait que je suis là, car je l'ai vue me lancer un coup d'œil à la dérobée. Mais elle préfère s'adonner au jeu de l'ignorance.

Je regarde par-dessus son épaule, et elle rejette sa queue-de-cheval en arrière. De nouveau, son parfum acidulé de fleur d'oranger et pomme enivre mon odorat. De légères perles de sueur se dessinent sur ses clavicules et je meurs d'envie de les toucher comme il y a quelques jours. De caresser sa peau laiteuse et d'y promener les lèvres. Alors que mon imagination commence à divaguer, Violette tourne la tête. Ses iris dorés se plantent dans les miens. Sa bouche à quelques centimètres de la mienne frémit.

— Je peux t'aider ? demande-t-elle.

— Qu'est-ce que tu lis ?

Elle ne s'attendait pas à ma question, car je la vois cligner plusieurs fois des yeux. Ses joues prennent une teinte rosée adorable, elle se mord le côté de sa lèvre inférieure. Putain, j'ai une furieuse envie d'elle.

Une envie tendre de parsemer son corps de baisers.

Une envie violente de m'enfoncer au plus profond d'elle.

Une envie incompréhensible d'en apprendre plus sur elle.

— *1984* de George Orwell, répond-elle en me montrant la couverture. J'adore les dystopies.

Jusqu'ici, les seules choses que semblent capables de lire les femmes que je fréquente sont les chiffres sur mon compte en banque et à l'occasion des magazines people.

— Ça t'étonne ? questionne-t-elle en arquant un sourcil, comme si elle avait accès à mes pensées.

Et de nouveau, la revoilà, chaleureuse, joueuse, comme au Dream. Je lui offre un sourire.

— Je l'admets. Je ne connais pas beaucoup de filles de ton genre qui lisent de « vrais » livres.

— De mon genre ?

— Pleines aux as.

— Oh…, fait-elle en détournant le regard.

Elle déglutit avec difficulté. Ma remarque semble l'affecter alors que je ne fais qu'énoncer une vérité. Étrange.

Elle retourne à sa lecture, faisant comme si je n'étais pas là. Pour capter son attention et ne pas perdre de vue mon objectif, je lui arrache des mains son livre, que je mets dans son sac entre nous.

— Eh ! râle-t-elle. Qu'est-ce que tu fais ?

— La causette. Et tu te montres très grossière de m'ignorer. Ce n'est pas digne de ton rang, ma jolie.

Violette lève les yeux au ciel. Toute personne issue de la haute aurait répondu avec politesse pour sauver les apparences. Mais pas elle. Et je dois avouer que c'est terriblement excitant.

— Dean Hamilton, trente ans, vice-président de Hamilton's Jewelry, dis-je en lui tendant la main.

— Violette Williams, vingt-sept ans, Taureau ascendant Capricorne, déclare-t-elle en me serrant la paume.

Une bête à cornes… Je l'aurais aisément deviné.

— Tu habites dans le coin ? demandé-je.

— Oui. Lana avait besoin d'un logement pour son nouveau travail, et moi besoin de m'échapper de l'air étouffant de Manhattan. Du coup, je partage le loyer avec elle avant de retourner à mes affaires.

— En vacances, donc. Et dans quoi bosses-tu ?

— Je n'ai pas vraiment de travail pour le moment. Je songe à créer un orphelinat un peu différent de ce que l'on voit, qui permettrait aux enfants de se sentir mieux qu'entassés dans des dortoirs en attendant d'être adoptés. Mais je n'ai pas encore réfléchi aux tenants et aboutissants.

La petite princesse dorée de Manhattan fait dans la philanthropie. C'est l'un des avantages conférés par l'argent, une occasion de s'adonner à une juste cause. Mais peu de nos semblables empruntent cette voie. En général, les gens friqués préfèrent garder précieusement leur pognon. Cette fille m'étonne de plus en plus.

— Ça te dit une visite ? proposé-je en désignant du nez le grand bâtiment en face de nous.

— Tu n'acceptes pas souvent « non » pour réponse, je me trompe ?

Je me lève, et elle saisit la main que je lui tends. Je l'approche de moi, et elle me laisse poser mes paumes sur ses hanches. Je plante mon regard dans le sien.

— Jamais. Mais je peux peut-être consentir à faire une exception si tu m'accordes une session privée de danse.

Ses yeux sont plissés. Rieurs. Provocateurs. Elle est prête à relever le défi.

— Mais pas comme vendredi, soufflé-je à quelques centimètres de ses lèvres. Je veux être le seul spectateur, cette fois-ci. Que tu ne sois rien qu'à moi.

Je replace derrière son oreille une mèche qui s'est échappée de sa coiffure et admire sa bouche pulpeuse s'ouvrir, presque imperceptiblement. Je suis certain que, tout comme moi, elle sait ce qu'impliquerait cette session privée.

Elle s'éclaircit la voix, secoue la tête.

Bien, je ne la laisse pas indifférente.

Mais je dois encore attendre avant de lancer l'offensive. Je dois d'abord vérifier quelque chose.

— On y va ? propose-t-elle en se détournant de moi, un pied déjà sur le passage protégé.

La minute d'après, nous franchissons de nouveau les portes du building. Les employés curieux nous observent tandis que mon regard bifurque vers le bureau de Lana. Elle est en plein dans une conversation avec Ethan, lequel nous aperçoit et nous fait un signe de la main. Je ne savais pas qu'ils se parlaient, ces deux-là. Enfin, en dehors des banalités nécessaires pour le boulot.

— Toujours pas parti ? me questionne Ethan lorsque nous arrivons à sa hauteur.

— Non, je fais visiter à mademoiselle nos locaux, dis-je en désignant ma belle fleur. Violette, voici Ethan, un collègue et ami.

Ils se serrent la main. Puis, les yeux d'Ethan alternent entre elles.

— Violette comme dans « Violette, la colocataire de Lana » ? demande-t-il.

Comment il sait ça, lui ?

— Tout à fait, répond la principale intéressée en observant Lana.

Cette dernière tire sur l'une de ses boucles, esquisse un sourire forcé puis reporte son attention sur les documents devant elle. Le regard furtif et tendre qu'Ethan lui adresse ne m'échappe pas. Il argue depuis quelque temps que ça ne sert à rien de s'engager dans une relation avant qu'il parte au bout du monde. Je me demande si sa raison n'est pas tout autre, finalement.

— Bon, eh bien, bonne soirée, Ethan. Lana, à tout à l'heure, dis-je en entraînant Violette avec moi, une paume autour de sa taille.

Mon ami me salue et reprend sa conversation avec Lana. Lorsque nous nous engouffrons dans l'ascenseur, ma secrétaire rit aux éclats et tapote sur la main d'Ethan. L'air taciturne qu'il arbore depuis des semaines semble s'être évaporé. Il sourit même. Et je suis certain que la ravissante et rafraîchissante Lana y est pour quelque chose.

— Si j'ai bien compris ce que m'a dit Lana, ton père est le président de la société ? questionne Violette alors que j'appuie sur un bouton.

— Tout à fait. Il a créé cette entreprise il y a une vingtaine d'années. Et depuis, elle ne fait que s'étendre.

Elle acquiesce.

— Et ce n'est pas trop dur de travailler en famille ?

Tout le monde part du principe que si je bosse avec mon père, c'est qu'on s'entend bien. Il n'y a pas si longtemps, c'était vrai. Mais depuis que je commence à me rendre compte des failles de mon job, j'entrevois aussi celles de mon père.

Mais ça, elle n'a pas besoin de le savoir. Après tout, je ne connais pas cette fille et je veux juste coucher avec elle.

— Pas du tout, tout se passe très bien entre nous, réponds-je.

Elle me sourit et détourne le regard. Lorsque les portes de l'ascenseur s'ouvrent, nous sortons.

Je présente à Violette les différents espaces : mon bureau, celui de mon paternel à côté, ceux de la comptabilité, ainsi qu'un second open space. Elle se contente d'acquiescer à chaque fois, observant avec attention les lieux. Elle semble sous tension sans que je sache pourquoi. Je me fais sûrement des idées à cause de la fatigue.

Nous arrivons au dernier étage, celui qui m'intéresse le plus. Nous nous dirigeons vers l'unique pièce, au fond du couloir. Je tape sur le digicode, et une porte blindée s'ouvre.

— Tu es quoi ? Une sorte de James Bond ? demande-t-elle, amusée, en entrant.

Elle s'arrête soudain, bouche bée, puis balaye des yeux l'espace dans lequel nous nous trouvons.

Ça fait souvent cet effet quand on pénètre dans un endroit où des centaines de bijoux, valant des millions, sont entreposés. Je la fais se décaler doucement pour passer devant elle. J'active sur le côté les éclairages des vitrines au centre. À l'intérieur, émeraudes, diamants, saphir, rubis et une tonne d'autres brillent de mille feux.

La lumière se réfléchit sur les bijoux et projette de multiples taches de couleurs dans la pièce entièrement noire. Violette parcourt très vite du regard les colliers, boucles d'oreilles, bagues, avant de porter son attention sur les murs. Un sourire étire ses lèvres tandis qu'elle déambule dans l'espace. À plusieurs reprises, elle tournoie sur elle-même, les volants de sa robe se soulevant. On dirait une enfant qui découvre quelque chose pour la première fois.

De tous les joyaux de cette salle, c'est elle le plus resplendissant.

Je m'adosse à l'un des coins de la pièce et l'observe, attentif à chacun de ses mouvements. Après avoir passé cinq minutes le nez en l'air ou à toucher du doigt les illuminations sur les murs, elle pivote vers moi.

— Je peux faire des photos ? demande-t-elle en me montrant son téléphone.

J'acquiesce et le sourire qu'elle m'adresse me fait beaucoup d'effet.

Occupée à pointer sa caméra dans tous les sens, elle ne m'entend pas arriver derrière elle. Un frisson la gagne quand je la frôle. Violette me lance un coup d'œil alors que je lui prends son téléphone des mains.

Je regarde ses photos. Pas une seule des bijoux. Je m'attendais à ce qu'elle fasse des clichés pour Instagram ou n'importe quel autre réseau social prisé par les « influenceuses » pétées de tunes. Mais non, elle s'est contentée des faisceaux de lumière.

— Lève la tête, murmuré-je.

Elle fronce les sourcils. Comme elle ne bouge toujours pas, de mon index, je redresse son menton. Je l'imite et pointe le téléphone en l'air. Un miroir se trouve sur le plafond. L'appareil nous renvoie notre image entourée de lueurs multicolores. Je presse le bouton tandis que ma belle fleur nous regarde, hypnotisée par notre reflet. Ma main redescend, mais nous continuons de nous fixer durant quelques secondes en silence.

Violette rompt le charme et s'éloigne d'un pas. Elle reprend son téléphone, le range dans son sac et remet ce dernier sur son épaule.

— Qu'est-ce que c'est que cet endroit ?

— C'est ici qu'on entrepose les modèles de l'année vendus dans nos boutiques.

— C'est… joli, dit-elle, la voix plus aiguë que d'ordinaire, un sourire forcé sur les lèvres.

Elle jette un œil à un collier en forme de cœur, dont le centre est un saphir. C'est la pièce la moins chère de toute notre collection. Nos joailliers font tout type de créations, pour les plus fortunés, mais aussi pour ceux de la classe moyenne. Nous visons un large public.

C'est maintenant ou jamais. Je m'approche d'elle et caresse du bout des doigts le bijou. Je l'enlève ensuite de son écrin et le lui tends. Violette fronce les sourcils, et son regard alterne entre le collier et moi.

— Il est pour toi, déclaré-je.

Ses yeux sont deux soucoupes. Je passe derrière elle pour l'accrocher autour de son cou, mais elle met de la distance entre nous.

— Euh… Ça me gêne. Ce truc doit valoir une fortune.

Comme ta tenue vendredi soir…

— Ce n'est rien à l'échelle de ce qu'on gagne dans cette entreprise. Il ne manquera à personne, ne t'en fais pas.

En une enjambée, je suis de nouveau devant elle, mais elle arrête le mouvement de ma main.

— Je ne suis pas très bijou tape-à-l'œil, avoue-t-elle.

— Ce n'est pas l'impression que j'ai eue en te voyant avec ta rivière de diamants vendredi.

Les joues de ma fleur rougissent, et elle déglutit avec peine.

— Je viens d'emménager dans les Hamptons, tous les cartons ne sont pas encore arrivés. Lana m'a prêté un collier, ce n'était pas trop mon genre, mais elle a insisté en disant qu'avec ma robe j'en avais besoin d'un…

Qu'est-ce qu'elle me raconte ? Lana ? Porter des diamants ?

Depuis qu'elle a commencé à travailler ici il y a un mois, je ne l'ai jamais vue avec autre chose que des bijoux fantaisie incluant des cupcakes, des lamas ou bien des sapins de Noël.

Violette détourne le regard, mais je ne suis pas dupe. Elle me ment. Je ne sais pas ce qui la pousse à refuser mon cadeau, mais j'ai maintenant la certitude que je cherchais : elle n'est pas intéressée par l'argent. À moins que tout cela ne soit qu'une stratégie, mais j'en doute.

Je remets le bijou à sa place et esquisse un petit sourire. Violette a passé le test haut la main. De l'extérieur, les gens doivent penser que je profite des femmes et m'éclate pour chasser l'ennui. C'est on ne peut plus vrai. Mais ce qu'ils ne savent pas, c'est que ça n'a pas toujours été le cas. Après mon ex, j'ai essayé de reconstruire une relation, de laisser une seconde chance à l'amour : cinéma, restaurant… Aucune de mes conquêtes n'a fait d'efforts pour tenter de me connaître, elles veulent en général me faire tomber follement amoureux d'elles grâce au sexe. Et ce test, c'est un moyen d'être sûr qu'elles s'intéressent à moi et non pas à mon portefeuille bien rempli. J'ai emmené une dizaine de femmes ici. Et aucune n'a jamais refusé comme Violette. Bien au contraire, elles s'arrangeaient pour choisir systématiquement la pièce la plus chère de la collection.

Est-ce que Violette est différente ?

— Dean ? demande-t-elle, me sortant de mes pensées.

— Oui ?

— Lana doit avoir fini maintenant, murmure-t-elle en se dirigeant vers la porte.

Je la rejoins, et nous marchons vers l'ascenseur après que j'ai réactivé l'alarme de la caverne d'Ali Baba. Elle entre la première dans la cabine et appuie sur le bouton qui mène au rez-de-chaussée. Quand les portent se ferment, je ne résiste pas à l'envie de m'approcher d'elle. Mais elle recule jusqu'à ce que son dos heurte l'une des parois.

Je la dépasse d'une bonne tête, mais elle me fixe dans les yeux sans faillir. Elle déglutit avec peine et ses pupilles s'agrandissent.

De l'index, je touche la ligne imaginaire qui relie ses clavicules, que j'ai eu plaisir à tracer dans la boîte de nuit.

La respiration de Violette s'accélère. Son souffle caresse mes lèvres et crée une réaction en chaîne. Elle émet un léger couinement quand elle sent mon sexe se presser contre son bas-ventre. Mais elle ne m'arrête pas. Je renouvelle donc mon geste et cette fois-ci, sa poitrine se soulève plus que nécessaire. Impossible de se méprendre sur les signaux que diffuse son corps. Je m'avance encore, impatient de faire mienne cette belle fleur.

— Rejoins-moi après ton dîner avec Lana.

À la base, je voulais me comporter en gentleman, l'inviter à un rencard un soir. Mais ma résolution s'est perdue quand mon cerveau s'est embourbé dans l'excitation de ses yeux. Je l'exige, parce que je sais qu'elle en a autant envie que moi.

— C'est comme ça que tu procèdes d'habitude ? Tu offres un cadeau hors de prix et tu t'attends à ce qu'on accomplisse tes quatre volontés ? Qu'on paye en nature pour *ta générosité* ?

Elle a craché ces mots. Sa contrariété a chassé son désir, mais elle est toujours aussi attirante. Même en colère. Elle me repousse du plat des mains et s'engouffre dans le hall dès que les portes s'ouvrent. Elle fait quelques pas et se retourne, pointant son doigt accusateur contre mon torse.

— Eh bien, sachez, monsieur Hamilton, que je ne suis pas l'une de vos pouffes, celles que vous traitez comme des objets.

Oh ça non, tu ne l'es pas.

J'esquisse un sourire, mais elle se méprend sur sa signification. Son visage s'assombrit.

Je pense qu'elle est à deux doigts de me cracher à la figure mais, au dernier moment, elle tourne les talons pour rejoindre son amie.

— Violette, je…

Ma belle fleur, pourpre de colère, ne me laisse pas l'opportunité de m'expliquer.

— Vous, la ferme ! Lana, on y va ?

Son amie grimace en regardant Violette, l'air désolé.

— Je n'ai pas encore tout à fait fini. Je…

Ethan n'est plus dans les parages, mais je suis certain qu'il l'a distraite de sa tâche pendant un bon moment.

— Allez-y, Lana, je vais terminer à votre place, la coupé-je en passant derrière le comptoir.

— Mais, monsieur Hamilton…

— Ça me fait plaisir, Lana. Profitez de votre soirée avec votre amie. Vous me renverrez l'ascenseur une prochaine fois.

Celle-ci me gratifie d'un sourire avant de prendre ses affaires et de rejoindre Violette. Elle ignore que je compte sur le fait qu'en retour elle me file le numéro de sa copine.

— Bonne soirée, les filles, lancé-je en faisant un signe de la main à Violette et Lana.

Ma déesse brune m'adresse un regard assassin, suivi d'un doigt d'honneur.

Ouais, définitivement, cette fille doit absolument finir entre mes draps. Et je sens que je vais m'éclater à la faire hurler de plaisir jusqu'à ce qu'elle s'oublie elle-même.

Chapitre 7

Violette

Quatre jours se sont écoulés depuis que j'ai provoqué mon dernier face-à-face avec Dean, avec l'aide de Lana. J'ai nagé tous les matins dans l'océan, c'était si plaisant ! Lana a travaillé comme une dingue, et je me suis occupée de défaire les cartons qu'il nous restait à ranger. Nous sommes passées d'un studio, d'à peine trente mètres carrés à Brooklyn, à un vrai palace.

Cette maison cosy avec sa vue sur la mer est un véritable joyau et je mentirais en disant qu'il n'est pas agréable d'y vivre au quotidien. Cette semaine, j'ai également rendu visite à ma mère. Tous les mercredis depuis que je suis adolescente, c'est soirée tacos. Elle habite à quelques rues de mon ancien logement, et ce ne sont pas mes projets en cours qui m'empêcheront de déroger à notre tradition.

Ma mère coule une retraite heureuse après des décennies de dur labeur et se réjouit de son train-train quotidien : marche avec ses copines, bridge, cuisine et tricot. Bien entendu, elle n'a aucune idée de ce que je mijote. Elle pense simplement que Lana et moi avons trouvé une bonne place dans une entreprise et que ce logement est compris dans les avantages de notre boulot. J'ai passé sous silence la version officielle qui m'a permis de louer ce bijou.

Cinq années à travailler d'arrache-pied, à cumuler deux jobs pour économiser de quoi vivre quelques mois dans ce cadre de riche afin de révéler au monde entier le vrai visage de mon ennemi.

Mon téléphone vibre sur la baignoire. Je soupire en m'essuyant les mains avec ma serviette sur le rebord, sachant pertinemment qui vient interrompre mon moment de détente.

Dean Hamilton.

Je ne compte plus le nombre de rêves érotiques qui m'ont réveillée en sursaut la nuit, mon subconscient rejouant en boucle la scène de l'ascenseur. En manque du toucher d'un homme, mon traître de corps ne fait pas cas de mon esprit qui le méprise de toutes ses forces. Cela fait si longtemps que je suis concentrée sur ma vengeance que j'en ai mis de côté cet aspect de ma vie.

Je déverrouille mon écran et un sourire traîne sur mes lèvres quand je lis le message prévisible de l'imbécile qui ne va pas tarder à venir me chercher pour un dîner. Ce sera l'occasion pour moi de le questionner davantage sur son père.

Dean : Enfile ta plus belle robe, Cendrillon. Mon carrosse sera devant ta porte à 21 heures. Monts et merveilles t'attendent, je vais me faire un plaisir de combler tous tes désirs.

Dean ne s'est pas découragé le moins du monde après mon refus et a exigé mon numéro auprès de Lana dès le lendemain de notre deuxième rencontre. Il prépare sa prochaine attaque, comme je l'avais prévu. Ses belles paroles et un cadeau hors de prix n'ont pas réussi à me propulser dans son lit. Moi, il ne peut pas m'acheter à la différence des femmes qu'il fréquente habituellement. Je suis l'élément perturbateur dans sa routine, l'électron libre qui vient chatouiller son ego.

J'ai joué un sacré coup de poker en le rembarrant, car il aurait pu se lasser et aller voir ailleurs. Mais non, bien au contraire, ma résistance alimente sa frustration. Je suis un défi qu'il ne peut ignorer. Lui tenir tête est bon pour mes affaires. Il est tombé tête baissée dans mon piège.

J'aurais pu lui donner ce qu'il attendait, mais le faire revenait à griller toutes mes chances de m'insérer dans le cercle intime de son père. Car, une fois qu'il aura ce qu'il désire, il passera à la suivante. Comme à chaque fois. Et ça, je ne peux le permettre. J'ai besoin de me rapprocher de cette famille pour mieux en faire tomber le membre fondateur. Je ne coucherai avec Dean qu'en dernier recours.

Je me lave et sors de mon écrin de tranquillité. Il me reste une demi-heure pour me préparer. Avant de m'habiller, je lui réponds :

Moi : Tu te surestimes. Grandement.

Nouvelle vibration.

Dean : Ce n'est pas ce qu'elles disent d'habitude... Pardon, ce qu'elles HURLENT.

Quel frimeur !

Moi : Tu connais la simulation ? Ça ne t'est jamais venu à l'esprit que de nombreuses femmes y ont recours ?

Je prends un malin plaisir à lui rabattre le clapet.

L'écran de mon téléphone s'allume, et je lis son message en buvant de l'eau au robinet de l'évier de la salle de bains.

Dean : On verra bien quand ce sera ton tour, je démonterai ta théorie de la simulation en quelques coups

de reins... N'aie aucun doute là-dessus, tu seras aux premières loges lorsque ça arrivera.

Oh ! putain.

Je recrache ma gorgée, et ma tête heurte la tablette au-dessus de la vasque.

— Aïe !

Je me frotte le front pour chasser la douleur.

Bordel, ça fait mal.

— Tout va bien là-dedans ? demande Lana en frappant à la porte.

— Oui, oui. T'inquiète pas, j'ai...

... *Été perturbée par le* serial *baiseur qui vient me chercher pour le dîner.*

— Je m'habille et je te rejoins en bas, Lana.

J'entends mon amie descendre les escaliers. Je souffle en regardant mon front dans le miroir au-dessus du lavabo. Pas de bleu ni d'entaille. En revanche, mes pommettes sont cramoisies. Il va falloir que je m'habitue à ce genre de choses, Dean Hamilton n'est pas connu pour faire dans la dentelle. Ou bien seulement dans celle que portent les femmes.

Je m'active pour penser à autre chose et sors mon maquillage du meuble en dessous de la vasque. Je suis devenue une pro avec mes dizaines d'heures de visionnage de tuto, et celui-ci est terminé en quelques minutes. J'ai opté pour du doré sur les paupières, un trait d'eye-liner et du mascara. Mes lèvres sont colorées d'une teinte corail. Puis, je fonce dans ma chambre pour enfiler ma robe vert anis. Les manches m'arrivent à mi-bras et sont bouffantes, le tissu en soie moule ma silhouette. Tout l'intérêt de ce vêtement réside dans la fente à la jambe du côté gauche, qui part du haut de la cuisse et descend jusqu'aux pieds.

Mes escarpins dorés chaussés, je m'admire dans le miroir de ma chambre. J'ai fière allure et je crois n'avoir jamais été aussi élégante. Je replace ma chevelure sur mon épaule et vais rejoindre Lana.

Cette dernière est avachie sur le canapé, ayant jeté son dévolu sur Thomas Shelby, alias Cillian Murphy, dans la série *Peaky Blinders*. Un bol entre les mains, elle engloutit des céréales chocolatées en râlant après un personnage. Vêtue de sa combinaison panda, bien sûr. Un vendredi soir classique pour Lana. À vrai dire, si je n'allais pas manger avec Dean, j'en aurais fait tout autant. Le petit déjeuner en guise de dîner est une habitude que nous avons prise pour les vendredis et dimanches soir.

Je me racle la gorge pour attirer son attention, et elle daigne délaisser l'écran. La surprise se peint sur ses traits et elle en laisse tomber sa cuillère dans son bol.

— Waouh ! Il va te manger dans la main, le Hamilton !

Je souris en lui faisant une révérence de princesse après avoir tourné sur moi-même pour lui montrer la robe sous toutes les coutures.

— C'est plus au moins le but.

— Permission de minuit, me prévient-elle. Attention, je ne plaisante pas, jeune fille !

Vu son accoutrement et les oreilles de sa capuche panda qui bougent quand elle remue la tête, sa menace me fait rire.

— Et interdiction de l'embrasser ! Fais-le encore un peu mariner ! Il a été d'une humeur exécrable depuis qu'il t'a vue lundi et aucune greluche n'était à son bras de la semaine. Il commence à devenir accro !

J'écarquille les yeux : voilà qui m'étonne. Lana ne le croise qu'au bureau, et à mon avis ses soirées ont été bien occupées. Mais cela m'importe peu, il peut bien coucher avec qui il veut du moment qu'il revient vers moi.

— Dis, tu ne devais pas prendre un verre avec Scott aujourd'hui ? demandé-je.

— Si, mais il a annulé… Trop de travail, répond-elle en haussant les épaules.

— Et au fait, comment va Ethan ?

Je l'ai questionnée après ma deuxième rencontre avec Dean, mais elle a fait comme si de rien n'était, prétextant que ce n'était qu'un collègue.

— Ethan ? Euh… bien, je suppose.

Je sais comment se comporte Lana lorsqu'elle a un coup de cœur : elle a les yeux qui pétillent et se triture nerveusement les cheveux. Et c'est exactement ce qu'elle a fait en sa présence la dernière fois.

— Dis donc, commencerais-tu à t'enticher de lui ? la taquiné-je.

Mon amie secoue la tête et soupire.

— Tsss, n'importe quoi… C'est juste un collègue, ronchonne-t-elle.

— Un brun aux yeux bleus, les cheveux longs, c'est tout à fait ton type… Si tu préfères, tu peux te rapprocher de lui plutôt que de Scott. Je suis certaine qu'il en connaît un rayon sur Hamilton's Jewelry…

— Non, on s'en tient au plan : je séduis Scott du service comptabilité. Il est un peu ennuyeux, mais il est gentil. Et puis, ce n'est pas comme si j'envisageais de l'épouser !

Bien que Scott ne soit qu'un pion et qu'il ne soit pas question d'amour, je sais à quoi ma meilleure amie pense. À chaque fois qu'elle rencontre un homme, un schéma identique se produit : elle se lasse rapidement. Non pas qu'elle tombe toujours sur des enfoirés à chaque fois, même si cela arrive fréquemment. Lana est un électron libre avec une personnalité atypique déstabilisante pour beaucoup. De plus, c'est le genre de femme qui ne tient pas en place et qui est très vite ennuyée par la routine. Elle n'a jamais été

totalement en phase avec un homme, et je sais que cela l'inquiète énormément.

— Ethan est juste un copain, affirme-t-elle. C'est vrai que son côté mec torturé réveille mon syndrome de l'infirmière… mais c'est juste un copain, se répète-t-elle.

J'ignore qui elle essaye de convaincre : elle ou moi ? Quoi qu'il en soit, je n'insiste pas, Lana n'aime pas qu'on la perce à jour, et je respecte ça.

— Très bien, comme tu veux. Bon, j'y vais, à plus !

Je fais un signe de la main à mon amie, qui en fait tout autant avant de retourner à Thomas Shelby et son gang. Je prends mon sac suspendu derrière la porte d'entrée et sors. Une fois sur la terrasse, je longe le chemin de dalles de bois qui fait le tour de notre maison pour rejoindre la route plus en haut. L'air s'est rafraîchi, et on respire mieux que la semaine passée.

Déjà là, Dean est adossé à sa voiture noire, au téléphone. Plusieurs piétons arrêtent leur regard sur lui, essentiellement des femmes. Les derniers baigneurs de la journée regagnent leur véhicule et bientôt, la rue retrouvera son calme.

Dean ne m'a pas encore vue. Il porte un costume bleu roi et une chemise grise. Ses cheveux dorés sont en bataille, mais c'est un chaos maîtrisé. Son visage est lumineux, il rigole à gorge déployée. Son pouce et son index capturent sa lèvre inférieure sur laquelle il tire. Il semble maintenant en pleine réflexion.

J'arrive enfin sur le béton et mes talons claquent sur le bitume, ce qui attire son attention. Dean se redresse en me détaillant de la tête aux pieds. Je savais que cette robe serait mon alliée.

— Bonsoir, Dean.

Il reste silencieux, son regard hypnotisé par la peau nue de ma cuisse que laisse entrevoir la fente de mon vêtement. Je secoue la main près de l'ouverture, ce qui le conduit à relever le visage vers moi.

— Dean ?

— Je vais devoir te rappeler, répond-il à son interlocuteur.

Un sourire incurve ses lèvres, et il me jette une œillade à la dérobée.

— Une affaire urgente qui requiert mes services et ma pleine concentration, répond-il avant de raccrocher.

Il range son téléphone dans sa poche et, en deux enjambées, il est à ma hauteur. Ses yeux s'ancrent aux miens alors qu'il me fait un baisemain.

Il effleure ma joue de ses lèvres. Le souffle chaud de sa bouche laisse dans son sillage un froid polaire quand il s'éloigne.

— Bonsoir, Violette, dit-il d'une voix rauque.

— Dean.

— On habite presque à côté l'un de l'autre. Étonnant ?

— Si tu le dis…

Je fais de mon mieux pour ne pas lui montrer que, même si son numéro est des plus clichés et ringards, mon corps est déjà à l'affût du prochain contact.

Foutues hormones.

Une belle gueule, de bonnes manières, un sourire à tomber, et elles oublient qui est Dean Hamilton.

Mon rencard ouvre la portière côté passager et m'enjoint de la tête de monter. Je m'exécute et ne cache pas mon étonnement quand il me rejoint.

— Une Porsche 911 cabriolet ? demandé-je.

Dean met ses Ray-Ban et m'offre un rictus à tomber.

— Connaisseuse ?

— La voiture de Hank Moody dans *Californication* ? Un peu que je connais ! J'ai toujours rêvé de faire un tour dedans !

L'excitation se perçoit dans ma voix qui part dans les aigus pendant que je caresse le tableau de bord. Dean boucle sa ceinture et s'approche de moi.

— Je t'avais bien dit que j'étais en mesure de satisfaire le moindre de tes désirs, souffle-t-il.

La suffisance inonde ses traits, ce qui me fait lever les yeux au ciel. Dean émet un petit rire et se penche au-dessus de moi pour m'attacher à mon tour. Sa barbe de quelques jours effleure la peau de mon visage au passage, et cela me donne la chair de poule.

Merde.

Son regard se pose sur mes avant-bras. Du bout des doigts, il touche le creux de mon bras, avant de s'attarder sur le tatouage fleuri à mon poignet.

— Tu as froid ? Tu veux que je sorte la capote ? murmure-t-il.

Hein ?

Mon cerveau a dû se perdre dans le vert profond de ses yeux.

— De la voiture, précise-t-il en me désignant l'arrière de l'auto, revenant à sa place.

— Oh…

Mon visage s'empourpre et, mal à l'aise, je dévie le regard tandis qu'il s'esclaffe.

— Vous avez les idées bien mal placées, mademoiselle.

Il a un petit sourire en coin, satisfait de m'avoir perturbée. Je roule de nouveau des yeux.

— Dans tes rêves, Hamilton. Il n'est pas arrivé le jour où je me ferais avoir par ton manège !

— On prend les paris ? Le perdant devra une faveur à l'autre ?

Une lueur d'amusement danse dans ses iris, et il tend la main vers moi. Je la serre dans la mienne avant de dire :

— Prépare-toi à vivre la défaite la plus cuisante de toute ta carrière, Hamilton !

Dean se bidonne et enclenche la première. Il démarre en trombe, ses cheveux flottant dans le vent.

Chapitre 8

Violette

Le jour décline et le soleil, droit devant nous, m'éblouit. Je sors donc mes lunettes de mon sac pour les mettre sur mon nez. Dean balance la tête en tapotant des doigts sur le volant. J'augmente le volume de la radio où *Sweet Home Alabama* de Lynyrd Skynyrd est diffusé. Il me lance un sourire approbateur avant de reporter son intention sur la route et de commencer à chantonner les paroles.

— Euh…, dis-je en esquissant une grimace.

Il chante affreusement faux.

— Tu es au courant que tu massacres ce petit bijou du rock ? enchaîné-je.

Nous arrivons à un feu rouge, et lorsque la voiture s'arrête, Dean me tire la langue, tourne le bouton de la radio pour baisser un peu le son et s'égosille encore plus fort. Il hurle les paroles, le tout avec un timbre de voix qui ferait saigner les oreilles de n'importe quel musicien.

— Dean !

Je secoue sa manche pour qu'il cesse, mais il reste sourd à mes suppliques, se mettant à mimer les mouvements d'un batteur sur son volant. C'est très gênant, car toutes les personnes arrêtées au feu, dans leurs voitures, nous lancent des coups d'œil interloqués.

— Dean, tout le monde nous regarde !

— Et alors ? *Sweeeeet home Alabama, where the skies are so blue*[1]…

Je tente de remonter le son de la radio pour couvrir ses beuglements, mais il m'en empêche en capturant ma main pour y déposer un baiser.

— La vie est courte, ma jolie, lâche-toi un peu. Chante avec moi !

— Certainement pas ! réponds-je en secouant la tête, horrifiée rien qu'à l'idée.

Sauf que Dean n'a que faire de mon avis. Il se tourne vers moi et hurle de plus belle, faisant semblant d'avoir un micro dans les mains.

— Salut, vous. Vous êtes bien belle ce soir. Accepteriez-vous de venir dîner avec un pauvre homme en manque d'amour ? demande-t-il en me faisant un clin d'œil.

J'explose de rire devant son attitude désinvolte. Comment peut-il être encore plus séduisant que d'habitude en faisant l'imbécile ?

Mes joues rougissent. Cette version de Dean Hamilton, insouciant et enjoué, me paraît plus authentique que tout ce qu'il a pu me dévoiler jusqu'ici. J'ai du mal à me l'avouer, mais j'apprécie cette facette de lui.

Il a échangé son costume de riche prétentieux contre celui d'un homme qui profite des plaisirs simples de la vie, sans se préoccuper de l'opinion d'autrui. Chose que je ne l'aurais pas pensé capable de faire. Après tout, les Hamilton ont une image à préserver, ils font souvent la une des journaux et n'importe qui pourrait le filmer et balancer la vidéo sur les réseaux sociaux.

Le feu devient vert, mais Dean ne bouge toujours pas, pris dans sa petite comédie musicale qui ferait, c'est certain, un gros bide.

— Dean, démarre !

— Pas avant que tu chantes avec moi !

1 Extrait de la chanson écrite par Edward King, Gary Rossington et Ronnie Zant.

Il passe maintenant à un mime de guitariste. Seigneur, on ne va jamais y arriver. Des voitures klaxonnent derrière nous, et les conducteurs s'agacent.

— Putain, Dean !

Il attrape mon menton entre son pouce et son index.

— Allez, Violette. Montre-moi que tu n'es pas l'une de ces princesses pétées de tunes, coincées du cul et qui obéissent aux règles de papa et maman en attendant de dénicher un bon parti.

Il ne joue plus. Il me teste, et je me demande ce que ça peut lui faire vu qu'il n'a sûrement qu'une idée : me mettre dans son lit. Mais sa remarque fait mouche, j'inspire pour trouver du courage, puis mes lèvres se décèlent.

— *Sweet home Alabama, where the skies are so blue.*

Dean m'accompagne pour la suite.

— *Sweet home Alabama, lord I'm comin' home to you…*

Il enclenche la première, et le moteur ronronne quand il presse la pédale. Nous échangeons un regard, puis rions alors que les voitures se sont lancées dans un véritable concert de klaxons.

— Tu es un imbécile… Tu es au courant ? m'esclaffé-je en secouant la tête.

— Mais j'ai réussi à te faire rire, non ? Et tu sais ce qu'on dit… Femme qui rit…

Je lui adresse une œillade d'avertissement, ayant retrouvé tout mon sérieux.

— Mais vraiment, Violette, tu as les idées mal placées ce soir… Femme qui rit, femme épanouie !

Le sourire qu'il retient lorsqu'il reporte son attention devant lui ne m'échappe pas.

Il est affreusement séduisant quand il fait l'imbécile, non ? me souffle mon cerveau.

Oui, mais je dois garder à l'esprit mon objectif. Dean n'est qu'un pion dans tout ça, un moyen d'arriver à mes fins.

Je m'installe confortablement dans le siège tandis que les Beach Boys prennent le relais à la radio. Nous roulons pendant une bonne demi-heure, longeant la côte en direction d'East Hampton. Le soleil couchant et la vue sur l'océan sont incroyables. Je tends le bras et fais onduler mes doigts dans le vent.

Mes lèvres se retroussent. En cet instant, ma vengeance est reléguée au second plan. Je suis juste Violette. Une femme de vingt-sept ans qui a un rencard avec un crétin au sourire enchanteur et qui profite de la vie.

— C'est agréable, n'est-ce pas ?

Je me tourne vers Dean et l'interroge du regard.

— D'agir comme on l'entend et de faire ce que l'on veut sans que personne nous dicte la conduite à adopter.

Un air sincère anime son visage, et je me demande si sa remarque a un quelconque rapport avec son vécu. Je hoche la tête pour toute réponse.

Dean s'engage ensuite dans les terres, et nous roulons quelques minutes de plus. Il entre dans un parking extérieur surveillé par plusieurs hommes baraqués en costume. Il s'arrête devant l'un d'eux, descend et lui confie ses clés. Puis, mon rencard vient m'ouvrir la porte. En parfait gentleman, il me tend son bras, et je passe le mien dessous. Je jette un coup d'œil aux voitures qui nous entourent et je comprends mieux la présence des armoires à glace. Les véhicules sont tous au moins aussi luxueux que la Porsche de Dean. Le parking se situe dans une rue calme, bordée de maisons plus grandes les unes que les autres. Étrange qu'un restaurant se trouve dans un quartier résidentiel.

Mon ventre se serre d'appréhension à l'idée que nous allions dîner avec tous ces gens fortunés. Je ne serai pas dans mon élément et je craignais que Dean ne choisisse ce genre d'endroits. Mais je m'imaginais mal lui dire qu'un simple fast-food m'aurait satisfaite car, après tout, je suis censée être une poule de luxe.

Nous traversons la rue et nous dirigeons vers un édifice à deux étages, entièrement blanc avec des éclaboussures de peintures multicolores de chaque côté. La nuit est presque tombée, mais ça ne m'empêche pas de voir un tapis rouge déroulé devant la bâtisse.

Ils sont vraiment bizarres ces riches…

— C'est… original pour un restaurant, dis-je.

— Je voulais t'emmener quelque part avant de dîner, répond mon cavalier avec un clin d'œil.

Je m'arrête avant de fouler le tapis rouge par lequel des gens pénètrent dans le bâtiment. Il précise alors :

— Un vernissage.

— Un vernissage ? Toi ? À un vernissage ? ris-je. Je pensais que tu étais plus du genre picole et clubbing le vendredi soir !

Dean se renfrogne tandis que nous arrivons à l'entrée.

— Je crois bien que j'ai des yeux comme tout le monde ? grogne-t-il en se remettant à marcher, moi aussi par extension du coup.

Pourquoi s'agace-t-il ? Je ne fais qu'énoncer une vérité après tout…

Dean me dévisage en sortant quelque chose de la poche intérieure de sa veste de costume. Il tend deux entrées au vigile, qui lui offre un sourire chaleureux en les lui rendant.

— Bonne soirée, monsieur Hamilton.

Dean lui fait un signe de la tête, et nous avançons. La galerie est bondée de monde, et chacun a une coupe à la main, occupé à contempler les peintures exposées ou bien pris dans une discussion. Les tableaux de l'artiste sont accrochés aux murs bleu pâle, mais aussi sur des panneaux mobiles au centre.

Je déglutis avec peine en me demandant ce que je fiche là. Tant que j'ai Dean à mes côtés, ça devrait bien se dérouler.

Malheureusement pour moi, aussitôt sommes-nous à l'intérieur du bâtiment qu'il lâche mon bras.

— Je vais au bar, dit-il sans plus de précision. Profite bien des peintures.

Il est sérieux, lui ?

Ses yeux me lancent des éclairs, et je comprends enfin ce qu'il se passe : j'ai blessé son orgueil de riche. Je soupire devant son attitude puérile et je ne peux m'empêcher de répliquer :

— Tu vois que j'avais raison, lancé-je alors qu'il s'éloigne, dans une ultime provocation. Bonne picole !

Il se retourne, ainsi que quelques personnes. Ses iris sont d'un vert sombre, beaucoup moins lumineux que d'habitude. L'insouciance a déserté ses traits, et il me regarde, comme il ne l'a jamais encore fait avant, avec colère.

Je plaque sur mon visage un sourire exagérément hypocrite et attrape une coupe de champagne sur le plateau d'un serveur qui passe par là. Puis, sous ses yeux médusés, je lui tourne le dos, ainsi qu'aux curieux qui m'observent étrangement, et me dirige vers les peintures.

Chapitre 9

Violette

Je soupire en avalant la dernière gorgée de ma seconde coupe de champagne. Ce n'est pas vraiment le genre de soirées que j'avais imaginé passer avec Dean. Même s'il n'est qu'une étape dans le périple qu'est ma vengeance, j'aimerais que le trajet soit agréable.

Cela fait bientôt une vingtaine de minutes qu'il est retranché derrière le bar à discuter avec le serveur qu'il connaît, si je me fie à l'accolade dont il l'a gratifié. Mon rencard s'esclaffe en enchaînant les shoots couleur cerise en me lançant des regards à la dérobée de temps à autre.

Je continue à déambuler dans la galerie, contemplant les peintures de l'artiste. Elle est vraiment très douée, et son coup de pinceau est digne des plus grands maîtres. Ses tableaux sont essentiellement des paysages issus de ses périples, d'après les légendes sous les toiles. Je ne me suis jamais rendue dans ces lieux, mais je voyage par procuration : le Corcovado de Rio de Janeiro, les pyramides du Caire, le Colisée à Rome et j'en passe. Mon intérêt se focalise sur sa peinture de l'Etna en Sicile. L'explosion d'une partie du cratère, la lave incandescente qui coule, gagnant la végétation de l'île… Je me demande si une fois ma vengeance accomplie je me sentirai comme ce volcan.

Libérée de la colère qui gronde en moi.

Affranchie de la rage bouillonnante qui engorge mon cœur.

Un détail attire mon attention en bas à gauche de la peinture : les initiales H. H.

Je m'apprête à passer à un autre tableau quand quelqu'un me frôle. Une blonde entre deux âges, aux hanches généreuses, moulées dans sa robe de cocktail lilas, une flûte de champagne à la main. Je la reconnais immédiatement : c'est la mère de Dean.

Je comprends mieux pourquoi il m'a emmenée ici, c'est elle l'artiste exposée dans la galerie.

Est-ce que son mari est là aussi ? Un début d'angoisse me gagne, mais je n'ai pas le temps de vérifier, car elle m'apostrophe :

— Pas terrible, hein ?

Je la dévisage avec amusement. Pourquoi se sabote-t-elle ?

— Je ne suis pas de votre avis. Je trouve que l'artiste maîtrise à la perfection les techniques du dessin et de la peinture. Ses traits sont appliqués et justes, tout comme l'emploi des dégradés de couleur. Il n'y a aucune faute de goût. C'est sans conteste la plus belle pièce de la collection.

La mère de Dean pince les lèvres, acquiesce, puis se tourne vers moi.

— Ravie de vous l'entendre dire, répond-elle avec un sourire malicieux avant d'entrechoquer nos verres.

Je lui rends son sourire, intriguée. Un troisième convive vient s'ajouter à notre duo. Bouclettes rousses, iris vert clair et lunettes d'intello, je reconnais Noah. Il passe un bras autour des épaules de la mère de Dean et dépose un baiser chaste sur sa joue.

— Chapeau l'artiste ! Tu t'es encore surpassée, Helena !

Cette dernière affiche un air joyeux et pince la pommette de Noah. Ensuite, elle me presse la main avec bienveillance.

— J'aime bien me jouer des nouvelles têtes, confesse-t-elle.

Tous ceux qui me connaissent n'oseront pas me dire la vérité et m'adressent un rictus hypocrite en vertu de la bienséance.

Ces paroles semblent lui laisser un goût amer. Au-delà du peintre, je sens que je vais aussi apprécier la femme. Noah me jauge de haut en bas et fait un pas, la main tendue vers moi.

— Je ne crois pas qu'on ait été officiellement présentés, affirme-t-il en me souriant. Je suis l'un des meilleurs amis de Dean, Noah.

Je lui serre la main, et il en profite pour loucher une brève seconde sur mon décolleté. Il est très séduisant, mais d'une manière différente de Dean. Si mon rencard a une beauté brute, Noah remplit tous les critères d'un apollon grec, à la physionomie parfaite et lisse. Il est charmant, mais pas vraiment mon genre.

— Enchanté, Violette, dis-je en relâchant sa paume.

— Oh ? Vous connaissez mon fils, Dean ? demande Helena.

Je feins la surprise en reposant ma coupe sur le plateau d'un serveur qui vient à notre rencontre. Noah et Helena reprennent une flûte, mais je décide de m'arrêter là. J'ai l'occasion de me rapprocher du cercle intime de Dean, et par extension de son père. Il faut que je sois prudente et en pleine possession de mes capacités.

— Eh bien… Nous sommes amis, finis-je par répondre.

Helena m'adresse un sourire de convenance, mais je ne suis pas dupe. Je ne suis plus face à l'artiste ou à la femme. Non, je suis face à la lionne prête à sortir les griffes pour protéger son petit.

— Vraiment ? Vous seriez donc libre pour dîner en ma compagnie prochainement ? murmure Noah en me dévisageant sans la moindre gêne.

Je m'apprête à refuser poliment quand je sens un bras agripper de manière possessive ma taille.

— De *très* bons amis, précise Dean en plantant les yeux dans les miens.

Il n'y a plus aucune trace de colère dans ses iris. Une autre lueur, que je n'arrive pas à déchiffrer, est imprimée dans son regard. Helena toussote et interrompt notre moment. Dean dépose un baiser sur la joue de sa mère sans pour autant me lâcher. Il adresse ensuite une œillade assassine à Noah et lui serre la main. Un peu trop fort, car celui-ci se tend.

— Eh bien, en tout cas, ton amie est d'une honnêteté rafraîchissante, dit Helena. Pas comme ces sournois qui me complimentent uniquement pour rester dans les bonnes grâces de ton père…

— Maman…

— Non, Dean, ne le défends pas encore ! Il savait que je tenais à ce que cette soirée soit intime, juste les proches. Résultat, il a débarqué il y a une heure avec la moitié des grosses fortunes des Hamptons ! s'écrie-t-elle en désignant de la main l'ensemble de la pièce. De potentiels clients de votre entreprise !

Il est donc présent. L'anxiété commence à me gagner et les battements de mon cœur s'accélèrent. Ce n'était pas prévu. Et je gère mal les imprévus. Je ne suis pas prête à le revoir si tôt, du moins pas sans l'avoir anticipé.

J'ai de la compassion pour la mère de Dean. Pour un membre de la famille Hamilton. Mais comment peut-il en être autrement quand des larmes perlent au coin de ses yeux ? De toute évidence, Helena n'est pas faite du même matériau que les deux mâles de son clan, et j'ai du mal à ignorer le pincement qui gagne mon cœur.

— Maman… Il est fier de toi, il veut que tout le monde puisse découvrir ton travail et…

— Il te l'a dit ? demande Helena, les mâchoires crispées. Parce que dans ce cas le message n'est pas arrivé jusqu'à moi !

Dean ne répond rien et affiche une mine contrite. Moi, je fais tout mon possible pour contrer mon stress.

Quant à Noah, il s'éclaircit la voix et prend Helena dans ses bras.

— Encore félicitations, Helena. C'est superbe, comme chacune de tes expositions. Préviens-moi du lieu de la prochaine, dit-il.

Puis, il se tourne vers Dean.

— À demain, mec. Tu me diras vers quelle heure on peut débarquer ?

— Bien sûr, acquiesce Dean en serrant la main qu'il lui tend.

Ensuite, Noah dépose un baiser sur ma joue sous le regard inquisiteur de son ami.

— Au plaisir, Violette. Ravi d'avoir fait votre connaissance. Ne faites pas trop de bêtises, les enfants, souffle-t-il en nous adressant un clin d'œil à Dean et moi. Et protégez-vous surtout !

Dean esquisse un petit rire, et je rougis en songeant que sa mère est juste à côté. Noah s'éclipse pour rejoindre un autre groupe d'invités et, gênée, je me racle la gorge. Pour changer de sujet, je lance :

— En tout cas, je trouve vos tableaux très réussis, madame Hamilton.

Helena m'adresse un sourire lumineux.

— Je vous en prie, appelez-moi Helena, répond-elle en touchant distraitement une manche bouffante de ma robe.

Dean fixe sa mère en fronçant légèrement les sourcils tandis qu'il resserre sa prise sur ma hanche et me rapproche davantage de lui.

— Et je suis certaine que beaucoup ici sont de mon avis, ajouté-je avec bienveillance.

— Ah, ma chère femme !

Cette voix dure et autoritaire. Je la reconnaîtrais entre mille. John Hamilton.

Mon souffle se bloque dans ma cage thoracique alors qu'il me frôle pour aller aux côtés de son épouse. Une douleur imaginaire brûle ma peau là où ma rose est tatouée. Mon sang bouillonne dans mes veines. Il a toujours ce visage sympathique, mais que je sais hypocrite. Ses cheveux sont à présent totalement gris et des rides se dessinent autour de ses yeux et de sa bouche. Mais hormis ça, il n'a pas changé.

Je le hais. Tellement. Ça fait dix ans que je ne l'avais pas vu, pourtant, ma colère à son égard est présente plus que jamais. Pire, j'ai l'impression qu'elle s'est accentuée. J'ai envie de lui administrer une gifle monumentale.

Mais ce serait trop facile, Violette. Tiens-t'en à ton plan, sa chute n'en sera que plus grande.

John dépose un baiser sur le front de sa femme, Helena se tend et s'éloigne d'un pas lorsqu'il tente de la saisir par la taille. John lui adresse un sourire forcé, dépourvu de chaleur. Helena croise les bras contre sa poitrine et affiche un air renfermé en se perdant dans la contemplation du tableau de l'Etna devant elle.

— Fils, dit John en s'approchant de Dean.

Je me soustrais au contact de mon rencard pour le laisser à ses embrassades avec son père. Quand tous deux se séparent, John pose un regard insistant sur moi puis adresse un coup d'œil à son fils.

— Et qui est ta charmante cavalière, Dean ?

Celui-ci échange un sourire avec son père alors que je n'ai qu'une envie : sauter à la gorge de ce dernier pour lui sectionner la jugulaire. Mais au lieu de laisser libre cours à ma rage, qui me vaudrait un aller direct en prison, j'entrelace les doigts et les serre plus que de raison en les cachant dans mon dos pour ne pas éveiller sa suspicion. Puis, je plaque un sourire hypocrite sur mon visage.

Dean revient à mes côtés et place discrètement sa grande paume sur mes mains.

— Père, voici Violette. Violette, voici John Hamilton, mon père et dirigeant de Hamilton's Jewelry.

Il caresse à présent avec tendresse mes poignets.

Pourquoi fait-il ça ? Pourquoi essaye-t-il de me réconforter ?

Mon corps ne peut pas s'empêcher de réagir à son contact beaucoup trop agréable. Ma gorge s'assèche et des picotements dansent le long de ma colonne vertébrale. De nouveau, comme en boîte, Dean Hamilton me prend au dépourvu.

Ce n'est pas censé se passer comme ça !

J'ai l'impression de me liquéfier sur place.

Foutues hormones, c'est uniquement de leur faute !

Dean dépose un baiser chaste sur ma joue juste avant de murmurer à mon oreille :

— Il ne te mangera pas, promis. Je ne laisserai cet honneur à personne, il me revient, susurre-t-il d'une voix pleine de désir.

Il pense que je suis intimidée par son père. S'il savait…

Dean me fait un clin d'œil et remet le bras autour de ma taille. Il presse ma hanche, ce qui me ramène sur Terre. Son père tend une main vers moi, et je la serre.

— Enchanté, Violette… ?

Son ton mielleux ne me trompe pas. J'ai appris à mes dépens qu'il était incapable de bonté humaine.

— Williams, réponds-je.

Williams est l'un des trois patronymes les plus courants aux États-Unis. J'ai tellement changé en dix ans que je doute qu'il me reconnaisse, mais sait-on jamais.

— Enchanté, mademoiselle. Et comment vous êtes-vous rencontrés avec Dean ? demande-t-il, curieux.

Pitié, il faut qu'on décampe d'ici. Ce n'est pas ainsi que je devais nouer le contact avec John Hamilton. Et comme le souligne si bien Lana, quand ça ne colle pas à ce que j'avais prévu, je déteste ça. Je n'ai pas la maîtrise des choses et ça me rend dingue.

— John, tu ne vas pas lui faire passer un interrogatoire ? s'agace sa femme.

Je n'arrive pas à empêcher mes lèvres de se retrousser. Helena

Hamilton me plaît de plus en plus. Je me retourne pour dissimuler mon sourire, et une idée naît dans mon esprit. Je sais comment partir d'ici.

Les parents Hamilton se chamaillent sans nous prêter attention, et je profite de cette distraction. Je dépose un baiser appuyé sur la gorge de Dean. Sa pomme d'Adam s'agite plus que la normale. Il m'observe en fronçant les sourcils. L'une de mes paumes agrippe son fessier et cette fois-ci, ses yeux sont écarquillés.

— Dites donc, mademoiselle Williams… Je ne vous pensais pas si coquine, murmure-t-il en replaçant derrière mon oreille une mèche.

— Et encore, monsieur Hamilton, vous n'avez rien vu…

Les mâchoires de Dean se tendent, et je sais que j'ai touché une corde sensible. Le désir s'invite dans ses iris et ses pupilles commencent à se dilater. Si Lana a dit vrai, s'il n'a pas couché avec une femme depuis notre rencontre, mon rencard doit avoir atteint un niveau de frustration facile à faire voler en éclats.

Dean m'observe un bref instant en emprisonnant sa lèvre inférieure entre ses dents.

— On va devoir vous laisser, annonce-t-il à ses parents sans plus de cérémonie. Mère, tes tableaux sont magnifiques, comme d'habitude.

— Merci, mon chéri, répond Helena en plantant un baiser bruyant sur sa joue.

John échange une poignée de main avec son fils, puis avec moi. La mère de Dean me serre dans ses bras.

— Violette, accompagnerez-vous Dean à la réception que nous donnons mercredi prochain ? Pour le 4 Juillet ? Ce serait un véritable plaisir de vous compter parmi nos invités. N'est-ce pas, John ?

— Oui, bien sûr, vous êtes la bienvenue, renchérit celui-ci dans un sourire.

Je n'avais pas prévu d'abattre mes cartes si tôt, mais c'est une opportunité que je ne peux pas refuser. Lana a raison, il faut savoir s'adapter à la situation. Il est temps de saisir la chance qui s'offre à moi ! Dans moins de sept jours, la disgrâce du P-DG de Hamilton's Jewelry commencera et il regrettera de m'avoir conviée dans sa demeure.

— À samedi alors, dis-je en les saluant de la main.

Puis Dean, le bras toujours autour de ma taille, m'entraîne vers la sortie de la galerie.

Chapitre 10

Dean

Violette regarde distraitement le paysage, le coude appuyé sur la portière et le menton sur sa paume. Il fait nuit, et elle ne doit pas distinguer grand-chose, mais elle persiste à prétendre le contraire depuis un bon quart d'heure. J'ai tenté d'engager la conversation, mais en vain. Elle se contente de répondre par un hochement de tête à chaque fois ou d'un sourire forcé. Ma fleur s'est refermée, ne laissant plus que le revers de ses pétales exposés à ma vue, son cœur inaccessible.

Violette mordille l'intérieur de ses joues. Sa méfiance est revenue depuis qu'elle a rencontré mes parents et, surtout, mon père. Ça ne m'étonne pas, il fait souvent cet effet. Mais je n'aurais pas imaginé qu'elle était anxieuse. Sauf qu'elle a refait ce truc qui m'avait alerté au Dream quand nous dansions : ses yeux se sont écarquillés l'espace d'une seconde avant qu'elle remette son masque de façade.

— Tu as faim ? demandé-je pour tenter de la distraire.

C'est une question rhétorique, car j'ai entendu son ventre crier famine alors que nous montions en voiture. Aucun son ne sort de sa bouche, et elle ne daigne même pas m'accorder un regard. J'hésite une seconde et finis par poser la main sur sa cuisse. Violette sursaute, ce qui me pousse à l'enlever.

— Oui, oui, répond-elle avant de revenir à l'obscurité du dehors.

Mes paumes se crispent de frustration sur le volant. Je n'arrive pas à la suivre. Juste avant que nous quittions la galerie, elle m'allumait comme pas permis et là, mon toucher la surprend.

Qu'est-ce que tu fous avec cette fille, Dean ?

En toute sincérité, je n'en sais rien. Mais je ne peux pas m'empêcher de lui tourner autour, jusqu'à ce qu'elle s'ouvre à moi. Je n'ai pas l'habitude qu'on me résiste. En général, tout m'est offert sur un plateau d'argent et les femmes que je fréquente sont loquaces. Beaucoup trop même.

Mais pas Violette Williams. Et c'est sûrement ce qui me pousse à revenir à la charge.

Une demi-heure de voiture plus tard, bercé par le requiem silencieux de ma passagère, je me gare devant le Scotto's Pork à Hampton Bays. Violette se redresse, la main sur la portière.

— Je vais commander à emporter. Tu veux une salade ? proposé-je en sortant de ma Porsche.

— Une salade ? Tu penses que je suis un rongeur ? s'indigne-t-elle en me fixant d'un regard incrédule.

— D'habitude, les femmes choisissent une foutue salade de peur qu'une bouchée de fromage ne leur fasse prendre cinq kilos…, me défends-je.

— Opter pour une salade au resto, c'est comme fêter Noël sans sapin, aller à la plage en combinaison de ski ou encore visionner *Titanic* sans réserve de mouchoirs : i-nu-ti-le.

Comme espérer s'envoyer en l'air avec toi dès la première rencontre…

— Une végétarienne pour moi, annonce-t-elle.

Tiens, j'aurais juré qu'elle était plutôt du genre carnivore. Elle sort son portefeuille et me tend un billet lorsque j'arrive de son côté. Je secoue la tête et agite la main pour refuser.

— Je paye ma part, Dean, déclare-t-elle en fronçant les sourcils, prête à livrer bataille.

— Non, c'est moi qui régale !

Le clin d'œil que je lui adresse n'a aucun effet, pas plus que mon sourire enjôleur. Elle se renfrogne davantage, ouvre la portière qu'elle cogne contre moi. Mais elle s'en fout complètement et ne me présente aucune excuse.

— Hors de question ! argue-t-elle.

Ses lèvres sont pincées. Elle est en pétard, tout ça pour une histoire de 10 dollars. C'est ridicule. Elle est ridicule.

Alors pourquoi cela m'excite-t-il quand elle se met en rogne et me résiste ?

Je ne l'en trouve que plus séduisante. Je fais un effort surhumain pour ne pas la plaquer sur le capot de ma Porsche afin de l'embrasser à pleine bouche et d'enfouir les mains sous sa robe pour appréhender la volupté de ses courbes divines.

Je soupire et avance vers le restaurant pour me détourner d'elle. À la fois pour me calmer, mais aussi pour éviter de me faire arrêter par les flics pour exhibitionnisme en public. J'entends ses talons claquer sur le bitume derrière moi.

Arrivé à la porte, je lui ouvre et l'invite à passer devant. Elle m'adresse une moue ironique avant de se diriger vers le comptoir qui se trouve directement sur la gauche.

— Bonsoir, une pizza végétarienne, s'il vous plaît, demande Violette, ses lèvres retroussées en un sourire aimable.

Elle a retrouvé sa bonne humeur, tout du moins avec le serveur qui prend sa commande. Le blond boutonneux lui rend son rictus, et ses joues rosissent légèrement. Il doit avoir à peine la majorité et il est clairement sous son charme.

— Et vous, monsieur ?

— Une quatre fromages, réponds-je.

Il hoche la tête. Dix minutes plus tard, notre nourriture est prête, et Violette tend fièrement son billet au petit jeune. Elle prend les boîtes en carton et sort la première du restaurant. Je me saisis vite de son billet, que je fourre dans ma poche, et le remplace par deux autres. Le serveur me dévisage d'un drôle d'air, mais finit par hausser les épaules en s'emparant de l'argent. Il tapote sur la caisse enregistreuse et prépare la monnaie à me rendre.

— Non, gardez-la, pour inviter une fille de votre âge à dîner, par exemple.

Subtile manière de lui demander de détourner le regard de ma cavalière dont il reluque les fesses à travers la baie vitrée à côté du comptoir. Je le sais, parce que j'ai fait exactement la même chose. Je ne suis qu'un homme après tout. Un homme qui n'a pas touché une femme depuis deux semaines, qui plus est.

Les joues du petit jeune virent au cramoisi quand il comprend que je l'ai pris la main dans le sac.

— Euh… Oui… Oui, monsieur. Merci…, bredouille-t-il.

Je lui adresse un clin d'œil et rejoins Mlle Ronchonne, qui s'impatiente sur le parking en tapant du pied devant sa portière.

— Enfin ! râle-t-elle.

— Ça va, ça va, *princesse*. Tu as choisi le mauvais gars si tu voulais quelqu'un qui t'obéisse au doigt et à l'œil. Quoique, il y a bien une situation dans laquelle je pourrais exaucer la moindre de tes volontés…, répliqué-je en remuant les sourcils tout en lui ouvrant la portière.

Elle s'installe sur le siège passager, boucle sa ceinture et met les pizzas sur ses jambes.

— Tu montes ou il faut t'envoyer un fax ? reprend-elle alors que je la dévisage, toujours de son côté.

J'ai une furieuse envie de faire taire sa bouche insolente. Mais, paradoxalement, sa contrariété décuple mon désir pour elle. Ça ne tourne pas rond chez moi. Ni dans mon calbute, d'ailleurs. Mon sexe commence à se réveiller et semble apprécier l'impertinence de Violette.

Je me racle la gorge et rabats les pans de la veste de mon costume pour camoufler mon érection. Je referme sa portière et m'assois sur le siège conducteur.

En moins de dix minutes, nous sommes revenus devant chez elle. J'ai pressé plus que de raison sur l'accélérateur, histoire de penser à autre chose.

— Euh…, murmure-t-elle quand elle voit que je me gare près de sa maison.

— Je me suis dit qu'on pouvait manger sur la plage. J'ai des torches à huile dans mon coffre, précisé-je.

Violette me regarde étrangement et finit par secouer la tête.

— Ça contrarie ton royal popotin d'être en contact avec le sable ?

— En fait, je trouve que c'est une très bonne idée, répond-elle en m'offrant un sourire sincère.

La petite teigne en elle semble s'être éclipsée.

Elle ouvre la portière, et je profite de son inattention pour glisser son billet, que j'ai toujours dans ma poche, dans son sac à main. Elle est déjà en route pour la plage pendant que je prends une couverture, les torches, un briquet ainsi qu'une bouteille de rhum pastèque que j'avais apportée en prévision de cette soirée. L'éclairage artificiel de la rue m'aide à ne pas me casser la gueule dans le sable alors que je la rejoins.

Quand j'arrive à sa hauteur, je ne vois presque plus rien. Elle s'est approchée très près de la mer, et la lumière des lampadaires ne vient pas jusqu'ici. Sa maison est à une trentaine de mètres du rivage. Violette enlève ses talons, déplie la couverture à carreaux et y pose ensuite les deux cartons de pizza, tandis que j'allume les torches.

Elle n'attend même pas que j'aie fini et prend une part pour l'engloutir en presque une bouchée.

— Hum, que ça fait du bien ! lance-t-elle avec un regard appréciateur.

Je m'esclaffe et croque à mon tour dans ma quatre fromages. Cette pizzeria n'est pas un restaurant gastronomique, mais c'est là tout son charme : une cuisine divinement bonne, authentique et sans chichis.

Je m'assois sur la couverture alors qu'elle enchaîne les parts en parcourant le sable humide, tournoyant sur elle-même par moments. Le bas de sa robe est complètement mouillé, mais elle ne s'en préoccupe pas, le sourire aux lèvres. Les rayons de la lune dansent sur sa chevelure, faisant ressortir ses légers reflets violines. Elle ressemble à une étoile scintillante qui se promène dans l'obscurité de la galaxie. Je m'émerveille de sa grâce et de son insouciance.

— Quoi ? demande-t-elle alors que je termine ma dernière part de pizza.

— Tu es très belle.

Ses yeux s'écarquillent une demi-seconde avant qu'un sourire anime sa bouche.

— Merci…

Elle a parlé si bas qu'on pourrait croire qu'elle n'a rien répondu. Violette vient s'asseoir à mes côtés, mais continue à fixer l'étendue d'eau devant nous. Elle ramène les genoux contre sa poitrine et la fente de sa robe dévoile davantage la nudité de sa cuisse. Des grains de beauté parsèment sa jambe d'amazone.

Je brûle d'envie de les toucher du bout des doigts.

Je me calcine d'impatience d'embrasser sa peau laiteuse.

Je me consume tout simplement de la faire mienne.

Mais je me retiens. Quelque chose me dit que si je pose la main sur elle maintenant, je vais me faire rabrouer.

— Violette ?

— Oui ?

— Qu'est-ce qui s'est passé à la galerie ?

Elle se tourne vers moi et l'espace d'un instant, elle semble vulnérable. Puis, elle secoue la tête avant de regarder à nouveau l'océan.

— Je pense que j'ai un peu paniqué. Rencontrer tes parents n'était pas au programme. Ta mère a l'air très sympa…

— Elle l'est. Et mon père n'est pas si terrible que ça.

— Vraiment ?

Je fronce les sourcils en discernant l'amertume dans sa voix.

— Qu'est-ce que tu sous-entends ? demandé-je.

Violette hausse les épaules avant de soupirer.

— Eh bien… Ta mère voulait une exposition entourée seulement de ses proches. Je trouve ça plus que limite que ton père ait convié tout un tas de gens pour servir vos intérêts professionnels.

— Je n'étais pas au courant, précisé-je.

Je n'ai pas envie qu'elle m'associe à son comportement de mufle.

— Je ne cautionne pas ce qu'il a fait, ajouté-je. C'était la soirée de ma mère et il en a profité pour attirer l'attention sur lui.

Violette reporte son regard sur moi et esquisse une mine désolée.

— C'est un bon patron ?

— Pourquoi tu me demandes ça ?

— Je m'intéresse à toi, c'est tout…

Le fait qu'elle le reconnaisse enfin à haute voix me plaît.

— Tu m'as dit que ça se passait bien au travail entre vous, continue-t-elle, ça ne veut pas dire qu'il est exemplaire.

Sa perspicacité me prend au dépourvu. Elle n'a rencontré mon père qu'une seule fois, mais semble déjà avoir cerné le personnage.

— À vrai dire, c'est compliqué… Et je n'ai pas spécialement envie d'en parler, réponds-je. Profitons de cette soirée, rien qu'entre nous.

Violette me sourit timidement lorsque je joue avec l'une de ses mèches de cheveux.

— Pas de problème, je comprends. Mais sache que si un jour tu as besoin d'en discuter, ma porte est ouverte.

— C'est gentil, j'apprécie.

Durant la demi-heure qui suit, je la questionne sur son emménagement dans les Hamptons et sur sa vie new-yorkaise. Violette me décrit dans les moindres détails sa nouvelle maison qu'elle aime par-dessus tout. Si elle finit par aborder son passé dans la Grande Pomme[1], elle reste néanmoins très vague et semble sous tension, sans que je comprenne pourquoi.

Alors que je m'apprête à lui en faire part, Violette me demande de lui parler de mon rôle au sein de Hamilton's Jewelry. Trop content qu'elle se montre enfin intéressée, je lui raconte en quoi consiste mon job tandis qu'elle hoche la tête à intervalles réguliers.

Lorsque le silence est revenu, je saisis la bouteille de rhum et en avale une bonne gorgée. Je la tends à Violette, qui hésite à la prendre, mais finit par le faire.

— Tu fais souvent ça ?

— Boire du rhum pastèque ?

— Ça, je me doute déjà que tu le fais souvent, rit-elle. Je voulais dire, ça t'arrive souvent de pique-niquer sur la plage ? Avec des filles ?

— À vrai dire, non.

Mon aveu semble la surprendre, car elle me lance une moue lourde de sous-entendus.

— En général, dès que la phrase « je prends à emporter » sort de ma bouche, les femmes la rejettent en bloc et préfèrent la table d'un luxueux restaurant. Et je ne te parle même pas de leur tête si je mentionne une pizza !

1 Surnom donné à la ville de New York.

Violette esquisse un sourire en enroulant une mèche de cheveux autour de son doigt.

— Dommage pour elles… Elles ne savent pas ce qu'elles perdent, souffle ma fleur, le regard égaré dans l'océan.

— Une chance pour moi que tu ne sois comme aucune d'elles…

Chapitre 11

Dean

Violette m'observe quelques secondes. Ses yeux dorés détaillent chaque partie de mon visage, et elle attrape sa lèvre inférieure entre les dents. Qu'est-ce que je ne donnerais pas pour que mes dents soient à la place des siennes. Je pourrais jurer entendre crépiter la tension autour de nous. Alors, je me lance, parfaitement conscient qu'elle peut me rejeter à tout moment.

Je caresse de mon index son épaule dénudée, parcours la ligne imaginaire de ses clavicules pour arriver à l'autre bout de son buste. Violette suit attentivement chacun de mes gestes, sa lèvre inférieure toujours emprisonnée. Elle émet des petits soupirs qui ne m'aident pas à me maîtriser, et mon sexe se réveille. Pour elle. Il est animé par sa volonté propre : celle de transformer les murmures affreusement addictifs de Violette en hurlements de plaisir.

Je suis dans la merde.

Violette est différente de toutes celles avec qui je couche d'habitude. Elle mérite que je ne saute pas les étapes, que je prenne le temps de la charmer, son esprit aussi bien que son corps. Je poursuis donc mon investigation, et mon index caresse maintenant la lisière de son décolleté. Deux petites pointes apparaissent sous le tissu de sa robe, et la poitrine de Violette se soulève anormalement vite.

Les yeux de ma fleur ont été contaminés par un désir qui fait écho au mien, à tel point que la distinction entre pupille et iris n'est plus perceptible. Et ça me rend fou. Putain !

J'attrape entre le pouce et l'index sa lèvre inférieure qu'elle martyrise toujours. Je caresse sa chair pleine avant de l'agripper, à mon tour, entre mes dents. Violette frémit et pose une main sur mon épaule. Nous sommes si proches que son souffle se mélange avec le mien. Mes doigts effleurent les taches de rousseur qui parsèment ses pommettes.

— Dean…, murmure-t-elle d'une voix empreinte de luxure.

Il ne m'en faut pas plus pour perdre le contrôle et jeter aux oubliettes ma résolution de prendre mon temps avec elle. J'écrase ma bouche sur la sienne et nous fais tomber à la renverse sur la couverture. Mon corps recouvre le sien et ses bras s'enroulent autour de ma nuque. Je l'embrasse comme un dingue et m'emploie à éponger la frustration que j'éprouve depuis notre rencontre.

Violette entrouvre ses douces lèvres, et nos langues se lancent dans une danse frénétique, le tout enveloppé par un parfum de pastèque. Violette est telle une sucrerie, et mon addiction est en train de se développer. Et comme un accro, il m'en faut plus. Beaucoup plus.

J'appuie ma bouche sur sa gorge et sens son pouls battre très vite. Je mors sa peau délicate et l'aspire. Violette tire sur mes cheveux et se contorsionne sous mon corps.

— *Dean…*, gémit-elle.

En réponse, mon érection grandit contre son bas-ventre. Je délaisse son cou pour déposer une myriade de baisers jusqu'à son décolleté. J'embrasse à travers le tissu ses tétons qui pointent d'excitation. La tête de Violette bascule en arrière, ses yeux se ferment et, à présent, ses mains agrippent le sable. *Quel magnifique spectacle elle offre là !*

Cela fait trop longtemps que je n'ai pas fait les choses avec lenteur. Mais je veux le faire avec elle, je veux la voir succomber à la luxure petit à petit. Alors, mon index succède à ma bouche, caresse avec paresse sa poitrine, et je prends le temps de la contempler.

Je m'extasie devant son regard voilé.

Je m'émerveille de son visage habité par le désir.

Je me gorge de la vision de son corps qui se tend dans tous les sens.

Ma main glisse le long de son ventre, et les cuisses de Violette se resserrent autour de ma taille. Puis, mes doigts descendent plus bas, vers sa cheville que j'amène sur mon épaule. J'embrasse les grains de beauté tentateurs de ses jambes et arrive à la fente de sa robe. Je crève d'envie de la goûter, de sentir son nectar sur ma langue. J'écarte le pan de son vêtement et dépose un baiser sur la tache café qui est dessinée sur son aine.

Et je vrille complètement en voyant son string en dentelle rose.

— Bordel…, maugréé-je dans ma barbe, ivre de désir pour elle.

J'agrippe le sous-vêtement qui m'empêche d'avoir accès à son oasis. Mais à peine ai-je passé deux doigts de chaque côté que Violette s'agite. Elle réajuste sa robe et rabat les jambes contre sa poitrine.

— Qu'est-ce que tu fous ? dis-je, d'un ton plus bourru que je ne l'aurais voulu.

— Je… Non, Dean.

— C'est vrai que tout le monde peut nous voir… On va dans ta chambre ? proposé-je avec mon plus beau sourire, celui qui en général fait s'envoler les petites culottes sur son passage.

— Non, Dean, on ne va pas dans ma chambre.

Je me redresse sur les pieds et lui tends la main.

— Bon, OK, allons chez moi dans ce cas.

Je veux plus d'elle, je veux *tout* d'elle. Tout mon corps est sous tension, le désir qui m'habite est sur le point de déborder. Violette secoue la tête.

— Je ne veux pas coucher avec toi, dit-elle simplement en déviant le regard.

Je me remets à genoux et pose les mains sur les siennes.

— Tu te fous de ma gueule ? Tu n'en as pas envie ?

— Non ! continue-t-elle de mentir, contemplant toujours le sable plutôt que mon visage.

— Donne-moi ta culotte.

— Hein ? Quoi ?

Ses yeux sont revenus à moi, et elle m'observe comme si j'étais un fou furieux, ce que je suis en passe de devenir si elle persiste à jouer avec mes nerfs comme ça.

— J'en ai besoin, parce qu'elle va être un témoin clé dans ce litige. Fais gaffe, j'ai un bon avocat…

Ma remarque lui arrache un sourire. Je me recule pour lui laisser de l'espace, et elle croise les jambes en tailleur. Puis, elle se recoiffe du bout des doigts, car ses cheveux sont partis dans tous les sens après notre petit épisode.

— Dean, je suis sérieuse, je ne veux pas…

— Ne me mens pas, Violette. S'il y a bien une chose que je ne supporte pas, ce sont les menteurs.

L'image de Cassy s'impose dans mon esprit, mais je la chasse très vite.

— Je ne mens pas ! se défend-elle devant moi. Je… Oui, bien sûr que j'ai aimé ce qui vient de se passer entre nous, mais ce n'est pas pour autant que j'aie envie d'aller plus loin.

Je ne comprends plus rien, et elle doit s'en rendre compte, car elle ajoute :

— Je ne couche pas dès le premier soir, *moi*. Et je n'irai pas avec toi jusque-là, tu es beaucoup trop volage, incapable de te poser. Ce n'est pas ce que je recherche.

Dans ta face, Hamilton.

Je grince des dents et attrape le bout de la couverture dans mon poing, que je serre plus que de raison. L'agacement me gagne, et j'espère qu'elle va changer d'avis.

— Qu'est-ce qui te fout le plus en rogne, Hamilton ? Que j'énonce une vérité ou bien que tu réalises que tu n'as aucun argument pour me contrer ? demande-t-elle, le regard empli de défi.

Je suis à deux doigts de péter les plombs et de partir, mais me ravise au dernier moment. La bande-annonce était beaucoup trop bonne pour que je n'aie pas envie de voir le film dans sa totalité. Je vais la battre à son propre jeu. Ma victoire n'en sera que plus belle. Il faut que je sois patient.

— À t'entendre, je ne suis qu'une bite sur pattes qui saute sur tout ce qui bouge.

Elle ne répond rien, mais son expression veut tout dire. Bien sûr qu'elle le pense, qu'elle croit que je ne suis qu'une coquille vide. Comme tous les autres.

— Donne-moi une semaine.

— Une semaine pour quoi ? questionne-t-elle en se levant.

Je l'imite et m'approche d'elle. Elle tient ses chaussures contre sa poitrine comme si elles lui conféraient une quelconque protection.

— Pour te faire craquer. Je te garantis qu'avant la fin de cette semaine tu me supplieras de t'embrasser, susurré-je à son oreille. Et tout ça, sans que j'essaye de te toucher.

La peau de Violette se couvre de chair de poule, mais son visage, lui, est impassible. Si son corps ne la trahissait pas, je ne devinerais pas que ma remarque l'a chamboulée.

— Tu saurais faire ça ? Toi ? Des rendez-vous platoniques ?

Elle me sous-estime et ne comprend pas à quel point j'adore relever les défis. Et elle en est un de taille.

— Je ne suis pas celui que tu crois, surenchéris-je en enlevant des grains de sable sur son épaule.

Je ne sais pas pourquoi je lui fais cette confession, mais j'en avais besoin.

— Je suis intriguée, avoue-t-elle. Qu'est-ce que tu y gagnes ? Moi, je pourrai me vanter d'avoir éconduit l'homme le plus en vue des Hamptons avant de trouver le grand amour… mais toi ?

— Oh ! ne t'inquiète pas pour moi, ma victoire est déjà assurée, j'en suis certain. Et je crois que t'entendre hurler mon nom sera un beau trophée…, réponds-je en passant la langue sur mes lèvres en la reluquant d'une manière on ne peut plus suggestive.

Violette s'esclaffe en levant les yeux au ciel.

— Eh bien, rendez-vous lundi, monsieur Hamilton. Il me tarde de lire la défaite sur votre visage, lance-t-elle en me faisant un signe de la main avant de regagner sa maison.

Chapitre 12

Dean

J'enfile un T-shirt et un short de sport, puis je descends les escaliers qui mènent au rez-de-chaussée. Je m'apprête à sortir de ma maison par la baie vitrée qui donne sur la plage, quand la sonnette retentit.

On est dimanche, qui ça peut bien être ?

Mes sourcils se froncent, et je me dirige vers la porte d'entrée. Un coup d'œil dans le judas m'informe qu'Ethan et Noah sont là.

Merde.

Ce week-end, j'ai prétexté une gastro pour que mon chez-moi ne devienne pas le théâtre de la démesure. Après tout, ils sont en colocation, Noah n'a qu'à foutre le bordel dans sa baraque pour changer un peu. Bon, Ethan a sûrement dû s'y opposer, mais ce n'est pas mon problème…

Quant à moi, je n'avais pas anticipé tout ce temps à tuer, ce qui explique pourquoi j'étais en route pour me rendre chez Violette.

Normalement, notre petit jeu débute demain, mais je n'ai pas la patience d'attendre. Je vais lui sortir une excuse bidon, elle va riposter, et je ferai tout pour qu'elle accepte de me suivre.

Les gars sonnent à nouveau. Je soupire et me résigne à leur ouvrir.

— Je t'avais dit qu'il n'était pas malade ! Regarde le teint frais qu'il a ! s'exclame Noah en passant devant moi.

— Ça valait bien le coup de te préparer le potage spécial malade de ma mère. Tu devrais avoir honte de toi, Hamilton, me sermonne Ethan.

J'éprouve aussitôt une pointe de culpabilité. Cuisiner un plat que lui faisait sa mère n'a pas dû être sans peine, vu la relation fusionnelle qu'ils entretenaient. Après m'avoir donné de force son tupperware, il suit Noah vers le salon. Je referme, blasé, en me demandant comment me débarrasser d'eux. J'ai quelque chose de bien plus intéressant qui m'attend.

Je mets la soupe au frais et les rejoins dehors, sur la plage. Ils sont installés sur les transats que je laisse toujours sortis en été.

— Alors, comme ça, tu nous poses un lapin ? m'interroge Noah en enlevant ses chaussures.

— Je ne me sentais pas très bien, dis-je en m'asseyant dans le sable.

— Oh ! vraiment ? répond-il en arquant un sourcil. Elle s'appelle comment ?

— Qui ça ?

— La nana pour laquelle tu nous as plantés, renchérit-il. À moins que tu aies préféré prendre un bain et te faire une tisane avant de te coucher à 21 heures ?

Voilà pourquoi je n'ai pas donné la véritable raison : je sais très bien comment se comporte Noah dans ce genre de cas. Il peut se montrer exécrable.

— Lâche-le un peu, me défend Ethan. Il a le droit de ne pas avoir tout le temps envie de faire la bringue. D'ailleurs, je ne comprends pas comment vous n'en êtes pas encore lassés. C'est toujours pareil : fête, alcool, filles et gueule de bois.

— Mais il vous arrive quoi, les mecs ? s'insurge Noah. Vous ne voulez pas profiter de votre jeunesse ? Dans vingt ans, on sera de vieux croulants, mais il nous restera nos souvenirs !

La philosophie de Noah est simple : il bosse comme un malade la semaine, il relâche donc la pression le week-end. Et même s'il n'est pas opposé à l'idée d'une relation de longue durée, il clame sans cesse qu'il n'a pas le temps de s'investir. Sa compagne, c'est son job.

— On peut profiter autrement, ajoute Ethan en m'adressant une mine compatissante.

Sa remarque ne m'étonne pas. Les soirées bondées, ça ne convient pas à un solitaire comme lui. Avant, on se retrouvait un soir par semaine chez moi pour manger des pizzas et s'enfiler des shoots de rhum pastèque devant un match de basket. Mais depuis le décès de sa mère, il préfère s'enfermer chez lui ou randonner pendant des heures, seul.

À vrai dire, l'unique fois où je l'ai vu sociabiliser ces derniers temps, c'est quand il discutait avec Lana. Sans parler de son air enjoué que je n'avais pas aperçu depuis des mois.

— C'est ce qu'on a fait hier, je te signale, poursuit Noah. Netflix et bouffe chinoise à emporter. Je sais faire des compromis !

— Juste parce que tu n'avais pas envie de sortir tout seul pour te dénicher une nana, réplique Ethan.

Noah souffle et passe une main dans sa tignasse rousse bouclée en se redressant dans le transat.

— D'une, je n'ai pas besoin de mes potes pour trouver une fille. De deux, je ne suis pas contre une soirée tranquille de temps en temps. C'est mal me connaître de penser que je t'aurais jugé, Dean.

Il mord l'intérieur de sa joue et détourne les yeux. C'est bien la première fois que je le vois vexé.

— Bref, parle-nous d'elle, dit-il en reportant son regard vers moi.

— De qui ? demandé-je en attrapant du sable pour jouer avec.

— Ne nous prends pas pour des cons, réplique Noah.

— Tu sais très bien à qui on fait référence, ajoute Ethan.

— Ce n'est pas ce que vous croyez, expliqué-je, pour éviter qu'ils se fassent de fausses idées. On a fait un pari débile, mais ce n'est qu'une question de temps avant qu'elle cède à mon charme. D'ailleurs, j'allais chez elle quand vous êtes arrivés.

Le regard amusé que mes amis échangent ne m'échappe pas.

— Bon, eh bien, on ne va pas te déranger davantage, déclare Ethan en se levant. Passe le bonjour à Lana de ma part.

— Lana ? s'étonne Noah en quittant le transat à son tour. La secrétaire de Hamilton's Jewelry ?

— C'est la colocataire de Violette, dit Ethan, comme si c'était cette réponse que Noah attendait.

Il s'intéresse vraiment à elle, je n'ai pas rêvé.

Nous nous saluons, et je me dirige vers la plage. Je marche quelques minutes, les pieds dans l'eau, quand j'aperçois la bâtisse bleue de Violette et Lana se dessiner dans le paysage. La journée touche presque à sa fin, et le soleil commence à décliner doucement dans le ciel. Le ressac berce le silence des environs en une mélodie monotone. Little Plains Beach est quasi déserte en ce week-end de grisaille, et seuls quelques surfeurs sont là pour profiter des vagues. Je passe la main dans mes cheveux pour chasser les petites gouttes de pluie fine.

Je ne suis plus qu'à une cinquantaine de mètres de la maison de la fille sur laquelle j'ai jeté mon dévolu, il y a peu.

Dix jours, pour être plus exact.

Dix jours que j'essaye de me la sortir de la tête.

Mais aussi dix jours à tout tenter pour l'attirer dans mes draps.

Le paradoxe que représente cette fille me rend barge : Violette traîne constamment dans mes pensées.

Et le pire dans tout ça ?

Je n'en veux aucune autre à part elle, je n'en ressens aucun besoin. Violette s'est infiltrée dans ma peau, à tel point que c'en est devenu une obsession. Elle a piqué ma curiosité, attisé mon envie d'être proche d'elle et de savoir ce qu'elle cache sous son masque de façade. Et je ne doute pas qu'elle en ait un, car j'ai souvent le sentiment que deux personnalités coexistent à l'intérieur d'elle : celle qu'elle montre au monde et celle qu'elle est dans l'intimité.

Comme moi, en somme.

Et c'est cette seconde Violette que je veux apprendre à connaître : celle qui mange des pizzas en dansant au bord de la mer, celle qui boit à même la bouteille, celle qui ose être pleinement elle-même. Et non pas cette espèce de poupée parfaite que la haute société espère qu'elle soit.

Je monte la première marche du perron et tapote doucement mes baskets sur le bois pour en faire tomber le sable. Une musique me parvient d'une fenêtre entrebâillée au rez-de-chaussée.

Je grimpe les marches restantes et m'aventure près de la fenêtre. Je passe la tête dans l'ouverture, et la scène que je vois me laisse sans voix. Littéralement.

Ma secrétaire danse dans le salon, vêtue d'une… combinaison panda ? Mais je suppose que je ne devrais pas être étonné. Elle augmente le volume de la musique sur la télévision, et mes tympans doivent probablement être en train de saigner. *Wannabe* des Spice Girls.

Je hais cette chanson.

Il y a quelques mois, durant une soirée très alcoolisée, Noah matait le clip en boucle sur ma télé et bavait devant les corps des chanteuses. Je ne compte plus les fois où j'ai failli le mettre à la porte. Ce con ne faisait même pas l'effort de couper le son.

— *If you wanna be my lover*[1]…

La voix de ma belle fleur me pousse à chasser Noah de mes pensées pour me concentrer sur elle. Violette est méconnaissable. Elle imite les pas de danse de sa colocataire en s'approchant du canapé avec, dans les mains, des bols et un paquet de céréales. Il est 18 heures, et elles mangent… des céréales ?

Elle pose ce qui l'encombre sur la table basse et monte sur le divan. Un pied sur l'accoudoir, un autre sur le sofa, elle s'époumone en chantant les paroles en bougeant avec grâce et agilité. Ses hanches s'agitent au rythme de la chanson. Sa danse n'a rien à voir avec son petit spectacle au club.

Violette chante faux. Elle porte un short et un débardeur avec des corgis imprimés dessus, ses cheveux sont attachés en un chignon flou, et son visage est au naturel, non fardé.

En cet instant, beaucoup diraient qu'elle n'a aucun atout pour être classée dans la catégorie « séduisante ». Alors pourquoi mon sexe se dresse dans mon short de sport quand je la vois se trémousser de la sorte ?

Je reste ébahi devant le show qu'elle m'offre à son insu. Violette me fait autant d'effet ainsi que vêtue d'une robe de cocktail, pimpée pour une soirée. Elle est tout aussi resplendissante.

Lana rejoint son amie sur le canapé, et elles sautent dessus telles deux gamines en continuant de beugler les paroles. Le visage de Violette est détendu, un rire cristallin franchit la barrière de ses lèvres, et un sourire illumine ses traits. Je ne l'ai jamais vue comme ça et je découvre encore une partie d'elle qu'elle dissimule en ma présence.

Et bordel, j'aime ça.

1 Extrait de la chanson écrite par Emma Bunton, Geri Halliwell, Matthew Paul Rowbottom, Melanie Brown, Melanie Chisholm, Richard Stannard et Victoria Beckham.

Sa joie est contagieuse, et j'ai presque des scrupules à venir interrompre son moment d'euphorie. Mais je ne suis pas là pour l'épier. Je me dirige vers l'entrée et frappe deux fois du poing sur le bois. Le volume de la musique descend quelques secondes après.

— Qui est-ce ? questionne ma secrétaire.

— Dean Hamilton.

Silence radio pendant une dizaine de secondes.

— Une minute ! tonne Lana.

La minute en devient deux. Puis, Lana, tout sourire, m'ouvre la porte et m'invite à entrer de la main.

— Bonjour, monsieur Hamilton.

— Bonjour, Lana.

Ma secrétaire ferme la porte derrière moi, et je cherche du regard celle que je suis venu voir. Violette est dans la cuisine, en train de boire un verre d'eau. Mais quelle n'est pas ma surprise quand je constate qu'elle a troqué son ensemble corgi pour une robe bustier bleue en coton. J'ai envie de l'interroger à ce sujet, mais la réponse s'impose d'elle-même : Violette a remis son masque. Mais pas entièrement : son visage est resté au naturel tout comme ses cheveux toujours attachés en chignon.

Ma belle fleur vient à ma rencontre et croise les bras contre sa poitrine. Elle me toise de haut en bas.

— Mais qu'est-ce que tu fiches ici ? demande-t-elle en essayant de replacer des mèches folles qui se sont échappées de son chignon.

— Je suis là pour te voir.

— Sans blague, je ne suis pas miro, réplique-t-elle en levant les yeux au ciel.

C'est quoi son problème ?

— Pas besoin d'être agressive, *ma jolie.*

Violette soupire en entendant le surnom, puis me scrute.

Son regard traîne avec insistance sur les veines apparentes de mes avant-bras et mains. Beaucoup de femmes adorent ce détail et, manifestement, c'est le cas de Violette, qui est en train de se mordre la lèvre inférieure.

Je croise donc à mon tour les bras contre ma poitrine, ce qui fait ressortir davantage mes muscles. Je me racle la gorge pour attirer son attention. Violette accroche mon regard, le visage cramoisi.

— Mes yeux sont là, dis-je en les désignant.

Lana étouffe un petit rire. Je passe la tête sur le côté, car Violette me cache la vue. Ma secrétaire fait mine de lire, mais je ne suis pas dupe.

— Ne va pas te faire de fausses idées, Hamilton, maugrée ma fleur avant de fixer ses pieds.

Je sais qu'elle essaye de se redonner une contenance, car je l'ai prise la main dans le sac. Je vais adorer m'amuser avec elle jusqu'à ce qu'elle craque. Et je pense que son corps cédera avant son esprit. Dommage que j'aie fait la promesse de ne pas la toucher, ça aurait été bien plus facile.

— Premier round : on va courir, ma jolie, va enfiler un pantalon et… un soutif, recommandé-je en jetant un œil à son décolleté.

— Tu tombes mal, on allait se mater un film avec Lana, réplique Violette en retournant vers le canapé pour s'y asseoir.

— Hum, je suis plus d'humeur à lire, en fait…, dit Lana en agitant son livre sous le nez de sa colocataire. Vas-y, le grand air te fera du bien, Violette.

Toutes deux échangent un regard et ont une conversation silencieuse que je ne comprends pas. Violette souffle et se relève, résignée.

— Je croyais que ça devait débuter demain tout ça…, bougonne-t-elle en se dirigeant à l'étage. Accorde-moi une minute.

— Je m'ennuyais…

— Et les désirs de Dean Hamilton sont des ordres, c'est ça ?

— C'est bien, tu commences à comprendre, il t'en aura fallu, du temps, répliqué-je en jouant des sourcils.

Je suis vraiment un petit con quand je m'y mets.

Violette m'adresse un sourire ironique ainsi qu'un charmant doigt d'honneur. Je tenterais bien de lui clouer le bec et de chasser l'impertinence sur son visage, mais comme Lana est là, je m'abstiens. La dernière chose dont j'ai besoin, c'est que des rumeurs circulent à mon sujet au bureau. Lana est sympathique, mais je ne connais que ce qu'elle dévoile d'elle.

Après que Violette a disparu à l'étage, je prends sa place sur le sofa. Ma secrétaire m'observe à la dérobée derrière son bouquin, qu'elle tient dans le mauvais sens, tandis que je détaille les lieux avant de revenir à elle.

— Accoutrement intéressant, Lana…, dis-je en remettant correctement son livre.

Elle m'adresse un sourire gêné quand elle réalise que je l'ai grillée.

— Euh, désolée, monsieur Hamilton… C'est juste que je n'ai pas l'habitude de vous voir en tenue si… décontractée. Les collègues ne me croiraient pas si je le leur racontais.

Je m'esclaffe. Elle n'a pas tort, je sors rarement en jogging, à part pour faire du sport.

— Au fait, vous avez le bonjour d'Ethan, ajouté-je.

Ses pommettes s'empourprent aussitôt, et elle se met à martyriser l'une de ses boucles entre les doigts. Elle est clairement mal à l'aise, mais il est impossible de passer à côté de ses iris gris pétillants.

— Oh ! euh… C'est gentil de sa part, murmure-t-elle d'une voix plus aiguë que d'habitude, avant d'enfouir le nez dans son livre pour se cacher.

La seconde d'après, des pas résonnent dans l'escalier, et Violette apparaît. Elle a enfilé un survêtement moulé rose poudré et une brassière de même couleur. Les grains de beauté que j'ai pu embrasser sur ses bras et jambes avant-hier ne sont pas les seuls sur sa peau. Son ventre en est parsemé, et je note mentalement que j'honorerai chacun d'entre eux lorsqu'elle sera mienne.

— À plus, Lana. Ne t'avise pas de commencer le film sans moi, la menace Violette en franchissant la porte d'entrée, moi sur ses talons.

Lana baragouine un « oui » en se plongeant, pour de vrai cette fois-ci, dans son bouquin. Nous descendons les marches du perron, et je règle ma montre connectée en observant de temps à autre Violette qui s'échauffe.

— Quoi ? demande-t-elle en étirant les jambes.

— Tu es belle, comme ça.

La vérité jaillit avec facilité de ma bouche, et je dois avoir l'air aussi étonné qu'elle est en cet instant. Violette arque un sourcil en me regardant d'une étrange manière. Les quelques rayons de soleil qui filtrent à travers les nuages font ressortir les reflets violines de ses cheveux, et ses yeux ambrés sont plus clairs à la lumière du jour. Elle est à couper le souffle, je le pense vraiment.

— Comme ça ? reprend-elle.

— Oui, comme ça. Je te trouve encore plus belle au naturel.

L'air farouche qu'elle porte comme une seconde peau s'évanouit soudain, et elle semble si vulnérable. L'innocence qui gagne son visage est à deux doigts de me faire bander.

Pas maintenant, putain.

— Je ne pensais pas que tu étais du genre à préférer ce qui était authentique, dit-elle d'une voix mal assurée.

Elle ne me croit pas.

Je m'approche d'elle et replace l'une de ses mèches folles derrière son oreille. Elle frémit à mon contact.

— Eh bien, tu te trompes. Mais c'est certain, je ne ferais pas ce compliment à n'importe quelle femme. Rares sont celles qui, dépourvues d'artifices, sont encore plus séduisantes. Alors si je te l'affirme, crois-moi. Je suis beaucoup de choses, mais pas un menteur. Et je ne dis pas ça pour te mettre dans mon lit…

J'ignore pourquoi, mais je veux qu'elle sache que je suis sincère, que je ne joue pas avec elle en cet instant.

— Je te crois, murmure-t-elle en détournant le regard pour admirer l'océan.

De nouveau, le rose parsème ses pommettes creusées. J'ai tant envie d'embrasser ses lèvres délicates, de promener mes mains le long de ses courbes graciles. Mais je me retiens, car je souhaite qu'elle vienne à moi de son plein gré.

— On y va ? lancé-je.

— Je te suis.

Elle m'offre un tendre sourire, et j'espère que la douce Violette restera un moment dans les parages. Je la préfère un millier de fois à la Violette revêche.

La pluie s'est arrêtée, mais de la grisaille engorge toujours le ciel. Nous trottinons au bord de l'eau, en silence, bercés par le fracas des vagues. Violette tient la forme et se cale sur mon rythme. C'est une grande première pour moi de courir avec une femme autre que ma mère. Cassy détestait faire du sport, et mes conquêtes suivantes préféraient celui de chambre.

Au bout d'une demi-heure, Violette s'arrête, les mains sur les genoux, courbée vers l'avant. Elle respire bruyamment, et de la sueur perle sur son front.

— Je n'en peux plus… Ça te dérange si on continue à pied ? demande-t-elle en s'aspergeant le visage d'eau de mer. Je n'ai pas la même condition physique que toi.

— Je trouve que tu te débrouilles très bien, au contraire. On retourne vers chez toi ? proposé-je en arrêtant le temps sur ma montre connectée.

Violette acquiesce, et je lis le soulagement sur ses traits. Elle passe une bonne partie du chemin à shooter dans les vagues au bord du rivage, à tournoyer sur elle-même, tandis que je marche à ses côtés. Il nous reste environ cinq minutes pour arriver chez elle quand je réalise qu'elle n'est plus là. Je me retourne pour la chercher du regard et aperçois son sourire enjoué. La seconde d'après, je me prends un jet d'eau dans la figure.

Je m'essuie le visage avec mon T-shirt et rencontre les yeux malicieux de Violette. Incrédule, je la fixe. Elle recommence l'opération, et je me retrouve encore plus trempé. Insouciante, elle éclate de rire. Elle paraît si épanouie en cet instant. Elle a baissé la garde et me laisse entrer dans sa forteresse. Je compte bien en profiter.

Le regard félin, je m'approche de ma proie, qui, des yeux, cherche la meilleure issue pour s'enfuir. Elle feinte une échappée par la gauche avant d'aller dans la direction opposée, mais je me doute de son plan et réussis à le contrecarrer. Je l'attrape par la taille et la hisse sur mon épaule.

— Dean ! Repose-moi par terre !

Elle râle pour la forme, car j'entends son gloussement qu'elle n'arrive pas à dissimuler. Violette se défend, balance les bras dans tous les sens et finit par m'asséner une claque sur les fesses. Le geste et sa force me surprennent, aussi je la lâche par mégarde. Je me retourne aussitôt, de peur qu'elle se soit fait mal.

— Violette, ça va ? demandé-je.

Elle hoche la tête. Quant à moi, j'explose de rire devant son air boudeur. Elle est assise, les bras croisés sur sa poitrine. Nous sommes au bord de l'océan, l'eau nous arrive aux chevilles, mais la quasi-totalité de son corps est trempée.

— Si moi je n'ai pas le droit de te toucher pendant ces rendez-vous, toi non plus ! Perverse, va ! dis-je.

— Bientôt tu vas m'affirmer que c'est du harcèlement sexuel tant que tu y es ? raille-t-elle.

Elle se redresse pour me faire face. La détermination se lit sur ses traits, elle va se venger, j'en suis certain. Et ça me plaît. Je m'éloigne d'elle et prends un air outré.

— Mademoiselle, je vous prie d'arrêter de toucher mes parties intimes sans mon consentement !

Les yeux de Violette s'arrondissent, et sa mâchoire se tend. Deux surfeurs sur le point de rentrer dans l'eau, leurs planches sous le bras, nous observent. Le mécontentement sur le visage de Violette augmente. Je me fends la poire à l'intérieur.

— Tout va bien, monsieur ? me demande l'un d'eux.

Je m'apprête à répondre, mais elle me devance, les poings serrés contre son corps.

— Mais oui, tout va bien ! Il se fout de votre gueule, mes pauvres !

Les deux hommes échangent un regard et s'engouffrent dans l'océan en pensant sûrement qu'on est complètement tarés. Ils n'ont pas tout à fait tort. Quant à moi, je reporte mon attention sur ma belle fleur. J'ai à peine le temps de poser un œil sur elle que Violette me fonce dessus. Elle nous fait tomber à la renverse dans la mer. Le sable mouillé amortit ma chute, mais elle m'asperge le visage d'eau. Je saisis ses poignets pour l'arrêter et, en un clin d'œil, j'inverse la tendance : son corps est recouvert du mien.

Violette couine et se débat, mais je ne la laisse pas faire cette fois-ci. Je ramène ses mains au-dessus de sa tête et appuie tout mon poids sur elle. Elle essaye de bouger, mais n'y arrive pas. Nos fronts se touchent, et je contemple son beau visage de porcelaine. Son chignon n'est qu'un vague souvenir, des traces de sel ont séché sur ses pommettes et au coin de ses yeux. Son sourire flotte encore sur sa bouche enchanteresse.

Nous sommes complètement trempés, pourtant aucun de nous ne remue, nous sommes perdus dans le regard de l'autre. Le souffle de Violette se mélange au mien. Elle se mord la lèvre inférieure en fixant la mienne.

— Tu veux me demander quelque chose, Violette ?

Ma voix rauque témoigne de mon désir, tout comme la bosse proéminente qu'elle doit sentir contre son ventre. Elle hoche la tête et, alors que je m'attends à ce qu'elle me réclame de l'embrasser, dit :

— Tes sessions running se terminent toujours ainsi ?

J'éclate de rire, et elle en fait autant. Le moment de sensualité touche à sa fin. Je me relève et lui tends la main pour l'aider à se remettre sur pied. Elle réajuste sa coiffure, puis nous marchons dans un silence confortable jusque chez elle. À notre arrivée sous le porche, elle se tourne vers moi et m'adresse un sourire timide.

— C'était un footing… intéressant, déclare-t-elle. On se voit demain ?

— Bien sûr, j'ai toujours pour projet de te faire flancher…

— Dans tes rêves ! Vers 18 heures, tu penses que tu peux te libérer ? Je sais que tu es très pris…

— J'irai au boulot plus tôt, comme ça je pourrai partir à une heure plus raisonnable que d'habitude.

— Bon, eh bien, rejoins-moi ici. À demain, Dean Hamilton.

— À demain, Violette Williams.

Elle m'adresse un signe de la main avant de s'engouffrer dans la maison en bois. Ce rendez-vous était beaucoup trop court. Je suis certain qu'avec un peu plus de temps j'aurais pu la faire craquer. Il va falloir que je songe à être plus malin pour la prochaine fois.

Chapitre 13

Violette

Le lendemain, deux coups sont frappés à ma porte. Assise sur le canapé, un livre entre les mains, je lève le nez vers la pendule : 18 heures pile. Ponctuel, le Hamilton. Je mets mon bouquin sur la console à côté du sofa, repousse le plaid de mes genoux et me dirige vers l'entrée pour lui ouvrir.

Dean est adossé contre le chambranle. Sa tenue n'a rien à voir avec celle d'hier, et sous sa chemise grise, les muscles de ses bras sont apparents, moulés dans le tissu qui semble presque trop petit pour sa carrure large. Sa veste noire, de la même couleur que son pantalon, est posée sur son épaule.

— Bonjour, mademoiselle Williams.

— Monsieur Hamilton, réponds-je sur un ton solennel, identique au sien.

— Jolie tenue.

Dean reluque ma robe en coton blanc, détaille ma tresse, avant d'observer mon visage qui n'est maquillé que d'un peu de mascara et de brillant à lèvres couleur pêche. Hier, il a affirmé me trouver très séduisante au naturel, j'ai donc sauté sur l'occasion de mettre de côté le ravalement de façade. Je déteste me farder à outrance de toute façon.

Je m'écarte et l'invite à entrer de la main. Il s'exécute, accroche sa veste sur le portemanteau sur pied à côté de la porte tandis que je pénètre dans la cuisine ouverte, à gauche de l'entrée.

— Tu veux boire quelque chose ? proposé-je.

— Non, merci, répond-il poliment.

Je me sers un verre d'eau et m'appuie contre l'évier.

— Tu as passé une bonne journée ? demandé-je.

Dean me rejoint et me lance un regard amusé, les bras croisés contre son torse. Ses lèvres se retroussent, révélant cette canine qui fait grimper son sex-appeal.

— J'ai l'impression de rentrer à la maison et que ma petite femme folle d'amour pour moi m'attend pour le dîner, déclare-t-il en désignant du menton l'îlot central, sur lequel est amassé de la nourriture. Mais oui, merci, j'ai passé une très bonne journée.

— Dean, si je devenais ta femme, ce qui n'arrivera que dans tes rêves, tu penses vraiment que je t'attendrais chaque soir, la bouche en cœur, avec la popote prête ?

Il éclate de rire et s'approche de moi. Quelques-unes de ses mèches dorées chatouillent mon front lorsqu'il se penche vers moi. Nos regards s'accrochent, et j'ai soudain très chaud à cause de notre proximité.

— Hum… Non. Et de toute façon, je préférerais que tu m'accueilles en tenue d'Ève plutôt qu'avec un rôti, murmure-t-il. On pourra toujours se faire livrer ou embaucher quelqu'un. Ça ne sert à rien de perdre du temps avec des choses aussi futiles que la cuisine. Il y a tant de trucs que nous pourrions faire, bien plus amusants…

La voix de Dean devient grave sur les derniers mots. Il me domine de toute sa hauteur, faisant une bonne tête de plus que moi. J'ai de plus en plus chaud. C'est maintenant un fait avéré dont j'ai pris conscience : je suis sensible à son charme. J'ai beau tout faire pour le voir comme un enfoiré, il n'a vraiment pas l'air d'en être un. Ce serait plus facile si j'arrivais à le détester, mais plus le temps passe, plus j'aime ce que je découvre chez Dean Hamilton. Il éveille des choses en moi qui me font peur, car je ne dois surtout pas tomber amoureuse du fils de mon ennemi. Ça n'apporterait que des complications.

Heureusement, il a suggéré ces rendez-vous platoniques et m'a donné la parfaite excuse pour ne pas flancher, ça me fait au moins une semaine de répit.

— Et toi ? Comment s'est passée ta journée ? me questionne-t-il en replaçant ma tresse sur mon épaule.

Il promène les doigts sur ma chevelure ébène en maintenant le contact visuel. Une drôle de sensation naît dans mon bas-ventre.

— Bien… J'ai profité du soleil pour nager et lire sur la plage, tranquillement.

Je fais un pas sur le côté pour me dégager de l'emprise de son regard sur moi. Quand il me dévore ainsi des yeux, je me sens si désirable que c'en est perturbant. Je me racle la gorge pour sauver les apparences et lisse les plis imaginaires de ma robe. Le petit sourire en coin de Dean ne m'échappe pas. Il sait très bien quel effet il a sur moi.

— Alors, qu'est-ce que tu nous as concocté pour ce deuxième round ? m'interroge-t-il en observant les différents saladiers de l'îlot central.

La cuisine forme un U autour de l'îlot. J'ouvre l'un des placards en dessous de celui-ci et m'empare de deux tabliers. J'en lance un à Dean, qui le saisit au vol et m'imite quand j'enfile le mien. Il regarde le sien et arque un sourcil en y voyant la citation qui est écrite dessus :

La seule conception qu'ont les hommes du « nous »,

c'est « moi et mon pénis ».

— C'est celui de Lana, précisé-je. Une réplique de son idole : la sulfureuse Samantha Jones de *Sex and the City*. Tu as fière allure avec !

— Ouais, c'est ça… Fous-toi de ma gueule, raille-t-il en venant se placer à mes côtés alors que je commence à éplucher le potiron devant moi.

— C'est un peu ton mantra de vie pourtant, non ? le provoqué-je.

— Très drôle…

De son index, Dean tourne ma tête vers lui.

— Tu sais qu'un jour je ferai taire cette bouche insolente de la plus satisfaisante des manières ? murmure-t-il.

Fais-le.

Maintenant.

Tout de suite.

Mes pensées se mélangent et des images interdites aux mineurs se bousculent dans ma tête. Sa voix rauque cumulée au désir que je lis dans ses yeux me provoque un frisson. Je sens les poils de mes bras se hérisser alors qu'il contemple mes lèvres, prêt à les dévorer si je lui en donne l'autorisation.

Non, Violette ! Ne flanche pas ! Ça va foutre le bordel dans tes projets !

Résister va le rendre encore plus accro à toi, il te mangera dans la main.

Lana ne tardera pas à rentrer, imagine sa tête si elle voit Dean en train de te culbuter sur le plan de travail.

C'est peut-être moi qui devrais porter ce tablier…

— Tout va bien, Violette ? demande-t-il avec une fausse innocence en enlevant le doigt de mon menton.

Je tombe dans le panneau à chaque fois ! Hors de question de le laisser gagner, il va se croire tout-puissant sinon ! Je me mets une gifle mentale pour me sortir de ma torpeur et retourne à ma courge.

— Donc, cuisine pour ce deuxième round. De quoi je m'occupe ?

— Je fais une *pumpkin pie* pour le dessert et toi le plat. La recette est là, dis-je en désignant le papier sous un saladier.

— À vos ordres, patron !

Dean s'affaire de son côté, et moi je me charge de la tarte. De temps en temps, je lui jette un coup d'œil, mais il a l'air de se débrouiller seul. Il réserve les oignons dont il vient de finir la cuisson et lance celle du riz.

— Tu ne manges pas de viande ? questionne-t-il alors que je verse ma préparation dans le fond de tarte que j'ai fait précuire au four.

— Non, je suis végétarienne depuis une dizaine d'années. C'est un problème ?

— Non, non, c'est très bien comme ça. Ça ne fait pas de mal de réduire sa consommation de viande…

J'acquiesce en lui adressant un sourire et enfourne la tarte. Je m'attelle ensuite à la chantilly maison tandis que Dean retourne à son plat. Il ajoute aux oignons, déjà dans la poêle, des haricots rouges, du maïs, des poivrons, des tomates et du bouillon de légumes.

Une demi-heure plus tard, nous avons fini de cuisiner et faisons la vaisselle en silence. C'est aussi étrange qu'agréable.

— C'est ta mère ? me questionne-t-il.

Je l'observe en fronçant les sourcils, et il me montre du doigt un cadre posé sur la console de l'entrée.

— C'est si évident ? répliqué-je en essuyant un saladier en verre.

— Vous avez le même regard. Profond et enflammé… Un regard comme ça, on ne peut pas passer à côté, répond-il avec un clin d'œil.

Mes joues se réchauffent quand j'entends son compliment.

— Et que fait ta mère ? reprend-il.

— Oh ! elle coule des jours heureux, elle est à la retraite. Elle a travaillé d'arrache-pied toute sa vie. Caissière d'une supérette.

— Caissière ?

Mes yeux s'arrondissent l'espace d'une seconde, et je m'arrête d'essuyer l'assiette que j'ai dans les mains.

Merde !

Je me sens si à l'aise avec Dean que j'en ai baissé ma garde, allant jusqu'à oublier le mensonge qui m'a conduite dans les Hamptons. Je retourne à mon assiette et fais de mon mieux pour inventer un bobard.

— Oui… Ma mère et moi n'avons pas toujours été fortunées. Il y a une dizaine d'années, nous avons reçu un héritage d'un de ses oncles qui n'avait pas d'autre famille. Ma mère a tout de suite arrêté de travailler et a pris une retraite anticipée.

— Et ça fait quoi ?

— De quoi ?

— De devenir riche du jour au lendemain ? Je suppose que ça entraîne certains bouleversements dans le quotidien.

Oh oui, il y en a eu des bouleversements, mais pas à cause de ce qu'il croit. Le visage de John Hamilton me revient en mémoire, et les battements de mon cœur s'accélèrent sous l'effet de la colère.

— Violette ? Tout va bien ?

Je m'éclaircis la gorge et cligne à plusieurs reprises des paupières pour chasser l'image de son père démoniaque. Je range l'assiette dans le placard pour échapper à son regard scrutateur. Je ne veux pas qu'il puisse se rendre compte que je suis gênée.

— Oui, j'avais dix-sept ans… C'est certain, ça change beaucoup de choses…

Ma voix est plus aiguë que d'ordinaire, et j'espère que cela ne me trahira pas. Je ne désire pas qu'il me pose d'autres questions sur cette période de ma vie. Je ne ferais que m'embourber dans de nouveaux mensonges.

— Comme quoi ?

Je me retourne vers lui et rencontre ses yeux inquisiteurs.

Étrangement, je n'ai pas envie de lui mentir davantage. Mais il est inenvisageable de lui dire la vérité. Alors, je choisis l'attaque pour me sortir de cette situation.

— Tu comptes me faire passer un interrogatoire ?

Mon agressivité est manifeste. Je m'attends à ce qu'il me réponde sur le même ton, mais Dean m'adresse un sourire sincère. Il prend le torchon que j'ai sur l'épaule pour s'essuyer les mains, maintenant qu'il a fini la vaisselle.

— Absolument pas. J'essaye juste d'apprendre à te connaître, rien de plus, affirme-t-il en posant le bout de tissu sur l'évier.

Ma tentative d'engager les hostilités échoue lamentablement. Pire, sa bienveillance me touche. Je me sens coupable de l'utiliser pour atteindre son père, car Dean semble vraiment être quelqu'un de bien.

Mais qu'est-ce qui m'arrive ?

— C'est une période de ma vie dont je n'aime pas parler…, soufflé-je.

Dean fronce les sourcils et s'apprête à répliquer, mais la porte d'entrée s'ouvre, et on entend Lana chantonner le générique d'*Outlander.*

Sauvée par le gong…

Une seconde de plus, et je suis certaine que Dean m'aurait questionnée davantage. Pour une fois, Lana ne rentre pas trop tard, il est moins de 20 heures. Je me détourne aussitôt de lui, trop heureuse de la distraction qui m'est offerte. Mais il me rattrape par le bras. Il détaille mon visage et se mord l'intérieur des joues, en pleine réflexion.

— Oui ? l'interrogé-je.

Je soutiens son regard, et Dean continue à m'observer intensément. Je suis sûre qu'il a compris que quelque chose clochait dans mon attitude.

Foutus rendez-vous platoniques ! Comme il a fait la promesse de ne pas me toucher sans mon consentement, il a tout le loisir de se concentrer sur le reste.

Merde !

— Je… Non, rien, finit-il par dire en me lâchant.

— Bonsoir, bonsoir ! s'exclame Lana, qui se plante en face de nous.

Dean la salue, et mon amie dépose un baiser sur ma joue.

— Qu'est-ce qu'il y a pour le dîner ? demande-t-elle en humant les odeurs de la cuisine. Ça sent super bon !

— Chili sin carne et *pumpkin pie* ! dis-je.

Lana s'apprête à me répondre, mais une sonnerie nous interrompt. Dean sort son téléphone de sa poche et grimace.

— Je suis désolé, je dois prendre l'appel, grogne-t-il en allant sur le porche.

Ma meilleure amie pose sur moi un regard amusé en s'adossant à l'îlot central.

— Bonne nouvelle, Scott m'a filé rencard mercredi soir. Il passera me chercher après la garden-party des Hamilton.

— Ah, bonne nouvelle !

— Je lui ai fait les yeux doux toute la journée. J'ai eu l'air d'une fille désespérée, mais il a semblé apprécier. Encore deux, trois rencards et je tenterai de lui soutirer des infos sur les comptes de l'entreprise.

— Merci, Lana. J'ai tellement de chance de t'avoir…

Ma voix déraille sous le coup de l'émotion. Je ne sais même pas comment je ferais sans elle.

— C'est normal, Violette, déclare-t-elle en me serrant dans ses bras. Tu es ma meilleure amie, il n'y a rien que je ne ferais pas pour toi.

Puis, elle dépose un baiser sonore sur ma joue.

— Alors, comment s'est passé le cours de cuisine avec monsieur sexy en chef ?

— Très sympa… Enfin, sauf quand j'ai failli griller ma couverture.

Dean n'aime pas les menteurs, et je déteste mentir. Il va falloir que je sois plus vigilante les prochaines fois.

— Oh ! oh. Tu t'en es sortie comment ? demande Lana en farfouillant dans le tiroir à couverts.

— En le rembarrant. Je commence à croire qu'il se doute de quelque chose…

— Qu'est-ce qui te fait dire ça ?

Pendant qu'elle goûte une cuillère du chili, je m'accoude à l'îlot.

— Tu vas trouver ça bizarre… mais il a une manière bien à lui de me regarder quand je le baratine. Je ne saurais pas te l'expliquer mieux que ça et je ne suis même pas certaine qu'il s'en aperçoive…

— Par hasard, tu ne serais pas en train de tomber sous son charme ? m'interroge mon amie avec un sourire en coin.

— Je…

La porte d'entrée claque et Dean réapparaît dans mon champ de vision. Sauvée par le gong, une nouvelle fois.

— Bon, je vais me doucher avant de dîner, lance Lana en s'éloignant.

Elle m'adresse un clin d'œil discret avant de s'éclipser dans les escaliers. Dean s'approche de moi en se passant la main dans les cheveux. Il semble perplexe.

— Tout va bien ?

— Ouais… Je suis navré, Violette, mais j'ai une urgence au bureau… Noah est souffrant et n'a pas pu boucler un dossier. Et comme je suis le vice-président…

— C'est toi qui dois t'occuper de ce genre de choses, finis-je à sa place.

Il hoche la tête et met les mains dans les poches de son pantalon de costume.

— Exactement. Je suis désolé. Ta tarte paraît délicieuse en plus…

Je lui souris et sors un tupperware dans lequel je dispose une part de tarte en train de refroidir dans le four ouvert.

— Tiens, dis-je en lui tendant la boîte. Ça m'ennuierait que tu meures de faim.

— Attention, je vais finir par croire que tu te soucies de moi tout compte fait, souffle-t-il, un air arrogant peint sur ses traits.

Puis, il attrape le tupperware, dépose un baiser sur mes joues brûlantes avant de reporter son regard sur le mien. Nous sommes à quelques millimètres l'un de l'autre, et je ne peux m'empêcher de jeter un œil à sa bouche tentatrice.

Embrasse-moi…

— Tu veux me demander quelque chose, Violette ? m'interroge Dean, la voix rauque.

Sa barbe a pris de l'ampleur depuis que nous nous sommes rencontrés, car il ne l'a ni taillée ni rasée, et j'ai soudain une furieuse envie d'y promener les doigts. Je déglutis avec peine et détourne les yeux. Je réponds non de la tête, les lèvres scellées par peur de dire à voix haute ce que je pense.

— À demain, Violette Williams.

— À demain, Dean Hamilton.

Sur ce, il m'offre un dernier sourire et franchit la porte d'entrée. C'est mieux ainsi, Dieu seul sait les informations qu'il m'aurait soutirées s'il était resté.

Alors pourquoi suis-je autant déçue ?

Chapitre 14

Dean

J'éteins mon ordinateur, enfile ma veste et verrouille mon bureau. Mes pas me guident vers l'ascenseur et moins d'une minute plus tard, je franchis les portes d'entrée de Hamilton's Jewelry. Je m'installe au volant de ma Porsche 911 Carrera stationnée devant le bâtiment et enclenche la première.

Au bout de dix minutes, j'arrive à mon manoir qui donne sur Little Plains Beach. Je me gare dans l'allée et jette un coup d'œil à ma montre. On est mardi, il est 18 heures, et je suis déjà chez moi.

Ça fait deux jours que je m'accorde la liberté de partir plus tôt, et c'est agréable de ne pas faire de rab au bureau. Surtout quand c'est pour passer du temps avec Violette.

Dès ce matin, j'ai averti les employés que je libérai leur soirée et que de ce fait, ils pourraient rentrer chez eux à 17 heures. La majeure partie en a été scotchée, mais mon paternel n'est pas là en ce début de semaine, j'en ai donc profité pour prendre des initiatives. Je trouve qu'il les exploite de plus en plus.

Il y a quelques années, ce n'était pas le cas, mais comme la boîte se développe de jour en jour, il y a plus de travail et pas assez de personnel pour effectuer le surplus de tâches. Depuis plusieurs mois, ces pauvres gens n'ont plus de vie de famille et de vie sociale, il est grand temps que cela change. J'en toucherai deux mots à mon père et essayerai de lui faire entendre raison, mais ça ne va pas être évident. Il n'est plus le même depuis qu'il est à la tête d'un empire immense. D'aussi loin que je m'en souvienne, il a toujours été quelqu'un d'ambitieux et intransigeant. Mais plus les jours passent, plus j'ai l'impression que l'argent lui monte à la tête. Il a des réactions qui m'interpellent et qui font que je ne reconnais plus celui qui m'a élevé.

Je sors de ma voiture et me dirige vers ma maison en pierres sombres avec un toit aux tuiles rougeâtres. Elle est bordée par un immense jardin et une allée de roses jaunes et orange mène à l'entrée. L'année prochaine, je demanderai à mes jardiniers de planter des violettes dans la pelouse.

Pourquoi ? Pour égayer la verdure immaculée, *bien entendu.*

Une vingtaine de mètres plus tard, je m'engouffre chez moi. Un parfum de jasmin embaume l'air, signe que Marie, la femme de ménage, est venue. Elle a dû être ravie du temps de travail en moins en ce début de semaine : pas de cadavres de bouteilles à ramasser, pas de cartons de pizza entassés sur le sol et j'en passe.

Je suspends ma veste à mon portemanteau dans l'entrée et déboutonne ma chemise. Aujourd'hui, il a fait particulièrement chaud, et je n'ai pas la clim installée ici, contrairement au bureau. J'avais envie de préserver l'ambiance rustique de l'intérieur. Mon père a fait une syncope quand il a vu ce que j'avais choisi comme décoration. Quant à ma mère, elle était ravie et m'a aidé à aménager les lieux. Tous les deux, nous avons toujours eu le goût des choses chaleureuses et simples. D'accord, ma demeure est assez vaste, mais le luxe et la prétention n'ont pas leur place ici. Je n'ai jamais aimé afficher aux yeux de tous ma richesse. Enfin, sauf peut-être avec ma voiture… On va dire que ma Porsche est ma contradiction. Après tout, on en a tous.

Je longe le couloir après l'entrée pour arriver dans la grande pièce à vivre comprenant le salon et la cuisine. Ici, tout est décliné comme dans un chalet canadien : bois clair du sol au plafond et bois foncé pour les meubles. Les murs sont décorés avec des toiles que ma mère a peintes. Sur chacun d'entre eux, il y a un gigantesque tableau qui représente la forêt boréale du Canada. Une saison par mur. C'est un pays que j'adore et tous les ans je m'y rends pour faire des randonnées. C'est à l'automne que la nature y est la plus belle, avec ses couleurs chaudes qui se mélangent.

Je m'affale sur le canapé à carreaux rouges et blancs, et envoie un message à Violette.

Dean : On se voit dans une heure ?

Violette : Oui ! Il y a un *dress code* particulier ?

Dean : Viens nue, ça fera l'affaire… Et puis ça nous fera gagner du temps !

Je m'esclaffe en lisant la réponse de Violette composée d'un smiley qui lève les yeux au ciel, suivi d'un charmant doigt d'honneur. Son insolence est sa marque de fabrique.

Violette : je m'occupe du dessert.

Je me retiens de lui préciser que le meilleur dessert que je pourrais manger, c'est elle. Je monte à l'étage et file sous la douche. En ressortant, j'enfile un jean et un T-shirt couleur ocre.

Ensuite, je m'active aux fourneaux. Aujourd'hui, j'ai enquêté auprès de Lana pour savoir les mets dont Violette raffolait. Ma secrétaire m'a affirmé que son amie ne jurait que par les céréales Lucky Charms. Selon elle, il n'y a pas de meilleur moyen de gagner son affection. Après que j'ai sommé ma secrétaire d'arrêter de se payer ma tête, elle a fini par me donner une liste des plats salés préférés de Violette.

Je passe donc les quarante-cinq minutes suivantes à préparer : guacamole, houmous, mousse de betterave et fromage frais, cake aux poivrons et *hash browns*[1].

Alors que je sors le cake du four, la sonnette retentit. Je vais à la rencontre de mon invitée, et quand je lui ouvre la porte, celle-ci m'adresse un sourire chaleureux en secouant une boîte de céréales sur laquelle est dessiné un leprechaun.

Elle a amené des putains de Lucky Charms.

— Pourquoi tu as pris ces merdes ?

— Bonjour à vous aussi, monsieur Grincheux. Ben, c'est le dessert ! s'exclame-t-elle en me passant devant.

Elle n'attend pas que je la convie à l'intérieur et s'engouffre dans le couloir. Je la suis et lui rentre presque dedans lorsqu'elle s'arrête tout d'un coup dans le salon. Son regard balaye la pièce, et sa bouche s'entrouvre sous le coup de la surprise. Elle reporte les yeux sur moi, et ses lèvres s'incurvent en un sourire quand elle détaille mes vêtements.

— Il ne te manque plus que la hache de bûcheron, rit-elle en passant les doigts dans ses cheveux lâchés.

Je ne peux m'empêcher de loucher sur sa poitrine généreuse, mise en valeur par le décolleté de sa robe prune à bretelles. J'attrape ce qu'elle a dans la main et me dirige vers la cuisine.

— Qu'est-ce que tu fais ? demande-t-elle, suspicieuse. Tu ne vas pas les jeter quand même ?

— Non, je les range dans un placard, tu les reprendras en

1 Galettes de pommes de terre américaines.

partant. Plein de gens meurent de faim dans ce monde, pas de gâchis inutile.

— Riche et altruiste, qui l'eût cru ? dit Violette en s'accoudant sur le comptoir de la cuisine en L.

Elle pose son sac sur le plan de travail.

— Tu l'es bien, toi, avec ton projet d'orphelinat.

Ses yeux s'arrondissent une courte seconde avant qu'elle dévie le regard. C'est si rapide et furtif que si je ne lui prêtais pas attention, je ne l'aurais pas remarqué.

— Oui, c'est vrai, répond-elle.

Encore ce tic nerveux. Elle n'en a pas conscience, j'en suis certain. Je commence à la connaître suffisamment pour savoir que quand elle fait ça, quelque chose la gêne. Elle a eu le même comportement hier lorsque je l'ai questionnée sur l'héritage qu'elle a reçu.

Violette ne me dit pas tout, j'en ai l'intime conviction. Comme si elle n'osait pas être pleinement elle à mon contact ou comme si elle avait honte de quelque chose. Mais si je lui en parle, sa seule réaction sera de se braquer. Alors, je vais être patient, car j'ai le sentiment que cette fille le mérite, qu'elle peut être la solution à beaucoup de mes maux. Mais uniquement si elle le souhaite.

Je veux que ma fleur vienne à moi de son propre chef.

Je veux qu'elle ouvre les pétales derrière lesquels elle se retranche, pour me permettre d'accéder à son cœur.

Je veux savoir quel mystère plane derrière Violette.

— Parle-moi plus en détail de ton projet, demandé-je.

Elle prend place sur un tabouret haut et me raconte ce qu'elle envisage de faire. Pendant ce temps-là, je prépare des toasts de guacamole et houmous. Ses yeux pétillent d'une lueur que je n'avais encore jamais vue. Elle semble déterminée à donner un foyer de qualité à de pauvres enfants abandonnés ou nés sous X.

Cela force mon respect et me confirme que Violette est vraiment une femme bien.

Pas comme Cassy qui avait une sainte horreur du caritatif.

Violette continue sur sa lancée, tandis que je m'attelle à dresser les verrines de mousse de betterave. Je me contente de sourire ou de hocher la tête, ne voulant pas l'interrompre. J'aime qu'elle se confie à moi.

Elle me parle davantage de sa mère sans vraiment s'en rendre compte. J'apprends, entre autres choses, qu'elles ont vécu toutes les deux jusqu'aux vingt-quatre ans de Violette, que tous les mercredis c'est soirée tacos et que Noël est sacré pour elles. Même si elles n'habitent plus ensemble, chaque 1er décembre, elles observent une routine depuis l'enfance de Violette : décoration du sapin et lait de poule devant *Maman, j'ai raté l'avion !*[1].

— Dean ?

Elle s'est arrêtée de parler mais je continue de la contempler, fasciné.

— Oui ?

— Alors, qu'as-tu prévu pour ce troisième round ? demande-t-elle en reportant son attention sur moi, me sortant de mes pensées.

Je me redresse et attrape un plateau sur lequel je mets les différentes choses que j'ai cuisinées. Ensuite, j'emporte le tout dans le salon et le pose sur la table basse. Je m'assois et Violette m'imite.

— Eh bien, tout d'abord, un repas composé de tes plats favoris, selon Lana, réponds-je en désignant le festin sur le plateau.

— Sauf qu'il n'y a pas de Lucky Charms et ça, c'est ce que je préfère, dit-elle en m'adressant une moue d'enfant ayant un gros chagrin.

— Je pourrais presque me laisser convaincre…

1 Comédie familiale américaine réalisée par Chris Columbus et sortie en 1990.

Je tapote le bout de son nez et les joues de Violette rosissent légèrement, faisant ressortir ses taches de rousseur. Elle est encore plus adorable ainsi, et j'ai envie de la serrer dans mes bras, de lui embrasser le front et de lui débiter un tas de conneries mielleuses.

Ça va pas bien, Dean. Ce n'est pas une putain de poupée !

— Comment peux-tu aimer ces trucs immondes ? renchéris-je en faisant un aller-retour à la cuisine pour prendre du vin et deux verres.

— Tsss… Ça ne pourrait jamais marcher entre nous, Dean Hamilton.

— Sérieusement, qui irait mettre des marshmallows dans des céréales ? C'est un sacrilège !

— Arrête de blasphémer, Hamilton !

J'éclate de rire et Violette, quelques secondes après m'avoir dévisagé, ne peut s'empêcher de m'imiter. Elle attrape le verre que je lui tends et y trempe les lèvres. Elle hoche la tête dans ma direction pour me signifier son approbation.

— C'est très beau ici. Ta mère ? demande-t-elle en pointant du doigt les différents tableaux de la pièce.

Je réponds par l'affirmative en coupant le cake aux poivrons et lui en donne une part.

— Elle a beaucoup de talent. Et cette pièce… Ce n'est vraiment pas le genre d'ambiance que j'aurais imaginé pour ton chez-toi.

— Et qu'est-ce que tu avais imaginé ?

Violette croque dans sa part.

— Une décoration déprimante à souhait comme dans ton building, dépourvu de chaleur et aussi ostentatoire que la pièce aux bijoux. Mais là…

Elle s'arrête quelques secondes de parler et contemple à nouveau l'espace.

— J'avoue être agréablement surprise. C'est si… paisible. C'est typiquement le genre d'ambiance que j'aimerais faire dans mon futur chez-moi.

— C'est la preuve qu'on est faits l'un pour l'autre…

— Ce sera vrai le jour où je te verrai ingérer un bol entier de Lucky Charms…

— Plutôt faire la grève du sexe pendant un an !

Violette se frappe sur la poitrine, et je comprends un peu tardivement qu'elle a avalé de travers. Je m'empresse d'aller lui chercher un verre d'eau à la cuisine. Après l'avoir bu d'une traite, elle essuie les larmes au coin de ses yeux.

— Elle était bien bonne celle-ci, dit-elle en riant. Impossible, tu rompras ton serment au bout de deux jours.

— Erreur. Ça fait plus de trois semaines que je n'ai pas touché une femme, tu me vois manger ces trucs immondes que tu oses appeler céréales pour aller baiser à droite à gauche ? m'esclaffé-je.

Son expression enjouée quitte ses traits, et ses sourcils se froncent légèrement tandis qu'elle attrape un toast de guacamole.

— Aucune ?

Je m'apprête à me payer sa tête, mais la vulnérabilité dans son regard m'en empêche. Son corps est tendu, et elle guette ma réponse avec attention. Étrange…

— Non, aucune.

— Pourquoi ? reprend-elle en aspirant sa lèvre inférieure entre les dents.

Elle me rend barge quand elle fait ça, et j'ai envie de lui sauter dessus.

— Pour quelqu'un dont le but est simplement de démontrer qu'elle est insensible à mon charme, je te trouve bien curieuse.

Ses yeux s'écarquillent aussitôt. Je l'intéresse clairement, elle ne peut pas le nier. Alors qu'elle s'apprête encore une fois à fuir ce qu'elle ressent, j'attrape son menton pour l'obliger à me regarder.

Elle me fixe avec intensité, et sa respiration s'amplifie. Je rapproche mon visage du sien jusqu'à frôler ses lèvres.

Putain, si elle ne m'arrête pas, je vais trahir la promesse que je lui ai faite et me transformer en un animal en rut.

J'ai envie de sentir son corps chaud contre le mien.

J'ai envie qu'elle m'offre sa reddition et s'abandonne à moi.

J'ai tellement envie d'elle que je vais en devenir fou si je ne lui fais pas l'amour, là, tout de suite.

Platonique on a dit, Hamilton ! Platonique, putain !

— Parce qu'aucune autre que toi ne m'intéresse, finis-je par répondre d'une voix rauque, retrouvant un semblant de maîtrise.

Je m'éloigne de quelques centimètres. Les flammes dans ses yeux s'agitent, et je n'ai qu'une idée en tête : écraser ma bouche sur la sienne et la revendiquer comme mienne. Je crois que c'est la première fois que je désire une femme à en crever.

— À quoi penses-tu ?

Mais elle ne répond rien. Alors, j'enroule ma main autour de son cou et l'empêche de se martyriser la lèvre avec mon doigt. Violette hoquette, et je me retiens de promener mon pouce sur sa bouche.

Maîtrise-toi, Hamilton.

— À quoi penses-tu, Violette ? réitéré-je.

— Je pense que tu mens.

— Pourquoi ?

Son corps se tend, et je caresse sa nuque. Je suis persuadé qu'elle va me demander d'arrêter, mais elle ne le fait pas. Je sens qu'elle se relaxe un peu.

— Parce que tu es un *serial* baiseur…, murmure-t-elle en crochetant ses mains qu'elle met sur ses genoux, déviant le regard.

Elle a changé de torture. À présent, elle malaxe ses paumes l'une contre l'autre. Je pose les miennes sur les siennes pour qu'elle s'interrompe, et ses yeux retournent aussitôt à moi. Elle n'a plus cet air farouche qui l'anime sans cesse. Non, Violette a provisoirement tombé le masque.

— C'est la réputation que tu as… Une fille différente chaque semaine, chuchote-t-elle en fixant le tableau de verdure accroché au mur attenant au divan.

— C'était le cas. Jusqu'à toi, affirmé-je.

— N'importe quoi…

Elle n'est pas en colère. Bien au contraire, elle semble… fragile ?

— Je ne mens pas, tu te souviens ? Je déteste ça.

— Ça, c'est toi qui le dis, argue-t-elle en se soustrayant à mon toucher pour se reculer d'un mètre dans le sofa.

Puis, elle boit d'une traite la fin de son verre de vin.

— Alors, quelle est la suite du programme pour la soirée ?

Et là, en une demi-seconde, Violette remet son masque de façade. Froide et distante, à l'abri dans sa forteresse imprenable. Mais un jour je percerai ses barrières, et même si au terme de la semaine elle ne m'a pas supplié de l'embrasser, je ne lâcherai pas l'affaire aussi facilement. Cette femme est venue éveiller quelque chose en moi, et j'entends bien savoir quoi.

— Dean ?

Violette claque des doigts devant mes yeux, comme je ne réagis toujours pas.

— Pardon, je pensais à toi. Dans mon lit. Nue…, réponds-je avec un air malicieux.

— Tu te fais du mal, mon chou, dit-elle en se resservant un verre.

— Hum… Songer à quelque chose qui ne va pas tarder à arriver, je ne vois pas en quoi je me fais du mal.

Mon rencard *platonique* lève les yeux au ciel tandis que j'ouvre un tiroir de la table basse. Je sors sous son regard circonspect des étiquettes autocollantes. J'en colle une à proximité de sa clavicule et fais de même pour moi. Violette fronce les sourcils en parcourant d'abord l'étiquette avec son prénom, puis la mienne.

— *Speed dating*, ma jolie !

Chapitre 15

Violette

Un *speed dating* ?

Dean se penche vers moi en jouant des sourcils et c'est alors que les notes corsées et épicées de 1 Million, que j'ai senties tout à l'heure dans l'air, chatouillent mes narines. Son parfum ne m'aide pas à rester de marbre, car j'ai toujours trouvé qu'il représentait à merveille la virilité, affreusement addictive et aphrodisiaque. Associé à Dean, eh bien… disons que ça ne présage que des problèmes à venir.

— En général, ça dure une quinzaine de minutes. Cinq questions chacun, ça devrait être bon, annonce Dean en engloutissant un toast au houmous.

— Tu m'as l'air de bien t'y connaître, remarqué-je.

Dean lève les yeux au ciel et pousse un râle de mécontentement en s'adossant au canapé.

— Malheureusement, oui. Noah, m'y a traîné un jour pour la Saint-Valentin. C'était d'un ennui mortel, tous les participants semblaient au bord du gouffre, prêts à tout pour trouver ne serait-ce qu'un peu de compagnie.

— Alors, pourquoi vouloir en faire ce soir ? m'étonné-je.

Dean se rapproche de moi et son index effleure le dos de ma main.

— Parce que j'ai la certitude que, *toi*, tu ne seras pas d'un ennui mortel, souffle-t-il en jouant des sourcils.

Lascivement, son regard balaye l'ensemble de mon corps avant de revenir à mon visage. Il ne me touche pas, comme il l'a promis. Mais il n'en a pas besoin : ses yeux se substituent à ses mains et explorent chaque centimètre carré de ma peau.

Gênée, je me racle la gorge pour détourner son attention. La manière outrageusement explicite dont il me contemple fait naître un feu ardent au creux de mes reins.

— Des jokers ? demandé-je.

— Oui, un seul. Mais si on l'utilise, l'autre nous attribue un gage, réplique-t-il en attrapant son verre de vin.

Il est malin, l'enfoiré. Mais j'ai plus d'une corde à mon arc, je ne vais pas me laisser avoir comme une débutante.

— Ça ne se passe pas comme ça dans les *speed datings* ! protesté-je.

— Et les personnes ne sont pas censées se connaître non plus. Mais comme c'est moi qui fais les règles, c'est moi qui décide, *ma jolie*.

Je soupire en croisant les bras sur ma poitrine.

— Tu n'es vraiment pas habitué à ce qu'on te dise non ?

Il se penche en avant.

— Jamais. Mais si tu veux tout savoir, en ce moment, une certaine Violette Williams me donne du fil à retordre de ce côté-là, souffle-t-il en replaçant derrière mon oreille une mèche qui traîne sur mon visage.

— Hum… Une fille bien, cette Violette. Surtout que d'après ce que j'ai entendu sur ce Dean Hamilton, c'est un macho doublé d'un connard prétentieux. Ça ne lui fera pas de mal de se faire remettre à sa place.

Un sourire incurve ses lèvres. Au bout de quelques secondes, il se redresse et se cale sur le canapé. Il allonge le bras sur le dossier du sofa et croise les jambes, la cheville sur le genou.

— Avant qu'on commence, tu peux m'indiquer où sont les toilettes ? demandé-je.

— À l'étage, deuxième porte à droite, juste après mon bureau. En t'attendant, je vais préparer une salade de fraises.

Bingo.

Je le remercie, prends mon sac resté sur le plan de travail et fonce au premier. Bien entendu, je n'ai absolument aucun besoin pressant. En revanche, j'espérais en venant ici pouvoir farfouiller chez lui. Le fait que les toilettes soient juste à côté de son bureau est parfait.

Je regarde par-dessus mon épaule avant de pénétrer dans la pièce entrouverte. J'entends Dean siffloter en bas, c'est bon, la voie est libre. Il va me falloir faire vite pour ne pas éveiller ses soupçons.

À pas feutrés, je m'avance vers son bureau constitué de pieds en fer forgé et d'une tablette en verre sur laquelle se trouvent un pot à crayons et un cahier de dessin. Il n'y a aucun tiroir.

Merde.

Je balaye du regard la pièce. Il n'y a rien ici hormis ce bureau et des tableaux accrochés aux murs. Alors que je commence à faire le chemin en sens inverse, mes yeux se fixent sur une petite tour de rangement posée sur une console en bois, près de la porte.

L'espoir me gagne, et je m'empresse d'aller fouiller les tiroirs. Dans le premier, il y a des factures d'électroménager et de voiture. Quant au deuxième, j'y trouve des photos de Dean enfant et de ses parents. Et le dernier ne m'aide pas davantage, puisqu'il contient d'anciens cahiers de cours de finance.

C'est un échec cuisant. Espérons que demain j'aurai plus de chance dans la demeure des Hamilton. Avec Lana, nous avons mis sur pied une stratégie pour que je puisse m'y faufiler sans attirer l'attention.

Résignée, je soupire et ressors du bureau. De toute façon, je n'ai plus le temps de m'aventurer dans une autre pièce sans éveiller les soupçons. Lorsque j'arrive dans le salon, Dean est en train de s'asseoir sur le canapé. Je l'imite et dépose mon sac par terre.

— Tu commences, m'enjoint-il en activant un minuteur sur son téléphone qu'il me montre, avant de le glisser dans sa poche.

J'enlève mes sandales et m'installe à mon tour confortablement, les jambes pliées sous mes fesses.

— La personne de ton entourage que tu apprécies le plus ? Et ne songe pas à dire que c'est moi, ça va mal se passer si tu contournes toutes les questions comme ça.

Dean s'esclaffe devant ma menace.

— Ma mère, sans aucun doute, répond-il en regardant distraitement le tableau « été » accroché derrière moi. On a la même façon de voir les choses. Contrairement à moi, elle n'est pas née avec une cuillère d'argent dans la bouche. Alors que mon père me gâtait à outrance, passait le moindre de mes caprices, ma mère a fait en sorte de m'inculquer la bienveillance, l'humilité et le respect d'autrui. Je ne serais pas la personne que je suis aujourd'hui sans elle. Et on partage une passion commune pour l'art. Elle, c'est la peinture, moi, la photographie.

Je suis étonnée de sa réponse, je pensais qu'il choisirait son père. Mais après tout, il ne fait que me surprendre de jour en jour. Et vu sa réaction sur la plage, la dernière fois que je lui ai parlé de son père, j'ai la sensation qu'il ne me dit pas tout.

Se pourrait-il que Dean se rende compte de l'enfoiré qu'est son paternel ?

— La photographie ? le questionné-je.

Dean reporte son attention sur moi. Il ferme un œil, joint les doigts en un rectangle et m'observe au travers.

— Oui, et ton visage serait si beau à capturer avec mon objectif. Et je ne parle même pas de ton corps…

Il déplace son appareil-photo factice le long de mon corps avant de revenir à mes lèvres. Ses mots enflamment mes pommettes, et je ressens un élancement dans mon bas-ventre à l'idée de poser pour lui. Pourquoi j'ai l'impression qu'il rendrait la chose affreusement érotique ?

— À toi, soupiré-je en saisissant mon verre sur la table.

Je bois plusieurs gorgées de vin, histoire de penser à autre chose que les images sensuelles qui gravitent à plein régime dans mon cerveau.

— Tu as parlé de ta mère hier, mais n'as pas mentionné ton père. Il est toujours dans ta vie ?

Je fais tournoyer le liquide en le fixant comme s'il était le remède à ma gêne. Je n'aime pas m'étendre sur mon géniteur.

— Tu peux choisir un joker, dit Dean avec un sourire comme s'il entendait mes pensées.

Et le laisser me filer un gage ? Non merci, Dieu seul sait ce qu'il attendrait de moi en échange.

— Non, non. C'est juste que je ne parle jamais de lui, c'est tout. Il est parti quand j'avais huit ans. Ma naissance n'était pas prévue, il voulait que ma mère avorte. Elle ne l'a pas fait, et il est quand même resté. Puis, un matin de novembre, il nous a annoncé qu'il nous quittait pour vivre avec une femme qui avait vingt ans de moins que lui. Le rôle du père impliqué et aimant n'a jamais été celui qu'il préférait. Ensuite, ça a été une période… assez difficile.

Dire que ça a été difficile est l'euphémisme du siècle.

— Quel con, commente Dean en me tendant une verrine et une petite cuillère. Quel genre de pères fait ça ?

Je lui offre un sourire forcé en le remerciant. Ses paroles me font du bien. Mon père est effectivement un sale con.

— De quand date ta dernière relation ? demandé-je en entamant la mousse de betterave.

Cette fois-ci, c'est à Dean de fuir mon regard pour l'enfouir dans le contenant miniature.

— Tu peux choisir un joker, le paraphrasé-je en jouant des sourcils.

— Hors de question, tu serais bien capable de me faire bouffer tes céréales immondes.

— Je n'y avais pas pensé, mais maintenant que tu le dis… je garde l'idée sous le coude !

Dean m'offre un sourire on ne peut plus ironique avant de troquer sa verrine pour son verre de vin. Il remplit le mien qui est presque vide.

— C'était il y a deux ans, avec mon ex, Cassy.

Ensuite il se tait, mais je ne compte pas laisser tomber aussi facilement que ça.

— Ta première fois ?

En entendant la question de Dean, je bois la quasi-totalité de mon verre sous son regard amusé. Ma tête commence à tourner. Ce verre sera le dernier, sinon je vais finir complètement pompette et ma langue risque de se délier plus que je ne le veux. Dean aborde vraiment tous les sujets les plus susceptibles de m'embarrasser.

— C'était avec Steve Edison, mon petit ami de dernière année de lycée. Ça s'est passé le soir du bal de fin d'année, dans notre salle de classe de chimie. Ce n'était pas l'endroit idéal pour une première fois, mais c'était avec le garçon que j'aimais, donc pour moi, c'était parfait…

— Qu'est-il arrivé ensuite ? Je sens qu'il y a un « mais » dans ton histoire.

— C'est une autre question, ça, rétorqué-je.

Dean se rapproche de moi, et je suis le mouvement de son pouce qui frôle ma bouche. Le contact de son doigt à la commissure de mes lèvres m'arrache un frisson.

— Tu as un peu de mousse de betterave, susurre-t-il.

Je suis incapable de détourner mon attention de lui, captivée par ses gestes. Et l'alcool dans mon sang n'arrange rien. Dean ne lâche pas mon regard tandis qu'il lape une tache rose sur sa phalange. Quel effet cela ferait si mon corps était à la place de ce petit bout de peau qu'il lèche avec sensualité ?

Je le dévore des yeux, mais je n'en ai rien à faire. Après tout, il le fait tout le temps lui !

— Oui, c'est vrai, dit-il avec un sourire coquin.

— Hein ?

— Que je te dévore des yeux. Tout le temps. Mais comment m'en empêcher ? Surtout quand tu portes ce genre de robes…

Merde. Merde. Merde.

J'ai pensé à voix haute ! Qu'est-ce qu'il a entendu d'autre ? J'aimerais lui demander, mais je suis bien trop gênée pour ça. Mon visage doit être cramoisi.

— Alors, Steve Edison ? renchérit Dean, comme si de rien n'était, comme si je ne venais pas de lui avouer que je le bouffais des yeux telle une sucrerie alléchante… Ce sera ma troisième question.

Je me racle la gorge et change de position. Je tends les jambes devant moi et les croise. Le regard de Dean parcourt la nudité de mes cuisses avant qu'il reprenne en main son verre de vin. L'électricité est évidente, et il serait si tentant de succomber à ce désir qui crépite entre nous. Mais ça serait trop dangereux pour moi. Je dois garder mon objectif en tête : me venger de John Hamilton et demain, le 4 Juillet, la première partie de mon plan va s'enclencher. Et céder à la tentation que représente Dean ne ferait que mettre du bazar dans l'équation. Parce que je commence de plus en plus à l'apprécier, contre toute attente…

— Eh bien… alors que la soirée battait son plein, Steve a disparu un moment. Je me suis lancée à sa recherche et quelle n'a pas été ma surprise quand je l'ai trouvé en train de s'asticoter avec une pom-pom girl dans les toilettes. Voilà la triste histoire de ma première fois, dis-je en ramenant les genoux contre ma poitrine.

Je termine mon verre et sens le regard brûlant de Dean sur moi. Il m'observe avec d'un drôle d'air.

— Qu'est-ce qu'il y a ? demandé-je.

— J'espère que tu l'as quitté, ce petit con ?

— Oh ! j'ai fait mieux que ça : non seulement je l'ai plaqué, mais je lui ai en plus décroché une gifle magistrale dont il se souviendra toute sa vie !

— Rappelle-moi de ne jamais te contrarier…, souffle Dean en me lançant une œillade malgré tout admirative.

Je lui adresse un sourire radieux, et il me le rend.

Ça devrait être interdit d'être aussi beau… À quoi ressemble son torse sous son T-shirt ? Est-il tatoué ? Ses muscles sont-ils dessinés comme des tablettes de chocolat ?

Violette, tu divagues !

— À toi, dit Dean, me sortant de mes pensées.

— De quelle photographie es-tu le plus fier ?

Son regard est perdu dans le vide et, pendant plusieurs dizaines de secondes, il ne dit rien. Alors que je me demande s'il m'a entendue, il termine son verre et se redresse.

— Viens.

Je n'hésite même pas et attrape sa main. Sans un mot, il me conduit à l'étage et, cette fois-ci, je prends le temps d'observer les lieux. La décoration est similaire à celle du rez-de-chaussée, le bois est l'élément dominant. Nous traversons un palier composé de bibliothèques et d'un coin lecture, avant de nous engouffrer dans un couloir. Dean ouvre la porte tout au fond, et nous pénétrons dans ce que je suppose être sa chambre.

— Wow.

Je ne peux retenir mon émerveillement en balayant du regard la pièce. Elle est immense, presque aussi grande que son salon. Au centre trône un lit en fer forgé, reposant sur un tapis blanc. Derrière est installée une baignoire, qui donne directement sur la terrasse et la mer. Si la vue de ma maison est saisissante, celle chez Dean est époustouflante à travers la gigantesque baie vitrée entrouverte. Une légère brise soulève l'ourlet de ma robe, et j'en profite pour lâcher la main de Dean afin de me diriger vers un agrandissement photo qui attire mon attention.

Du coin de l'œil, je remarque qu'il observe chacun de mes gestes tandis que je m'approche de la photographie sur ma gauche. Elle occupe la quasi-totalité du pan de mur. Elle est tout simplement magnifique : c'est un cliché mêlant ciel et mer pris de nuit. Des taches fluorescentes bleues parsèment l'eau, s'étendant sur tout le long du rivage.

— C'est toi qui as fait cette photo ? demandé-je, incrédule, en me retournant vers lui.

Dean se tient adossé au chambranle de la porte, et ses lèvres se retroussent en un sourire quand il acquiesce. Mes yeux se reportent sur le cliché, le parcourant sous tous les angles.

— Dean, c'est si beau…

De nouveau, des effluves de son parfum me parviennent. Il s'est approché de moi.

Cette odeur va me rendre dingue.

— Qu'est-ce que c'est ? murmuré-je en pointant du doigt les taches fluorescentes qui dansent dans l'eau.

Le bras de Dean passe par-dessus mon épaule, et sa joue est presque collée à la mienne. Il caresse mon tatouage fleuri avant de s'emparer de ma main pour l'entrelacer avec la sienne. Mon cœur tressaute dans ma poitrine, mais je le laisse faire. Et lorsqu'il guide mon index sur la toile pour effleurer la lueur bleutée de l'eau, une chaleur agréable se propage en moi.

— C'est un phénomène qu'on appelle la bioluminescence. Ce sont des êtres vivants qui génèrent de la lumière pour attirer leurs proies, chuchote-t-il au creux de mon oreille.

Des décharges électriques se diffusent dans mes veines, pourtant je ne fais rien pour le stopper.

Pourquoi je m'adonne à ce jeu dangereux ?

— Où as-tu pris cette photo ?

— Lors de mon voyage au Japon avec Cassy. J'ai passé des heures à la baie de Toyama dans l'espoir d'avoir un cliché digne de ce nom. Cassy n'a pas arrêté de se plaindre, s'esclaffe-t-il.

Dean continue de me faire repasser sur les lignes lumineuses sur la surface de l'eau. Je me contente d'apprécier la beauté de la photographie devant moi en savourant la délicatesse de son contact. Il ne se passe rien de particulier, pourtant la connexion entre nous est on ne peut plus réelle. Comme si nos âmes s'entremêlaient...

La sonnerie du minuteur nous fait sursauter. Dean éteint le téléphone et la bulle de magie dans laquelle nous nous trouvions éclate. Je me retourne pour m'écarter, mais il laisse traîner ses doigts sur l'une de mes clavicules. Il aime vraiment faire ça, il le fait à chaque fois que nous nous voyons. Et j'affectionne un peu trop son geste. Je suis incapable de bouger. Ses yeux sondent mon visage avant de s'arrêter sur ma bouche. Malgré moi, je m'humidifie les lèvres.

J'ai réellement envie de les sentir de nouveau sur les miennes. C'était si bon la première fois que ce serait presque un sacrilège de ne pas recommencer. Mais il ne fait rien, parce qu'il attend mon feu vert. Il en crève de désir, lui aussi, et pas seulement de m'embrasser, si je me fie à la luxure qui consume ses pupilles.

— Tu veux me demander quelque chose, Violette ?

Sa voix rauque confirme ma théorie : si je le réclame, il me donnera tout ce que je souhaite. Ce n'est pas la première fois qu'il me pose la question, mais c'est la première fois que j'envisage de hocher la tête. Avant de faire une bêtise que je regretterais à coup sûr, j'énonce ce qui me brûle les lèvres :

— Pourquoi avez-vous rompu avec Cassy ?

Dean stoppe immédiatement sa caresse sur ma clavicule.

— Le *speed dating* est terminé, fait-il remarquer en arquant un sourcil. Mais je veux bien te répondre. À une condition.

Un air mutin se peint sur son visage.

— Laquelle ?

— Tu me devras une faveur.

— Tu es gonflé !

Dean s'éloigne de quelques pas pour s'asseoir sur le matelas.

— Je ne coucherai pas avec toi, annoncé-je en lui lançant un regard entendu.

— Tu me prends pour qui ? réplique-t-il avec un sourire mutin.

Un serial *baiseur.*

— Bon, tu veux vraiment le savoir ?

Je croise les bras contre ma poitrine et sens l'agacement s'infiltrer en moi quand le triomphe gagne les traits de son visage. Je suis certaine que je vais dire oui, parce que c'est plus fort que moi.

Le désir que j'éprouve pour lui me conduit à accepter sa proposition.

Ce désir insensé qui me pousse à vouloir en savoir plus sur lui.

Ce désir qui risque de causer ma perte.

Alors, j'acquiesce et m'assois à ses côtés.

— Cassy et moi nous connaissons depuis l'enfance, reprend-il. Nos familles s'entendent très bien, ce qui m'a toujours étonné parce que la sienne a une fortune bien moins conséquente que la mienne… Non pas que ça m'importe, mais mon père est du genre à choisir ses amis parmi la crème de la crème.

Toute trace d'arrogance l'a déserté. Ses yeux sont perdus dans l'eau fluorescente qui nous fait face, ses avant-bras posés sur ses cuisses.

— On est brièvement sortis ensemble au lycée avant de remettre ça il y a cinq ans.

Ses mâchoires se contractent, et sa pomme d'Adam s'agite plus vite que la normale. J'ai le pressentiment que je vais haïr cette Cassy.

— Et ? demandé-je comme il est silencieux depuis une dizaine de secondes.

— Je te fais la version courte, mais en gros, j'ai découvert qu'elle me trompait depuis le début. Trois ans de mensonges. Trois ans où elle s'est servie de moi pendant qu'elle se faisait sauter par tous les Hamptons. Trois ans pendant lesquels elle m'a fait croire qu'elle m'aimait… Elle avait même accepté ma demande en mariage. Mais il s'avère que la seule chose qui l'intéressait, c'était le statut dont elle jouissait grâce à ma famille et l'argent qui en découlait.

Sa voix chevrote quand il prononce la dernière phrase, et il serre les poings si fort que ses jointures sont blanches.

Oh…

Mon cœur se contracte dans ma poitrine.

— C'est pour cette raison que je n'ai plus été en couple après elle.

Le puzzle de son comportement se met en place dans ma tête. S'il a une aventure différente chaque semaine, ce n'est pas parce qu'il est un enfoiré au cœur de pierre qui veut uniquement s'éclater. Voilà pourquoi il ne s'engage pas avec une femme. Comment le pourrait-il après cette trahison ?

Je ne sais pas quoi faire de cette révélation. Dans mon subconscient, Dean avait été catalogué. C'était censé être un coureur de jupons. Bon, théoriquement, c'est un don Juan. Mais la raison qui le pousse à agir ainsi n'est pas celle à laquelle je songeais.

Était-il donc sérieux en prétendant qu'il n'avait envie d'aucune autre que moi ? Ne serais-je pas qu'une femme de plus pour lui ? Puis-je croire en sa sincérité ?

La seule chose que je ressens en ce moment, c'est de la compassion à son égard. Alors, pour une fois, je laisse ma tête pensante de côté et me plie à la volonté de mon cœur. J'éprouve le besoin incompréhensible de lui apporter du réconfort. Je caresse du bout des doigts les veines de ses mains, qui ressortent.

— Dean…

La vulnérabilité que je lis dans son regard me cloue sur place. L'espace d'une seconde, il n'est pas cet individu à l'assurance inébranlable que je connais. Il n'est qu'un homme qui souffre, marqué par une blessure du passé encore ouverte. La muraille que j'ai érigée autour de mon cœur est en train de se fissurer, et un peu de Dean Hamilton s'y engouffre. Et je suis incapable de l'empêcher.

— Enfin, bref, voilà la chouette raison qui fait que j'ai rompu avec mon ex. La trouver assise à califourchon sur l'un de mes employés a été le déclic, rit-il.

La façade qu'il s'est recomposée ne me trompe pas.

Pendant la demi-heure suivante, à ma demande, il me parle un peu plus en détail de sa relation avec Cassy. Je suis étonnée de son honnêteté, mais Dean répond à chacune de mes questions. Plus je l'écoute, plus j'entrevois l'homme meurtri en lui. Cette garce a vraiment ébranlé sa confiance en l'amour, voire l'a détruite. Jamais en approchant Dean je n'aurais soupçonné une chose pareille.

Puis, il parle de ses parents. Sa mère a été scandalisée d'apprendre ce que son ex-copine avait fait. Elle n'a pas hésité à aller lui dire ses quatre vérités en face. Si je n'étais pas certaine d'apprécier Helena Hamilton, ce que vient de me raconter Dean me le confirme. Il a une réelle admiration pour elle, ce que je trouve adorable. Quant à son père, il espérait que Dean redonne une chance à Cassy, car elle correspondait à merveille aux standards de leur famille.

Écœurant.

J'ai l'impression qu'il y a quelque chose d'autre concernant son père, mais je ne parviens pas à lui tirer les vers du nez. À chaque fois, il s'en sort par une pirouette.

— Tu viens toujours demain chez mes parents ? demande-t-il pour changer de sujet.

— Euh, oui, bien sûr.

Assister à cet événement est un atout clé pour lancer la première étape de ma vengeance, je ne le raterai pour rien au monde.

— Bien. Je passe te chercher vers 11 heures ? Le *dress code* est blanc, ma mère y tient.

— Pas de souci.

— Parfait, je te raccompagne alors.

Dean m'emboîte le pas, je suis un peu abasourdie par ce brusque changement d'ambiance. Arrivée dans l'entrée, je lui adresse un faible sourire, et il dépose un baiser chaste sur mon front.

— Bonne nuit, Violette Williams.

— Bonne nuit, Dean Hamilton.

Sur ce, je m'engouffre à l'extérieur. Je m'apprête à lui lancer une dernière œillade, mais la porte claque derrière moi, me faisant sursauter.

Je rêve ou il vient de me foutre dehors pour se débarrasser de moi ?

Chapitre 16

Violette

Le grand jour est enfin arrivé, mercredi 4 Juillet.

La plupart des gens utilisent cette phrase pour parler d'un mariage, sauf que mon grand jour à moi est radicalement différent du leur. Mais tout comme pour un couple sur le point de se dire oui pour la vie, l'impatience est de mise. J'attends depuis si longtemps cet instant, celui qui annoncera le début de la chute de mon ennemi. Aujourd'hui, John Hamilton saura qu'il est épié et que quelqu'un cherche à lui nuire.

Lana et moi l'avons pris en filature pendant des semaines, avant de nous attaquer à Dean. J'étais déjà convaincue que John était un enfoiré, mais ce que nous avons découvert l'a propulsé au rang de connard international. Ce salaud trompe sa femme dès qu'il en a l'occasion.

Bien sûr, nous avons immortalisé cela par des photos. Lana les glissera dans le speech qu'il doit faire devant ses invités. L'enjeu est qu'il se sente acculé.

Ensuite, je m'emploierai à le discréditer auprès des êtres qui lui sont chers et du reste de l'Amérique. Mais une chose à la fois, à chaque jour suffit sa peine.

J'ajuste les épingles dans mes cheveux qui tiennent mon

chignon flou. Puis, j'asperge de laque les quelques mèches que j'ai bouclées qui descendent en cascade sur ma nuque.

— Waouh, tu es sublime ! On dirait une déesse grecque, commente Lana en entrant dans notre salle de bains.

J'ai pensé exactement la même chose en voyant cette robe Versace en magasin. Elle tombe jusqu'à mes pieds, sertie d'une ceinture couleur or. Elle m'a coûté les yeux de la tête. Mais sa beauté a atténué ma frustration d'acheter un vêtement si cher. Lana attrape un rouge à lèvres grenat dans un tiroir et s'en applique.

— Je te retourne le compliment, réponds-je en me poussant pour lui laisser la place devant le miroir.

Et je le pense sincèrement alors que je détaille son tailleur blanc et ses chaussures à talons de la même couleur. Bien entendu, elle a ajouté une touche personnelle pour casser le classicisme de sa tenue : une grande broche représentant un panda est accrochée sur sa veste.

Lana est également conviée à la réception des Hamilton afin de veiller au bon déroulement de la journée. En somme, elle est là pour le travail, mais va aussi jouer les agents doubles pour mon compte.

— Tu es sûre que c'est bien ce que tu veux ? dit-elle en me tendant l'étole dorée qui repose sur une chaise derrière nous et que je mets sur mes épaules.

— Tu me demandes vraiment ça ?

Lana range son rouge à lèvres à sa place avant de me faire face.

— Je veux juste m'assurer que tu ne regretteras pas. Après, il n'y aura plus de retour possible.

— Lana, ça fait plusieurs années que je mûris ma vengeance et j'en vois presque le bout. Qu'est-ce qui pourrait te faire croire que j'éprouverai de quelconques remords ?

Mon amie se mord l'intérieur de la joue, une main sur la hanche.

— Dean, avoue-t-elle après une dizaine de secondes de silence.

— Quoi, Dean ?

Ma voix tire sur les aigus, et je sais très bien pourquoi. Quant à Lana, elle m'adresse un regard lourd de sous-entendus en croisant les bras sur sa poitrine. Mon amie me connaît si bien que, évidemment, elle pointe du doigt la vérité et appuie là où ça dérange.

— À d'autres, Violette ! Tu penses vraiment pouvoir me la faire ?

— Je ne fais rien du tout, me plains-je en la contournant pour descendre les escaliers menant au rez-de-chaussée.

J'ai bien conscience que mon comportement ne fait qu'apporter du poids à son argument. Mais je n'ai pas envie de l'affronter parce qu'au fond de moi, je sais qu'elle a en partie raison. À la place, je joue à l'autruche et enfile mes talons dont la couleur rappelle celle de mon étole.

Lana descend à son tour et s'assoit sur la tranche du canapé. Son regard me brûle l'échine et même si je lui tourne le dos, j'entends ses pensées d'ici. Après m'être chaussée, résignée, je la rejoins pour me poser à ses côtés. Après tout, elle est ma meilleure amie, elle agit dans mon intérêt.

— Écoute, Lana, Dean ne change pas la donne, il faut que je m'en tienne à mon plan.

— Il faut ou tu veux ?

— Tu m'agaces à jouer sur les mots…

— Dire « falloir » sous-entend que tu t'y obliges, comme si ta volonté n'avait pas voix au chapitre. Alors que « vouloir », ça veut bien dire ce que ça veut dire…

— Tu écoutes beaucoup trop de podcasts sur le développement personnel ! râlé-je en cherchant la pendule du salon des yeux.

Onze heures moins cinq, Dean ne va pas tarder. Je *veux* absolument clore cette discussion avant son arrivée.

— Lana, pour la dernière fois, Dean ne représente rien pour moi et il ne me fera pas changer d'avis. Il n'est que le fils de John Hamilton, un pion dans ma stratégie.

Essaye de le redire en le pensant vraiment, cette fois-ci…, me souffle mon cerveau.

— Tu crois que je suis aveugle ? J'ai remarqué comment il te regardait, et je ne te parle pas de la façon dont tu l'observes quand il est dans les parages.

— Je joue la comédie, c'est tout !

— Personne n'est aussi bonne actrice, Violette. Pas même Kim Cattrall ! s'indigne Lana en attrapant son attaché-case sur le canapé.

— Kim Cattrall ?

— Oh ! mon Dieu, Violette, revois tes classiques ! L'actrice qui joue Samantha Jones dans *Sex and the City* !

— Ah, oui… Pardon.

— Ce n'est pas auprès de moi qu'il faut t'excuser, répond Lana en faisant un signe de croix théâtral, les yeux au plafond.

Elle éclate de rire, et j'en fais de même.

— Écoute…, reprends-je. Je ne peux pas nier que je le trouve attirant. Il est… assez surprenant, il ne correspond pas du tout l'image que je m'en faisais. Mais ça s'arrête là. Est-ce que je suis sensible à son charme ? Oui, bien sûr, enfin je veux dire : l'as-tu regardé ? Il ne laisserait aucune femme de marbre.

Je ne mentionne pas le débat interne qui m'a maintenue éveillée une bonne partie de la nuit hier. Ce qui s'est passé chez lui m'a perturbée et a insinué le doute en moi. Puis, j'ai repensé à cette journée qui a scellé mon destin…

Dix ans plus tôt

En sortant du bus, je traîne des pieds vers le lycée. Si j'adorais y venir autrefois, aujourd'hui, j'attends avec impatience la fin des cours et l'arrivée des grandes vacances dans quelques semaines. Pour l'été, j'ai trouvé un job qui me permettra de prendre en charge certaines dépenses que ma bourse universitaire ne couvrira pas l'an prochain. J'aurais préféré profiter de ces deux mois pour me reposer, hélas, je n'ai pas vraiment le choix. En tout cas, ça sera toujours mieux que de venir ici et d'essayer à tout prix d'éviter mon ex et sa nouvelle copine, la capitaine des cheerleaders. Stacy savait qu'on sortait ensemble, ce qui ne l'a pas empêchée d'embrasser mon petit ami au bal de fin d'année, quelques heures après que je lui ai offert ma virginité.

Steve est vraiment un sale con !

Passant les portes d'entrée de l'établissement, je scrute les environs pour vérifier qu'ils n'y sont pas. Je jette un coup d'œil à ma montre et presse aussitôt le pas, car mon cours d'économie commence dans une dizaine de minutes. Lana me garde toujours une place, mais M. Strauss déteste qu'on soit en retard, ne serait-ce que d'une minute. Et comme nous venons juste de rendre notre dernier devoir du semestre, il vaut mieux rester dans ses bonnes grâces. Je suis un peu déçue de ne pas avoir pu lui présenter mon projet initial, mon idée de restaurant caritatif, mais ce n'est pas grave. Je compte bien lui en parler aujourd'hui, à la fin du cours, pour voir si elle serait viable.

John Hamilton m'a ri au nez lorsque je la lui ai soumise, mais mon professeur d'économie a toujours d'excellents conseils et est à l'écoute pour les étudiants. Peut-être qu'il pourrait m'aider à améliorer ce projet. Ça effacera sans doute le goût doux-amer que j'ai dans la bouche depuis mon stage chez Hamilton's Jewelry, il y a deux semaines. J'avais de grandes espérances concernant cette expérience, sauf que le patron, que j'estimais beaucoup, s'est révélé être un vrai enfoiré, peu soucieux de ses employés et encore moins de l'humain en général. Sans mentionner ses avances plus que douteuses.

Heureusement, tout ça est derrière moi, ce n'est plus qu'un mauvais souvenir.

Mon portable vibre à plusieurs reprises dans ma veste en jean, mais je n'y fais pas attention, je n'ai pas le temps. Je tourne à gauche, après avoir dépassé la loge du gardien, pour me rendre à mon casier. Aujourd'hui, il n'y a pas le brouhaha habituel dans les couloirs, ce qui m'étonne d'autant plus, car c'est bondé de monde.

J'inspecte les alentours, mais ne comprends pas la raison du silence de plomb. Des élèves sont attroupés à côté de leurs casiers et me dévisagent étrangement. Mal à l'aise, je me racle la gorge, attrape les deux lanières de mon sac à dos pour les presser et ainsi décharger mon stress.

Qu'est-ce qui se passe ? J'ai du beurre de cacahuète au coin des lèvres ?

Alors que j'avance, je garde le regard au sol pour éviter d'avoir à subir les coups d'œil appuyés de mes camarades. Ce n'est que quand j'arrive devant mon casier que je saisis la raison de cette insistance.

GROSSE PUTE QUI AIME LA QUEUE, N'HÉSITEZ PAS À COMPOSER SON NUMÉRO.

Ces mots sont tagués en noir sur toute la surface verte. Ainsi que mon numéro de portable. Si ma mâchoire n'était pas solidement accrochée, elle serait tombée. Je cligne des paupières, hébétée.

Qu'est-ce que c'est que cette mauvaise blague ?

Je n'ai pas le temps de me poser plus de questions, car des éclats de rire interrompent le fil de mes pensées.

— Alors, Violette, comme ça on est accro au sexe ? tonne une voix féminine.

Stacy.

Des larmes perlent aux coins de mes yeux alors que je me retourne pour plaquer mon dos contre le casier. J'ai l'espoir que cela dissimule un peu la phrase immonde qui est écrite. Je rencontre le regard suffisant de Stacy. Elle est accompagnée de deux quarterbacks. Malgré la boule d'angoisse qui enfle dans ma gorge, je prends mon courage à deux mains.

— C'est toi qui as fait ça ? demandé-je d'un ton mal assuré.

Le petit groupe au complet se lance des sourires en coin.

Tous ceux qui passent à proximité m'adressent des coups d'œil effarés, quand ils ne sont pas en train de s'esclaffer et de faire des messes basses. La colère bouillonne dans mes veines, mais malheureusement, un autre sentiment la surpasse.

L'humiliation.

Et à cause d'elle, je n'arrive pas à redresser les épaules et à ignorer le déferlement de haine dont je suis victime. La boule dans ma gorge a maintenant des allures de parpaings. Mon ventre se tord et mes larmes commencent à couler.

— Moi ? Mais je n'ai rien fait, Violette. J'ai juste fait éclater la vérité ! répond Stacy.

— Tu as déjà Steve, il fallait en plus que tu essayes de m'humilier ?

— Ça ne le concerne pas et tu le sais très bien, ne fais pas l'innocente. Tu devrais avoir honte de toi !

Elle paraît convaincue de ce qu'elle affirme, mais je ne vois pas de quoi elle parle. Stacy ment sûrement, il n'y a pas d'autres explications.

Des lycéens s'attroupent autour de nous. Ma langue est liée et ma bouche scellée. Je continue de pleurer. L'un des quarterbacks, le brun, s'approche de moi et appuie son bras contre mon casier. Le second, blond, l'imite, m'empêchant ainsi de prendre la fuite.

— Ce soir, on fait une petite fête avec les gars de l'équipe, tu devrais venir, susurre le premier en louchant sur mon décolleté. Ça devrait te plaire, tu auras l'opportunité d'ouvrir les cuisses à foison, chérie.

Mon cœur bat la chamade, et les larmes s'accompagnent à présent de pleurs sonores. Le blond replace l'une de mes mèches de cheveux derrière mon oreille, m'arrachant un frisson. Ma détresse se voit et s'entend. Pourtant, personne ne bouge le moindre orteil pour m'aider.

Le brun revient à la charge et essaye de m'embrasser. Je dévie la bouche au dernier moment et empêche la bile de franchir la barrière de mes lèvres.

— Allez, chérie, ne fais la difficile. On est au courant que tu es une traînée, alors ne joue pas les saintes-nitouches. Avoue-le et on te laissera partir.

— Pitié, j'ignore de quoi vous parlez ! couiné-je, désespérée.

Je tente de m'échapper, mais ils me bloquent avec leur imposante stature. Les élèves attroupés autour de nous ont maintenant dégainé leurs téléphones et filment la scène. J'entends le rire de Stacy qui se régale de ce qui est en train de se passer. Je la savais garce, mais pas à ce point.

— C'est facile, Violette. Avoue-le et tu auras la paix, renchérit le blond. Tiens, regarde, ça va très vite : « Je suis une traînée qui offre mon corps sans aucune honte. »

Mais de quoi est-ce qu'il parle ?

— S'il vous plaît, aidez-moi, supplié-je dans un murmure à l'intention du public impassible.

Des tremblements m'assaillent pendant que les quarterbacks m'observent avec lubricité.

— Personne ne t'aidera, ma jolie, chuchote le brun au creux de mon oreille. Et un pote se charge de distraire les surveillants, alors ne compte pas sur eux...

Il se rapproche de moi, puis dégaine son téléphone, lui aussi, et me filme en pleurs.

— Violette, dis-nous ce que tu es, souffle-t-il en ricanant.

Le dépit grignote ma détermination au fur et à mesure que les secondes s'égrènent. Je suis sur le point de lui donner ce qu'il veut, juste pour avoir la possibilité de m'enfuir. Et alors que je pense qu'il n'y a plus aucun espoir, une grimace tord le visage du quarterback. La seconde d'après, il est propulsé en arrière, tombe par terre, et je m'écoule sur le sol à mon tour.

— Qu'est-ce que c'est que ce cirque ? hurle une voix féminine.

Lana.

Ma meilleure amie se trouve devant moi, une petite matraque à la main. Je me suis souvent moquée d'elle parce qu'elle la trimballe partout, allant jusqu'à la qualifier de paranoïaque, mais je n'ai jamais été aussi contente de m'être trompée. Ses yeux se posent sur mon casier et s'arrondissent, avant de faire la navette entre moi et les autres. Il ne lui faut pas longtemps pour comprendre ce qu'il s'est passé. Elle se baisse et m'aide à me relever.

— Je te tiens, murmure-t-elle en me soutenant par la taille.

Un sanglot m'échappe lorsque je suis sur mes pieds. J'ai peur que le quarterback revienne à la charge, mais Lana brandit sa matraque quand lui aussi se met debout.

— Ça ne tourne pas rond dans votre tête ! beugle mon amie en dévisageant Stacy et les deux joueurs de football.

Nous commençons à avancer de quelques pas quand Lana se retourne vers la foule de curieux.

— Et vous, qu'est-ce que vous regardez ? ajoute-t-elle. Si un jour on tente de vous agresser, j'espère que personne ne viendra à votre secours, vous comprendrez peut-être ce que ça fait !

Nous marchons vers les toilettes alors que tout le monde se disperse. Une fois que nous sommes à l'intérieur, Lana bloque l'accès en déplaçant la lourde poubelle devant la porte. Quant à moi, je m'écroule à nouveau, genoux au sol.

— Ma belle, tout va bien maintenant. Je suis là, chuchote Lana en me prenant dans ses bras.

Elle me berce ainsi pendant un temps que je n'arrive pas à estimer. Mon portable vibre encore dans ma poche. J'essuie mes larmes en reniflant. J'attrape mon téléphone. Mes sourcils se froncent lorsqu'un nombre délirant de notifications s'affiche à l'écran.

— Qu'est-ce qui se passe ? demande Lana.

— J'en sais rien…

Je déverrouille mon portable et ouvre l'application Facebook. Et là, mes yeux s'écarquillent d'horreur. Sur la page de mon profil, des centaines de commentaires sont écrits, tous plus dégradants les uns que les autres. Les larmes recommencent à couler tandis que je lis le déferlement de haine à mon égard.

LA PUTAIN DE BROOKLYN.

VIOLETTE, JE NE TE SAVAIS PAS SI CHAUDE !

JE PARIE QU'ELLE EST BONNE AU PIEU VU LES NICHONS ET LE CUL QU'ELLE A.

VIOLETTE SUCE POUR UN TWIX.

ESPÈCE DE TRAÎNÉE ! TU DEVRAIS AVOIR HONTE DE TON COMPORTEMENT !

SALE PUTE !

— Violette ?

Comme je ne parviens pas à formuler une phrase cohérente, je tends le téléphone à Lana. Quelques secondes plus tard, elle pousse un juron.

— Mais qu'est-ce que c'est que ce délire ?! s'indigne-t-elle. Qu'est-ce qui s'est passé ?

— Rien du tout ! m'époumoné-je en tentant de maîtriser ma voix tremblante. Je suis arrivée au lycée comme d'habitude et tout le monde s'est mis à me regarder bizarrement. Pas étonnant en voyant mon casier…

Lana verrouille l'écran de mon portable et souffle.

— Tu crois que c'est à cause de cette histoire avec Steve ? questionne-t-elle.

— Possible… Mais pourquoi Stacy attendrait autant de temps pour

réagir ? Et puis, quand je lui ai demandé, elle a dit que ça n'avait aucun rapport, que je savais très bien de quoi elle parlait…

— *Elle mentait, c'est évident…, déclare Lana.*

Il s'est avéré que, non, Stacy ne mentait pas : ça n'avait aucun rapport avec mon ex-copain. Je l'aurais mieux encaissé si ça avait été le cas. Ce n'est que l'après-midi que j'ai découvert de quoi il retournait. La source de mon malheur avait un nom : John Hamilton.

C'est ce jour que j'ai compris qu'il était le mal incarné. Si seulement il s'était arrêté là. Mais non, il ne s'est pas arrêté à ma réputation.

Quoi qu'il en soit, je ne peux pas oublier ma vendetta au profit d'un homme. Certes, Dean se dévoile de jour en jour et je l'apprécie un peu plus à chacune de nos rencontres, c'est un fait. Cependant, je ne peux pas m'autoriser à songer à lui de cette manière, il faut que je sépare mon cœur de ma tête. L'avoir réconforté m'a laissé une sensation douce-amère.

Pour la première fois depuis des années, je me suis permis de ressentir autre chose qu'une rage dévastatrice. J'ai aussi envisagé l'espace d'une minute d'abandonner ma vengeance pour tenter ma chance avec Dean, voir où cela nous mènerait.

— Ouh, ouh ? Violette, ici la Terre, dit Lana en agitant la main devant mon visage.

Au même moment, trois coups sont frappés à la porte.

Dean.

Je me redresse et pose un baiser sur la joue de mon amie.

— Tout va bien se passer, Lana, je n'ai aucun doute quant à ce que je fais. Dean est juste un élément stratégique de mon plan, je t'assure.

Je me dirige vers la porte afin de rejoindre mon rendez-vous pour la journée. Et quand je lui ouvre, je réalise l'ampleur du mensonge que j'ai débité à mon amie. Mon cœur fait un looping dans ma poitrine lorsqu'il reconnaît l'objet de son désir, celui qui, dernièrement, le fait battre et se sentir bien.

— Bonjour, beauté, murmure-t-il en me détaillant avant de m'adresser un sourire à tomber.

Il est absolument sublimissime dans son pantalon et sa chemise blanche en lin. Tous mes sens sont en alerte : ma gorge s'assèche et ma petite culotte en dentelle hurle qu'on l'arrache avec les dents. Non, *pardon*, que *Dean* l'arrache avec ses dents.

Je me suis vraiment fourrée dans de beaux draps.

— Tout va bien ? demande Dean en fronçant les sourcils.

— Pardon, j'étais perdue dans mes pensées, réponds-je en me hissant sur la pointe des pieds pour planter un baiser sur sa joue.

Un demi-sourire fend son visage, et je me rends compte trop tard de ce que j'ai fait.

— C'est nouveau, ça ?

— Je suis juste... Ça se fait entre amis ? répliqué-je en essayant de me montrer la plus détachée possible. À tout à l'heure, Lana !

Mon amie nous adresse un signe de la main, et je contourne mon rencard. Mais alors que je commence à descendre les marches du perron, je réalise qu'il ne me suit pas. Je pivote vers lui et constate qu'il n'a pas bougé d'un centimètre.

— Merci de vous être libérée, Lana. Et sachez que si ça ne tenait qu'à moi, je vous aurais donné votre journée.

— C'est avec plaisir, monsieur Hamilton ! Je vous retrouve là-bas dans une petite heure, j'ai quelques détails de dernière minute à régler.

— Pas de problème. Surtout, n'hésitez pas à rester ce soir. Après tout, le mérite vous revient pour l'organisation de cette journée. Et appelez-moi Dean.

Lana sort de la maison, et il se décide enfin à bouger. Ils descendent tous deux les marches pour venir à mes côtés. Nous remontons ensemble le chemin de planches de bois qui mène à la rue au-dessus.

— Merci pour l'invitation, Dean. Ça aurait été avec plaisir, mais ce soir, j'avais prévu de dîner avec Scott, lance Lana en entrant dans sa voiture garée à côté de la Porsche de Dean.

— Scott ?

— L'un de vos agents comptables, précise-t-elle.

— Ah oui ! Eh bien, une prochaine fois alors, répond Dean avec un sourire en m'ouvrant la porte passager de son véhicule.

— Si je n'ai pas l'occasion de le voir, passez le bonjour à Ethan, souffle mon amie.

Du rose parsème légèrement ses pommettes tandis qu'elle enclenche le moteur de sa voiture.

Chapitre 17

Violette

Nous longeons la côte en direction de East Hampton. Dean m'apprend que ses parents y habitent depuis près de trente ans. Après qu'ils se sont dit oui, sa mère est très vite tombée enceinte et voulait élever son enfant dans un autre cadre que la ville gorgée de monde et de pollution qu'est New York. Alors, son mari et elle ont déménagé ici juste avant la naissance de leur fils. L'année suivante, Hamilton's Jewelry a installé ses locaux à Southampton. À l'époque, la société était une petite filiale. Mais quand Dean l'a intégrée après ses études à Harvard, la firme avait multiplié sa taille par vingt, tout comme ses revenus.

Au bout d'une demi-heure de route, la Porsche s'engouffre dans une immense allée bordée d'arbres, après avoir franchi un portail en fer forgé.

— Tu n'as jamais eu envie de faire autre chose ? demandé-je.

Dean éteint la musique et fixe son regard sur le bitume devant lui, l'avant-bras posé sur la fenêtre.

— Honnêtement, je suis doué dans mon travail. Rencontrer des gens, nouer des partenariats, convaincre et conclure des contrats, j'excelle dans ces domaines. Et jusqu'à il n'y a pas longtemps, il m'était impossible de me passer de l'adrénaline que tout ça provoquait.

Comme Dean ne continue pas, je me tourne vers lui.

— Et ?

Il me lance un regard à la dérobée et soupire.

— Eh bien, je ne sais pas si je pourrai faire ça jusqu'à la fin de ma carrière. Je veux dire, faire des heures à n'en plus finir, le stress que ça engendre… Alors OK, je rafle de gros chèques, j'ai de l'argent pour plusieurs générations, mais j'en viens à me demander…

— Quel est le sens de tout ça ? terminé-je à sa place.

Dean s'arrête devant une immense maison dont la façade rappelle les résidences coloniales avec des colonnes à feuillages. Il tire le frein à main et se tourne vers moi.

— Exactement. J'ambitionne de faire plus de ma vie, de faire quelque chose qui compte, qui puisse aider autrui. Je me lasse de mon quotidien qui ne fait qu'enrichir des portefeuilles déjà bien remplis, avoue-t-il en replaçant une mèche qui s'est échappée de mon chignon.

Mes joues se réchauffent et mon cœur loupe un battement. Dean Hamilton ne cesse de me surprendre de jour en jour… Aussi bien par sa douceur que par son empathie.

— Tu as de la bave, juste là, murmure Dean en touchant la commissure de mes lèvres de son pouce.

— Ha ha, très drôle, répliqué-je, souriant malgré moi.

— Bonjour, monsieur Hamilton.

Nous nous tournons tous deux vers l'homme entre deux âges du côté conducteur qui tend la main vers Dean.

— Bonjour, Alfred. Je vais aller la garer, ne vous embarrassez pas, répond mon rencard en lui serrant la main.

— Mais, monsieur, votre père…

— Je m'occuperai de lui, il ne vous causera pas de problème, ajoute Dean avant de réenclencher la première.

Les riches m'étonneront toujours : ils ne peuvent pas garer leurs voitures seuls ?

Dean roule pendant plusieurs centaines de mètres et se stationne à côté de véhicules luxueux. Je repositionne l'étole sur mes épaules et vérifie qu'aucune mèche, autre que celle que Dean a replacée, ne s'est envolée de mon chignon. Je m'apprête à ouvrir la portière, mais il me devance et me tend la main pour m'aider à sortir.

— Qu'est-ce que tu ne ferais pas pour gagner notre petit jeu, soufflé-je en saisissant sa paume.

Il me lance un drôle de regard.

— Je ne suis qu'un connard de riche parmi tant d'autres, n'est-ce pas ? demande-t-il alors qu'il désigne de la tête un chemin en bois qui longe la plage, menant sûrement à la maison de ses parents.

Son ton est presque acerbe. La légèreté dans laquelle nous étions s'envole. Qu'est-ce qu'il lui prend ?

Mes talons résonnent sur les planches, et nous marchons côte à côte.

— Je n'ai pas dit ça, réponds-je au bout d'une dizaine de secondes avec désinvolture.

Je pourrais mentir. Mais je n'y arrive pas. Je n'y arrive plus. Et surtout, je n'ai plus envie de jouer un rôle avec Dean et lui faire croire que c'est l'image que j'ai de lui. Pas quand tout me prouve que, justement, ce n'est pas un énième riche qui ne se soucie que de sa petite personne, égoïste et arrogant.

Mais il faut que je fasse attention à ne pas me brûler les ailes : être honnête avec lui, pas de problème. Être davantage moi-même, pourquoi pas. Mais me laisser penser qu'une histoire d'amour entre nous est possible : non. Je ne peux que profiter des moments éphémères qui nous sont offerts.

Comme Dean ne répond rien et continue d'avancer, je m'arrête et l'attrape par le bras. Mais il ne pivote pas vers moi pour autant. Je le contourne donc pour lui faire face. Son attention est concentrée sur la mer, et ses narines sont dilatées.

Alors que mon cerveau me hurle que c'est une mauvaise idée, je l'ignore en beauté et écoute l'appel désespéré de mon cœur, tout comme hier.

Parce que contre toute attente, la personnalité de Dean me touche.

Parce que contre toute attente, je n'arrive pas à m'en tenir strictement à mon plan initial.

Parce que contre toute attente, Dean Hamilton m'attire alors que tout est censé nous séparer.

Timidement, je promène les doigts sur sa barbe blonde et ramène son visage vers moi. Je discerne l'étonnement dans ses yeux, et une fois que la stupeur s'est estompée, de l'incertitude la remplace. Et c'est elle qui me pousse à me confesser.

— Ce n'est pas ce que je pense, Dean.

Il attrape mes doigts pour les abaisser. Il les fixe et joue avec la bague à mon annulaire, sertie d'un tout petit saphir entremêlé dans des feuilles de lierre, que ma mère m'a offert pour ma majorité.

— Je t'assure que je n'ai jamais pensé ça. Enfin si, au début, mais…

Tu ne veux pas le supplier tant que tu y es, Violette ?

Pourquoi je ne supporte pas qu'il croie que je ne vois pas la belle personne qu'il est à l'intérieur ?

Dean reporte son regard sur moi et sa bouche s'entrouvre. Mais quelqu'un pose la main sur son épaule et rompt notre moment d'intimité.

— Salut, vous deux, dit Ethan.

Il m'adresse un sourire en me détaillant de haut en bas. Il fixe ensuite ma paume que Dean tient toujours. Celui-ci ne décroche pas les yeux de moi.

Au moment où je m'apprête à lui rendre la politesse d'usage, Noah apparaît dans mon champ de vision, du côté gauche de Dean.

— Salut, les tourtereaux ! souffle-t-il en donnant une accolade à Dean.

— Bonjour, les garçons, réponds-je en leur adressant un signe de tête.

Noah se penche pour m'embrasser sur la joue. Mais au dernier moment, Dean le retient par son T-shirt blanc.

— N'y pense même pas, tonne-t-il en tirant sur le vêtement de son ami.

— Tu sais que c'est très à la mode en France ? Ça s'appelle « la bise », espèce d'ignare, réplique Noah en levant les yeux au ciel.

J'esquisse un sourire. Quant à Dean, il n'écoute déjà plus son ami et avance d'un pas pour passer un bras autour de ma taille. Il empoigne ma hanche d'une manière possessive. Nous reprenons notre marche vers l'immense bâtisse qui se dessine dans le paysage. Derrière nous, j'entends le rire de Noah.

— Serais-tu jaloux ? provoqué-je Dean.

Il s'arrête et emprisonne mon menton avec son pouce et son index, faisant basculer ma tête en arrière par ce biais.

— Tu n'es peut-être pas encore mienne, mais il est hors de question que quelqu'un d'autre te touche.

Ma gorge s'assèche subitement devant son attitude d'homme de Cro-Magnon. Soudain, déglutir devient compliqué. Toute trace d'incertitude a déserté ses traits, et il a retrouvé son panache habituel. Je me demande s'il a conscience, au même titre que moi, qu'il enfile un masque par moments.

— Jaloux, donc, murmuré-je alors qu'il lâche mon menton pour reprendre notre marche.

— Appelle ça comme tu veux. Dans tous les cas, dans un futur proche, je serai le seul mec à promener les mains sur ton corps de déesse.

Et j'en ai beaucoup trop envie… Mais si je couche avec lui, ça ne sera pas sans incidence. C'est pour cela que ça ne doit pas se produire.

— Crétin !

— On en reparlera quand tu te liquéfieras de plaisir à mon toucher, ma jolie, dit-il en plantant un baiser sur le bout de mon nez, avant de m'adresser un clin d'œil.

Seigneur, aidez-moi.

Je secoue la tête d'exaspération pour la forme, mais ne peux empêcher mes lèvres de se retrousser alors que nous arrivons à la fin du ponton. Un jardin non clôturé, qu'on pourrait renommer « parc » tellement il est grand, borde la maison. Nous rejoignons tous les quatre la cinquantaine de personnes attroupées derrière la bâtisse, où se déroule la garden-party. Lana a assuré niveau décoration, et même si elle s'est pliée aux exigences de la famille Hamilton, elle a fait cela avec beaucoup de goût. Les couleurs qui dominent sont le blanc, rouge et bleu, comme c'est la coutume durant l'*Independence Day*. Des guirlandes de lampions sont tendues entre les arbres, des fleurs en papier géantes sont accrochées aux branches. Nous dépassons un chapiteau qui abrite un buffet accueillant divers mets sucrés : cupcakes, pièces montées de gâteaux, pop cakes et friandises en tout genre. Il y a également des fontaines de limonades disposées aux quatre coins.

Une dizaine de mètres plus loin se trouve un immense barbecue dont la fumée s'élève dans les airs, ainsi qu'un food truck à côté. Dean se place dans la queue de personnes qui attendent, et Ethan et Noah font de même.

— Je n'aurais pas pensé que tes parents étaient du genre barbecue pour ce genre d'événements, constaté-je, assez surprise.

— Mon père, non, mais ma mère n'aime pas faire de chichis. L'ambiance traiteur prout-prout et chic, ce n'est vraiment pas son truc.

— Et ce qu'Helena Hamilton veut, Helena Hamilton l'obtient, renchérit Ethan.

— Bonjour, les garçons !

Au même moment, la mère de Dean se joint à notre groupe et dépose un baiser bruyant sur la joue de chacun d'entre eux. Ensuite, son regard croise le mien.

— Oh ! Violette, je ne vous avais pas vue ! s'exclame-t-elle en poussant son fils.

Ce dernier râle, mais elle l'ignore en beauté pour me serrer dans ses bras.

— Je suis contente que vous ayez pu venir. Et quelle tenue ! Vous êtes ravissante ! N'est-ce pas, les garçons ?

— *Très*, dit Noah en insistant sur le mot.

Dean lance une œillade d'avertissement à son ami qui s'esclaffe.

— Je vous emprunte Dean une seconde, déclare Helena. J'ai de vieux amis à lui présenter.

Il a tout juste le temps de protester, mais sa mère n'en tient pas compte. Il m'appelle au secours du regard, mais je me contente d'éclater de rire et de lui faire un petit signe désinvolte de la main.

— Le pauvre, tous les 4 Juillet c'est le même cirque, dit Ethan.

Nous continuons d'avancer dans la file.

— Tu dois beaucoup compter pour qu'il t'emmène à cette réception, constate-t-il.

— Oh ! euh… Nous sommes amis, réponds-je en sentant mes joues prouver le contraire.

— Bien sûr, c'est évident, ironise Noah. Il n'y a qu'à voir comment Dean se transforme en homme des cavernes quand on t'approche d'un peu trop près.

Noah et Ethan échangent un regard entendu que je feins de ne pas remarquer. Pour changer de sujet, je dis :

— Vous vous connaissez depuis longtemps ?

Bien évidemment, je le sais déjà, mais je n'ai pas envie que la conversation s'oriente sur ma « relation » avec Dean.

— Nous nous sommes rencontrés à la fac, répond Ethan. Et on a commencé à travailler en même temps chez Hamilton's Jewelry après ça.

— Coucou, tout le monde ! s'écrie Lana.

Noah la salue d'un sourire et d'un signe de tête. Mon amie embrasse Ethan sur la joue, mais lorsque leurs regards se croisent, subitement, elle réalise ce qu'elle vient de faire. Ses yeux s'arrondissent et elle rougit. Quant à Ethan, il la contemple, à la fois abasourdi et amusé.

Lana se racle la gorge avant de noter quelque chose sur le carnet qu'elle tient entre ses mains.

— Avec Dean, on est liés depuis une dizaine d'années, reprend Ethan. Et après, l'avorton que tu vois là a rejoint notre cercle. Mais ce n'était pas gagné.

— Forcément, je suis plus jeune que vous, plus brillant et avec des idées plus novatrices que les vôtres, ironise Noah. Je comprends que vous vous soyez sentis menacés. Et puis, ne mens pas, je suis sûr que je vais te manquer quand tu vas t'envoler pour le bout du monde dans quelques mois.

Il s'esclaffe lorsque Ethan lui décoche une tape amicale sur l'épaule. Lana et moi échangeons un regard. Je n'étais pas au courant de ce projet et d'après son expression déçue, elle non plus.

— Mais oui, répond Ethan en riant. Bref, un jour on est allés voir un match de basket avec Dean et on a croisé Noah. Heureusement, il soutenait la bonne équipe. Et de fil en aiguille, on a intégré l'intello à notre bande.

Noah ne paraît pas le moins du monde vexé par le surnom que lui donne son ami.

— J'espère que c'étaient les Celtics, ajoute Lana en les observant à la dérobée.

— Oh non… Pourquoi tu me fais ça ? se lamente faussement Ethan, une main sur le cœur. Les Celtics ? Sérieux ?

— Ne me dis pas que tu soutiens les Lakers ? répond Lana qui arque un sourcil.

Ils se défient du regard.

— Aïe, aïe…, s'esclaffe Noah. Il y a de l'eau dans le gaz…

— Ce n'est pas si grave, soufflé-je en haussant les épaules. Je suis certaine que les deux équipes se valent.

Je n'ai jamais compris l'esprit compétitif du sport.

— Pas si grave ?! s'exclament à l'unisson Ethan et Lana en me dévisageant comme si j'étais folle.

Je lève les mains en signe de reddition.

— Violette, je t'aime de tout mon cœur, dit Lana. Mais si tu redis une chose pareille, je vais devoir reconsidérer notre amitié !

— Ah, quel dommage… Mais je suppose que personne n'est parfait, murmure Ethan en faisant un clin d'œil à Lana.

Les joues de cette dernière s'empourprent, et elle lui tire la langue, ce qui déclenche son rire.

Si je me mens à moi-même, Lana en fait tout autant. Elle tente de séduire Scott pour mener à bien sa mission d'infiltration, mais ce n'est clairement pas lui qui retient son attention. D'ailleurs, je ne parviens pas à me souvenir de la dernière fois où je l'ai vue rougir pour un homme. Mais qui suis-je pour lui lancer la pierre étant donné la situation délicate dans laquelle je me trouve avec Dean ?

Alors que nous arrivons presque au barbecue, un bras agrippe ma taille. Dean et sa mère nous ont rejoints, et cette dernière salue Lana. Puis, elle retourne à son fils, tout sourire, et lui tapote le buste.

— Je suis si contente que tu te sois enfin décidé à te remettre avec quelqu'un. Vous formez vraiment un très beau couple tous les deux.

Dean et moi échangeons un regard, et mes joues se réchauffent dans l'instant.

— Euh…, dis-je, ne sachant pas comment présenter les choses.

Il est évident que de l'extérieur, on peut le penser, surtout que cela fait deux fois que je suis la cavalière de son fils.

— Nous ne sommes pas ensemble, mère, déclare Dean en arrêtant de la main un serveur qui passe près de nous.

Chacun s'empare d'une coupe de champagne sur le plateau.

— Oh ! s'exclame Helena. J'ai cru que…

— Tu es donc célibataire, ronronne Noah en me donnant un coup de coude.

Une seconde plus tard, Dean resserre davantage ma taille afin d'éloigner son ami qui semble résolu à jouer avec ses nerfs. Mais Noah se fiche bien de moi. Son regard est dirigé depuis une bonne demi-heure vers une brune aux longues jambes, en train de siroter un mojito à proximité.

Les yeux de Dean se plantent dans les miens, et si son visage est tendu, dans ses iris brille un désir possessif qui me coupe le souffle.

— Pour l'instant, précise Dean.

Et je n'ai aucun doute quant au fait qu'il le pense. Depuis notre rencontre, Dean m'a clairement fait comprendre qu'il me voulait. Seulement, si au début c'était juste une histoire charnelle se nouait, je sens bien qu'aujourd'hui, il est question de davantage. Je ne pourrai pas franchir ce cap avec Dean sans y laisser des plumes. Des voix s'élèvent autour de nous, mais je n'arrive pas à me soustraire à son regard hypnotique. Bordel, Dean va finir par m'achever. On ne m'a jamais contemplée comme il le fait en cet instant.

Le téléphone de Lana sonne, et elle décroche aussitôt.

— Je vous retrouve tout à l'heure, annonce-t-elle.

Mon amie s'éclipse et quelqu'un me frôle.

— Salut, Dean, susurre quelqu'un d'un ton mielleux.

Chapitre 18

Violette

Les paupières de Dean tressautent tandis que sa poigne sur ma hanche se resserre et me fait presque mal. Je m'arrache à la contemplation de ses yeux pour identifier ce qui déclenche un tel émoi chez lui. J'aperçois une blonde à la poitrine siliconée nous faire face, vêtue d'une robe en dentelle si courte qu'on pourrait croire qu'il s'agit d'une nuisette. Son visage est fardé à outrance. Elle porte des rubis aux oreilles et autour du cou. Cette dernière me toise de haut en bas avant de planter un baiser sur la joue de mon cavalier.

La jalousie me tord le ventre, et alors que je viens d'affirmer à notre entourage que nous ne sommes pas en couple, je pose, dans une parfaite incohérence, la paume sur l'ouverture de la chemise en lin de Dean. Ce dernier m'adresse une œillade amusée et recouvre ma main de la sienne.

— Dean Hamilton, le célibataire le plus convoité des Hamptons, a réussi à se faire attraper dans les filets d'une femme ? demande la blonde avec suffisance, en scrutant mon visage d'un air désapprobateur.

Qui est-elle ? Une ancienne conquête ?

— Cassy, je te présente Violette, répond Dean d'une voix glaciale.

La Cassy ?

La garce au cœur de pierre qui a joué avec le sien ?

— Ils ne sont pas ensemble, précise Helena en pensant sûrement bien faire.

— Oh ! je me disais aussi, commente-t-elle d'un air narquois avant de faire un clin d'œil à la mère de Dean.

Mais celle-ci peine à cacher le dégoût que lui inspire son interlocutrice. Nous arrivons au barbecue et chacun passe sa commande, Cassy incluse. Mais qu'est-ce qu'elle fiche encore ici ?

Je reconnais Alfred, qui nous tend un plateau avec des hot-dogs, accompagné d'un sourire amical.

— Celui-ci est pour vous, Violette. Dean m'a dit que vous étiez végétarienne, j'ai demandé à notre cuisinier de s'adapter, dit Helena en désignant avec fierté la merguez végétale dans le sandwich.

Je lève le nez vers Dean, et il presse ma main toujours sur l'ouverture de sa chemise. Je ne réfléchis pas et dépose un baiser sur son menton broussailleux. Sa barbe me chatouille et ses yeux s'arrondissent.

— Votre fils est un homme si prévenant et bienveillant, madame Hamilton, déclaré-je.

Dans les prunelles de Dean brille une lueur nouvelle, que je n'avais jamais vue auparavant. A-t-il enfin conscience que ce que je lui ai confessé tout à l'heure, je le pensais vraiment ?

— Oh oui, et c'est sans compter ses nombreuses qualités *physiques*, intervient Cassy qui attrape un hot-dog.

Elle est encore là, elle ?

L'hypocrisie s'invite sur mon visage et un sourire on ne peut plus faux incurve ma bouche. Je la détaille avec le même mépris qu'elle m'a témoigné.

— Eh bien, ce que j'affectionne au plus haut point chez lui, c'est son esprit, dis-je. J'aime qu'on prenne le temps de se connaître avant de passer à l'étape suivante. C'est très important pour moi de m'assurer que l'on est sur la même longueur d'onde et qu'il comprenne que je n'en ai que faire de son argent. Seul lui m'intéresse et non tous les dollars associés à son nom de famille.

C'est un coup bas. Et je ne saurais dire ce qui est le plus jouissif là-dedans : l'amusement de la mère de Dean qui se cache derrière son verre de champagne, les rires étouffés de Noah et Ethan, la mine déconfite de Cassy ou bien l'air fier qui se peint sur les traits de Dean ?

Tu sais très bien ce qui est le plus jouissif, Violette, arrête ton numéro d'autruche…

Cassy ne pipe mot et m'adresse un sourire tout aussi feint que le mien, alors que je suis certaine qu'elle préférerait m'administrer une gifle monumentale. Elle s'éclipse de notre groupe, et nous nous dirigeons vers une table recouverte d'une nappe blanche non loin. Nous nous asseyons tandis qu'Helena et Ethan font un aller-retour pour revenir les bras chargés de frites, de desserts et du rhum pastèque qui semble être la boisson favorite de Dean et son entourage. Quant à moi, je croque avec entrain dans mon hot-dog, vraiment touchée que Dean ait pensé à moi et que sa mère s'en soit suffisamment préoccupée pour agir en conséquence.

— Merci, souffle Dean à mon oreille.

Je hoche la tête et avale ma bouchée.

— Ça veut dire que tu me crois ?

Ma voix chevrotante trahit mon incertitude. Mais pourquoi ça m'importe autant qu'il sache que je lui ai dit la vérité ?

— Je t'avais déjà crue la première fois, murmure-t-il en déposant un baiser sur l'une de mes tempes.

Je sens les regards insistants de notre tablée, et mes pommettes rougissent. Perdue dans mes pensées, j'engloutis un cupcake surmonté d'un drapeau des États-Unis en écoutant les amis de Dean et sa mère discuter de leurs projets de vacances d'été. Tandis que mon rencard joue avec les bouclettes qui s'échappent de mon chignon, je me demande comment j'en suis venue à accepter son contact aussi facilement. À quel moment mon plan initial a dévié ? Quand est-ce que le fils de ma Némésis est devenu… autre chose que ça ?

Quoi qu'il en soit, j'étais sérieuse quand j'ai affirmé ce matin à Lana qu'il ne m'empêcherait pas d'accomplir ma vengeance. Alors, autant profiter des instants sympas que je passe avec lui avant que cela vienne nous séparer. Parce que je n'ai pas le moindre doute là-dessus : lorsque la vérité éclatera et que son père me pointera du doigt, ce que nous partageons prendra fin.

Si je dois le sacrifier pour faire tomber mon ennemi, je n'hésiterai pas.

C'est pour cela que je ne dois pas le laisser m'embrasser de nouveau, car, à la seconde où ses lèvres prendront possession des miennes, tout risque de partir en vrille.

— Bonjour.

Mon dos se tend immédiatement lorsque la voix de John Hamilton parvient à mes oreilles. Ce dernier tire la chaise à côté de moi et m'adresse un sourire en s'asseyant. Tout le monde le salue avant de retourner à son assiette. Quant à moi, je lui rends son sourire et engage même la discussion.

— Bonjour, monsieur Hamilton. Vous allez bien ?

— Oh ! je vous en prie, Violette, appelez-moi John, dit-il en me faisant un baisemain.

Eurk. Quelle horreur.

Dire que j'ai dû annuler la journée que je passe traditionnellement avec ma mère, et la soirée tacos, pour venir ici, prenant pour prétexte le travail.

Je me force à ne pas afficher le dégoût qu'il m'inspire. Je dois avoir l'air si naturelle que je mériterais un oscar. Jamais personne ne pourrait deviner les désirs de meurtre que j'éprouve en regardant celui qui me fait face.

— La fête vous plaît ? questionne-t-il en délaissant enfin ma paume.

Je n'ai qu'une envie, c'est de frotter ma main au savon. Mais, d'ici quelques heures, la première partie de ma vengeance va se réaliser, et cela me donne la force de passer à autre chose. Après les formules de politesse échangées avec mon ennemi, je pensais être tranquille. Mais visiblement, John ne l'entend pas de cette oreille. Je termine mon cupcake avant de me livrer à une autre performance théâtrale.

— Oui, beaucoup ! La décoration, l'ambiance... Mais j'avoue que j'ai hâte de voir le clou du spectacle !

— Ah, mon discours ! réplique John.

Mon Dieu, il est d'un tel égocentrisme...

— Euh, non, le feu d'artifice, ne puis-je m'empêcher de répondre d'un ton sec.

— La Terre ne tourne pas autour de ton nombril, papa, ajoute Dean en même temps que moi.

Une grimace tord le visage du patron de Hamilton's Jewelry, et Dean m'adresse un clin d'œil. Ce que son père ignore c'est que, oui, j'ai si hâte d'assister à son discours ! John Hamilton va enfin descendre de son piédestal, lui qui se croit intouchable. Il est grand temps qu'il sache que ses secrets ne sont pas si bien gardés, qu'il comprenne que quelqu'un a le pouvoir de le détruire.

— Violette, tu pourrais me filer un coup de main ? J'ai besoin de ton avis sur des éléments décoratifs en pâtisserie. Et comme tu es de bon conseil pour ces choses-là...

La voix de ma meilleure amie me sort de mes pensées. Elle se tient en face de moi avec un carnet.

— Tout va bien ? demande Ethan. On peut faire quelque chose ?

Lana lui adresse un sourire radieux. Elle reste silencieuse plusieurs secondes, si bien que je crains qu'elle ait oublié notre mission : infiltrer la maison Hamilton.

— Lana ? appelé-je, car elle est toujours perdue dans le bleu des yeux du hipster.

— Hein ? Ah oui. Euh non, c'est gentil, Ethan. Mais j'ai besoin d'un avis féminin sur le sujet. C'est pour les pièces montées qui vont être servies ce soir, répond enfin mon amie.

— Je peux peut-être vous aider dans ce cas ? propose Helena.

Je me lève avant que toute la tablée nous suive à l'intérieur et qu'ils se rendent compte qu'il n'y a aucune urgence pièce montée.

— Hors de question, c'est votre réception, profitez-en, annoncé-je. Je vous retrouve tout à l'heure.

Alors que je m'apprête à partir, une main retient mon poignet. Je me retourne et croise le regard de Dean. Celui-ci dépose un baiser sur mon tatouage fleuri et mes joues s'embrassent aussitôt.

— Ne traîne pas trop, murmure-t-il.

L'attention du groupe se concentre sur nous et je sens la chaleur de mon visage s'accentuer. Je lui souris et hoche la tête, avant de rejoindre Lana.

— Eh ben, il est mordu le Dean…, pouffe-t-elle.

— Tu veux qu'on parle d'Ethan et de ta réaction de gamine de quatorze ans lorsqu'il t'a souri ?

— Je ne fais que jouer mon rôle… Il est gentil avec moi, j'en fais autant.

Mais oui, bien sûr…

Puis, elle passe son bras sous le mien et nous marchons vers la maison. Une fois que nous sommes à l'intérieur, elle me fait signe de la suivre. Nous longeons un couloir sur notre gauche et une trentaine de secondes plus tard, une double porte massive se présente à nous.

— Nous y voilà : le bureau de cet enfoiré d'Hamilton, déclare Lana.

À la base, elle voulait fouiller celui de son travail, mais il y a beaucoup trop de vigiles dans le bâtiment pour qu'elle ne se fasse pas coincer.

— Tu es certaine que personne ne passera dans les couloirs ?

Plus on se rapproche du but, plus l'anxiété me gagne.

— La quasi-totalité du personnel de la maison est occupée pour quelques heures. Il y a eu une sorte d'épidémie de gastro dans les cuisines et ils ont requestionné tout le monde en renfort…

J'arque un sourcil.

— Qu'est-ce que tu as fait ?

— Il se pourrait bien que j'aie mélangé un peu de psyllium[1] à certains smoothies des employés qu'ils ont avalés pendant leur pause…

— Lana ! Ce n'était pas du tout ce qui était prévu !

Le plan de base était simple : l'une d'entre nous fouillait le bureau, pendant que l'autre faisait le guet et, au besoin, diversion.

— J'ai préféré prévenir que guérir ! Tu n'imagines pas le nombre de personnes qui ont défilé dans les couloirs. Ça m'a angoissée… Ça serait dommage de se faire coincer après tous nos efforts…

Sa voix tremblante trahit son émotion. Je soupire et me radoucis, elle n'a fait qu'agir dans mon intérêt. Je la serre dans mes bras et dis :

— Bon, allons-y avant que Dean ou Ethan vienne nous chercher.

Elle hoche la tête, sort une clé de sa poche, consulte sa montre et ajoute :

— On a un quart d'heure. Un vigile passe toutes les demi-heures contrôler le bureau de Hamilton.

— Ne traînons pas alors.

Elle acquiesce et met une alarme sur son téléphone.

1 Plante asiatique qui est un laxatif naturel.

La pièce sent le vieux livre. La décoration est luxueuse : il y a plusieurs fauteuils en cuir dont les accoudoirs sont sertis d'or, des bibliothèques avec des ouvrages anciens qui doivent valoir plus que notre maison. Le bureau en bois sombre occupe une grosse partie de l'espace. Il est aussi grand que l'ego de son propriétaire. Il y a également une petite armoire dans la pièce, et je sais que nous n'aurons pas le temps de la fouiller. Alors j'espère qu'on va trouver de quoi discréditer John dans son bureau. Nous échangeons un regard et nous précipitons vers le meuble. Chaque minute compte. Lana s'occupe des tiroirs sur la gauche et moi sur la droite. L'adrénaline circule dans mes veines et me donne du courage, en dépit de la trouille que j'ai de me faire prendre la main dans le sac.

— Il y a un milliard de documents là-dedans ! s'inquiète mon amie. Ça n'a rien à voir avec la société.

— Moi, j'ai des actes de propriétés, des factures, le duplicata des fiches de paye des employés de la maison…

Quelle tuile !

— Cherchons encore ! Je suis sûre qu'on va trouver. Ce type n'est pas net, ajoute Lana. Il cache forcément quelque chose de gros.

Pourvu qu'elle dise vrai.

Les cinq minutes suivantes, nous continuons de fouiller, étudions tous les papiers que l'on déniche dans les tiroirs. L'angoisse me tord le ventre et j'ai l'impression que mon cœur va exploser tant que je suis à cran.

— Eurêka ! s'exclame Lana.

L'espoir m'envahit. Le poids sur mon estomac commence à s'estomper. Elle me tend des documents : il s'agit de relevés de comptes de Hamilton's Jewelry où de grosses transactions apparaissent. Mais il n'y a pas de bénéficiaire inscrit. Étrange.

— Prenons-les en photo, on n'a pas le temps de les analyser, dis-je.

Je sépare le paquet en deux, et nous nous exécutons pendant

les minutes qui suivent. L'alarme de Lana nous fait sursauter. Nous rangeons à la hâte la liasse de feuilles où elle était, et nous dépêchons de sortir du bureau.

Une fois dehors, chacune de nous expire longuement avant de refaire le chemin en sens inverse. À peine sommes-nous dans le salon qu'un monsieur muscles s'engouffre de là où nous venons.

Lana me donne un coup de coude.

— C'était moins une ! chuchote-t-elle. Je vais remettre la clé du bureau à sa place avant que quelqu'un s'aperçoive que le double manque à l'appel...

— Ça marche. Je t'envoie les photos sur ta boîte mail.

Elle hoche la tête.

— Je vais tâcher de les imprimer demain et on étudiera ça ensemble.

— Je libère ma soirée si tu veux ? Je peux peut-être voir avec Dean pour décaler notre rendez-vous dans la journée ?

Lana dévie le regard et se racle la gorge. Ses pommettes se teintent de rouge et elle s'éloigne de quelques pas.

— Plutôt vendredi matin, comme je ne travaille pas. Demain soir, je ne serai pas à la maison.

Je n'ai pas le temps de la questionner davantage, car elle s'est éclipsée. Elle doit probablement passer la soirée chez Scott.

Je fais un mail à Lana, puis supprime les photos compromettantes sur mon téléphone. Ensuite, je vais avec Dean et ses amis.

Le reste de la journée file à une vitesse étonnante. Moi qui pensais mourir d'ennui à cette réception, c'est tout le contraire. Le père de Dean se joint à un autre groupe de convives après le repas, et sa mère en fait autant.

Durant l'après-midi, j'apprends à découvrir les amis de Dean. Noah est le petit marrant de la bande, flirtant sans cesse avec les limites. Et si aux premiers abords on peut imaginer que c'est juste un séducteur, je me rends vite compte qu'il est bien plus que ça. C'est quelqu'un de passionné par son travail qui se donne à 100 %. Il ambitionne d'ouvrir un jour sa propre boîte. Ethan, lui, est plus réservé, mais se révèle être quelqu'un de très intéressant. Il me parle davantage de son projet et de voyage, et me pose de temps en temps des questions sur Lana. Quant à Dean, il ne me lâche pas d'une semelle et s'empresse de m'attraper par la taille à chaque fois que quelqu'un nous salue. Dans le jardin, plusieurs activités sont proposées : jeux de dames géants, tir à l'arc, badminton, ping-pong et autres, il y en a pour tous les goûts. En fin de journée, Ethan et Noah s'éclipsent pour aller se baigner.

Le soleil commence à décliner dans le ciel alors que nous sommes installés derrière des chevalets pour peindre la vue de l'océan qui s'offre à nous. Du moins, tenter. Car je n'ai vraiment pas la fibre artistique et ce qui se trouve sur ma toile ressemble plutôt au gribouillis d'un enfant de quatre ans.

Dean, à côté de moi, se penche pour regarder mon « chef-d'œuvre ». Il retient un sourire en hochant la tête.

— C'est… de toute beauté, ironise-t-il.

— Il mérite d'être accroché dans ton salon en compagnie des tableaux de ta mère !

— Oui, au moins ! s'esclaffe-t-il.

Je pose mon doigt sur la peinture bleue fraîche de ma toile et effleure sa pommette en lui tirant la langue. Dean s'apprête à répliquer, mais un bruit résonne dans l'air. À quelques dizaines de mètres du stand est installée une estrade sur laquelle Lana se tient debout. Son index et son majeur frappent sur le micro sur le pupitre.

Ça y est.

Le moment est enfin arrivé.

Mon cœur se met à battre plus vite tout à coup et ma respiration s'accélère. Mes mains deviennent moites d'impatience et mon ventre se tord. Je suis perdue dans mes pensées, et ce n'est que quand je sens le contact du pinceau sur ma peau que je redescends sur Terre.

— Qu'est-ce que..., dis-je en constatant que j'ai une trace blanche sur chacune de mes clavicules.

Dean explose de rire et agite son pinceau sous mon nez, irrésistible avec son empreinte bleue sur la joue. La peinture n'entache même pas la beauté de son visage.

— Allez, viens, écoutons ce fichu discours et après on pourra s'éclipser pour notre rendez-vous *platonique.*

La manière dont il prononce le dernier mot de sa phrase m'indique que tout comme moi, il n'est pas dupe sur la nature de nos petites rencontres. Je mentirais si je disais que je n'ai pas peur de l'intimité qui grandit de jour en jour entre nous. J'aimerais être détachée de la situation, mais c'est de plus en plus difficile.

Dean entrelace nos doigts, et je le laisse me guider là où s'attroupent tous les invités, devant l'estrade. Quelques minutes passent, puis Lana descend pour venir à nos côtés et me fait un clin d'œil. Ça y est : les photos de John en compagnie de ses maîtresses sont en place entre les feuillets de son discours. J'ai hâte de voir sa réaction.

Mon rythme cardiaque s'intensifie quand mon ennemi s'avance près des marches qui mènent à la scène. L'adrénaline circule dans mes veines, puissante et euphorique. J'ai rêvé de ce moment si longtemps : le début de la fin pour cet enfoiré de première.

Mais il n'y monte pas.

Pourquoi est-ce qu'il ne monte pas ?

L'incompréhension s'infiltre en moi, et Lana semble tout aussi stupéfaite. Je constate alors avec effroi que John s'éloigne de quelques pas, dépose un baiser sur la joue de sa femme qui, elle, grimpe les escaliers et se rend au pupitre.

Non, non, non !

Mes genoux se dérobent sous moi, et Dean me rattrape avant que je tombe en avant.

— Tout va bien ? s'enquiert-il.

— Euh… Oui, mon talon s'est enfoncé dans l'herbe, mens-je.

Le regard de Dean fait l'aller-retour de ma chaussure à mon visage et, pour éviter qu'il ne me questionne davantage, j'enchaîne :

— Ce n'est pas ton père qui est censé faire son discours en premier ?

Pitié, pourvu qu'il me dise que c'est une erreur et que sa mère va redescendre immédiatement. Mais je réalise que ce n'est pas le cas quand Helena ajuste le micro devant elle et adresse un sourire radieux à l'assemblée.

Oh ! mon Dieu, non… Je ne veux pas voir ça…

— Normalement, si. Mais il passera en second cette fois-ci. Il voulait se rattraper pour l'incident de la galerie… Montrer à ma mère qu'il était désolé d'avoir invité tous les Hamptons alors qu'elle aurait juste aimé être en petit comité.

Je suis certaine que les couleurs ont déserté mon visage. Je reporte mon attention sur la scène en sentant une boule se former dans ma gorge et s'épaissir de plus en plus.

— Bonsoir à tous. Merci d'avoir répondu présents pour venir célébrer ce 4 Juillet avec nous, commence Helena.

La catastrophe arrive, mais je ne peux rien faire pour l'empêcher. C'est trop tard pour faire quoi que ce soit…

— D'habitude, c'est John qui inaugure cette soirée, mais mon cher mari me laisse cet honneur cette année.

Oh non… Mon Dieu, non, pas ça…

Mon cœur pèse le poids d'une brique dans ma poitrine. Je prie pour une intervention divine, car en aucun cas, Helena ne mérite ce qui va suivre. Elle ne devrait pas apprendre la vérité de cette manière. Même si je désire qu'elle voie le vrai visage de son mari, la façon dont elle la découvrira n'est pas celle que je souhaitais. Elle est si gentille et si douce que j'aimerais lui épargner la souffrance qui en découlera. Seul John était visé dans ma vendetta aujourd'hui, seul lui devait se sentir menacé. Jamais je n'avais prévu que sa femme devienne victime de mon plan.

Pourvu qu'elle garde le regard fixé sur l'assemblée…

Mais quand elle jette un œil au pupitre, sur le speech déposé par John il y a une heure, je sais que la vérité va la percuter comme une météorite. Et je ne peux m'empêcher de me sentir coupable et peinée pour elle.

Qu'est-ce que j'ai fait ?

Chapitre 19

Dean

Mon paternel m'a étonné sur ce coup-là. Lui qui aime tant être au centre de l'attention a laissé ma mère sur le devant de la scène pour la première fois depuis qu'ils organisent une réception pour l'*Independence Day*, c'est-à-dire depuis toujours.

Il m'a confié hier qu'il voulait se faire pardonner sa bourde au vernissage et quand je lui ai suggéré de donner le rôle phare à ma mère aujourd'hui, il a approuvé. Chose qui me ravit, car mon père n'est pas le genre à faire des concessions ou à justifier son comportement. Mais sa femme était dans une telle colère après son exposition qu'il n'a pas vraiment eu le choix, je suppose.

Peut-être qu'il n'est pas une cause perdue, finalement. Car s'il y a une chose dont je doute ces derniers temps, c'est de sa capacité à se montrer empathique avec autrui. J'ai plutôt la sensation qu'il écrase quiconque s'oppose à lui. Ça me fait plaisir de constater qu'il reste encore un peu de l'homme qui m'a élevé.

C'est pourquoi je ne veux pas faire de vieux os dans ce métier. Presque quarante ans à gérer une boîte a rendu mon père irascible et nombriliste. Je l'aime, c'est mon père après tout, mon sang, mais il y a beaucoup de choses qui me déplaisent chez lui, et ce n'est pas nouveau. À commencer par la manière dont il traite ma mère, oubliant ses désirs pour prioriser les siens.

Si un jour j'ai la chance de trouver une perle folle de moi, jamais je ne laisserai notre relation se dégrader comme il l'a fait avec ma mère. Jamais je ne laisserai mon métier entacher les liens avec celle qui deviendra ma femme.

J'observe Violette à la dérobée. Une vision d'elle en robe de mariée, agrippant un bouquet de pivoines roses, s'imprime sur mes rétines.

Ça va pas bien dans ta tête, Hamilton. Tu n'as même pas couché avec elle !

Pas encore.

Depuis que je lui ai confié mon histoire avec Cassy, quelque chose a changé en elle, je le sens. Elle n'est plus en permanence sur la défensive, même si elle ne se gêne pas pour me remettre à ma place. Violette m'a dévoilé une partie de sa douceur, et j'en veux encore.

Je veux revoir l'authenticité dans ses sourires.

Je veux revoir briller cette lueur de malice adorable dans ses yeux.

Je veux revoir la jalousie qui l'a animée quand Cassy était là.

C'était comme si Violette prenait conscience que, finalement, elle tenait à moi plus qu'elle ne se l'avoue. Ce n'est plus qu'une question de temps avant qu'elle m'autorise à l'embrasser et vénérer son corps, j'en suis certain. Mais je ne ferai rien pour lui forcer la main. Je souhaite qu'elle vienne à moi d'elle-même et non parce que j'aurai insisté. Elle a beau me prendre pour un dragueur invétéré, jamais je ne pousse une femme à me donner ce qu'elle ne désire pas m'abandonner.

— Je ne vais pas trop m'étendre, car le temps ne semble pas clément ce soir.

La voix de ma mère me tire de mes divagations, et je la vois pointer du doigt le ciel gris au-dessus de nos têtes.

— Je suis très heureuse que chacun d'entre vous ait pu se joindre à nous pour cette journée si importante pour notre pays. Il est nécessaire de ne pas oublier ce grand moment où les États-Unis sont devenus une nation libre. Je…

La suite de sa phrase meurt sur ses lèvres, et ses sourcils se froncent. Ma mère trifouille quelque chose sur le pupitre et les couleurs de son visage s'estompent au fur et à mesure que ses yeux s'arrondissent.

Qu'est-ce qui se passe ?

Violette s'agite, et nous échangeons un regard. Je reporte mon attention sur la scène, et mon père vient à la rencontre de ma mère. Cette dernière se recule quand il veut la prendre par les épaules. Elle tient dans les mains des feuilles de papier chiffonnées, que je devine être le discours de mon père. Et vu le regard assassin qu'elle lui lance, je comprends que mon géniteur a de nouveau déconné.

Qu'est-ce qu'il a foutu cette fois-ci ?

Ma mère adresse un sourire aux invités, mais je réalise qu'il n'est là que pour masquer sa douleur.

— Profitez de cette soirée, le feu d'artifice ne saurait tarder. Merci encore à tous d'être venus.

Sur ce, elle presse le pas pour rejoindre le manoir, mon père sur ses talons affiche un air perplexe. Je dépose un baiser furtif sur les cheveux de Violette.

— Je te retrouve tout à l'heure.

Elle s'apprête à répliquer, mais je ne lui en laisse pas le temps, me lançant sur les traces de mes parents. Quand j'arrive à la porte-fenêtre qui donne sur le jardin, ce qui me parvient en premier sont les hurlements de ma mère. Ce n'est pas une femme qui se met en colère souvent, mais lorsque ça se produit, il vaut mieux ne pas être dans le coin.

Lorsque je pénètre dans le salon, un vase vole dans mon champ visuel, et j'ai juste le temps de voir mon père l'esquiver. La céramique éclate en mille morceaux contre le mur avant de se répandre par terre.

— Helena ! hurle mon père. Tu vas m'expliquer ce qui se passe ?!

Les yeux de ma mère sont exorbités. Elle ne répond pas et prend ce qui lui tombe sous la main pour le lancer à nouveau vers mon père. Il s'abaisse derrière le canapé pour l'éviter, puis fonce sur elle pour l'empêcher de casser la lampe qu'elle tient. Je m'empresse d'aller à leur rencontre et stoppe mon père de la main quand il est à un mètre de ma mère. Il n'est pas un homme violent d'ordinaire, mais vu la rage qui l'anime, ça me fait douter.

— Maman ? demandé-je en m'approchant d'elle, les bras levés en signe d'apaisement.

Lorsqu'elle a conscience de ma présence, des larmes roulent le long de ses joues, et un sanglot fend le silence. Je prends la lampe qu'elle tient serrée contre sa poitrine et la repose sur le guéridon à côté du canapé.

— Qu'est-ce qui se passe, maman ?

— Ta mère est folle, voilà ce qui se passe ! Elle s'est mise à balancer tout un tas de choses à travers la pièce et refuse de me dire ce qui lui arrive ! beugle mon père.

— Euh… Madame Hamilton ?

— Pas maintenant, Carla, réponds-je à la femme de ménage qui pointe le bout de son nez à travers la porte communicante avec la cuisine.

À mon avis, vu sa mine rougeâtre, elle est contente qu'on lui donne la parfaite excuse pour fuir cette situation. Je regarde de nouveau ma mère, et son visage qui est un mélange entre colère et douleur.

— Maman…

— Il n'y a rien à en tirer, s'agace mon père. Ça fait dix fois que je lui pose la question !

— Ne lui parle pas comme ça, le mets-je en garde.

— Je suis chez moi, je parle comme je veux à ma femme, répond-il d'un ton cassant.

Je cligne des yeux, abasourdi par sa remarque. J'ai souvent été témoin du tempérament récalcitrant de mon père, mais jamais ça n'avait été dirigé contre moi ou ma mère.

— Va te faire foutre, John !

Maintenant, c'est ma mère qui me surprend. Je ne l'ai jamais vue proférer aucune insulte avant aujourd'hui.

— Je te conseille de te calmer, Helena. En général, les personnes qui osent me parler ainsi, ça ne se termine pas très bien pour eux.

— Ah oui ? s'exclame ma mère qui part dans un rire hystérique.

Mais qu'a donc fait mon père pour la mettre dans cet état ?

— Maman, calme-toi, s'il te plaît…, la supplié-je en la saisissant par les épaules. Qu'est-ce qui se passe ?

— Je vais te dire ce qui se passe, fils. Je crois que ta mère devient sénile.

— Espèce de salaud. Tu traites de la même manière les autres femmes avec qui tu couches ?

Son ton est cinglant, et cette fois-ci, elle pleure pour de bon.

— Mais qu'est-ce que tu vas inventer là ? soupire mon paternel en levant les yeux au ciel.

Ma mère se retourne et prend quelque chose sur le bureau derrière elle. Je vois exactement le moment où mon père réalise qu'il est foutu. C'est le moment où, moi, j'ai envie de lui foutre mon poing dans la gueule alors que ma mère brandit sous son nez des photos.

Des photos de lui en train de coucher avec plusieurs femmes, dont aucune n'est ma mère.

L'enfoiré. Putain, quel salaud !

— Alors ? Je t'écoute, John ? Redis-moi encore que je suis une folle furieuse ! crache ma mère.

Elle lui envoie à la figure les clichés, et je la retiens de justesse par la taille, avant qu'elle lui administre une gifle. Je ne peux pas la blâmer, la même envie me démange. Je la fais passer derrière moi pour éviter qu'elle ne recommence.

— Comment as-tu eu ça ? gronde mon père, les yeux exorbités par la colère.

— Qu'est-ce que ça peut bien faire, comment je les ai eues !

Les mâchoires de mon père se serrent, et je vois qu'il se retient d'exploser.

— Écoute, Helena, un homme a des besoins. Tu ne vas pas en faire tout un drame pour une histoire de sexe !

— Tu viens sérieusement de dire ça ? m'indigné-je en le fusillant du regard. C'est ça ta pathétique excuse ? !

— Fils, reste en dehors de ça, conseille-t-il en me pointant du doigt.

— Dans tes rêves ! Ça ne te suffit pas de te comporter comme un salaud au boulot, tu le fais aussi sous ton toit maintenant ? ! hurlé-je, hors de moi. Les vœux sacrés du mariage, ça ne te parle pas ?

Je ne suis pas impartial dans cette histoire. Il est sûr que mon père est un sale con de première, mais le fait que Cassy m'ait trompé avec une bonne partie des Hamptons ne m'aide pas à garder mon calme. Je ne sais que trop ce que cela fait et quelles répercussions cela peut avoir sur l'ego. Et je lui en veux d'avoir infligé ça à ma mère.

— Vu le nombre de femmes qui défile chez toi depuis des mois, je n'ai pas de conseils à recevoir de toi, crache-t-il.

Mes poings sont serrés, mon cœur palpite à cent à l'heure dans ma poitrine et la rage circule dans mes veines. Je vais lui balancer la droite que ma mère voulait lui administrer tout à l'heure. Tout compte fait, j'aurais dû la laisser faire.

Furieux, je m'avance vers lui, le sang pulsant dans mes tempes et la colère me collant comme une seconde peau.

— Dean ? couine timidement une voix.

Violette.

Mon père et moi nous lançons dans un combat de regards, et dans le sien brille une lueur de défi, comme s'il attendait de voir si j'avais vraiment le cran de mettre à exécution ce que j'ai en tête. Pourquoi j'ai l'impression que rien ne lui ferait plus plaisir ?

Je jette un coup d'œil rapide en direction de ma belle fleur, vers la porte-fenêtre, et son air inquiet suffit à évacuer une toute petite partie de la fureur que je ressens envers mon père.

— Tout va bien ? demande-t-elle en observant les morceaux de céramique sur le sol avant de revenir à notre trio.

— À merveille, fanfaronne mon père, comme si de rien n'était.

Puis il se détourne de nous pour rejoindre Violette.

— Faites attention, il est d'une humeur massacrante, s'esclaffe-t-il en me désignant du nez.

Je n'apprécie pas l'œillade appuyée et approbatrice qu'il pose sur les courbes de *ma* belle fleur avant de regagner le jardin.

Violette s'avance vers nous, et ma mère se retourne pour chasser les larmes sur ses joues, j'en suis certain. Elle n'a jamais aimé faire démonstration de ses émotions en public.

— Dean ? me questionne Violette, son regard alternant de ma mère à moi.

— Tout va bien, la rassure ma mère.

Mais il est impossible de passer à côté des traces noires sur ses pommettes. Si Violette le voit, elle fait comme si de rien n'était et adresse un sourire bienveillant à ma mère. Un silence gênant s'installe entre nous pendant une dizaine de secondes. Je me décide à le rompre le premier.

— Maman…

— Ça va aller, Dean, ne t'en fais pas, murmure ma mère en pressant mon biceps.

Non, ça ne va pas aller. Je la connais et je sais qu'elle ne pourra pas passer outre cette trahison. La fidélité est quelque chose de très important pour elle, et c'est aussi pour cette raison qu'elle en veut énormément à Cassy.

— Tu comptes rester ici ? demandé-je à ma mère.

Violette se racle la gorge et danse d'un pied sur l'autre, mal à l'aise.

— Je vais peut-être vous laisser, chuchote-t-elle en s'éloignant de quelques pas.

Ma mère me surprend en la retenant par le coude. Des larmes se forment au coin de ses yeux, et elle se force à sourire.

— Ne soyez pas bête, restez. Vous comptez suffisamment pour mon fils pour qu'il vous ait emmenée ici aujourd'hui, et c'est tout ce que j'ai besoin de savoir. Il ne choisirait pas n'importe qui, surtout après…

La suite de sa phrase meurt entre ses lèvres, et je n'ose pas regarder Violette lorsque j'entends l'affirmation de ma mère.

— Je monte faire mon sac, annonce-t-elle. Je vais aller quelques jours chez ma sœur, le temps de remettre de l'ordre dans mes pensées.

— Très bien, je vais t'y déposer.

— Non, Dean, profite de ta soirée avec Violette. Je ne voudrais pas te la gâcher.

— Maman, tu ne gâches rien du tout, je…

— Le sujet est clos. Je suis tout à fait capable de conduire une voiture.

Elle plante un baiser sur ma joue, puis sur celle de Violette avant de disparaître à l'étage. Un contact sur mon bras attire mon attention. Je rencontre les yeux ambrés de ma fleur, et elle m'adresse un sourire timide.

— Qu'est-ce qui se passe ? demande-t-elle.

J'attrape entre mes doigts l'une de ses boucles et joue avec. Je ne veux plus penser à ça, à l'attitude de salaud qu'a eu mon père.

— Je n'ai pas envie d'en parler.

Mon ton est plus froid que je ne le souhaite, et Violette se contente de hocher la tête. Si elle est blessée par mon rejet, elle n'en montre aucun signe.

Quelques minutes plus tard, ma mère redescend, et nous l'accompagnons à l'extérieur, en passant par-devant pour être sûrs de ne croiser aucun invité. Après nous avoir pris à tour de rôle dans ses bras, elle entre dans sa Cadillac et roule vers la sortie de la propriété.

Mon cœur se serre quand je pense que mon père n'a même pas tenté de la retenir.

Quel salaud !

Violette envoie un texto à Lana pour la prévenir que nous partons. Puis, nous marchons vers ma Porsche, entourés par le brouhaha de la garden-party. Elle s'installe du côté passager. Je rabats la capote de la voiture, car des gouttes de pluie commencent à tomber, puis je me glisse derrière le volant.

Nous roulons pendant la demi-heure suivante dans la même ambiance. Violette respecte mon silence et ne m'oblige pas à lui confier le problème entre mes parents. Alors qu'il reste que quelques minutes pour arriver à mon manoir, elle remue sur son siège.

— On va chez toi ? interroge-t-elle.

— Écoute, Violette, je ne suis pas trop d'humeur… Je sais que c'était à ton tour de choisir une activité, mais…

— On n'est pas obligés de la faire. Et puis, avec la pluie, ça va être compliqué pour ce que j'avais en tête.

Elle sourit, sûrement dans l'espoir de me faire réagir.

Mais sa tentative d'attiser ma curiosité tombe à l'eau. À notre arrivée devant mon manoir, je me gare à côté de mon allée de roses, coupe le contact et m'enfonce dans mon siège en soupirant.

— Je pense qu'il vaut mieux que je te raccompagne chez toi.

— Dean… Je n'ai pas envie de te laisser tout seul, je vois bien que ça ne va pas.

Un léger sourire anime mes lèvres, et je me tourne vers elle.

— Serais-tu inquiète pour moi, *mon cœur* ?

Violette écarquille une demi-seconde les yeux avant de les détourner. Je ne sais pas si c'est dû au fait que j'énonce une évidence ou bien au petit surnom dont je viens de l'affubler. Probablement les deux.

— Bien sûr que je m'inquiète pour toi, Dean…

Ah, enfin, elle l'avoue !

— Je suis ton amie et c'est ce que font les amis.

Je me retiens de rire. Son mensonge en serait presque adorable si elle ne se voilait pas la face. La barrière de l'amitié a été franchie depuis bien longtemps. Non, à la réflexion, il n'a jamais été question de ça avec elle. Le désir entre nous est bien trop fort pour qu'on envisage d'être amis un jour.

— Je te ramène chez toi, dis-je en remettant le contact.

— Dean, non.

Alors que j'empoigne le levier de vitesse, Violette attrape ma main. Elle se mord la lèvre inférieure et dévie le regard vers la devanture de la maison, où une pluie battante s'abat.

— Je ne vais sûrement pas être d'humeur pour faire la causette, la préviens-je.

— Toute une soirée sans que Dean Hamilton essaye de me draguer ? Pitié, laisse-moi y participer ! Ça s'annonce comme une soirée de rêve !

Je souris malgré moi face à son enthousiasme. Ce qu'elle ne sait pas, c'est que plus que les autres fois, j'ai envie de la serrer dans mes bras et de sentir son corps contre le mien. Nu ou non. Je désire être proche d'elle pour oublier l'abominable découverte que je viens de faire. Je veux me perdre dans la chaleur de son étreinte.

Violette papillonne des yeux et m'adresse une moue innocente.

— S'il te plaaaît, Dean, dit-elle d'une voix enfantine.

Comment lui résister ?

C'est foutrement impossible ! Et elle sera une bonne distraction pour éviter de penser à mon enfoiré de père. Alors j'ouvre ma portière et lui enjoins de la tête de me suivre. Je verrouille la voiture, et nous courrons vers l'entrée de la maison pour nous mettre à l'abri de la pluie.

Chapitre 20

Dean

À notre arrivée devant la porte de mon manoir, je me rends compte que j'ai oublié mes clés de maison dans la voiture. Le temps que je fasse l'aller-retour, l'averse nous a trempés de la tête aux pieds. Violette rentre la première, et je la suis en verrouillant derrière moi. Quand je me retourne vers elle, je vois le tissu de sa robe de déesse coller à sa peau et je ne peux m'empêcher de regarder la fine dentelle blanche de sa poitrine qui apparaît en transparence.

Voilà qui m'aide grandement à mettre de côté les conneries de mon père qui me trottent encore en tête. Elle a insisté pour passer la soirée ici, alors autant me focaliser sur elle plutôt que sur le reste. Je gérerai cette merde plus tard, quand je serai prêt à y faire face. Je sais que je m'enferme dans le déni, mais je n'ai aucune envie d'y songer maintenant.

— Quand est-ce que tu l'as fait ?

Sa voix me sort de mes pensées, et je fronce les sourcils en observant les gouttelettes tomber de sa robe.

— Ton tatouage, précise-t-elle en désignant l'encre noir et jaune qui apparaît en transparence sur mon ventre.

— Ah, ouais, ça… Le jour de mes vingt et un ans, une belle erreur de jeunesse. Une soirée beaucoup trop arrosée avec Ethan.

Je monte l'escalier qui mène à l'étage, et après s'être débarrassée de ses chaussures, Violette me suit. Une fois dans la chambre, je commence à déboutonner ma chemise et ouvre ma penderie sous l'œil curieux de Violette.

— Laisse-moi deviner, tu as perdu un pari ? demande-t-elle, les bras croisés, appuyée contre l'armoire de laquelle je sors un T-shirt.

Je balance mon vêtement mouillé dans le panier à linge.

— Comment tu le sais ?

Violette franchit le mètre qui nous sépare, et ses lèvres couleur pêche se retroussent.

— Qui irait volontairement se faire tatouer Titi le canari sur le ventre ? Pour un homme qui plus est ?

— Tu te rends compte que c'est super sexiste comme remarque ?

Elle explose de rire, puis plante ses yeux dans les miens. Son regard dévie vers ma bouche une brève seconde.

— N'empêche que c'est affreusement ridicule !

J'enfile mon T-shirt et referme les portes de l'armoire.

— Tu ne dirais pas ça s'il était tatoué sur un acteur célèbre… Je suis même sûr que tu pourrais trouver ça « sexy et mignon ».

Violette affiche une mine sérieuse et concentrée en tapotant du doigt sur son menton. Au bout de quelques secondes de réflexion, elle s'exclame :

— Oh ! oui, je sais ! Sur Dylan O'Brien ! Là, je pourrais m'en accommoder sans problème, ronronne-t-elle.

Dylan O'Brien ?

— Mais… C'est un gamin !

— Il a le même âge que toi, crétin.

— Il a un air de chien battu !

Un sourire fend le visage de ma belle fleur, puis elle croise les bras sur sa poitrine et se penche sur le côté en me regardant.

— Quoi ? demandé-je en me prenant les pieds dans le tapis sous le lit, perdant toute crédibilité.

Je me rattrape de justesse à la table de nuit.

— Dean Hamilton serait-il jaloux ?

Ma déesse s'appuie contre l'encadrement de la porte de la salle de bains attenante à la chambre et m'observe avec amusement.

— Je ne comprends pas la fascination des femmes pour ce type, c'est tout, soufflé-je.

C'est quoi mon problème ? Pourquoi je suis agacé alors qu'elle ne l'a jamais rencontré ? Surtout que je passe mon temps à fantasmer sur Scarlett Johansson…

— Hum… Il est le *crush* d'adolescence de beaucoup de filles de notre génération. Et ça, c'est dur de rivaliser avec. Je veux dire, tu l'as vu dans *Teen Wolf* ? Il est si…

— Non, Violette, je n'ai pas vu cette série pour ados prépubères, la coupé-je.

— Tu as tort, il y a une rousse qui vaut le détour dedans, glousse-t-elle en s'approchant de moi.

La pluie a imprégné sa robe, et le tissu émet un bruit étrange quand elle se déplace. Violette se plante devant moi, la tête légèrement inclinée vers l'arrière à cause de la différence de taille entre nous.

C'est alors que je remarque que la chair de poule recouvre ses bras. Un frisson l'assaillit. Elle a froid ? OK, l'eau de la pluie était gelée, mais il ne fait pas si frais que ça dans la maison.

— Tu crois que je pourrais prendre une douche ? J'ai une mauvaise circulation du sang et si je ne me réchauffe pas, je ne vais pas tarder à claquer des dents…

Je l'observe à deux fois et vois que sur ses lèvres commencent à devenir bleues.

— J'ai bien une idée pour t'aider, mais bon, tu vas encore me traiter de pervers.

— Je croyais que tu n'étais pas d'humeur ? dit-elle en levant les yeux au ciel avec un sourire.

Qu'est-ce qu'elle est belle, je ne me lasse pas d'admirer les traits enchanteurs de son visage.

— Alors, tu peux te doucher ici, dis-je en désignant la baignoire derrière moi.

Violette me lance un regard entendu, et je ne peux m'empêcher de rire.

— Ou bien, il y a une douche juste là-bas. Tu peux te servir, il y a des serviettes dans le tiroir en dessous du lavabo. Je vais te prêter une chemise.

— Merci.

— Et si jamais tu as besoin de compagnie…, soufflé-je alors qu'elle s'éloigne vers la salle d'eau.

— Dean ! me gronde-t-elle.

— Oh ! ça va, si c'était Dylan O'Brien, tu ne te ferais pas prier…, bougonné-je en ouvrant ma penderie pour lui tendre une chemise.

— Tu sais que vous avez plusieurs points communs : la richesse, la beauté, l'humour… Mais tu as quelque chose qu'il n'a pas, dit-elle en s'emparant du vêtement.

— Un sexe de trente-cinq centimètres ?

— Tu es irrécupérable !

J'explose de rire et, malgré sa remontrance, elle en fait autant. Violette fixe quelques secondes la chemise entre ses mains avant de se dresser sur la pointe des pieds pour planter un baiser sur ma joue.

— Il ne fait pas d'aussi belles photos que toi…, murmure-t-elle en jetant un œil à mon cliché de la mer fluorescente derrière nous.

Puis, elle disparaît dans la salle de bains.

Cette fille causera ma perte. Et la voir s'ouvrir à moi ne m'aide pas à garder mon self-control. J'ai envie de la rejoindre sous la douche et la persuader que nous livrer à des parties de jambes en l'air toute la nuit serait bénéfique pour l'un comme pour l'autre.

Putain, si seulement je n'avais pas promis de ne pas la toucher sans qu'elle me le demande.

Quel abruti tu fais, Hamilton !

Cependant, je ne pensais pas que Violette tiendrait aussi longtemps. Je n'ai jamais rencontré une femme comme elle. C'est à la fois ce qui me plaît et me déroute chez elle. Je ne sais pas où me placer dans tout ce bordel. Et le pire dans tout ça, c'est que je commence à ressentir des sentiments amoureux pour elle et ce, même sans avoir couché avec elle.

C'est complètement insensé. Si on me l'avait dit il y a quelques mois, j'aurais ri au nez de l'idiot me l'apprenant.

Je troque mon pantalon humique pour un jogging et me débarrasse de la tache de peinture sur ma joue dans la deuxième salle de bains à l'étage. Puis, je soupire et me dirige sur la terrasse de ma chambre, en prenant au passage deux verres et une bouteille de rhum arrangé à la pastèque. Le toit descend suffisamment bas et a protégé l'endroit de la pluie qui s'est arrêtée, aussi je m'assois dans l'un des sièges qui font face à la mer. Des lampes solaires sont postées aux quatre coins de la terrasse, et brillent d'une agréable et douce lumière dorée.

Au bout d'une dizaine de minutes, j'entends le pas léger de Violette derrière moi. Je lève le nez vers elle lorsqu'elle vient à mes côtés, mais ce n'est pas la seule chose qui se lève. Alors que je m'apprêtais à finir mon verre de rhum, ma main s'arrête à quelques centimètres de ma bouche. La vision qu'elle offre est à couper le souffle.

Le clou du spectacle, c'est de la voir dans ma chemise bleu pastel.

Le vêtement est beaucoup trop grand et lui arrive au-dessus des genoux, laissant apparaître ses longues jambes galbées. Elle a rabattu les manches jusqu'aux coudes et l'encolure dévoile presque l'une de ses épaules. Son chignon est défait, et ses cheveux légèrement humides sont lâchés.

Je me redresse dans mon siège et réajuste mon pantalon tandis qu'elle prend place à côté de moi. Elle s'assoit et s'enroule dans le plaid que j'ai l'habitude de mettre au pied du lit.

— Je me suis permis de te piquer une paire de chaussettes, dit-elle.

— Tu as bien fait. Tu veux un verre ?

Elle acquiesce en ramenant sa jambe sous la couverture, et je la sers.

Pendant un long moment, nous restons ainsi, à enchaîner les verres et à regarder le paysage qui nous fait face. Puis, au bout du troisième, Violette se lève et s'appuie sur la rambarde de la terrasse.

— Cette vue… C'est vraiment incroyable.

— Ouais, je suis d'accord, réponds-je d'une voix rauque en reluquant son petit derrière qui me fait de l'œil comme jamais.

Elle se retourne, m'adresse un regard taquin par-dessus son épaule, et une idée me vient.

— Violette ?

— Dean ?

— Pose pour moi.

Cette fois-ci, Violette est complètement face à moi et la couverture glisse pour aller s'échouer sur le sol. Sa bouche s'entrouvre, et un sillon apparaît entre ses deux sourcils. Elle est surprise.

— Dean, je ne pense pas…

— Ne pense pas, accepte. S'il te plaît. Je ne les montrerai à personne, je t'en donne ma parole.

Son trouble est perceptible.

Mon amie, mon cul !

Je ne la laisse pas indifférente, donc pourquoi s'évertue-t-elle à me résister, alors que ce pourrait être si bon de s'abandonner à nos pulsions ?

— Tu me dois une faveur, soufflé-je. Souviens-toi.

Elle se mord la lèvre et triture nerveusement les boutons de la chemise que j'ai une envie folle de lui arracher. C'est pour ça que je lui demande de poser pour moi. Parce que depuis qu'elle est sortie de la douche, je ne pense qu'à lui enlever mon vêtement et la coucher dans mon lit pour la faire hurler de plaisir. J'ai besoin d'une distraction, même si ce n'est sûrement pas la plus appropriée que je lui propose.

Je me lève pour la rejoindre et stoppe le mouvement de ses doigts qui martyrisent les pauvres boutons. Je place mon index sous son menton pour l'obliger à me regarder.

— *Bordel*, tu es si belle… Laisse-moi immortaliser ça. Je veux pouvoir te contempler quand tu n'es pas là, chuchoté-je en passant le pouce sur ses lèvres.

Je ne devrais pas, mais je ne peux pas m'en empêcher. Et comme elle ne m'arrête pas, je recommence une seconde fois. Ses yeux s'arrondissent, et elle hoche la tête.

Tandis que je vais chercher mon appareil Fujifilm dans la chambre, je la vois se resservir un verre de rhum et l'avaler d'un trait, puis le remplir à nouveau. Je presse le bouton de ma chaîne audio dont les enceintes se trouvent sur le balcon.

High for This de The Weeknd résonne à l'extérieur.

Je reprends place sur mon siège, les coudes sur mes genoux, et la regarde à travers mon objectif. L'une de ses mains est accrochée à la rambarde tandis que dans l'autre tient le verre plein de l'alcool rose que nous sirotons depuis une bonne heure.

Ses yeux sont rivés à l'appareil et lorsque ses lèvres frôlent le haut du verre, je prends ma photo. Violette ne prête pas attention à moi durant la minute qui suit. Elle se retourne même pour observer la mer tandis que je la mitraille avec le flash.

La cambrure de ses reins, ses fesses rebondies et généreuses à travers ma chemise, son dos qui s'arrondit sous l'effet de sa posture, la nudité de son épaule, absolument tout chez elle m'appelle. Mon érection revient de plus belle, s'amplifie jusqu'à m'en faire mal.

Je ne vais pas tarder à clamser violemment si je ne lui fais pas l'amour bientôt.

— Violette.

Ma voix est voilée par le désir, et ma belle fleur tourne la tête vers moi, le menton posé sur son épaule.

— Danse pour moi.

Je suis déjà au supplice dans mon pantalon, et ça ne va faire qu'empirer les choses, mais depuis cette soirée au Dream, qui me semble à des années-lumière, je fantasme rien qu'à l'idée de la voir se déhancher de nouveau.

— Danse pour moi, mon cœur. *Seulement pour moi.*

La lueur féline qui brille dans ses yeux ne m'échappe pas. J'ignore si l'alcool accentue sa témérité, mais tout ce que je sais, c'est qu'elle en a envie. Je ne discerne aucune hésitation dans ses prunelles. Violette s'approche de moi et lorsqu'elle place son verre sur la table entre les deux sièges, ses cheveux me frôlent.

Je positionne mon appareil près de mon œil gauche et ferme l'autre.

Ensuite, Violette s'éloigne à un mètre de moi. Puis, elle commence à faire vivre son art, celui qu'elle maîtrise à la perfection. Elle n'est pas une fille timide et chacun de ses mouvements lascifs me torture un peu plus. Son corps ondule d'une manière suave, s'accordant à merveille avec la voix sensuelle du chanteur de The Weeknd. Son regard ne quitte pas le mien, du moins, pas l'appareil.

Elle s'abaisse, enroule les mains autour de ses chevilles et les remonte le long de ses jambes tandis que ses hanches chaloupent de droite à gauche avec lenteur. Elle s'est maintenant redressée, et ses paumes continuent leur chemin : hanches, ventre, poitrine et cou, pour finir dans ses cheveux.

J'en ai vu des femmes danser, mais jamais comme elle. Avec cette assurance grisante et sauvage qui l'anime. Je capture tout derrière mon objectif. Et lorsqu'elle balance la tête en arrière, la bouche légèrement entrouverte, un feu d'artifice éclate dans son dos, ne faisant que la sublimer.

Rien que pour moi.

Ce cliché sera sûrement le plus réussi.

L'éclosion de sa féminité.

L'explosion de sa sensualité.

L'embrasement de ma belle fleur.

Le tout ayant pour décor l'enchevêtrement d'une dizaine de couleurs. Les feux du 4 Juillet tirés sur la plage continuent de jaillir derrière elle illuminant son visage et son corps de teintes différentes à chaque fois. J'abaisse mon appareil et le dépose sur la table à côté de moi pour profiter du spectacle qu'elle m'offre. De ses formes pleines, de la grâce de son déhanchement et de la flamme qui consume ses yeux.

Je me gorge tout simplement d'elle et grave chaque instant dans ma mémoire.

Et alors qu'elle accroche mon regard, une bulle invisible d'une nouvelle intimité nous entoure. Violette a beau essayer de nier ce qui se passe entre nous, elle ne peut y résister.

Sa petite danse en est la preuve : on n'offre pas un show pareil à un homme sans éprouver du désir pour lui. Les dernières notes du morceau résonnent dans les enceintes, et Violette ralentit la cadence.

Une musique au rythme plus doux se lance, et ma danseuse

m'adresse une courbette. Je ne peux m'empêcher de sourire. Elle se retourne, prend le plaid par terre et l'enroule autour de ses épaules.

— Viens, dis-je en tendant une main dans sa direction.

C'est contraire à notre règlement, mais en cet instant, je m'en fous royalement. J'ai un besoin urgent de la sentir contre moi.

Elle hésite quelques secondes, mais finit par glisser sa petite paume dans la mienne. Et lorsqu'elle s'installe sur mes genoux, blottie dans mes bras, j'éprouve un sentiment étrange. Comme si… tout était enfin à sa place. Comme si elle et moi, ça allait de soi.

J'ajuste le plaid pour qu'il recouvre complètement son corps. Au passage, j'effleure sa nuque, qui est gelée. Je m'en approche et souffle dessus pour lui conférer un peu de chaleur. La tête de Violette est appuyée sur mon torse, et elle frémit. Mais elle ne dit rien et se détend. Quant à moi, je me contente de la tenir contre moi, et c'est si bon, si juste…

Au bout de quelques minutes, Violette lève vers moi des yeux fatigués. Ses paupières sont lourdes, et elle peine à les garder ouvertes. Je crois même qu'elle est déjà en train de somnoler à moitié.

— Tu es ma kryptonite, Dean Hamilton.

Je suis sur le point de lui demander ce qu'elle sous-entend par là, mais elle sombre dans le sommeil, la seconde d'après, la tête posée sur mon cœur qui bat à tout rompre.

Chapitre 21

Violette

Une odeur de café me pousse à ouvrir les paupières. Mais, aussitôt, la lumière du jour agresse mes rétines. Je plaque la main sur mes yeux et me redresse. Beaucoup trop vite, à en juger la douleur lancinante qui prend d'assaut mon crâne. J'émets une plainte ainsi qu'un juron et, la seconde d'après, un petit rire fend l'air.

— Bonjour, marmotte.

Dean est debout, adossé au mur où est accroché le cliché de la mer fluorescente. Il s'approche et me tend une tasse fumante.

— Un latté, précise-t-il.

Je la saisis et lorsque je regarde autour de moi, je constate que je suis dans un lit. Non, dans *son* lit.

— Est-ce qu'on… ?

— Crois-moi, si je t'avais fait l'amour, tu t'en souviendrais. Ton corps s'en rappellerait, murmure-t-il en s'asseyant à mes côtés, un air coquin peint sur son visage. Hier, tu t'es assoupie dans mes bras. Je me suis dit que tu serais plus à ton aise pour dormir dans un lit.

Il replace une mèche derrière mon oreille, comme il adore le faire. Puis, il caresse ma pommette de son pouce. Je savoure son élan de tendresse, les paupières fermées.

Merde. Je ne devrais pas, pourtant…

Violette, réveille-toi !

Mets de la distance entre vous !

Tout de suite !

— J'ai été sage, moi, mais tu n'as pas arrêté de me coller toute la nuit…

Mes yeux s'écarquillent, et j'avale une gorgée de liquide brun pour gagner du temps. Que répondre à ça ?

— Et tu es affreusement sexy quand tu dors, chuchote Dean à mon oreille. Tu émets des petits gémissements de temps à autre. J'aurais payé cher pour savoir qui était l'objet de ton désir…

Toi, très probablement…

Dean prend mon café et le pose avec le sien sur la table de nuit. Puis, il glisse deux doigts dans l'encolure de sa chemise que je porte toujours et écarte un peu le vêtement. Ma respiration erratique est le seul bruit qui nous entoure. Je n'arrive pas à camoufler le désir que j'éprouve pour lui. Lorsque ses lèvres entrent en contact avec ma gorge, mes mains attrapent ses épaules. La chair de poule me gagne, et une chaleur agréable naît dans mon bas-ventre tandis que la bouche de Dean continue son exploration.

Pourquoi un simple contact me fait-il perdre pied ?

Mon bon sens et mes hormones se livrent une lutte acharnée. Quant à ma petite culotte, elle lance des fusées de détresse à l'intention de Dean, le priant de venir s'occuper de son cas. Et lorsque ses dents meurtrissent ma peau dans une tendre morsure, je ne peux retenir un râle de plaisir en pressant mes doigts sur ses biceps. Dean enroule sa main autour de ma nuque et tourne mon visage vers le sien.

— Ouvre les yeux, ordonne-t-il.

Ce n'est qu'à ce moment-là que je prends conscience que mes paupières se sont fermées.

— Sinon quoi ? soufflé-je, n'obéissant pas à son injonction.

— Si insolente…, murmure-t-il en capturant ma lèvre inférieure entre son pouce et son index. Ton insubordination m'excite, Violette. Le sais-tu ?

Seigneur, aidez-moi.

Je déglutis avec peine.

— Tu n'es pas comme toutes les autres femmes…

Sa remarque me pousse à accrocher son regard. Dans ses yeux émeraude, la sincérité que je lis me chamboule.

Ensuite, il entreprend de caresser ma lèvre de son doigt.

— Demande-le-moi, dit-il d'un ton suave.

Je sais ce qu'il attend.

Vais-je pouvoir m'y résoudre ? Une fois cette étape passée, ça compliquera encore plus les choses…

— Dean…

Ma voix n'est qu'un murmure, presque une illusion. Mon cœur enfle dans ma poitrine à force de battre à tout rompre pour lui. S'il franchissait ce pas, je ne résisterais pas. Mais être celle qui initie ce rapprochement entre nous, c'est autre chose. C'est avouer à voix haute ce que je tente de dissimuler de toutes mes forces depuis quelque temps.

— Dean…, dis-je à nouveau, déstabilisée par son pouce, qui descend à présent le long de ma gorge, puis en direction du premier bouton de la chemise.

— Si tu penses pouvoir me duper, sache que ton regard et les battements frénétiques de ton cœur te trahissent.

Je le sais… Et je ne peux rien faire pour arrêter ça.

Il joint le geste à la parole en plaçant sa paume sur ma poitrine. Je le sens cogner contre sa main. Dean me fixe avec intensité, et mon souffle caresse ses lèvres.

Le souvenir de notre premier baiser s'estompe de jour en jour, et j'ai envie d'une piqûre de rappel.

Je vais craquer.

— Je ne veux plus jouer, Violette. Je te désire, comme je n'ai jamais désiré personne. Et pas seulement ton corps, ton esprit me séduit tout autant que tes courbes.

Oh ! mon Dieu…

Dean encercle mon visage de ses grandes paumes. Il pose son front contre le mien, et ses yeux se ferment.

— Et, *putain*, j'ai l'impression de devenir fou de ne pas pouvoir te toucher, de devoir me retenir d'embrasser chaque centimètre carré de ta peau. J'ai envie de toi. J'ai envie de me perdre en toi… Laisse-moi t'adorer comme tu le mérites.

Un hoquet de surprise m'échappe, et je crois bien que mon cœur est sur le point de lâcher.

Jamais on ne m'avait fait pareilles déclarations.

Jamais la passion n'avait emprisonné les yeux de mes amants comme elles le font avec Dean en cet instant.

Jamais je ne me suis sentie si désirable. Si belle. Si digne d'être aimée.

Ma main suit sa propre volonté et se pose sur sa poitrine. Son rythme cardiaque est équivalent au mien. Chaotique. Effréné. Anarchique. Nos cœurs livrent notre vérité, celle que je tente de camoufler et celle que Dean veut faire éclater.

Une sonnerie essaye de rompre la magie de notre moment, mais nous n'y prêtons pas attention, front contre front, attendant que l'un ou l'autre abandonne la lutte. Mais quand la mélodie résonne une nouvelle fois, Dean s'éloigne un peu pour extirper son téléphone de sa poche.

L'amertume se peint sur son visage lorsqu'il regarde l'écran. Ensuite, il balance son portable sur le lit. Ses yeux se posent de nouveau sur moi, et il joue avec l'une de mes mèches.

— Demande-le-moi, Violette.

Je fais appel à toute ma détermination pour formuler des paroles cohérentes.

— Quelle heure est-il ?

Dean lâche mes cheveux et s'esclaffe.

— Tu auras ma mort, Violette Williams.

À mon tour, j'esquisse un sourire suivi d'un rire.

— 14 heures, répond-il.

— Oh ! la vache, je suis une marmotte, tu as raison.

Il acquiesce avant de reprendre son café sur la table de nuit et de me tendre le mien. Je dispose d'un peu de répit. Pour le moment.

— Tu veux qu'on fasse l'activité que tu avais prévue hier ? demande-t-il.

Je me retourne pour voir le paysage extérieur et constate que la pluie s'abat de nouveau sur le pays.

— Je voulais qu'on aille nager dans l'océan… C'est loupé !

— C'est donc à mon tour ?

— Tu ne dois pas aller bosser ? le questionné-je.

Dean fuit mon regard et fixe la penderie face au lit.

— J'ai posé deux semaines de vacances. Je n'ai pas très envie de voir mon père en ce moment, soupire-t-il.

— Qu'est-ce qu'il s'est passé, Dean ?

J'étais contente de ma victoire, mais désormais la culpabilité me ronge, c'est pourquoi j'ai voulu rester la soirée avec Dean. Je ne supportais pas de voir sa douleur et de savoir que, même si son père est responsable de ses choix et actions, j'avais été le bourreau qui a infligé cette souffrance. J'ai juré à Lana que s'il fallait sacrifier Dean pour assouvir ma vendetta, je le ferais en un battement de cils et sans remords, mais la réalité est tout autre.

— Ma mère a appris que mon père l'a trompée. À plusieurs reprises, déclare Dean, me sortant de mes pensées. Elle a des photos à l'appui.

Nous avons chacun le nez dans notre tasse de café, le regard rivé devant nous. J'ignore comment réagir sans risquer de faire une bourde. Mais alors que je réfléchis à ma réponse, Dean change vite de sujet.

— Je suppose que tu veux passer chez toi enfiler autre chose avant qu'on aille à New York ?

— New York ? questionné-je.

— Oui, *mon cœur.* Tenue décontractée, réplique-t-il en entrechoquant nos tasses.

J'acquiesce en songeant que j'aime la tendresse dans sa voix quand il me donne ce surnom. Comme si un futur était possible entre nous et que tout n'était pas fait pour nous séparer…

Après avoir fait un saut chez moi, nous roulons en direction de New York. Deux heures plus tard, le paysage si typique de la Big Apple se profile à l'horizon, avec ses gratte-ciels. Alors que je pense que Dean va m'y emmener, je réalise que ce n'est pas le cas : nous allons à Brooklyn. Nous sommes à deux pas de mon ancien appartement, dans le quartier pauvre de Brownsville. Mon cœur s'accélère, je suis assaillie par l'angoisse que Dean sache quelque chose sur mon compte. Non, c'est impossible. Lana est la seule au courant de mon plan.

— Où va-t-on ? demandé-je innocemment.

Dean et moi échangeons un regard, et j'essaye d'avoir l'air détachée.

— Tu verras bien.

Pourquoi tant de mystère ? Ça ne me dit rien qui vaille.

— Mais encore ?

L'irritation dans ma voix est perceptible, mais Dean se contente de fixer la route devant lui.

— Mon père a changé depuis plusieurs années, confesse-t-il. Ça fait un moment que j'en ai conscience, mais que je me voile la face. C'est dur d'admettre que l'homme qui vous a élevé est devenu un… sale type. Mais ce qui s'est passé hier m'a ouvert les yeux, et pour de bon cette fois-ci.

Un air triste et las gagne ses traits.

Même si j'exècre cet enfoiré de John Hamilton, j'ai de la peine pour Dean. Je sais ce que ça fait de se bercer d'illusions concernant une personne. Enfant, j'aimais mon père plus que tout sur cette terre. Et lorsque j'ai réalisé que ce n'était pas réciproque, qu'il est parti du jour au lendemain sans même un au revoir, ma chute a été très dure. Comme elle doit l'être pour Dean en ce moment.

— Le mensonge est ma limite, je ne pardonne pas. Si tu ajoutes à ça la trahison…

Ma peur revient en flèche. Mes mains deviennent moites. Parle-t-il de moi ? Connaît-il la vérité ?

Et lorsque je le vois s'engager sur Sutter Avenue, je comprends de quoi il s'agit. Dean ne sait rien du tout, il ne m'emmène pas chez moi.

— Il aura tout de même fait des choses bien durant ses bonnes années. Et l'endroit où je t'amène en est une.

Oh ! c'est ce que tu crois, pauvre naïf ! C'est un mensonge de plus que ton père t'a fait gober. Tu étais juste trop aveuglé pour le réaliser.

Lorsque Dean se gare et coupe le contact, la colère prend peu à peu possession de moi et s'infiltre dans mes veines tel un poison mortel.

Mon chauffeur fait le tour de la voiture pour ouvrir ma portière. Mais mes jambes refusent de se mettre en mouvement. Un nœud se forme dans ma gorge. Au bout d'une dizaine de secondes, je finis par prendre la main que Dean me tend et sors du véhicule. Je fixe la devanture verte face à moi et rassemble toutes mes forces pour ne pas flancher. Pour ne pas céder à la rage qui me gagne et me trahir au passage. Je refoule les larmes qui menacent de s'échapper de mes yeux.

Je ne sais que trop bien ce qu'est cet endroit : la genèse de ma vengeance…

Dix ans plus tôt

Assise sur la banquette de la salle d'attente, je triture nerveusement les boutons de ma veste en jean. Je me demande bien ce que le doyen de l'université me veut. Sa secrétaire m'a appelée juste après l'horrible début de matinée que j'avais passé, mais elle ignorait la raison de ma convocation. Pour tout avouer, j'ai un mauvais pressentiment.

Après « l'incident » avec cette garce de Stacy et ses amis, j'ai attendu que la foule se soit dissipée pour sortir des toilettes. Bien évidemment, je ne suis pas allée en cours d'économie. Tant pis pour mon projet, j'en parlerai plus tard à mon prof. Lana a tenu à me raccompagner chez moi, séchant aussi les cours par extension. J'ai tenté de la dissuader, mais tout ce que j'ai obtenu, ce sont des sermons.

Une fois à la maison, je ne m'attendais pas à tomber sur ma mère. Elle était censée être au travail, mais une vilaine grippe l'en a empêchée. Elle a commencé à me passer un savon, mais s'est vite ravisée en me voyant fondre en larmes. Je lui ai tout raconté dans les moindres détails, et à un moment, mes sanglots étaient si puissants que Lana a dû prendre le relais.

J'essaye de penser à autre chose, sauf que les souvenirs de mon humiliation tournent à plein régime dans mon esprit : les rires moqueurs, les insultes, les coups d'œil lubriques et malsains.

J'ai juste envie d'être dans mon lit, roulée en boule et de pleurer pour évacuer le trop-plein d'émotions, le tout en écoutant la bande originale du film Titanic. *Histoire de déprimer encore plus.*

Sauf que la journée est loin d'être terminée. Car en entendant la sordide histoire de harcèlement dont j'ai été victime, ma mère s'est empressée de décrocher son téléphone pour solliciter un rendez-vous avec le principal de mon lycée, dès ce soir.

— Mademoiselle Dash ?

La secrétaire se tient devant moi, une pochette sous le bras.

— M. Dawson va vous recevoir.

Je me lève à mon tour et la suis dans un couloir attenant à son bureau. L'angoisse grignote peu à peu les derniers restes de sérénité illusoires dont je suis parée. Elle frappe à une porte puis l'ouvre. D'un hochement de tête, elle m'invite à entrer. Mes mains sont si moites que je les essuie discrètement sur ma veste en jean avant d'avancer.

Le doyen se tient derrière son bureau, les lunettes sur le nez et est en train de lire le New York Times. *Lorsqu'il m'aperçoit, il le plie en quatre et le range dans un tiroir.*

— Bonjour, monsieur Dawson, murmuré-je avec un demi-sourire.

Je malaxe mes mains l'une contre l'autre tandis que mon mauvais pressentissent se transforme en une peur paralysante. Je ne sais pas ce que je fais ici, mais je suis à peu près certaine qu'il ne prend pas le temps de recevoir chacun des futurs étudiants.

Peut-être que c'est le cas pour les boursiers ? *me souffle mon cerveau qui tente vainement de me réconforter.*

Plantée comme un piquet devant la porte, je n'ose pas bouger.

— Asseyez-vous, je vous prie, dit-il.

Je hoche la tête et prends place sur l'un des sièges en face de lui. Dawson attrape un dossier rouge au coin de son bureau et l'ouvre. Il se redresse dans son fauteuil, repositionne ses lunettes et scrute les documents.

— Mademoiselle Dash. Élève exemplaire, comportement irréprochable, notes frôlant l'excellence. Très investie dans la vie de son lycée, rédactrice en chef du journal de votre établissement, membre actif du club d'échecs… Votre dossier est tout bonnement époustouflant, dit-il en m'adressant un sourire.

L'air qui stagne dans mes poumons franchit enfin la barrière de mes lèvres. Mon anxiété s'évapore petit à petit. Cette journée va se terminer mieux qu'elle n'avait commencé.

Je m'inquiétais pour rien !

Je m'autorise à relâcher la pression. Je souris de toutes mes dents au doyen et réponds avec une assurance nouvelle :

— *Merci, monsieur Dawson. C'est un honneur pour moi de venir dans votre uni…*

— *C'est pourquoi je ne comprends pas pourquoi vous avez tout gâché.*

Je cligne des yeux à plusieurs reprises, confuse.

De quoi parle-t-il ?

— *Je vous demande pardon ? l'interrogé-je, espérant avoir mal entendu.*

Le doyen referme mon dossier et se lève. Il commence à faire les cent pas dans le bureau, effleurant du bout des doigts les livres de sa bibliothèque.

— *Connaissez-vous David Strauss ?*

Ma gorge se serre, et j'ai l'impression qu'on est en train de m'injecter de la panique par intraveineuse.

— *Euh, oui, il travaille chez Hamilton's Jewelry. C'est l'un des directeurs commerciaux, réponds-je, sans comprendre où il veut en venir.*

— *Vous savez que vous allez au lycée avec sa fille ?*

Sa fille ?

— *Stacy Strauss, précise Dawson.*

Pourquoi il me parle de cette garce ?

Le regard acerbe que me lance le doyen, en revenant s'asseoir sur son fauteuil, ne m'échappe pas. Que le prénom de Stacy soit placé dans l'une de mes conversations avec Dawson n'est pas de bon augure.

— *Non, je ne savais pas, déclaré-je avec honnêteté.*

— *Bref, il n'est pas question de Mlle Strauss, mais de vous, Violette, et de votre rôle dans la société de John Hamilton.*

— *Je ne comprends pas très bien où vous voulez en venir, monsieur Dawson…*

Je me racle la gorge pour clarifier ma voix qui chevrote. Mon estomac se tord lorsque le doyen me fusille du regard.

— *Oh ! vraiment ? Vous n'avez même pas une vague idée ? renchérit-il en m'adressant un sourire forcé marqué par l'ironie.*

Je secoue la tête, sentant les larmes de détresse sur le point de se remettre à couler.

Mais où est-ce qu'il veut en venir ? Mon rôle chez Hamilton's Jewelry se cantonnait à faire des cafés, des photocopies et à classer des dossiers aux archives…

— *Donc, vous ne vous souvenez plus que vous avez fait des avances à M. Hamilton pour négocier une future place dans son entreprise, à la fin de vos études ?*

Ma respiration se coince dans ma gorge. Je lance un regard sidéré au doyen.

— *Par pitié, épargnez-moi votre cinéma où vous prétendez ne pas savoir de quoi je parle, réplique-t-il d'un geste désinvolte de la main.*

— *Mais je ne sais pas de quoi vous parlez ! m'écrié-je, perdue plus que jamais.*

— *Vous pensez que c'est la première fois que John a affaire à des petites opportunistes comme vous ?*

Hein ?

— *Mais je n'ai rien fait de la sorte ! rétorqué-je, incrédule. Et pour être tout à fait honnête, c'est lui qui a eu des regards insistants et…*

— *Il a dit que vous diriez ça, répond le doyen en se rasseyant derrière son bureau. Ça ne prend pas avec moi, mademoiselle Dash. M. Hamilton est un membre éminent au sein de notre université, l'un de nos donateurs les plus généreux depuis plusieurs décennies. Il a tout mon respect et j'accorde beaucoup de valeur à sa parole.*

Non, non, non… Je dois cauchemarder, ça n'est pas vraiment en train d'arriver tout ça !

— *Monsieur Dawson, je vous assure que je n'ai eu aucun comportement déplacé envers M. Hamilton. Il était mon patron et je…*

La fin de ma phrase devient inaudible, entrecoupée par des sanglots. J'essuie mes joues, puis m'agrippe aux accoudoirs. Quant à Dawson, il se lève à nouveau pour s'approcher de la porte de sortie. Je le suis des yeux, redoutant ses prochaines paroles.

— *Mademoiselle Dash, cette histoire, c'est entre vous et votre conscience. Dans tous les cas, notre université ne peut plus se permettre de vous accorder une bourse, vu votre réputation. Tout ça va finir par se savoir et ça ferait de l'ombre à notre prestigieux établissement.*

Oh ! mon Dieu, ce n'est pas possible ! Pas ça !

Je me lève à mon tour et rejoins à grandes enjambées le doyen, qui est déjà en train d'ouvrir la porte.

— *Monsieur Dawson, je vous en prie ! Je suis certaine qu'il s'agit d'un malentendu ! Je travaille dur depuis des années pour obtenir cette bourse.*

Et c'est la stricte vérité. La plupart des adolescents occupent leur soirée devant la télé et leurs week-ends à faire la fiesta. Moi, je passe tout mon temps libre le nez dans les bouquins ou à faire mes devoirs.

— *C'est mon rêve de pouvoir faire des études supérieures, reprends-je, désespérée. De développer un projet qui me tient à cœur depuis l'enfance…*

— *Hum, oui, le restaurant caritatif ?*

Mes sourcils se froncent.

— *Ce n'est pas la honte qui vous étouffe ! En plus de faire des avances à votre patron, vous le menacez de faire un scandale pour usurpation d'idées s'il n'accède pas à votre requête ? Vous n'avez vraiment aucun honneur.*

— *Pardon ? m'étranglé-je.*

Qu'est-ce qu'il est en train de me raconter ?

Petit à petit, je commence à comprendre : cet enfoiré d'Hamilton s'est fichu de moi en prétextant que mon projet était débile. En réalité, c'était pour mieux se l'approprier.

Il est hors de question que je le laisse faire !

— *C'est n'importe quoi ! C'est mon projet ! hurlé-je, la colère remplaçant la confusion.*

Je n'ai plus aucune retenue. Ma fureur est équivalente à ma frustration. Le politiquement correct peut aller se faire voir.

— *J'ai ce rêve depuis que je suis enfant ! Qu'est-ce que c'est que ce délire ? ! Vous êtes cinglé, ma parole ! m'époumoné-je en pointant du doigt le doyen.*

— *Pas la peine d'essayer de me convaincre, vous n'y parviendrez pas, mademoiselle Dash. Oh ! et pour information, sachez que votre tentative de chantage envers M. Hamilton est à présent caduque : il est en train de donner une conférence de presse pour présenter son projet au moment même où nous parlons. Alors, préservez-moi de vos jérémiades et fichez le camp de mon bureau !*

Je ne peux pas à y croire. Ce n'est pas en train d'arriver.

— *Vous avez trois secondes pour sortir avant que j'appelle la sécurité, menace Dawson.*

— *Ça ne se passera pas comme ça ! lancé-je en passant devant lui.*

Je presse le pas, sur le point de péter les plombs. Il faut que j'aille trouver ce fumier d'Hamilton. Non seulement je n'ai plus de bourse par sa faute, mais en plus, il croit pouvoir me voler mon rêve d'enfant !

Il ne croit pas pouvoir le faire, il l'a déjà fait…

Descendant les marches du perron de l'université, je m'arrête en plein milieu. L'affligeante vérité me frappe. Quoi que je dise, ce sera sa parole contre la mienne, car je n'ai jamais parlé de ce projet à qui que ce soit.

Dépitée, je m'assis sur les marches.

Comment tout ça a pu arriver ? Comment ma vie a pu basculer à ce point en l'espace d'une journée ?

Mon futur était tout tracé, j'allais enfin m'élever, nous permettre à ma mère et moi de vivre plus confortablement lorsque j'aurais décroché un poste haut placé après mes études de commerces. En parallèle, j'aurais pu développer mon rêve d'enfant.

Mais tout ça est fichu maintenant.

Plus de bourse. Plus de projet. Plus d'avenir.

Et il va sans dire que jamais je n'obtiendrai un prêt. La situation dans laquelle nous sommes est trop précaire. Non seulement ma mère ne gagne pas assez pour rembourser un emprunt mensuel, mais même en me dénichant un job étudiant, je ne pourrai jamais couvrir toutes les dépenses.

Quant aux autres universités, il est trop tard pour s'y inscrire, et même si je tente l'année prochaine, l'annulation de ma bourse suscitera des questions.

J'enfouis mon visage dans mes mains, pleurant à chaudes larmes. Et lorsque je ferme les yeux, je n'imagine que lui.

L'homme qui vient de gâcher ma vie.

John Hamilton.

Comme si je n'étais pas assez mal comme ça, je me rappelle les paroles de Stacy.

« Ça n'a rien à voir avec Steve et tu le sais très bien, ne fais pas l'innocente. Tu devrais avoir honte de toi ! »

Maintenant, je comprends mieux. Son père bosse chez Hamilton's Jewelry et son patron a dû le mettre au parfum. Et puis, sa fille s'est empressée de tout raconter au lycée…

Quel monstrueux enfoiré !

Je ne peux pas lutter contre cette injustice. Il a menti sur toute la ligne pour s'assurer que quoi que je dise, je ne serais pas crédible.

Il n'y a aucune issue…

— Violette, voici le Heaven, un restaurant caritatif pour les sans-abris.

J'entends la voix de Dean, mais je n'arrive pas à m'extraire de mes mauvais souvenirs. Une boule s'est formée dans ma gorge, et je peine à déglutir. Venir ici remue le passé qui a scellé mon avenir. Après cette affreuse journée, je n'ai pas trouvé le courage d'affronter John.

À quoi cela aurait-il servi ?

J'ai pansé mes blessures durant l'été, puis les années suivantes, j'ai enchaîné les petits boulots : caissière, assistante, femme de ménage… Autant dire que mes espoirs professionnels ont été réduits à néant, tout comme mon envie de me sortir de la précarité dans laquelle nous vivions avec ma mère. Je n'ai pas pu prétendre à un poste prestigieux et à hautes responsabilités, comme je le voulais. Puis, un soir, il y a cinq ans, je suis tombée par hasard sur un reportage sur celui qui a ruiné ma vie. Il était présenté en philanthrope, homme à l'âme charitable qui se démène pour son prochain. Et j'ai vrillé. Lana était présente lorsque j'ai envoyé valser la télécommande à l'autre bout de la pièce, et elle m'a retenue pour que j'évite de fracasser l'écran de télévision avec mon bol de céréales.

C'est là que tout a commencé. La tristesse qui régissait mon existence s'est transformée en une virulente colère. La machine était enclenchée, me venger de John Hamilton est devenu dès lors ma priorité. Je n'ai vécu les années suivantes que dans ce but ultime.

— Violette ? Tout va bien ? demande Dean en pressant ma main.

Je hoche la tête. Il me sourit à pleines dents, et je fais de mon mieux pour ne pas laisser éclater le mélange de mélancolie et de rage qui me ronge.

Je le suis en priant pour que le volcan d'émotions qui prend d'assaut mon cœur n'entre pas en éruption en sa présence.

Chapitre 22

Dean

Je pousse la porte du Heaven après l'avoir déverrouillée. Je range les clés dans ma poche de pantalon et invite Violette à entrer.

— Au fait, ta tenue te va très bien, dis-je en promenant mon regard sur son haut blanc à bretelles et son jean foncé.

Violette se retourne, et ses sourcils se froncent quand elle détaille ses vêtements.

— Tu es sérieux ?

— J'ai toujours préféré les femmes en pantalon. Et la manière dont le tien moule ton petit…

Je m'arrête avant de m'égarer davantage. Tout à l'heure, quand elle était dans mon lit, portant ma chemise, j'ai bien failli perdre la maîtrise de moi-même. Violette m'attire un peu plus de jour en jour, et ce que j'éprouve pour elle frise l'obsession. Il faut que je me calme, on n'est pas là pour ça.

— Tu n'es pas mal non plus, Hamilton, murmure-t-elle en jetant un œil à mon jean et T-shirt de la même couleur que le sien.

Il me paraît insensé de m'habiller avec des vêtements de luxe en présence de personnes vivant dans la précarité. Je ne veux pas qu'elles se sentent mal à l'aise. Et ce n'est qu'une façade, ces vêtements ne représentent que l'homme d'affaires. Une fois sorti du bureau, je suis plus que ravi de troquer mes costards pour des tenues plus décontractées.

— Merci, réponds-je en lui faisant un clin d'œil. Je te fais visiter ?

Violette acquiesce. Je la prends de nouveau par la main, et elle ne rechigne pas. Bien au contraire, elle s'accroche à la mienne. Je me plais à penser que ce geste signifie que nous sommes sur la même longueur d'onde, qu'elle veut les mêmes choses que moi. Sauf que ce n'est pas le cas, ou du moins, pas encore. Quelque chose la retient, l'empêche de s'abandonner à moi corps, cœur et âme. Je serai patient, elle en vaut la peine.

L'apparition de Violette dans mon existence est ce qui m'est arrivé de mieux depuis des années. Et je ne compte pas la laisser s'envoler quand elle aura enfin accepté que nous deux, c'est plus qu'une évidence : c'est le destin, une puissance invisible nous a placés sur le même chemin.

Violette est venue mettre sens dessus dessous mes croyances sur l'amour. Elle est la force motrice qui redonne à mon cœur de l'espoir.

J'ai besoin de me gorger du nectar de ma belle fleur pour être la meilleure version de moi-même.

— Là, c'est la salle où on sert les repas, dis-je en désignant de la main l'espace dans lequel nous sommes.

Violette balaye du regard la pièce aux murs jaune moutarde et les tables bistrots accompagnées de sièges confortables en velours gris.

— Lorsque mon père a lancé ce projet, il a été conclu que chaque employé de Hamilton's Jewelry devait se rendre ici au moins un soir par mois pour cuisiner pour les sans-abris. L'entreprise fournit les matières premières, et les salariés concoctent leurs recettes favorites. Ce qui est bien, parce qu'à la différence des chefs, chacun amène un peu de soi, c'est un moment de partage qui a encore plus de sens, je trouve.

— Et toi ? Je veux dire qu'en tant que vice-président, tu dois avoir un emploi du temps très chargé, ça doit être compliqué de te rendre ici…

— C'est vrai, mais j'arrive à venir quasiment toutes les semaines. J'y viens depuis mes vingt-deux ans. Je le faisais même quand j'étais étudiant. Ethan m'accompagnait souvent.

Violette hoche la tête, et la surprise marque son visage.

— Et ton père ?

Je grimace.

— Il s'est pointé de temps en temps la première année… Mais il n'y vient plus depuis des lustres. Une partie de moi s'est toujours demandé s'il n'avait pas ouvert cet établissement pour se donner une bonne image. Et avec ce que j'ai su hier, ça ne fait que renforcer ma théorie…

Violette m'adresse un regard triste, et ses mâchoires contractées ne m'échappent pas. Tout comme sa poigne qui se resserre. Ce n'est pas une nouveauté qu'elle réagisse ainsi quand j'évoque ou qu'elle voit mon paternel. Et avec ce que je lui ai appris ce matin, elle doit le mépriser.

Elle dévie les yeux et pointe du nez les cadres accrochés aux quatre coins de la pièce.

— C'est de toi ? demande-t-elle en désignant les clichés en noir et blanc des sans-abris.

— Oui, j'aime les photographier, leur montrer que leur situation ne reflète pas la belle personne qu'ils peuvent être à l'intérieur.

Violette dépose un baiser sur ma joue et caresse le dos de ma main de son pouce. J'apprécie quand elle prend l'initiative de me toucher, ça nous rapproche doucement, mais sûrement.

— Ce que j'aime avec ce restaurant caritatif, c'est que ce n'est pas une énième autre soupe populaire, continué-je. Ici, j'ai envie que ces gens se sentent « normaux », qu'ils aient le droit à une soirée différente qui change de leur quotidien difficile.

Je soupire en songeant que mon père a eu l'idée de cet endroit, mais que c'est moi qui gère tout ce qui y est lié.

— J'ai racheté l'établissement à côté du restaurant quand il a été mis en vente. L'entreprise l'a équipé de douches. Ainsi, chaque personne qui vient au Heaven peut faire un brin de toilette et avoir de nouveaux vêtements. Ensuite, on leur sert un repas chaud et on les redirige vers les foyers les plus proches. Et… qu'est-ce qu'il y a ?

Violette affiche un drôle d'air, si bien que j'ai perdu le fil de mes pensées.

Ses lèvres pulpeuses sont entrouvertes et ses yeux deviennent humides.

— Qu'est-ce qui se passe, mon cœur ?

Une larme silencieuse coule le long de sa joue quand elle entend le surnom dont je l'affuble. Ça me donne l'impression qu'elle m'appartient, alors qu'il n'en est rien.

Comme elle ne répond rien, j'encadre son visage de mes mains, et ses paupières se ferment. J'embrasse ses pommettes. À chacun de mes baisers, des tremblements secouent le corps de ma belle fleur.

Tu triches, Hamilton… Pas le droit de la toucher sans qu'elle te le demande, as-tu oublié ?

Mais je n'écoute pas la petite voix dans ma tête, pas quand Violette me laisse la réconforter.

— Qu'est-ce qui ne va pas ?

Ensuite, nos regards se percutent, et mon estomac se tord. Une violente tristesse habite le sien, et j'ai envie de la chasser. Elle souffre, c'est évident. Mais pourquoi ?

— Violette ?

— Tout va bien, souffle-t-elle en se soustrayant à mon toucher.

Je… C'est juste que je trouve ce que tu as construit ici… C'est incroyable, Dean.

Elle s'est éloignée de quelques pas et m'offre un sourire forcé. Mais elle ne me trompe pas. Il y a quelque chose de profond qui l'affecte.

— Violette…

— Et là-bas, qu'est-ce qu'il y a ? questionne-t-elle en pointant une porte en face d'elle.

J'ai envie d'insister, mais son brusque changement de sujet me pousse à abandonner. Pour l'instant.

— Les cuisines, viens.

Je l'y conduis. Pour essayer de renouer le dialogue, je lui parle davantage du projet Heaven en sortant des frigidaires les ingrédients qu'il nous faut pour préparer le dessert de ce soir.

— Après que mon père a lancé le Heaven, le succès a été au rendez-vous, si bien qu'il a proposé à nos investisseurs et partenaires de s'impliquer dedans. Depuis, il a ouvert une dizaine de restaurants caritatifs aux alentours de New York. Mon père est devenu la coqueluche de l'Amérique, le philanthrope au grand cœur. Les habitants sont très engagés dans ce projet, et nous recevons de nombreux dons qui sont reversés aux foyers de l'État qui fournissent un toit aux sans-abris pour la nuit. Nous les utilisons également pour leur procurer de nouveaux vêtements, un kit d'hygiène de base…

Les lèvres de Violette sont toujours scellées, et elle hoche la tête, commençant à éplucher les pommes que j'ai lavées. Je jette un coup d'œil à la pendule au-dessus de la porte : 17 heures.

— Bon, on a deux heures pour préparer des desserts pour une quarantaine de couverts. D'autres personnes sont déjà venues ce midi pour s'occuper de l'entrée et du plat.

— D'accord, répond Violette, plus laconique que jamais.

Je brûle de la questionner davantage, de savoir ce qui la tracasse à ce point. Mais ça ne sert à rien, tant que Violette n'aura pas rouvert ses pétales et persistera à verrouiller son cœur, insister sera vain. Alors, durant les heures suivantes, nous nous contentons de cuisiner.

Quand les tartelettes aux pommes ont refroidi, j'appose la touche finale tandis que Violette termine de préparer une crème anglaise qui accompagnera les brownies. Du coin de l'œil, elle m'observe déposer des cosmos roses au centre de chaque tartelette.

— C'est beau, dit-elle, après quasiment deux heures de silence.

J'ai presque cru qu'elle avait perdu l'usage de la parole.

— Merci, réponds-je en lui adressant un sourire.

Ses lèvres se retroussent timidement. Puis, elle met au lave-vaisselle l'ensemble des ustensiles dont nous nous sommes servis et je place les desserts au frais. Ensuite, je reviens vers elle. Adossée au plan de travail en inox, Violette contemple ses mains. Je les lui attrape, et son regard se pose sur moi.

— Tout va bien ? interrogé-je.

— Pourquoi tu me demandes ça ?

— Parce que ça fait pas loin de deux heures que tu es muette. J'ai fait quelque chose qu'il ne fallait pas ?

— Quoi ? Mais non, tu es parfait...

— Ah ! je suis ravi que tu l'avoues enfin !

— Tu sais que tu es un imbécile ?

Son visage est fendu d'un sourire. D'un sourire authentique. Et non pas ce truc factice qu'elle m'offre depuis qu'elle s'est renfermée.

— Peut-être, mais je suis un imbécile que tu trouves parfait, répliqué-je en haussant les sourcils.

Violette lève les yeux au ciel, mais rit au passage.

— Tu me le diras quand tu seras prête.

— Quoi donc ?

— Ce qui te tracasse. Parce que je sais que tu me caches quelque chose, Violette. Depuis le début, je sens que tu retiens un secret qui t'empêche d'être complètement toi-même avec moi.

Son regard est fuyant, confirmant ma théorie. Ses joues se teintent de rouge et, encore une fois, elle se détourne de moi.

— Il est 19 heures, c'est l'heure où les premiers repas sont servis, non ?

Elle n'attend pas ma réponse et pousse la porte de la cuisine pour rejoindre la salle de restauration.

Chapitre 23

Violette

Une brise caresse mon visage alors que Dean roule en direction des Hamptons. 1 heure du matin s'affiche au poste radio, et je bâille en couvrant ma bouche.

Quelle journée. Quelle soirée. Quelle merde !

« *Parce que je sais que tu me caches quelque chose, Violette.* »

Ses mots résonnent encore dans mon esprit. Il s'en est fallu de peu pour que je flanche.

Je n'avais pas anticipé que Dean pourrait m'emmener à l'un des restaurants caritatifs de son père. Je ne savais pas qu'il s'impliquait à ce point-là dans cet aspect de Hamilton's Jewelry. Pourtant, nous l'avons suivi à plusieurs reprises avec Lana, mais ça ne devait pas être aux moments où il allait là-bas.

Dean est un homme surprenant, aux antipodes de celui que j'avais imaginé devoir séduire. C'est ce qui rend ma tâche plus ardue encore. Je peine à enfiler mon masque d'hypocrisie quand il le faut. J'ai failli complètement craquer en l'entendant parler de tout ce qu'il avait fait pour les sans-abris, quand j'ai constaté à quel point les mots qu'ils utilisaient auraient pu être les miens.

Il a témoigné d'une telle bienveillance à l'égard des sans-abris, discutait et riait avec eux, les considérant comme ses égaux.

J'ai éprouvé une envie sincère de partager avec lui mon passé. Et pas uniquement ce qui m'est arrivé après que le cyclone John Hamilton percute ma vie. Non, je parle de l'origine de mon projet de restaurant caritatif, de ce pour quoi cette idée est née. Ce qui fait que je hais son père encore plus.

Dean se gare dans la rue en haut de ma maison. Je me détache et lui adresse un sourire. Je n'ai pas été plus bavarde durant ce trajet en voiture que pendant l'après-midi et la soirée. J'ai volontairement mis de la distance entre nous, parce que sinon, ma langue se serait déliée.

— Merci pour… cette journée. À demain.

Je m'enfuis comme une voleuse, presse le pas vers ma maison et n'écoute pas sa réponse. Lana n'est pas là, je vais avoir tout le loisir de lâcher le flot d'émotions que je retiens : colère, tristesse, frustration. Mes larmes n'attendent que mon signal pour couler sur mes joues. Et je ne veux pas craquer devant Dean.

Arrivée devant la porte bleue, je trifouille dans mon sac, jurant au passage. J'émets un cri de victoire quand je déniche ma clé et l'enfonce dans la serrure.

Mais tandis que je m'apprête à entrer, des bruits de pas résonnent derrière moi. J'ai à peine le temps de me retourner pour voir Dean gravir à toute vitesse les escaliers que celui-ci me plaque contre la porte. Je pousse un petit gémissement lorsque mon dos heurte le bois. Puis, ses mains puissantes encadrent mes joues, et son regard me sonde avec une intensité qui ne me laisse pas de marbre.

Nos visages ne sont qu'à quelques centimètres, et nos souffles se mélangent. Sa pomme d'Adam monte et descend rapidement. Mon cœur est sur le point d'exploser tant j'ai l'impression que ses yeux me pénètrent jusqu'à l'âme. Il aperçoit celle que je m'efforce de lui cacher.

Puis, il unit nos fronts et j'enroule les mains autour de ses biceps pour ne pas flancher. Je sens qu'un rien pourrait me faire perdre l'équilibre.

— Rien de ce que tu pourras dire ne me fera fuir, Violette.

Si seulement…

Mais je ne peux pas. Je ne peux pas être honnête avec lui.

Il s'éloigne et scrute mon visage. Ce n'est que lorsqu'il tire sur ma lèvre inférieure avec son pouce et son index que je prends conscience que je la mordillais pour éviter de lui confesser la vérité.

— Ne le comprends-tu pas ?

J'ai peur de ce qu'il va me dire. Il paraît si bouleversé qu'une douleur serre ma poitrine.

Son corps est toujours collé au mien, et il attrape ma main pour la poser sur son cœur. Celui-ci bat la chamade contre ma paume.

— Ne comprends-tu pas que mon cœur, *ce cœur*, dit-il en appuyant ma paume dessus, bat pour toi ?

Mes défenses commencent à s'effriter. Des larmes dévalent le long de mes joues sans que je puisse les retenir.

— Ne comprends-tu pas l'étendue de ce que je ressens pour toi, Violette ?

Non, non, non…

Mon rythme cardiaque s'affole quand j'entends sa déclaration. Je ne veux pas écouter la suite… Je ne veux pas ! C'est trop. Beaucoup trop. Ce n'était pas censé se passer ainsi. J'essaye de me détourner, mais Dean colle davantage son corps au mien, m'empêchant de faire le moindre mouvement. Il ramène ma tête vers lui pour que je soutienne son regard.

Mais je ne peux pas, alors je ferme mes paupières. Si je les ouvre, la vérité me percutera et rien ne sera plus comme avant.

— Ne me fuis pas. Je n'ai plus envie de jouer, je veux juste être sincère avec toi, murmure-t-il.

Il embrasse à présent mes joues, mon menton, mon front. Je suis tétanisée. Non pas par l'inquiétude et le fait qu'il me maintienne contre la porte, mais par la puissance des propos de Dean et ce qu'ils éveillent en moi.

— Pitié, Dean…

Il faut qu'il se taise, il va fiche en l'air tous mes efforts pour éviter d'en arriver là.

— Violette, je…

— Ne le dis pas, le supplié-je.

J'essaye de le repousser en saisissant ses biceps, mais une fois de plus, ma tentative est vaine.

— Regarde-moi, Violette.

Au bout de quelques secondes, je finis par me résigner, consciente que je ne pourrai pas m'enfermer dans le déni pour l'éternité. Et lorsque nos regards entrent en collision, mon cœur est sur le point de faire un épisode de tachycardie. Sous le coup de l'intensité, mon corps s'affaisse. Dean me rattrape aussitôt et me replace debout contre la porte.

— Ne comprends-tu pas que je suis en train de tomber amoureux de toi, Violette ?

Coup de grâce.

Oh.

Bordel.

Bordel de merde.

— Dean… Non, non, non… C'est impossible. Tu ne peux pas tomber amoureux de moi !

Et je suis sérieuse : c'est inenvisageable. On devait passer du bon temps, rien d'autre.

La panique me gagne, mes émotions me submergent. Je ne sais pas quoi dire… Je ne sais plus !

— Va-t'en ! Il n'y aura jamais de nous deux !

Tout explose. Le barrage cède, et mes larmes coulent de plus belle.

Dean tente de les essuyer de ses doigts, mais je ne le laisse pas faire et trouve enfin la force pour le repousser. Ses yeux s'écarquillent, et il se rattrape à une poutre du porche pour éviter de tomber.

Je profite de cette distraction et file me réfugier à l'intérieur de la maison. Dean grogne plusieurs jurons avant de taper sur le bois de la porte que j'ai verrouillée.

— Putain, Violette !

Je m'affaisse derrière la porte, et les larmes coulent sur mon visage de plus belle. Je suis assaillie de tremblements. Je replie les genoux contre ma poitrine et pose mon front dessus.

Comment j'en suis arrivée là ?

Comment j'ai pu laisser la situation dégénérer à ce point ?

Comment Dean a-t-il réussi à s'infiltrer dans mon cœur ?

Parce que tu lui as permis d'y entrer, Violette… Parce que tu en avais envie. Tu en as toujours envie, me souffle mon bon sens.

Je reste assise un long moment. Mon esprit redevient peu à peu lucide, et mon corps s'apaise. Depuis que Dean a frappé sur la porte, je n'ai plus entendu aucun bruit.

Est-il parti ?

Je me lève pour jeter un coup d'œil discret par la fenêtre, mais je ne vois personne sous le porche. Puis, je me dirige dans la cuisine pour me servir un verre d'eau.

Mon Dieu, mais qu'est-ce qui m'est arrivé ?

Je ne suis pourtant pas du genre à céder à mes émotions, du moins, jamais ainsi. Je n'avais jamais ressenti un truc aussi puissant, aussi dévastateur et aussi… vrai.

La peur s'est infiltrée en moi comme une seconde peau. Voilà pourquoi j'ai rejeté Dean. Rien qu'à l'idée d'avouer ce que j'éprouve pour lui, je suis terrifiée. Et quel serait le sens de tout ça ?

Je vais ruiner la vie de son père et même si en ce moment il n'est pas très fan de lui, il ne souhaite sûrement pas que ça se termine ainsi.

Serais-je capable de profiter du temps qu'il me reste avec Dean en sachant que je le perdrai bientôt ? Ma vengeance me coûtera ce que nous partageons, c'est certain. Cela vaut-il la peine de m'engouffrer là-dedans ?

Je soupire, lasse de cette situation et de m'être emportée. Dean doit me prendre pour une cinglée et regrette probablement de m'avoir confié ce qu'il ressentait. N'empêche que je lui dois une explication. Il faut que je lui dise pourquoi un « nous deux » n'est pas possible et qu'il est préférable de garder nos distances. En dissimulant les vraies raisons, bien entendu.

Je marche vers la porte d'entrée et l'ouvre tout doucement. Je n'ai pas besoin d'allumer la lumière extérieure, la pleine lune dans le ciel sans nuages diffuse une luminosité impressionnante.

Il n'est plus là. Il a dû trouver une nouvelle fille à qui déclarer sa flamme.

Alors que je m'apprête à rentrer et me morfondre, un détail sur la plage attire mon attention. Ce détail, c'est la silhouette d'un homme à la chevelure dorée, près du rivage, les pieds dans l'eau, son jean retroussé jusqu'aux genoux.

Je m'aventure sur le sable et aperçois Dean. Mon cœur, comme pour me prouver ce que je m'évertue à nier, se met à battre dans ma poitrine.

Frénétiquement.

Follement.

Démesurément.

Lorsque je presse le pas pour le rejoindre, je comprends que je ne veux pas arrêter de le fréquenter. Je ne peux pas. Ce serait impossible, comme si on me demandait de cesser de respirer.

Parce que pour la première fois de ma vie, en dépit de mon mensonge, je partage quelque chose d'authentique avec un homme.

Et alors que j'arrive à quelques mètres de Dean, celui-ci se retourne. Il ne semble pas surpris de me voir. Je m'arrête. Ma respiration est saccadée, et j'ai encore une fois l'impression que mon corps va flancher.

Avant de perdre mon courage, je cours pour réduire la distance qui nous sépare. Je n'hésite pas en lui sautant dans les bras. Mes jambes s'enroulent autour de sa taille, et Dean empoigne mes fesses. J'encadre son visage de mes mains, comme il l'a déjà fait à de nombreuses reprises avec moi.

Je n'arrive plus à faire semblant. La puissance de ce que je ressens pour lui me trahit : mes lèvres sont impatientes d'être conquises par les siennes, et mon cœur bat amoureusement pour lui, je l'admets enfin. Je suis bien décidée à pénétrer à pieds joints dans la piscine de problèmes qu'il représente. Je m'occuperai des conséquences plus tard.

J'ai fini de lutter.

J'ai fini de fuir mes sentiments.

J'ai fini de prétendre qu'il n'est rien pour moi.

— *Embrasse-moi, Dean Hamilton.*

Ces quatre petits mots signent ma défaite. Mais je sais que ça m'est égal à la seconde où dans les yeux de Dean resplendit une lueur nouvelle : celle du soulagement.

Chapitre 24

Dean

— *Embrasse-moi, Dean Hamilton.*

Ébahi, je bats des cils lorsqu'elle prononce la phrase que je souhaite l'entendre dire depuis une semaine. Je crois délirer, parce qu'il y a une demi-heure, elle m'a sommé de partir, de faire une croix sur nous deux.

Mais non, je ne suis pas en train de rêver, car ma fleur est bel et bien là. Dans mes bras. Ses petites mains s'agrippent avec désespoir à mon visage tandis que ses yeux brillent d'incertitude. Ce moment, je l'ai imaginé des dizaines de fois, mais jamais je n'aurais pensé qu'il clôturerait cette soirée.

— Violette, tu es sûre que…

La suite, je ne peux la prononcer, car Violette écrase sa bouche sur la mienne.

Bordel, elle me tuera un jour !

Ses bras s'enroulent autour de ma nuque, et je passe les miens sur sa taille pour la coller davantage à moi.

Enfin je retrouve la douceur exquise et sensuelle de ses lèvres.

Enfin Violette est arrivée à la conclusion que nous deux, c'est dans l'ordre naturel des choses.

Enfin, ma belle fleur s'abandonne à moi.

Elle m'embrasse comme si sa vie en dépendait. Ses gémissements de plaisir rencontrent mes grognements de satisfaction. Nos langues se redécouvrent et se lancent dans une danse lente et frénétique. Mais je n'en ai pas assez. Je veux plus. Je veux tout. Je la veux entièrement.

Mais mes ardeurs ont besoin d'être calmées. Violette n'a demandé qu'un baiser alors que mon sexe dressé contre son bas-ventre exige davantage.

Je mobilise toutes mes forces pour me détacher de sa bouche enchanteresse. Ma main empoigne sa chevelure ébène avec plus de fermeté que je ne le souhaiterais. J'incline la tête en arrière, et son regard brûle ma peau. Une luxure comme je n'en ai jamais vu consume ses pupilles. Sa bouche est entrouverte, et sa poitrine se soulève vite dans son débardeur blanc. Je l'imagine sans son haut, nue et offerte à moi.

Mon érection grossit, et Violette émet un halètement bruyant en se mordant la lèvre inférieure.

Putain, elle ne m'aide vraiment pas à me contrôler.

— Violette, je ne suis pas sûre d'arriver à me retenir si on s'embrasse de nouveau, avoué-je.

Ma belle fleur rend sa liberté au bout de chair qu'elle martyrisait entre ses dents. Elle s'accroche à mes épaules. Je la laisse rapprocher son visage du mien, et nos souffles se mélangent alors que ma main traîne encore dans ses cheveux. Ma petite tentatrice esquisse un sourire coquin et attrape cette fois-ci ma lèvre inférieure entre ses dents.

— Alors, ne te retiens pas, Dean. Donne-moi tout de toi.

La seconde d'après, tout le sang que j'ai dans le cerveau se dirige dans une zone plus au sud de mon anatomie. Je renverse sa tête en arrière et m'emploie à laisser une marque sur sa gorge de porcelaine, alternant entre de doux baisers et de légères morsures.

Ma marque.

Parce qu'après ce soir, rien ne sera plus pareil. Je ne supporterai pas qu'un autre homme la touche.

— Tu veux faire savoir au monde que je suis tienne, Dean ? demande Violette, entre deux respirations laborieuses.

Je me détourne de son cou gracile pour planter mes yeux dans les siens. Ma fleur est perspicace, impossible de le nier ou de la lui faire à l'envers. Alors, j'acquiesce. Je dois avoir l'air d'un homme de Néandertal. Mais je n'y peux rien, elle éveille en moi un farouche désir de possession.

Contre toute attente, une lueur de fierté luit dans ses prunelles.

— Permets-moi d'en faire autant, histoire que toutes ces croqueuses de diamants qui te courent après sachent que tu n'es plus sur le marché du célibat. Et que tu es mien, Dean Hamilton.

Quelle femme !

Si je suis fou, elle l'est aussi. Violette mordille la peau de mon cou et attrape mes cheveux en bataille.

Ma belle fleur met trop de cœur à l'ouvrage et nous fait tomber à la renverse dans l'eau. Mon dos heurte le sable, et Violette se retrouve à califourchon sur moi. Mon sexe est plus que ravi de ce changement de position.

Un air de déjà-vu s'installe entre nous, et une chaleur agréable se diffuse dans tout mon organisme. L'eau recouvre une partie de mon corps, mes cheveux sont trempés comme mes vêtements.

Une vague s'abat sur nous, et Violette pousse un petit cri quand la force du courant nous emporte plus près du rivage. Elle est à présent aussi intégralement mouillée et rit aux éclats.

— C'est si bon de te voir heureuse, chuchoté-je en ramenant les mèches rebelles qui lui cachent les yeux derrière ses oreilles.

Son sourire confirme mes dires. J'essuie les gouttes d'eau de mer sur son visage en accrochant nos regards. Les rayons de la lune la rendent plus belle que jamais.

— C'est grâce à toi, murmure-t-elle.

Je la rapproche de moi. Une autre vague nous arrose, mais aucun de nous ne bouge. Pour rien au monde je ne voudrais être ailleurs qu'ici.

— Embrasse-moi, *mon cœur.*

L'attendrissement anime ses traits, et Violette soude nos lèvres. Notre baiser n'est pas aussi passionné que celui d'il y a quelques minutes. Non, là, j'ai l'impression que Violette me chante une symphonie de douceur et m'enveloppe de son affection. Qu'elle me dévoile enfin à quel point je compte pour elle.

Mes mains se perdent dans son dos et finissent par atterrir sur sa chute de reins. Je sens son sourire contre mes lèvres, et elle plaque son bassin contre mon bas-ventre. J'entends son râle d'approbation lorsque mon sexe se presse contre le sien. Je suis à l'étroit dans mon caleçon, qui en plus colle à ma peau parce qu'il est trempé. Ça ne s'arrange pas quand Violette s'agite lascivement contre moi. Son baiser devient plus appuyé, plus acharné.

Elle va me rendre dingue.

La barrière de nos vêtements me gêne. J'ai envie de la voir nue, de la sentir sous mon corps et de m'enfoncer au plus profond d'elle. J'ai un besoin viscéral de ressentir cette connexion entre nous. Mais je ne souhaite pas déraper sur cette plage où n'importe qui pourrait nous surprendre.

— Violette ? dis-je après avoir rompu notre baiser.

Ma voix est si rauque que j'ai du mal à la reconnaître. Elle m'adresse un regard interrogateur, et alors qu'elle se penche pour reprendre ce que nous étions en train de faire, j'enroule une main autour de sa nuque, la stoppant.

— Attends, je…

J'aurais dû me douter qu'elle n'était pas le genre de femmes à écouter. Elle réduit la distance entre nous et, encore une fois, nos lèvres se percutent. Je la laisse œuvrer pendant une dizaine de secondes avant d'inverser la tendance et de me retrouver au-dessus d'elle. Je plaque mon corps contre le sien alors qu'elle se tortille sous moi.

Délicieuse torture.

Je ramène ses bras au-dessus de sa tête.

— Dean ! Mais qu'est-ce que tu fiches ? Ne me dis pas que finalement tu n'as plus envie !

— Et si c'était le cas ? répliqué-je pour m'amuser un peu avec elle.

Son front se plisse.

— J'appellerai un ex pour m'aider à résoudre mon problème de frustration, mais ça m'embêterait quand même. J'aurais préféré vérifier si ta réputation était à la hauteur des rumeurs à ton sujet…

Ouais, Violette sera ma perte.

Son air malicieux ne m'échappe pas.

— Eh bien, allons tout de suite remédier à ce problème de frustration. Mais je ne peux pas promettre de ne pas te faire hurler de plaisir.

Je me relève et l'aide à en faire autant alors qu'elle secoue la tête et roule des yeux.

— Mais quel crétin prétentieux…

— Attention, *mon cœur*, la préviens-je en attrapant son menton dans ma main. Je t'ai un jour promis de faire taire cette bouche insolente de la plus satisfaisante des manières. Et il se trouve que j'ai déjà deux, trois idées qui ne demandent qu'à prendre vie.

Ses pommettes se teintent de rose, mettant en valeur ses taches de rousseur. Ma remarque a fait mouche. Pourtant, elle soutient mon regard. J'aime ça chez elle. Violette ne se laisse pas impressionner, pas même par un homme qui lui plaît.

— On fait moins la maligne, maintenant, la taquiné-je en touchant ses joues.

Puis, je la contourne et lui assène une claque sur les fesses. Elle me fusille aussitôt du regard. Elle s'apprête à répliquer, mais j'attrape sa main pour l'attirer à moi et lui murmure à l'oreille :

— Garde ta fureur pour un autre jour, mon cœur. J'ai autre chose en tête pour ce soir.

Pour appuyer mes dires, je lui mordille le lobe et l'entraîne vers sa maison.

Chapitre 25

Dean

Nous essorons autant que possible nos vêtements sous le porche. Lorsque nous pénétrons à l'intérieur, j'inspecte du regard le salon.

— Tu cherches quelqu'un ? demande Violette, qui est en train de monter à l'étage.

— Lana.

— Ah. Il doit y avoir méprise, je croyais que tu étais là pour moi. Pas pour ma meilleure amie, qui est aussi ta secrétaire, au passage… Ce n'est pas contre le règlement d'avoir une liaison avec une employée ? Sans mentionner le cliché affligeant que ça représenterait…

— Hilarant, répliqué-je en la rejoignant en quelques enjambées.

— Elle ne dort pas ici ce soir. Nous avons la maison pour nous tout seuls…

— C'est un défi ?

— C'est un constat, répond-elle avec un clin d'œil.

Violette retient un sourire avant de se hisser sur la pointe des pieds et de planter un baiser sur ma joue. Puis, je la vois se faufiler dans la salle de bains. Elle s'apprête à fermer la porte, mais je glisse mon pied dans l'entrebâillement.

— Mais qu'est-ce que tu fous ? demandé-je.

— Je veux me rafraîchir un peu…

— Ah, parce que la mer ne l'a pas suffisamment fait ? m'esclaffé-je.

— J'aimerais enfiler quelque chose de plus confortable.

J'ouvre la porte et l'attrape par les hanches pour la serrer contre moi.

— Ça finira au sol dans quelques secondes, alors autant garder ce que tu as sur le dos…

Je passe mon pouce sur sa lèvre inférieure et me souviens qu'à cause de sa mauvaise circulation sanguine, sa bouche risque de devenir rapidement bleutée si elle n'enlève pas ses vêtements.

— Viens, mon cœur. Je vais me faire un plaisir de te réchauffer.

Sur ce, je la hisse sur mon épaule en la soulevant par les jambes. Violette émet des petits cris de protestation, mais comme la dernière fois que j'ai fait ça, elle s'indigne uniquement pour la forme, car un rire cristallin franchit la barrière de ses lèvres.

— À gauche ! dit-elle quand je sors de la salle de bains.

Je vais dans la direction qu'elle m'indique et entre dans ce que je suppose être sa chambre. Je la fais descendre lentement et la place sur l'édredon gris de son lit. Sa tête se pose sur ses oreillers, et ses cheveux humides y forment une tache. À travers la fenêtre, le clair de lune illumine son corps et danse dans sa chevelure, accentuant les reflets violines qui subliment sa beauté.

J'enlève mon T-shirt et mon pantalon sous son regard inquisiteur. Elle est à présent appuyée sur les coudes et ne loupe aucun de mes gestes. Sa lèvre est de nouveau la victime de ses dents. Violette s'assoit au bord du lit, les jambes dans le vide. Nous ne sommes qu'à un mètre. Nos yeux se dévorent, se caressent, entourés par une puissante tension érotique.

Le désir qui nous unit est palpable.

Puis, elle se lève. Je ne bouge pas, dans l'attente de ce qu'elle va faire. Violette aime prendre les choses en main et veut avoir le contrôle. Il n'y a rien que je trouve plus sexy qu'une femme qui sait ce qu'elle souhaite et qui ose venir chercher ce qu'elle attend.

Elle se plante à quelques centimètres de moi, et ses iris détaillent les muscles de mes épaules ainsi que ceux mon torse. J'ai envie de lui sauter dessus, mais la voir émerveillée alors qu'elle me regarde m'empêche de céder à ma pulsion animale.

Elle appose ses doigts délicats sur l'un de mes avant-bras et plus précisément sur mes veines qui ressortent. Elle en suit le chemin jusqu'à mes mains. La chair de poule me gagne. Et elle ne s'arrête pas là : c'est ensuite à mon torse, où elle trace des arabesques imaginaires avant de repasser sur les contours de mon tatouage.

— J'ai menti, confie-t-elle.

Devant mon regard d'incompréhension, elle précise :

— Ce truc ridicule n'entache rien de son sex-appeal.

Son expression est mutine tandis qu'elle s'agenouille. Je rêve de ce moment depuis le jour où je l'ai rencontré : Violette m'offre enfin sa reddition.

Elle observe furtivement mon boxer, dont la bosse proéminente est impossible à louper. Puis, elle embrasse mon canari jaune et noir. Mes paupières se ferment, et ma tête part vers l'arrière.

Bordel, c'est déjà si bon.

Je ne regrette pas ma patience.

— Dean ?

Mon prénom dans sa bouche sonne affreusement érotique. Mes yeux se rouvrent et lorsque je croise son regard, le sien est on ne peut plus sérieux. Elle ne joue plus.

— Dis-le-moi, souffle-t-elle en abaissant mon boxer qui tombe à mes chevilles.

Cette fille causera ma perte. Et ça ne s'arrange pas lorsqu'elle dépose des baisers sur mon sexe dressé.

Quoi qu'elle veuille, je le lui donnerai. À cet instant, je serais prêt à n'importe quoi pour elle.

J'enfouis une main dans sa chevelure et lui caresse la joue du pouce.

— Quoi donc, mon cœur ?

Ma voix est aussi rauque que la sienne. Ses yeux reviennent vers les miens, et elle remplace sa bouche par sa main. Celle-ci fait des va-et-vient avec une exquise lenteur qui me fait sombrer un peu plus dans la folie. Violette se redresse tout en continuant.

— Dis-moi que je ne suis pas juste une femme de plus pour toi, murmure-t-elle.

Je n'hésite pas une seconde et m'empare de sa bouche. Un couinement de surprise lui échappe tandis que je meurtris ses lèvres avec passion. Il est temps qu'elle comprenne qu'elle n'est pas seulement un nom à ajouter à mon tableau de chasse. J'encadre son visage et l'embrasse comme un drogué en manque de sa came. Quant à Violette, ses caresses sur mon sexe redoublent d'ardeur, si bien que je sens que je suis sur le point de jouir. J'attrape ses poignets pour éviter que notre petite soirée soit avortée.

— Bordel, Violette.

Celle-ci me fixe, incrédule. Ses sourcils sont froncés, et une lueur d'inquiétude passe dans son regard. Je relâche ses mains, envoie valser mon caleçon du pied, et la saisis par les hanches pour la coller à moi. Mon pouce caresse sa lèvre inférieure, et son souffle saccadé parvient à mes oreilles. Ses yeux s'ancrent aux miens.

Parfait, je veux toute son attention pour ce qui va suivre.

— Je veux jouir en toi, chuchoté-je tandis que sa bouche s'entrouvre pour y accueillir mon doigt.

Elle le caresse de sa langue, et je peine à garder mon self-control.

— Toi, l'unique femme dont j'ai envie depuis des semaines.

Que je veux faire trembler de plaisir et qui me rend fou au-delà de toute raison…

J'enlève mon pouce et enroule ma main autour de sa nuque pour souder nos fronts.

— Il n'y a que toi, Violette… seulement toi…, chuchoté-je.

— Dean…

Sa voix chevrote, et elle tente de se reculer d'un pas.

— Ne t'avise pas de penser que je raconte ça juste pour te mettre dans mon pieu ! m'agacé-je en la recollant contre mon torse.

Elle semble rassurée, ses traits sont plus détendus, et elle me sourit.

— Techniquement, c'est moi qui te mets dans *mon* lit, souffle-t-elle. Alors, redescends de tes grands chevaux…

— Si insolente…

Son regard coquin me pousse à passer à la vitesse supérieure. Je lui retire son débardeur et m'attaque à son pantalon. Une seconde plus tard, je déglutis avec difficulté en l'observant, vêtue simplement de dentelle blanche qui lui donne un air virginal.

— Tu es incroyablement belle, murmuré-je en la retournant, son dos contre mon torse.

Mon sexe est dressé contre ses fesses. Ce n'est plus qu'une question de minutes avant que je craque.

— Tu sais ce que j'aime tant chez toi ? demandé-je.

Violette appuie la tête sur mon buste et me lance un regard à la dérobée.

— Dis-moi…

Sa voix empreinte de sensualité est sur le point de me faire flancher. Mais je tiens bon. Elle mérite qu'on prenne le temps de vénérer son corps avant de passer aux choses sérieuses. Ce que je ne fais pas d'ordinaire. Pas parce que je suis égoïste, mais parce qu'aucune femme ne me fascine comme elle. J'ai envie d'arpenter chaque coin de sa peau.

— Cet endroit, susurré-je en promenant les doigts sur ses clavicules, ce qui la fait frissonner.

C'est le premier endroit d'elle que j'ai touché au Dream et j'ai su, dès cette seconde, qu'il m'en faudrait davantage.

Puis, je continue mes caresses lentes tandis que les yeux de Violette se ferment. Elle soupire à chacun de mes mouvements, et je n'épargne aucun centimètre de son buste. Je promène mon index entre ses seins, taquine ses tétons à travers la dentelle, arpente les courbes de ses hanches pleines. Et quand j'arrive à la lisière de sa culotte, elle s'affaisse complètement contre moi, si bien que je passe un bras autour de sa taille pour la retenir.

Mes doigts s'aventurent sur le tissu fin de son sous-vêtement, et je ne peux contenir un grognement quand je sens le fruit de son désir.

— *Putain*, Violette, tu es tellement excitée…

Ma belle fleur se détourne de moi. Elle balance sur le sol l'édredon mouillé et s'allonge sur le lit, les jambes soudées.

— Alors, ne me fais plus attendre, dit-elle dans un murmure provocateur.

BOR-DEL !

Je m'empresse de m'approcher d'elle, glisse deux doigts sur les bords de sa culotte et tire dessus d'un coup sec pour la lui retirer. Je suis en train de perdre mon self-control et si j'en juge la dilatation des pupilles de Violette, ça lui plaît. Elle se débarrasse de son soutif et me dévoile une poitrine ronde et ferme. Parfaite.

Je prendrai le temps de l'honorer, mais une autre fois. Car, je suis à deux doigts de péter les plombs. Le désir grignote ma lucidité. Je ramasse mon jean et en sors un emballage carré argenté. J'en arrache un coin avec les dents, puis j'enfile le préservatif sous l'œil curieux de Violette.

Sa poitrine se soulève anormalement vite lorsque je la rejoins sur le lit. De mon genou, j'écarte ses cuisses, et elle me laisse faire. Mieux encore, elle enroule les jambes autour de ma taille. Nos sexes flirtent l'un avec l'autre dans une exquise lenteur, et à chaque fois, Violette se mord un peu plus la lèvre inférieure.

— Dean, il faut que je te dise quelque chose…

— Ça serait le pire moment pour me dire que, finalement, tu veux faire marche arrière…

Je serais bon pour la camisole.

Elle émet un petit rire qui s'infiltre jusque dans mon cœur, mais son regard semble inquiet, et ses sourcils se froncent.

Merde, je suis complètement sous le charme de cette nana…

— Non, ce n'est pas ça… C'est juste que…

Elle fixe un point imaginaire par-dessus mon épaule.

— … que ?

— Ça fait longtemps que je n'ai pas été intime avec un homme…

Sa confession me surprend, mais je ne le montre pas. Ce doit être déjà assez difficile à admettre à voix haute.

— C'est comme faire du vélo, mon cœur, ça reviendra vite. Je vais m'assurer de te remettre en selle…

Je dépose un baiser chaste sur le bout de son nez, et elle me renvoie un sourire timide.

C'est si rare qu'elle se montre vulnérable… Mais j'aime ce côté chez elle. Je veux découvrir chacune de ses facettes.

Je réponds ça pour la détendre, car je vois bien l'appréhension et la gêne qui l'assaillent. Si elle savait comme je m'en fiche. J'ignore si elle a peur de passer pour quelqu'un d'inexpérimenté, mais c'est le cadet de mes soucis. Ce qui compte, c'est que je la tiens dans mes bras et que je suis sur le point de lui faire l'amour après tant d'attente.

À elle, ma belle fleur, la seule et unique que j'ai envie de cueillir pour la garder auprès de moi.

Je l'embrasse, d'abord avec douceur, puis avec plus d'ardeur. Quand je sens Violette suffisamment occupée à penser à autre chose, j'entre lentement en elle. Du moins en partie. Tout son corps se tend aussitôt, et elle interrompt notre baiser. Sa bouche décrit un « O » parfait. Sa poitrine se soulève, et ses yeux s'accrochent aux miens comme s'ils étaient son ancre.

Elle ne plaisantait pas, elle est très serrée, même si elle crève de désir.

— Oh ! mon Dieu, Dean…

Sa voix se brise. Je prends sur moi pour effectuer de lents mouvements de va-et-vient pour qu'elle s'habitue à ma présence et qu'elle ressente du plaisir et non de la douleur. Cette douce torture me consume, car j'ai envie d'un rythme tout autre, mais je ne supporterai pas de la faire souffrir. Je guette chacune des réactions de son visage et au bout de quelques poussées, il se détend tout comme son corps. Sa tête roule en arrière sur son oreiller. Ses paupières se ferment, et sa respiration s'accélère.

— Tu es enfin mienne, murmuré-je.

C'est la stricte vérité. Je n'ai jamais eu l'impression qu'une femme a autant été liée à moi qu'en cet instant. Je ne peux pas l'expliquer, mais avec Violette, c'est différent. Elle voit qui je suis réellement.

Ma fleur ramène son regard vers moi et plante un baiser sur mes lèvres.

Puis, elle enfouit les mains dans mes cheveux et les tire quand j'accélère un peu la cadence. Violette émet des petits halètements, qui ne font que décupler mon plaisir. En bougeant des hanches, je parsème son visage de baisers. Sa peau a le goût salé de l'eau de mer, mais ça m'est égal. Je n'en reviens pas de pouvoir *enfin* l'adorer comme j'en ai envie.

Ses gémissements sont de plus en plus bruyants. Ses paumes sont à présent dans mon dos, et elle plante ses ongles dans mes omoplates, à chacune de mes poussées, en se tortillant sous moi. Son sexe se resserre autour du mien, signe qu'elle est sur le point de jouir.

— Plus vite, Dean…, supplie-t-elle en se mordant la lèvre.

Et comme elle me l'autorise, je lâche mes dernières résistances et la prends avec la frénésie qu'elle m'inspire. Je lui donne ce qu'elle demande en plaquant ma bouche sur la sienne. Ses désirs sont des ordres, et je suis ravi de pouvoir les exaucer. Nos corps bougent à l'unisson dans un rythme effréné. Quelques coups de reins plus tard, la jouissance franchit la barrière de ses lèvres tandis que sa tête se renverse en arrière. Elle n'a jamais été si resplendissante, perdue dans les limbes du plaisir. Je la vois enfin éclore, ouvrir ses pétales pour diffuser son parfum. Parfum qui pourrait porter le nom de l'amour.

Une dizaine de secondes après elle, mon corps relâche ce trop-plein d'émotions que je retiens depuis des semaines. Des décharges électriques parcourent ma colonne vertébrale. L'orgasme me frappe comme la foudre. Je jouis en criant son prénom.

Ça n'a jamais été si bon, putain !

Je suis à fleur de peau.

Je suis à fleur d'elle.

Je suis à fleur des puissants sentiments que j'éprouve pour elle.

Je soude nos fronts. Seul le bruit de nos respirations essoufflées comble le silence qui nous entoure. La couleur de ses iris est plus claire, et son regard me pénètre jusqu'à l'âme. Aucun de nous ne parle, mais la connexion entre nous est plus qu'évidente. Je le sens au plus profond de moi, et vu l'émoi sur son visage, elle éprouve la même chose.

— Au septième jour, Dieu créa Dean Hamilton, puis il se reposa, souffle ma belle fleur, haletante.

— Tu es sérieusement en train de me citer la Bible après nos ébats ? m'esclaffé-je en roulant sur le côté.

— Ah, j'ai oublié de te dire : j'étais vierge. Et c'est pécher de ne pas épouser l'homme qui vous a déflorée. Pense à mon âme, je n'ai pas envie de brûler en enfer !

J'explose de rire et tourne la tête vers elle en enlevant le préservatif que je pose sur sa table de nuit. Cette femme est barge, mais qu'est-ce que je suis fou d'elle !

Elle se rapproche de moi et se blottit contre mon torse, la joue contre mon cœur. Je l'encadre de mes bras, et elle passe l'une de ses jambes par-dessus les miennes. Et c'est si bon, si juste, si vrai…

— Au fait, je crois qu'on peut me proclamer grand vainqueur de notre petit jeu, dis-je.

Violette lève le nez vers moi et m'embrasse chastement.

— Je suis contente que tu aies gagné, souffle-t-elle.

Elle reprend sa position initiale, et ses paupières se ferment les secondes d'après. Le sommeil me trouve peu de temps après elle, et la pensée qui me vient juste avant de sombrer, c'est que je me sens comme l'homme le plus heureux des Hamptons.

— Dors bien, *mon cœur*…

Chapitre 26

Violette

Des rayons chauds parcourent mon visage. Mes membres sont endoloris, et je tente de m'étirer pour soulager la sensation de lourdeur que je ressens. Mais une masse m'en empêche. Mes paupières s'ouvrent alors que j'essaye de comprendre d'où vient le problème.

De *qui* vient le problème, devrais-je plutôt dire.

Dean a la tête posée sur ma poitrine et dort profondément, son bras passé autour de ma taille. La couette est remontée jusqu'à ses épaules, et le soleil fait scintiller sa chevelure d'or. Je jette un coup d'œil au petit réveil de ma table de nuit, il indique midi.

Alors que je me perds dans la contemplation de la beauté brute de ses traits, la soirée d'hier me revient en mémoire. Le Heaven, la plage, moi demandant à Dean de m'embrasser et pour finir… cette incroyable fusion entre nos corps.

Je fais partie de ces femmes qui ont besoin d'un minimum de connexion pour m'adonner à l'acte charnel. Et avec Dean, un vrai lien nous unit. Jamais je n'aurais imaginé qu'un tel feu d'artifice m'assaillirait aussi bien physiquement que mentalement. J'étais certaine que la première fois que nous ferions l'amour, ça serait bien, mais pas spectaculaire comme ça l'a été.

Mon beau photographe a réussi à me faire vibrer d'une façon

nouvelle. J'ai éprouvé des sensations que je n'avais jamais ressenties, avec aucun de mes anciens amants. Est-ce dû à sa manière de me regarder comme si j'étais un joyau précieux ? À son attitude quand je lui ai avoué que je n'avais pas couché depuis longtemps avec un homme ? Sa gentillesse ? La possessivité dont il a fait preuve à mon égard ? Ou bien la puissante alchimie qui a crépité entre nous tout du long ?

Tout ça à la fois, je suppose.

Et ça me perturbe. Gravement. Encore plus qu'avant.

J'ai du mal à l'admettre, mais Dean Hamilton a laissé son empreinte sur ma peau, dans mon cœur et mon esprit.

Pour résumer, je suis dans une merde sans nom. Je joue avec le feu, le risque de brûlure est élevé, mais je suis incapable de ne pas jongler avec les allumettes alors que je suis entourée d'essence.

Parce que c'est trop bon et que c'est foutrement addictif. Je ne veux pas perdre Dean, c'est maintenant acté dans ma tête. C'est un homme extraordinaire, comme il n'en existe plus beaucoup : altruiste, drôle, empathique et… un sacré amant.

Alors que la vérité me revient en pleine figure, *à nouveau*, et que je réfléchis à comment me sortir de cette situation, il s'agite contre moi. Je remarque que ses sourcils sont froncés. Il doit être aux prises d'un mauvais rêve, car sa bouche tressaute, et son corps est assailli par des soubresauts. J'effleure du bout des doigts sa barbe.

Je caresse ses joues, et ses paupières essayent de se soulever. Après plusieurs tentatives, son regard rencontre le mien, et je peux voir la confusion qui le gagne.

— Bonjour, Dean au bois dormant.

Il cligne des yeux, et un sourire incurve ses lèvres. Je m'apprête à l'embrasser sur le front, mais il ne m'en laisse pas le temps et se redresse pour surplomber mon corps. J'aimerais protester, mais il est déjà occupé à prendre d'assaut ma bouche. Son baiser est tendre, mais son entrejambe enflé contre ma cuisse m'indique qu'il ne compte pas s'en tenir à la douceur.

— Bonjour, mon cœur.

À chaque fois qu'il me surnomme ainsi, je m'engouffre dans la mièvrerie.

— Tu es si belle au réveil…

Je détourne le regard et secoue la tête de désapprobation.

— Bien sûr, le visage enfariné, les cheveux pleins de sel et de sable…, raillé-je.

Il ramène mes yeux vers les siens et me fait taire de ses lèvres.

— Chut, tu es magnifique.

Son pouce dessine des cercles sur ma gorge, et il dépose une pluie de baisers sur mes clavicules.

— Tu penses que je te mens, *mon cœur* ? susurre-t-il contre mon cou en plaquant son sexe dressé contre le mien.

Et en un argument, il me réduit au silence. Une chaleur naît dans mon bas-ventre quand je sens l'ampleur de son désir. Des images de nos ébats d'hier s'imposent à mes rétines, et mes joues se réchauffent.

— Tu veux me demander quelque chose, Violette ? murmure-t-il au creux de mon oreille, dans un déjà-vu qui doit, tout comme à moi, ne pas lui échapper.

— C'est ta phrase d'accroche pour obtenir les faveurs des femmes ?

Dean me dévisage étrangement, comme s'il avait compris que je tente de trouver un subterfuge qui m'obligera à me détourner de lui.

— Non, pas avec les femmes. Avec toi uniquement, Violette. Je m'en fous des autres… surtout après cette nuit. J'espère que tu le sais ?

Bien sûr que je le sais…

Son aveu cumulé à la sincérité de son regard m'atteint en plein cœur. À chaque fois que j'essaye de trouver une raison pour m'éloigner de lui, ça ne fait que renforcer mon envie d'être à ses côtés…

Je discerne la luxure dans ses yeux. Je n'en reviens pas d'être celle qui suscite un tel désir en lui. Cet homme va me rendre folle…

Enfin, plus que je ne le suis déjà…

Dean s'empare de mes lèvres. Il me donne la sensation d'être affamé de moi. De nous. La passion est maintenant notre moyen d'expression.

Mes jambes s'enroulent d'elles-mêmes autour de sa taille tandis que sa bouche s'attaque à mon sein. Je ne peux retenir un gémissement quand sa langue taquine mon téton. Il réserve ensuite le même sort à son jumeau, et mon corps se tortille sous le sien. Lors de sa création, la nature a décidé d'être généreuse avec Dean Hamilton, pour le plus grand plaisir de ces dames. Et je fais partie des petites veinardes qui ont pu apprécier son don.

— Violette ?

Je baisse la tête vers Dean, qui est toujours occupé entre mes seins. Ma poitrine se soulève anormalement vite. Je l'interroge du regard tandis qu'il se redresse entre mes cuisses. La couverture glisse de ses épaules, dévoilant son sexe au meilleur de sa forme. Je déglutis.

Son sourire mutin propulse la chaleur de mon organisme à un stade volcanique. Il parsème de baisers mon ventre et s'approche dangereusement de ma zone de plaisir.

— Dis-moi que tu en as un ?

Dean embrasse mon clitoris sans perdre le contact visuel.

Mes joues s'embrasent devant ce nouveau cap d'intimité que nous venons de franchir.

— Violette ?

Mon cerveau est embrumé, et je cligne à plusieurs reprises des paupières pour me ramener sur la terre ferme. Ou plutôt, sur mon lit confortable. Je l'interroge du regard, car je ne comprends pas sa question.

— Laisse-moi être plus clair, souffle-t-il.

Il promène l'une de ses phalanges le long de mon intimité, m'arrachant un soupir de contentement. Lorsqu'il approche son doigt de ses lèvres, mes yeux s'arrondissent. Je ne suis pas quelqu'un de pudique d'ordinaire, mais Dean a le don de me faire sentir toute chose.

Ses iris lubriques ne me lâchent pas tandis qu'il passe un coup de langue sur son index. Ce type maîtrise l'érotisme à la perfection.

Bordel de merde.

— Délicieuse, ronronne-t-il en recouvrant mon corps du sien.

Un frisson m'assaillit, et il m'embrasse sur mon front.

— Dis-moi que tu as un préservatif, dit-il avec une pointe de désespoir dans la voix.

Oh.

Je comprends enfin. Ma réponse ne va pas lui plaire.

— Non, mais peut-être que…

Je ne peux pas terminer ma phrase, car on me coupe la parole.

— Violette, tu ne devineras jamais ce que… OH PUTAIN !

Je n'ai que le temps d'apercevoir les yeux effarés de Lana avant qu'elle claque la porte pour disparaître. Le lit est positionné face à l'entrée, elle a donc eu une vue des plus directes sur le postérieur de son boss.

— Vous ne pouvez pas mettre une chaussette sur la poignée comme tout le monde ? s'indigne-t-elle en descendant bruyamment les escaliers.

Nous échangeons un regard avec Dean et éclatons de rire. Puis, il prend en otage ma bouche de la sienne. Son baiser décuple mon plaisir, et lorsqu'il passe la main entre nous deux pour toucher mon intimité, un gémissement m'échappe.

— Dean..., murmuré-je.

Il sourit contre ma poitrine qu'il embrasse avec ardeur. Je me tortille sous lui lorsqu'il insère un doigt en moi. Je me fige aussitôt.

— On ne peut pas... Lana, elle..., dis-je en tentant de me redresser.

Mais Dean me rallonge de sa main libre.

— Oh que si, on peut. Que ma secrétaire se trouve au rez-de-chaussée ne m'empêchera pas de profiter de ton corps. J'ai assez attendu comme ça.

Je m'apprête à protester, mais lorsqu'il s'installe de nouveau entre mes cuisses et aspire mon clitoris entre ses dents, toute volonté m'abandonne. Pire, je tire sur ses cheveux pendant qu'il me dévore avec dévotion.

— Je rêve de ça depuis le soir où j'ai croisé ton regard, avoue-t-il. De toi, offerte et soumise à mon bon vouloir.

Je suis incapable de formuler autre chose qu'un râle de plaisir lorsqu'il insère un deuxième doigt dans mon intimité. Sa main remue de plus en plus vite, et mon rythme cardiaque s'emballe tandis qu'une chaleur agréable se diffuse en moi. J'agrippe le drap sur les côtés, que je tords dans tous les sens.

C'est si bon, et il est si doué...

— Mais toi, est-ce que tu en as *vraiment* envie, mon cœur ? murmure-t-il en s'arrêtant subitement.

Je me redresse et manque de lui hurler dessus, mais je me ravise lorsque je remarque son air rieur.

S'il veut jouer, on va être deux.

— Eh bien, j'ai déjà vérifié l'une des rumeurs à ton sujet, hier soir. Mais il y en a une autre qui prétend que tu es un dieu en matière de préliminaires...

— Tu ne réponds pas à ma question, contre-t-il en reprenant un mouvement lascif de va-et-vient.

— Plus vite, Dean...

Nos yeux se défient, je suis au bord de l'explosion, pourtant, il n'en démord pas. Il continue de me torturer en m'imposant son rythme langoureux. Lorsque son pouce décrit des cercles sur mon clitoris, je repose la tête sur l'oreiller et laisse échapper des gémissements. Mon bassin se soulève pour aller à la rencontre de plus de sensations. Mon bas-ventre se contracte, signe que je suis aux portes de la jouissance.

Mais encore une fois, Dean se stoppe brusquement.

— Mais putain, qu'est-ce que tu fous ?

Ma frustration est perceptible : j'ai hurlé mes mots.

— Demande-le-moi.

— Tu ne veux pas que je te supplie tant que tu y es ? m'indigné-je.

— Oh ben, je ne serais pas contre.

Il se redresse, et je ressens une sensation de froid là où ses doigts étaient avant.

Adieu mon orgasme imminent.

Puis, il me recouvre de son corps.

— Si tu veux jouir, demande-le-moi, Violette. Abandonne-moi ta combativité et laisse-moi entrer. Sans mauvais jeu de mots, bien sûr, me taquine-t-il.

— Mais qu'est-ce qui te prend à la fin ?

Dean affiche une mine incertaine. Une lueur étrange passe dans son regard avant qu'il se recompose une façade.

Et soudain, je comprends.

Hier, il m'a ouvert son cœur et a déposé les armes à mes pieds. Il a arrêté de jouer. Maintenant, il attend sûrement que je fasse pareil.

Et je n'arrive pas à le lui refuser, car je ne joue plus non plus. Je veux qu'il le sache. Alors, j'embrasse chastement sa bouche avant d'agripper sa lèvre inférieure entre mes dents.

— Dean ?

Sa pomme d'Adam s'agite de bas en haut.

— Oui, mon cœur ?

Ses yeux me scrutent avec attention.

— Fais-moi vibrer comme personne ne l'a jamais fait avant toi… S'il te plaît. J'en ai besoin…

Et je ne mens pas : s'il ne termine pas vite ce qu'il a commencé, je vais devenir cinglée.

Il expire bruyamment, et sa poitrine s'affaisse.

— Tes désirs sont des ordres.

La seconde d'après, il est agenouillé entre mes cuisses. Il ne lui faut pas plus de quelques minutes pour me faire atteindre le septième ciel.

— Ça va jaser au bureau la semaine prochaine quand ta secrétaire va raconter qu'elle t'a vu en tenue d'Adam…

Depuis une bonne demi-heure, nous sommes lovés l'un contre l'autre, toujours dans le lit même s'il est 13 heures passées. Je me remets tout juste de l'orgasme époustouflant que m'a donné Dean. Il a joué avec ma frustration comme jamais on ne l'avait fait, et ça a décuplé mon plaisir.

— Ça sent mauvais pour toi, le taquiné-je.

— Sa meilleure amie pourrait peut-être plaider ma cause avant qu'elle essaye de me soutirer 1 million de dollars pour acheter son silence ? murmure-t-il en déposant un doux baiser sur le bout de mon nez.

— Hum… Qu'est-ce que j'ai à y gagner ? dis-je.

— Ma reconnaissance éternelle et… des orgasmes à la demande ?

J'explose de rire et me retourne vers lui.

— Rien que ça ? Mais quelle générosité de ta part !

— Ça vaut largement les 1 million de dollars, crois-moi. Beaucoup aimeraient être à ta place…, répond-il en jouant des sourcils.

Le tout avec un sourire qui ferait voler les petites culottes en une nanoseconde.

— Crétin !

Encore une fois, Dean me fait taire d'un baiser. Il m'installe à califourchon sur lui et retient un gémissement quand nos intimités se taquinent.

— Et je suppose que tu vas aussi être obligée de m'accompagner…, dit-il en caressant les grains de beauté sur mon ventre, du bout des doigts.

— Où ça ?

— Au Canada, dans une réserve faunique. J'y pars toujours quelques jours, chaque été, pour faire un *break*. Décollage vendredi prochain !

— Au Canada ? !

— Tu as crié si fort tout à l'heure que tes tympans se sont percés, mon cœur ?

La malice inonde son visage.

— Imbécile… Et pour quelle raison je viendrais avec toi ?

Dean s'assoit en me maintenant contre lui. J'enroule les jambes autour de sa taille, et la proximité de nos sexes m'affole. D'autant plus que nos envies ne pourront pas être assouvies, car aucun de nous n'a de petits emballages carrés magiques.

— Parce que j'ai acheté un lot en promo de préservatifs et que j'ai besoin d'aide pour vider les deux boîtes avant qu'elles se périment…, chuchote-t-il au creux de mon oreille.

— Hum, et laisse-moi deviner, tu es quelqu'un qui ne supporte pas le gâchis ? murmuré-je en secouant la tête, amusée.

— Absolument !

Chapitre 27

Violette

Je vais vraiment faire ça ? L'accompagner quelques jours dans une réserve ? Séjourner dans un chalet ? Randonner avec lui ?

N'oublie pas les parties de jambes en l'air et les multiples orgasmes, me souffle mon cerveau. Assurément, un homme qui réussit l'exploit de vous faire jouir récidivera. Et je n'ai aucun doute quant au fait que Dean prendra sa tâche très au sérieux.

Je me mordille la lèvre en le regardant se rhabiller, assise sur le lit, la couette autour de mes épaules. J'ai vraiment envie d'accepter sa proposition… d'oublier l'espace de quelques jours ma vengeance et prétendre que nous sommes un couple comme un autre.

Mais est-ce ainsi qu'il nous définit ?

— Qu'est-ce qui te tracasse ? demande-t-il alors qu'il remet le bouton de son jean.

— Rien…

Dean arque un sourcil et vient s'asseoir à côté de moi.

— Tu mens, Violette.

— Non…

— Bien sûr que si. Tu veux savoir comment je le sais ?

Je secoue la tête, et il place son index sous mon menton pour me forcer à le regarder.

— À chaque fois que tu es perturbée ou gênée, tes jolis yeux s'arrondissent l'espace de quelques secondes, murmure-t-il en caressant ma pommette. C'est comme ça que j'ai su que tu étais folle de moi…

— Crétin…

— Celui-là, je te l'accorde, rit-il. Mais, trêve de plaisanterie, qu'est-ce qui te préoccupe ?

Soutenir son regard vert devient alors impossible. Je balance la couette en arrière, et mes pieds me guident vers l'armoire sur le côté de mon lit. J'enfile une robe de chambre en satin bleu, recouverte de pivoines roses.

Je lisse les plis imaginaires de mon vêtement.

— Qu'est-ce qu'on fait, Dean ?

— On discute, Violette.

Je croise les bras sur ma poitrine et soupire en me dirigeant vers la fenêtre. Les averses qui faisaient rage hier se sont apaisées : un grand soleil illumine la plage et l'océan.

— Non, je veux dire, qu'est-ce qu'on fait, nous ? Me proposer de t'accompagner pour quelques jours dans un autre pays, à quoi ça rime ?

Ça serait plus simple s'il me rejetait. S'il m'avouait que finalement, il préfère s'en tenir à une relation purement charnelle. Mais je sais d'ores et déjà que ce n'est pas le cas quand je sens des mains agripper mes hanches. Sans parler de ce qu'il m'a confessé hier.

La seconde d'après, mon dos percute son torse musclé. Il enroule ses bras autour de ma taille, jouant avec la ceinture de mon vêtement.

— Ça rime avec le fait que j'ai envie de passer du temps avec toi. Contre toi. En toi. Fais ton choix, je ne suis pas difficile.

Sa bouche est sur ma nuque, et je le sens sourire.

— Dean…

Ma supplique le pousse à me retourner pour lui faire face. Il encadre mon visage de ses paumes.

— Violette, je suis sérieux quand je te disais qu'il n'y avait personne d'autre pour moi. Je suis d'accord que ma réputation de ces dernières années doit te faire douter, mais je t'assure que je suis sincère.

L'émotion me gagne, les larmes menacent d'affluer. Je sens qu'il est honnête, et c'est ça qui me bouleverse tant.

— Reste à savoir ce que *toi*, tu veux, murmure-t-il.

Ce que je veux ?

Je te veux, toi.

Je veux t'avouer le secret qui me bouffe de l'intérieur.

Et je veux t'entendre me dire que tu ne m'en tiendras pas rigueur, que tu as conscience que ton père est un enfoiré de première et que tu me comprends.

Je soupire en songeant qu'il est peu probable que tout ça arrive. Un jour, ça me reviendra en pleine figure. Garder Dean en lui avouant la vérité ne me paraît pas envisageable. Je pourrais continuer mon projet comme si de rien n'était ? Tenter de faire tomber son père en œuvrant dans l'ombre ?

Mais quel serait le sens de tout ça ? Notre relation serait basée sur un mensonge, chose que Dean exècre… Et je ne pourrais pas assumer de mentir sur le long terme.

— Alors, que décides-tu ? renchérit Dean.

Ses yeux me sondent, et mon cœur cherche une solution. Une solution miracle qui n'existe que dans mes rêves.

Dean niche son nez dans ma chevelure et dépose un tendre baiser sur ma gorge, là où mon pouls pulse. Encore une fois, sa douceur me fait chavirer. J'ignore momentanément ce que me hurle mon cerveau pour ne me concentrer que sur la mélodie de mon cœur. Il chantonne une symphonie en l'honneur de Dean, si agréable, et je n'aspire qu'à continuer sur ce rythme. Parce que j'ai mérité quelques jours de répit. Pour la première fois de ma vie, je me sens bien et en harmonie. Et c'est grâce à l'homme qui me tient entre ses bras.

Ma décision est prise.

— Je veux bien venir avec toi, chuchoté-je en caressant sa tignasse en bataille.

Dean se redresse, et son sourire s'infiltre jusqu'à mon cœur, qui se lance à présent dans une sérénade à son honneur.

— Super, répond-il en m'embrassant.

Son baiser devient vite passionné. Il me fait reculer et lorsque mes jambes heurtent le lit, il m'adresse un sourire taquin.

— Viens chez moi cet après-midi, il n'y a personne, tu pourras vocaliser autant que tu veux, dit-il en ouvrant les pans de mon peignoir. Et j'ai envie de laisser libre cours à mon imagination…

Dean passe deux doigts de chaque côté de ma robe de chambre et la fait glisser sur le sol. Il observe mon corps et même s'il ne me touche pas, je suis déjà excitée. Si des yeux pouvaient faire l'amour, ceux de Dean seraient en train de le faire.

— Non, c'est non !

Je sursaute en entendant la voix de Lana qui parvient du rez-de-chaussée. Dean et moi échangeons un regard circonspect. Il ramasse mon vêtement et me le tend. Je l'enfile et à peine sommes-nous arrivés sur le palier, la porte d'entrée claque avec fracas.

— Lana ?

Inquiète, je descends à toute vitesse les marches, Dean sur mes talons. En bas, nous faisons face à une Lana aux yeux bouffis.

— Salut…, murmure-t-elle en reboutonnant son gilet violet.

Elle nous adresse un sourire forcé et fait un pas dans notre direction. Mais aussitôt a-t-elle bougé que quelqu'un tambourine à la porte.

— Qu'est-ce qui se passe ? demandé-je.

— Lana ! Ouvre cette fichue porte !

Ethan.

La principale intéressée sursaute en entendant son prénom. Je la rejoins lorsqu'une larme silencieuse coule sur sa joue et tente de la prendre dans mes bras. Mais à ma grande surprise, elle ne se laisse pas faire et s'éloigne d'un mètre.

— Tout va bien, Violette.

— Visiblement, non.

Elle se racle la gorge et chasse ses nouvelles larmes du plat de la main.

— C'est rien du tout, ne t'inquiète pas.

— Lana, s'il faut que je défonce cette maudite porte, je le ferai. Maintenant, ouvre, putain ! beugle Ethan.

Ses coups redoublent d'ardeur.

Mais qu'est-ce qui s'est passé ?

Et soudain, le puzzle se met en place.

— Attends, c'est Ethan que tu devais voir hier soir ? Pas Scott ?

Lana fixe ses pieds, les bras croisés sur sa poitrine pendant qu'Ethan tambourine à nouveau.

— Il ne partira pas avant de t'avoir parlé, ajoute Dean en désignant la porte d'entrée. Il est têtu comme une mule.

Lana observe ses ongles vernis de rose et violet. Quelques secondes après, elle soupire et se résigne à aller ouvrir.

— C'est pas trop tôt ! Lana, je…

Ethan s'interrompt lorsqu'il entre. Son regard alterne entre Dean et moi.

— Ethan, qu'est-ce que c'est que ce bordel ? Qu'est-ce que tu fous là ? l'interroge Dean.

Son ami ouvre la bouche, mais se ravise au dernier moment. Ses mâchoires sont tendues, et ses poings le long de son corps le sont tout autant. La colère danse dans ses iris bleutés. Mais dès qu'il aperçoit Lana, adossée au comptoir de la cuisine, les mains accrochées aux pans de son gilet, son regard devient plus doux.

OK, il se passe définitivement quelque chose entre ces deux-là, je ne suis pas folle.

— Lana, est-ce qu'on peut parler ? demande Ethan en s'approchant de mon amie.

Celle-ci fixe le parquet et l'ignore alors qu'il est à un mètre d'elle. Il inspire longuement avant de franchir les derniers pas qui les séparent.

— Lana, je ne…

Les mots meurent dans sa bouche lorsqu'elle relève le regard pour l'observer. Ses lèvres tremblent et de nouveau, une larme solitaire coule sur sa joue. Ethan la capture du bout de l'index avant de caresser sa mâchoire avec tendresse. Elle ferme les yeux.

Quant à Dean et moi, nous assistons, incrédules, au spectacle. Dean me fait signe de la tête de monter, sûrement pour qu'ils aient un peu d'intimité. Alors que nous nous dirigeons vers l'escalier, j'entends la porte d'entrée s'ouvrir.

— Il n'y a rien de plus à dire, Ethan. Maintenant, laisse-moi tranquille.

Je me retourne et croise le regard peiné d'Ethan. Lui qui, d'ordinaire, n'est pas quelqu'un d'expressif, j'ai l'impression qu'aujourd'hui, il est à fleur de peau.

Dean me caresse le bas du dos avant de m'embrasser sur la joue.

— Je vais le raccompagner. On se voit ce soir ?

Puis, il jette un coup d'œil rapide à Lana, qui se dandine près de la porte, mal à l'aise, tandis qu'Ethan fait les cent pas sous le porche.

— Ou bien demain, ajoute-t-il.

Il me vole un baiser, puis va rejoindre son ami, après avoir salué Lana. Elle claque la porte et se dirige dans la cuisine. Je m'accoude au plan de travail et l'observe sortir deux bols, les remplir de muesli et de lait d'avoine. Puis, elle m'en tend un avec un sourire forcé.

— Lana…

— Je n'ai pas envie d'en parler, me coupe-t-elle. Tout va bien, Violette, je t'assure. Cesse de t'inquiéter.

Mais j'en suis incapable. Pas quand la tristesse marque ses traits. Lana est quelqu'un de pétillant, solaire. Alors, la voir si affligée me tord le ventre.

En presque vingt ans d'amitié, c'est la première fois qu'elle se ferme à ce point. D'habitude, nous partageons tout : le bon comme le mauvais. Que Lana refuse de me confier ce qu'il s'est passé avec Ethan n'est pas de bon augure.

— Je ne savais pas qu'Ethan et toi…

— Ethan et moi, rien du tout ! s'énerve-t-elle. Je ne veux plus entendre parler de cet abruti !

Elle s'évertue à nier, mais l'évidence est peinte sur sa figure. Ses yeux sont humides quelques secondes après, et j'ai l'impression que mon cœur est en train de se briser. Je lui prends la main et la serre.

— Discutons d'autre chose, Violette. S'il te plaît. Je ne veux plus penser à *lui*…

Je hoche la tête tandis qu'elle sèche ses larmes avec un torchon qui traîne sur le plan de travail. J'attendrai qu'elle soit prête à m'en parler.

Lana s'éclaircit la gorge, attrape deux cuillères et m'en tend une. Nous mangeons pendant deux minutes en silence avant qu'elle dise :

— La nuit a été bonne ?

Elle n'a pas idée…

Le visage de mon amie retrouve peu à peu les traits sereins que je lui connais. Je n'ai aucune envie de parler de Dean et de l'euphorie que je ressens. Pas après ce qu'il vient de se passer. Mais

Lana m'a demandé qu'on ne s'attarde pas sur ce qui la chagrine, alors, comme si de rien n'était, je réponds :

— Je n'ai pas à me plaindre.

Elle esquisse un petit sourire sincère avant d'enchaîner, la mine espiègle :

— Je croyais que coucher avec le fils Hamilton, ce n'était qu'en dernier recours ? Pour le garder dans tes filets, s'il se lassait de toi ?

Retardant le moment que je crains, je me dirige vers le frigidaire pour sortir du jus d'orange et me sers un verre. Sous son regard acéré, je le bois d'une traite et recommence la manœuvre.

— C'était un cas d'urgence, Lana, dis-je en revenant à mon bol de céréales.

— Laisse-moi deviner… L'urgence en question était ta petite culotte aux prises d'un incendie que seul Dean pouvait réussir à éteindre ? ironise-t-elle.

C'est à peu près ça…

— Ce n'est pas comme si je n'avais pas essayé de le repousser ! Ce n'était pas prémédité… Ça ne devait pas se passer ainsi.

— Il t'a forcée ? demande Lana, l'air soudain soucieuse.

— Quoi ? Mais non ! Absolument pas ! Ce n'est pas du tout son genre.

Elle m'étudie du coin de l'œil en engloutissant le contenu de son bol. Puis, elle le met dans l'évier et revient à la charge, les coudes posés sur l'îlot central.

— Et de quel genre est-il ?

Dans ses yeux, je ne discerne aucun agacement, ce qui me pousse à abaisser mes défenses.

— Le genre qui me plaît énormément, Lana. Beaucoup trop même…, avoué-je en terminant à mon tour mon muesli.

Ma meilleure amie soupire et dévie le regard. Elle fixe d'un air absent le mur devant elle.

— Es-tu amoureuse de lui ?

— J'éprouve des choses pour lui, mais je ne sais pas si on peut appeler ça de l'amour.

Menteuse. Calomnieuse. Baratineuse…

— J'ai des papillons dans le ventre à chaque fois qu'il est là, il me fait me sentir bien, belle et désirable… Il n'est pas l'homme que tout le monde pense qu'il est, Lana. Dean Hamilton est quelqu'un de bon, d'altruiste et de généreux.

— Protège quand même ton petit cœur, on ne peut jamais anticiper ce qu'il peut arriver…

Sa phrase n'est qu'un murmure. Son regard est toujours perdu dans la contemplation du mur blanc, et je suis certaine qu'elle songe à Ethan. Dieu seul sait ce qu'il s'est passé entre ces deux-là…

Et je n'ai pas envie qu'elle rumine davantage, j'ajoute donc :

— Hier, il m'a emmenée au Heaven…

— Attends, quoi ? questionne Lana, abasourdie.

La distraction marche à la perfection.

— Oui… Ça m'a étonnée, mais figure-toi qu'il y est très investi. Il a même développé mon projet : il a fait installer un coin douche pour que les sans-abris puissent faire leur toilette, et ils ont aussi accès à de nouveaux habits… Dean est incroyable.

Mon amie prend ma main qu'elle serre dans la sienne.

— Dans un autre contexte, je serais heureuse pour toi, Violette. Mais on ne parle pas de n'importe quelle situation. C'est le fils de l'homme que tu envisages de détruire… Comment vois-tu la suite entre vous ?

Je secoue la tête, usée de me poser cette question.

— Je n'en sais rien, dis-je en passant la main dans mes cheveux. J'ai bien pensé à un truc, mais c'est complètement fou…

— Mais encore ?

— Je n'abandonnerai pas ma vendetta. John Hamilton mérite

qu'on dévoile le pire en lui, qu'on montre aux gens qui il est vraiment. Je le dois à la Violette naïve qui croyait pouvoir changer le monde. Il doit payer.

— Je suis bien d'accord, acquiesce Lana.

— Mais il est inenvisageable que je perde Dean. Je ne peux pas… Je ne m'étais pas sentie aussi bien depuis si longtemps. Alors, j'ai eu cette idée folle de lui parler de mon projet…

— Et tu penses vraiment qu'il comprendrait ?

— Je ne sais pas… Hier, il m'a confié qu'il trouvait que son père avait énormément changé, qu'il se voilait la face depuis des années, mais que maintenant, il avait la certitude que c'était un sale type.

Lana hoche la tête, mais ne paraît pas convaincue.

— C'est un sacré risque à prendre, déclare-t-elle.

— Je ne pourrais pas vivre dans le mensonge, à faire comme si de rien n'était. Et j'ai envie que John Hamilton sache qui est à l'origine de sa chute. Je veux que ce connard regrette ce qu'il m'a fait. Donc, quitte à perdre Dean, autant tenter de lui expliquer à un moment toute l'histoire. Il est vraiment surprenant. Peut-être qu'il comprendra…

— C'est tout à ton honneur, Violette… Viens, on va s'installer sur le canapé, il faut que je te parle d'un truc, marmonne-t-elle.

Elle saisit un dossier rouge sur la table en s'asseyant sur le sofa et le triture dans tous les sens en se mordant la lèvre. Lana est rarement nerveuse, ce qui commence à m'inquiéter.

— Hier, j'ai imprimé les photos qu'on a prises dans le bureau de John. J'ai feuilleté les documents ce matin après…

La mélancolie traverse son regard. Elle se racle la gorge et se recompose une façade.

— Bref, je les ai étudiés ce matin. Et tu avais tapé dans le mille en pensant que John Hamilton était malhonnête…

Mon cœur s'accélère. Allons-nous enfin avoir des preuves pour faire tomber ce salopard ?

Lana soupire et sort des feuilles du dossier. Elle en éparpille une dizaine sur la table basse. Sur chacune d'entre elles, deux lignes sont stabilotées : l'une en jaune et l'autre en rose. J'en prends une et regarde les sommes colorées.

— Je ne comprends pas, dis-je, confuse.

— En jaune, ce sont les dons collectés chaque mois par les restaurants caritatifs.

Mes yeux s'écarquillent : Dean avait raison, les habitants de New York et Brooklyn sont très généreux, ça se compte en milliers de dollars.

— Et en rose, ajoute-t-elle en me la montrant de l'index, c'est la somme qui est reversée aux refuges pour les sans-abris.

Mes sourcils se froncent. Je crois que je commence à comprendre, mais l'évidence me donne envie de gerber.

— Le mois dernier, les dons s'élèvent à 10 704 dollars et…

— Seulement la moitié est versée aux foyers d'accueil… C'est bien ce que je pense, Lana ? Tu es sûre de toi ?

— Tu vois la ligne juste en dessous de la rose ?

Je regarde ce qu'elle me montre et après un rapide calcul, je comprends où elle veut en venir.

— Ça correspond à la moitié des dons, n'est-ce pas ?

— Oui. Et il n'y a pas le nom du bénéficiaire, seulement un numéro de compte et la banque. Alors, ce matin, j'ai appelé la banque en question. J'ai prétexté que M. Hamilton m'avait mandatée pour recueillir les détails relatifs à ce bénéficiaire avec lequel la société traitait et les ai menacés quand ils ont refusé dans un premier temps d'accéder à ma requête.

Je reconnais bien là mon amie, elle ne se laisse pas démonter. Quand elle a quelque chose en tête, généralement Lana l'obtient.

— Bref, je leur ai fait comprendre que si le directeur de Hamilton's Jewelry, qui avait des journées bien remplies, devait les appeler pour une chose aussi banale, ils risquaient leur poste. Bien sûr, la peur a pris le dessus, et ils m'ont envoyé par mail toutes les infos. Je te laisse deviner qui est titulaire du compte en question…

— John ?

— Bingo ! Cet enfoiré se fout dans la poche la moitié des dons… Et on a trouvé que les relevés sur une année. Qui sait depuis combien de temps il magouille.

— Mon Dieu. Il n'a honte de rien…

Comment puis-je être encore étonnée ? Ce type est plus véreux que je ne le pensais. Quel enfoiré ! Finalement, je m'en tire à bon compte. Même si je n'ai pas pu faire de grandes études, j'ai au moins un toit sur la tête, moi…

Je grimace.

— Il ose voler des gens qui n'ont rien. Il est riche à millions, et il trouve encore le moyen de s'accaparer ce qui pourrait donner un coup de pouce à ceux qui sont démunis. Il n'a vraiment aucune morale, ce type me dégoûte…

— Oui, c'est un immonde salaud. Mais ne t'inquiète pas, Violette, cet enfoiré aura ce qu'il mérite.

Je hoche la tête en me massant les tempes.

— Je ne sais pas quoi faire, Lana… Je dois partir au Canada avec Dean vers la fin de semaine prochaine, mais avec ce que tu viens de m'apprendre…

— Au Canada ?

— Oui… Il veut que je l'accompagne pour un long week-end. Je devrais peut-être lui avouer tout aujourd'hui, avant qu'on prenne l'avion, qu'il puisse être au courant de qui est vraiment son père ? J'en profiterai pour lui dire également que je suis loin d'être fortunée comme il le pense… Ou bien j'attends ?

J'enfouis la tête dans mes mains, frustrée. Je n'arrive pas à me décider, je me sens complètement perdue. Il y a une heure, je baignais dans une sorte d'insouciance, loin de tout ça...

— Quoi que tu choisisses, je ne peux que te conseiller d'être prudente. Lui parler à cœur ouvert, oui, mais peut-être pas de tout. S'il n'est pas compréhensif quand tu lui confies ton passé, je ne suis pas certaine que lui mentionner qu'on a fouiné dans le bureau de son père soit une bonne chose.

— Tu t'inquiètes pour ton job ?

— Non, non, je savais très bien que ce ne serait que pour quelque mois de toute façon. Mais si tu parles à Dean du détournement d'argent et qu'il n'est pas de ton côté, il pourrait tout faire pour protéger son père et te bloquer le passage. Et adieu nos belles preuves... Approcher John pour trouver d'autres éléments incriminants sera quasiment impossible. D'autant plus que je serais virée sur-le-champ, car Dean et son père se douteront qu'on œuvrait ensemble. Alors, peut-être que dans un premier temps, tu pourrais lui dire qui tu es vraiment et, au pire, il pensera juste que tu as dévoilé l'infidélité de son père pour te venger. Bon, même si on sait que ce n'est pas comme ça que tu avais prévu que les choses se passent.

— Tu as raison...

— Mais rien ne presse. Profite de ces quelques jours avec lui, ça te fera le plus grand bien de faire une pause, ta vengeance n'est plus à ça près. S'il se montre compréhensif pour ta vendetta, tant mieux et c'est tout ce que je te souhaite. Mais si ce n'est pas le cas, vois la prochaine semaine et ce week-end comme un beau moyen de mettre un point final à ce truc entre vous deux. Tu n'auras pas de regrets, dit Lana en m'adressant un sourire compatissant.

Rien qu'à l'idée qu'on arrête de se fréquenter, une trouille monstrueuse me gagne. Mais je ne préfère pas y penser. Lana a raison :

autant profiter de ces instants de répit. Ma vendetta n'est plus à quelques jours près.

« Vivre le moment présent » est mon nouveau mantra...

— Et n'oublie pas de cacher ton vrai nom de famille sur ton passeport ! Ce serait dommage de te faire griller avant d'avoir eu la chance de lui expliquer qui tu es réellement, me conseille-t-elle alors que je monte les escaliers pour faire ma valise.

Je n'avais pas pensé à ça...

Violette, un peu plus de concentration !

J'envoie tout de suite un SMS à Dean pour qu'il m'indique l'heure et le numéro de vol qu'il veut prendre pour l'aller, mais aussi pour le retour, lui précisant que je tiens à payer mon billet. Il va falloir que je sois vigilante et fasse en sorte qu'il ne pose pas les yeux sur mon passeport ou mes billets.

La semaine suivante a défilé très vite. Lana a eu l'autorisation de Dean pour télétravailler la majorité du temps, elle ne s'est donc pas fait prier. Scott est passé lui rendre visite, mais elle l'a gentiment congédié. Maintenant que nous avons de quoi faire tomber John, elle ne souhaite pas lui donner de faux espoirs et finir par lui briser le cœur. Si physiquement il lui plaît, ils ne sont pas du tout sur la même longueur d'onde. C'est pourquoi elle s'était contentée de cafés et de dîners avec lui. Elle ne voulait surtout pas coucher avec lui.

En plus, il me paraît évident qu'elle s'intéresse à Ethan.

Ni Dean ni moi ne savons ce qu'il se trame entre nos amis. Tous deux sont muets comme des carpes et arguent qu'il ne s'est absolument rien passé. Juste un désaccord entre eux et leurs équipes de basket fétiches qui sont rivales. Ils nous prennent vraiment pour des imbéciles.

Mais je n'insiste pas auprès de Lana. Car la seule fois où j'ai tenté d'engager à nouveau le dialogue, elle s'est braquée et s'est isolée pour le reste de la journée dans sa chambre.

Alors, je m'en suis tenue à mon plan : profiter des dix prochains jours avec Dean avant de lui avouer la vérité.

La semaine que nous avons passée dans les Hamptons a été incroyable. Nager dans l'océan, flâner sur la plage pendant des heures en discutant de tout et de rien, dîner dans des restaurants romantiques… Dean s'est également employé à me faire l'amour aussi souvent qu'il le pouvait : sur le sable la nuit tombée, dans les toilettes des restaurants, dans la mer à l'occasion d'un bain de minuit… Assurément, ça a contribué à rendre cette semaine parfaite.

J'ai trouvé un prétexte pour ne pas aller à la soirée tacos du mercredi avec ma mère. Déjà parce que Dean voulait m'accompagner. Ça m'aurait mise dans une position délicate, et ma mère aurait dû mentir. Mais aussi parce que je connais ma mère : Dean est typiquement le mari dont elle rêverait pour moi. Je m'en suis donc sortie par une pirouette, lui racontant être malade.

Nous avons également aidé la mère de Dean à faire ses cartons pendant que John était en déplacement. Bien sûr, même si nous avons des preuves pour le faire tomber avec Lana, la tentation a été trop forte : je suis retournée fouiller son bureau et notamment l'armoire que nous n'avions pas eu le temps de regarder la dernière fois. Lana m'a indiqué où se trouvait le double des clés, mais il s'est avéré que ladite armoire était vide.

Aujourd'hui, nous nous envolons avec Dean pour le Canada. J'ai des scrupules à laisser Lana seule, car elle ne semble pas aller mieux qu'il y a une semaine. Mais elle m'a rabrouée quand j'ai émis l'hypothèse de rester et m'a ordonné de profiter de mon séjour.

Sauf que je ne sais pas si j'en serai capable, car je compte les jours avant que j'avoue à Dean la vérité…

Chapitre 28

Dean

Un coup d'œil jeté à ma montre m'indique que le décollage de l'avion est imminent. Nous avons un peu plus d'une heure et demie de vol jusqu'à Montréal, l'arrivée est donc prévue aux environs de 16 heures. Je range nos valises cabines dans le compartiment au-dessus de nos têtes et m'assois à côté de Violette, dans l'espace première classe. Elle regarde à travers le hublot en pressant ses paumes contre son jean.

— Tout va bien ? demandé-je en replaçant la manche de son gilet en maille crème sur son épaule.

Elle m'adresse un sourire forcé en acquiesçant. Puis, elle retourne à sa fenêtre.

Non, quelque chose ne va pas.

Je la connais suffisamment à présent pour ne pas me laisser berner par son masque de façade. J'attrape l'une de ses mains dans la mienne et, de l'autre, tourne son visage vers moi.

— Qu'est-ce qui se passe ? Tu aurais préféré un jet privé ? ris-je pour détendre l'atmosphère.

Je suis certain qu'elle aurait détesté.

— Non, pas du tout. Mais maintenant que tu le dis, ça m'étonne que tu n'en aies pas un. Ce n'est pas censé être une marque de prestige d'avoir son propre avion ?

— Sûrement, mais ce n'est pas mon style. En dehors du fait que c'est plus que discutable d'un point de vue écologique, c'est une lubie qui ne vaut pas la dépense. Je préfère placer mon argent dans autre chose.

— Comme quoi ?

Les réacteurs de l'appareil se mettent en marche, et le dos de Violette se tend. Elle vérifie que sa ceinture est bien bouclée et baisse le store du hublot. Quand je glisse de nouveau ma main dans la sienne, elle est légèrement humide.

Elle a peur…

— Des choses qui ont plus de sens, reprends-je pour tenter de la distraire.

Son angoisse est évidente : ses yeux sont deux pépites parfaitement rondes, sa paume écrase la mienne, et sa poitrine s'agite à un rythme inquiétant.

— J'épargne sur un compte la moitié de mon salaire. Ensuite, il y a toujours de nouveaux objectifs qui sortent, des gadgets pour mon appareil-photo. Et je donne une grosse quantité à des œuvres caritatives.

— Vraiment ? dit-elle, le regard curieux et admiratif.

Bingo, ça fonctionne.

— Oui. Une partie va aux sans-abris, mais aussi à d'autres associations : pour les enfants orphelins, celles qui font des recherches pour trouver des remèdes au sida, cancer… J'aimerais m'investir plus dans ces différentes associations. Mais pour ça, il faut d'abord que je réduise mes heures au bureau ou bien que je me déniche un autre job.

— Je suis certaine que tu aurais de quoi être rentier, non ?

— Auriez-vous piraté mon compte en banque ou celui de la société, mademoiselle Williams ?

— Quoi ? Mais non, voyons ! Je faisais juste une supposition, s'empresse-t-elle de dire, ses joues virant au rouge.

— Je plaisantais, la rassuré-je en déposant un baiser sur son épaule.

Violette m'adresse un sourire, cette fois-ci sincère. Sa petite main compresse la mienne lorsque l'avion bouge pour aller sur la piste de décollage. Une hôtesse de l'air vérifie que les passagers aient bien bouclé leur ceinture. Je l'intercepte en levant mon index.

— Pourriez-vous m'apporter deux mignonnettes de rhum, s'il vous plaît ?

Elle m'adresse un signe de tête et revient une minute plus tard avec ce que je lui ai demandé. Je tends une bouteille à Violette après l'avoir débouchée.

— Qu'est-ce que tu fais ? questionne-t-elle.

J'ouvre la seconde.

— Bois, ça va te déstresser un peu.

— Dean, je ne suis pas sûre que…

— Je connais bien un autre moyen de te détendre, mais on va se faire jeter de l'appareil en plein vol.

— Hein ?

— Je pourrais être discret, il n'y a quasiment personne en première classe, mais tu vocalises, mon cœur… on se ferait tout de suite griller.

Violette s'empourpre et détourne le regard, gênée.

— Et, reprends-je en déposant un baiser sur sa joue, j'aime ça.

Cette fois-ci, elle me lance une œillade interrogatrice. Elle est si stressée. Un rien la perturbe, ce qui n'est pas son genre. Je m'approche de son oreille et murmure :

— J'aime entendre tes gémissements de plaisir, mon cœur,

savoir que c'est moi qui déclenche de pareilles choses. Et je me dis que, finalement, je vais peut-être réfléchir à cette histoire de jet privé… Je serais déjà en toi à l'heure qu'il est si je possédais mon propre avion…

Un sourire trône sur les lèvres de ma belle fleur.

— Allez, cul sec !

Elle hésite, mais finit par se lancer. Je comptais boire la seconde, mais vu son état de nerf avancé, je la lui donne. Violette les met ensuite dans l'espace prévu pour les déchets, devant nous, et se recale dans son siège. Elle s'agrippe aux accoudoirs lorsque l'appareil commence à gagner de la vitesse.

— C'est la première fois que je prends l'avion…

Violette retient sa respiration quand l'appareil décolle du sol. Son visage pourpre il y a peu se vide de ses couleurs. Ses yeux se ferment et une larme silencieuse coule le long de sa joue. Je la cueille d'un baiser et enlève l'accoudoir entre nous. Ma belle fleur se blottit aussitôt contre moi et agrippe le col de mon T-shirt, auquel elle s'accroche désespérément.

— Ça va aller, chuchoté-je en lui caressant ses cheveux ébène.

— Va dire ça aux victimes de crash aérien…, marmonne-t-elle.

— Ça m'étonne que tu n'aies jamais pris l'avion.

— Ça m'a toujours fait peur. Je crois que je retardais ce moment le plus possible…

— Je suis content que tu aies décidé de sauter le pas avec moi.

Violette me sourit et m'embrasse tendrement avant de remettre sa tête contre ma poitrine. Elle se crispe en sentant l'avion gagner de l'altitude. J'entreprends alors de continuer à la distraire :

— Tu n'as jamais voyagé à l'étranger avec tes parents quand tu étais enfant ?

— On ne roulait pas sur l'or avec mes parents, on avait à peine de quoi se payer des vacances en camping… Et puis ça a empiré lorsque mon père est parti.

— Il te manque, parfois ?

L'appareil se stabilise à l'horizontale. Violette pousse un soupir en haussant les épaules.

— Pas vraiment… Il n'est pas un exemple en la matière. Heureusement, j'ai une mère qui s'est toujours saignée aux quatre veines pour moi et qui m'a inculqué de belles valeurs.

La tristesse voile son regard.

— Il a signé les papiers du divorce par l'intermédiaire d'un coursier et n'a plus jamais pris de mes nouvelles. Non seulement il a fait comme si je n'existais plus, mais il nous a aussi laissées dans une situation précaire… Alors non, il ne me manque pas.

Violette se redresse et colle son nez au hublot. Je pose une main sur son épaule. Elle me fuit, comme d'habitude.

— Ne te ferme pas, mon cœur. Parle-moi…

Elle me lance un coup d'œil, et je discerne son hésitation. Mais elle finit par se lover à nouveau contre moi. Le soulagement m'envahit pendant qu'elle joue distraitement avec l'ourlet de mon T-shirt. Je suis si heureux qu'elle arrive enfin à se confier à moi.

— Les premiers mois après son départ, ça a été dur avec un revenu en moins. Même dans un quartier aussi pauvre que Brownsville. Ma mère cumulait les heures supplémentaires pendant que nous faisions nos cartons pour déménager dans un endroit plus petit et, surtout, avec un loyer moins important. Lorsque le moment du compromis de vente de la maison est venu, c'est là que nous avons découvert le pot aux roses… Mon enfoiré de père avait contracté plusieurs prêts au nom de ma mère. Il connaissait sa signature, avait accès à ses papiers d'identité…

Je me mords la langue pour ne pas insulter son paternel. Pour une fois qu'elle se confie à moi, je ne veux pas l'interrompre.

— Bref, reprend-elle, nous avions une montagne de dettes et pas les ressources pour les rembourser. Et ce, même si on vendait la maison. Alors, nous avons continué à vivre dedans encore quelque temps. On savait qu'on nous délogerait bientôt… Mais je crois que ma mère, tout comme moi, on avait espoir qu'un miracle se produirait. Malheureusement, la famille de ma mère ne roulait pas sur l'or, et personne n'a pu nous aider…

Je fronce les sourcils.

— Et l'oncle duquel elle a hérité ?

Violette se mord la lèvre, et sa main atterrit sur ma cuisse, sur laquelle elle trace des arabesques imaginaires.

— Eh bien…

Elle fait une pause pour se racler la gorge.

— Il était brouillé avec la plupart des membres de la famille…

— C'est surprenant qu'il ait tout légué à ta mère à son décès.

Violette hoche la tête.

— Et qu'est-ce qui s'est passé alors ?

Les doigts de ma belle fleur se crispent sur ma jambe. Pour la détendre, je caresse ses cheveux et sa nuque. Je sens que je ne vais pas aimer la suite.

— Un matin, des huissiers sont venus et ont saisi la maison ainsi que nos affaires. On avait déjà vendu plusieurs meubles et bijoux pour continuer à manger. Ils ont même pris la centaine de dollars qu'il nous restait et… Et comme ma mère et moi n'avions nulle part où aller, on s'est retrouvées à la rue du jour au lendemain…

Je la redresse, incrédule.

— Attends… quoi ?

Vu le regard confus que Violette me lance, l'alcool et le stress ont délié sa langue. Si elle avait été en pleine possession de ses moyens, elle ne m'aurait jamais confié un truc pareil.

— Tu as vécu dans la rue ?

Pour toute réponse, elle me tourne le dos et rabat les jambes contre sa poitrine. Sa tête s'enfouit dans ses mains. Et alors qu'elle fuit tout dialogue, l'évidence me frappe. Je comprends mieux son émoi quand je l'ai emmenée au Heaven et son émotion cet après-midi-là. Elle a connu ça… Elle a été à la place des sans-abris pour lesquels j'œuvre toutes les semaines.

— Violette, regarde-moi.

Je l'encadre de mes bras, mais elle ne fait que se tendre davantage. Je n'ose pas songer à ce qu'elle a dû endurer. A-t-elle mangé à sa faim tous les jours ? A-t-elle souffert du froid ? A-t-elle été la cible d'hommes malintentionnés ?

Je pose ma joue sur le haut de sa tête et attends patiemment qu'elle se livre à moi.

Un bon quart d'heure passe, pendant lequel j'imagine une version d'elle, enfant, en train de quémander de la nourriture ou de dormir sur un carton en hiver. Putain, j'ai une envie folle d'assassiner son père, et si elle savait où il se trouvait, mes poings iraient dialoguer avec lui.

— Dean ?

Sa voix est si basse que je ne suis pas sûre qu'elle m'ait vraiment appelé. Sans compter que les réacteurs font énormément de bruit.

— Oui, mon cœur ?

— Dans combien de temps on arrive ?

Je jette un œil à ma montre, et elle en profite pour se repositionner sur son siège.

— Dans cinquante minutes.

Elle acquiesce et fixe ce qu'il y a devant elle, ses mains se pressant l'une contre l'autre. Son regard est vide, et j'ai la sensation qu'elle prend sur elle pour ne pas éclater en sanglots. J'ai envie de la rassurer, de lui promettre que tout ira bien, mais quand elle est ainsi, je sais pertinemment qu'il faut que je la laisse venir. Alors, même si un tas de questions me brûlent les lèvres, je ne dis rien pendant la demi-heure qui suit. L'hôtesse qui nous a apporté les mignonnettes revient avec un chariot pour proposer une petite collation aux passagers. J'opte pour un Snickers, et Violette un Mars. Tandis que je croque dans ma barre chocolatée, elle s'énerve sur la sienne. Elle peste tout bas contre le papier qui refuse de s'ouvrir.

— Je peux ? demandé-je.

Elle me la tend sans m'accorder d'attention, toujours perdue dans la contemplation de l'appuie-tête devant elle. L'impatience s'infiltre en moi, mais je fais de mon mieux pour me contenir. Ce n'est pas elle qui m'agace, mais c'est ma curiosité. J'ai développé une obsession pour cette fille et j'ai envie de connaître son passé et son présent dans les moindres détails.

Quand je lui redonne son Mars, elle m'adresse un sourire timide. Et c'est alors qu'elle se met enfin à parler.

— Parfois je ne me nourrissais que de ça, murmure-t-elle en pointant du nez la friandise entre ses mains. Il y avait cet homme, M. Harrison, qui tenait une épicerie pour dépanner les locaux de Brownsville. Tous les jours, il me donnait une barre chocolatée. Tout enfant l'aurait engloutie, mais pas moi. Je les conservais dans ma boîte à goûter. Pour les temps durs…

Ses paroles me brisent le cœur, et je ne peux m'empêcher de lui prendre la main. Je ressens un soulagement quand elle serre la mienne en retour. Son regard demeure fixé droit devant elle. Elle mange sa barre chocolatée avant de continuer :

— M. Harrison était gentil avec ma mère et moi et, dès qu'il le pouvait, il nous donnait de quoi grignoter. Des produits périmés, par exemple. Le reste du temps, nous faisions la manche en espérant que les gens soient généreux. Parce que, malheureusement, il n'y avait pas toujours de la place en refuge, et nous avons passé de nombreuses nuits dehors. En plus, l'année de mes dix ans, l'hiver a été très rude.

Dix ans.

C'est beaucoup trop tôt pour se retrouver dans ce genre de situation. Non pas qu'il y ait un âge. Mais, si jeune, elle n'aurait dû se préoccuper que de la manière dont elle allait coiffer ses cheveux ou occuper sa soirée en rentrant des cours.

Ces aveux lui coûtent, je le vois à ses mâchoires tendues et à sa difficulté à déglutir. Je la trouvais fascinante auparavant, hors normes, mais encore plus en cet instant. Mon intuition lors de notre première rencontre était fondée : Violette Williams est une femme incroyable, différente et si forte.

Comme elle ne dit plus rien, je presse sa main.

— Et combien de temps vous avez vécu ainsi ?

Elle attrape nos papiers usagés et les met dans l'espace poubelle.

— Seulement quelques mois, grâce à M. Harrison.

À chaque fois qu'elle évoque le nom de cet homme, un sourire triste anime sa jolie bouche.

— Quand la jeune femme qui travaillait pour lui a donné sa démission, il a tout de suite proposé le job à ma mère. Ce n'était qu'un mi-temps, mais il nous a permis de loger gratuitement dans le studio au-dessus de sa supérette.

— Ce M. Harrison m'a tout l'air d'être un homme formidable.

Violette me regarde enfin. Des larmes inondent ses yeux et lorsqu'elle hoche la tête, plusieurs d'entre elles roulent sur ses joues.

— Il l'était. Un cancer l'a emporté l'année dernière. C'est grâce à sa gentillesse et à sa générosité qu'on a pu s'en sortir avec ma mère. Sans lui, Dieu seul sait comment ça se serait passé pour nous…

J'écarte les scénarios tous plus horribles les uns que les autres qui prennent vie dans mon esprit.

Je n'arrive pas à résister à l'envie de l'embrasser, j'aimerais chasser la tristesse de son visage. Violette enroule ses bras autour de ma nuque et, sans interrompre notre baiser, je la positionne sur mes genoux.

— Je ne l'avais jamais confié à personne… sauf à Lana.

— Personne ?

— Non, personne…

— Pas même les hommes qui ont partagé ta vie ? Je veux dire, avant moi ?

Je souhaiterais lui dire qu'il n'y en aura pas de suivant, mais je m'abstiens, car elle reprend la parole :

— Contrairement à toi, je n'ai pas eu beaucoup d'ex…, répond-elle en nichant son visage dans mon cou.

— Je n'ai eu qu'une seule histoire vraiment sérieuse. Avec Cassy.

Lorsque je prononce le nom de mon ex, je la sens frissonner contre moi.

— Quelle garce, celle-là, ronchonne ma belle fleur.

Ses mots déclenchent mon rire, et j'aime son ton possessif : nous sommes enfin sur la même longueur d'onde.

— Je n'arrive pas à croire que tu n'aies eu aucune histoire sérieuse…, reprends-je, soudain intéressé par le sujet.

Violette se redresse, et un sourire anime ses lèvres.

— Je n'ai pas dit ça. J'ai dit que je n'en avais pas eu beaucoup, nuance.

— Et ce que tu viens de m'avouer, tu n'en as fait part à aucun de tes ex, n'est-ce pas ?

— Dean Hamilton, est-ce l'ébauche d'un sourire que je vois sur vos lèvres ? demande-t-elle en passant son index sur ma bouche.

— Bien sûr que c'est un sourire, comment pourrais-je me comporter autrement quand tu me dis que je suis le seul mec de ta vie à qui tu as confié un truc aussi personnel ?

— Tu es au courant que tu as des réactions d'homme de

Cro-Magnon parfois ? fait-elle remarquer en tapotant du doigt le bout de mon nez.

Je la serre davantage contre moi et dépose un baiser sur sa gorge.

— Pas ma faute, votre honneur, je suis contaminé par le parfum aphrodisiaque d'une belle fleur. Et ça réveille mes plus bas instincts…

Violette émet un doux rire en se lovant un peu plus dans mes bras. Quant à moi, je me sens à ma place, en harmonie, pour la première fois depuis des années.

Chapitre 29

Violette

Un bruit me réveille en sursaut. Je rencontre les yeux amusés de Dean, qui conduit un 4×4, dont le toit est ouvert, et je parviens à localiser le bip-bip incessant qui me vrille les tempes : le clignotant. Je me redresse tant bien que mal dans mon siège. C'est la deuxième fois que je m'endors, la première étant entre les bras de Dean dans l'avion, après que je lui ai confié l'un de mes plus lourds secrets. J'espère qu'en sachant cela, il comprendra à quel point son père n'a pas seulement gâché mon avenir. Il a bousillé mon rêve d'enfance, celui que j'ai imaginé une fois que nous sommes sorties de cette galère qu'ont été ces quelques mois dans la rue…

Après ça, mon existence n'a plus été la même. Je n'arrivais pas à oublier le froid, la faim, le regard de dégoût des passants. Chaque nuit pendant un an, je me suis réveillée en sursaut. Les visages des sans-abris que nous avions connus avec ma mère me hantaient, je les visualisais me priant de leur venir en aide.

J'avais un toit sur la tête, mais je me sentais coupable d'être au chaud dans mon lit, tandis que d'autres mouraient dans le froid. Alors, une nuit, j'ai pensé à ce projet, souhaitant changer les choses. Au moins un petit peu.

Le restaurant caritatif, c'était plus qu'un rêve. C'était l'espoir de la petite fille, toujours en moi, qui voulait aider les plus démunis à être mieux considérés, être traités comme des êtres humains pour leur donner accès à un semblant de normalité.

Dean attrape ma main. Ses doigts caressent les miens tandis qu'il est concentré sur la route forestière que nous empruntons. Après avoir atterri, nous avons loué une voiture à Montréal et roulé en direction de la réserve faunique de Portneuf pendant un peu plus d'une heure. J'ai dû insister lourdement pour que Dean accepte que je paye pour notre véhicule.

À notre arrivée à l'entrée de la réserve, il restait une autre heure de trajet pour nous rendre à notre chalet. C'est là que le sommeil m'a trouvée, mes nerfs encore sous tension depuis mon aveu. Je n'avais pas prévu de le lui dire, du moins pas maintenant. L'alcool, associé au stress que me provoquait l'avion, a délié ma langue.

Les trois jours que nous passons au Canada sont censés être un moment d'interruption, une pause dans ma vendetta. J'entends bien profiter de Dean, même si je sais que ma conscience me parasitera de temps à autre.

Après.

Je lui parlerai de tout ça après ce week-end, en espérant qu'il accueille cette annonce comme l'homme compréhensif, ouvert d'esprit et bienveillant qu'il est le reste du temps.

— Au fait, ma mère t'embrasse, dit-il, me sortant de mes pensées.

Comme je suis toujours muette, il ajoute :

— Elle m'a contacté avant que j'aille te chercher pour l'aéroport.

— Oh… Comment va-t-elle ?

— Pas terrible, à vrai dire. Mon père la harcèle d'appels depuis qu'il est revenu de voyage et a réalisé qu'elle était partie définitivement de la maison… Je lui ai proposé de rester dans les Hamptons ce week-end, mais elle m'a passé un savon quand elle a su que je voulais annuler mes plans avec toi.

Un sourire triste trône sur ses lèvres fines.

— Tu crois qu'elle retournera un jour avec lui ? demandé-je.

Dean se gare devant un petit chalet en bois et enclenche le frein à main. Il s'enfonce dans son siège et soupire bruyamment. Sa paume ébouriffe ses cheveux et ses yeux fixent un sapin sur notre gauche.

— Je n'en sais rien et honnêtement, quoi qu'elle décide, je la soutiendrai. Mais je pense que ce serait une très mauvaise idée. L'homme que ma mère a épousé n'existe plus depuis un moment. Quand quelqu'un à qui tu faisais confiance te ment et se joue de toi, il le fera forcément à nouveau.

Comme moi…

Mon estomac se tord, et je déglutis avec peine. Heureusement que Dean ne sonde pas mon regard en cet instant. Certes, je n'ai pas été honnête, et je ne le suis toujours pas, mais jamais je n'ai voulu les blesser intentionnellement, lui et sa mère.

— Bref, ma mère m'a menacé de représailles si je laissais cette histoire gâcher notre week-end, donc c'est la dernière fois qu'on parle de mon enfoiré de père, déclare Dean en se tournant vers moi.

Il prend ma main et l'embrasse.

— Tu sais, ma mère t'aime bien, souffle-t-il.

— Elle a vraiment l'air d'être une gentille personne. Si naturelle et simple. Jamais je n'aurais pensé que…

— … nous étions des gens bien ?

La tristesse s'invite dans ses iris, et son regard se pose dans le creux de mon poignet, sur mon tatouage. De l'index, il trace les contours de ma rose entourée d'une tige aux cinq épines.

— Je ne peux pas t'en vouloir, reprend-il. La richesse est souvent synonyme d'orgueil. Bon nombre de personnes de mon entourage sont adeptes du vice et se pensent intouchables. Heureusement, tous ne sont pas comme ça, mais pour une majorité, si… Ils vivent dans leur monde idyllique, croulent sous l'abondance, alors que d'autres n'ont rien…

Tu ne crois pas si bien dire…

— Et je sais qu'aux premiers abords, je passe pour un petit con de riche qui peut obtenir ce qu'il veut en un claquement de doigts, ajoute-t-il. C'est l'image qu'on m'a collée et c'était plus facile comme ça, surtout après Cassy. On me foutait la paix parce que j'étais le fils de John Hamilton, mon nom de naissance et ma fortune dissuadaient les gens d'essayer de voir à travers mon masque. À dire vrai, je crois que tout le monde s'en moquait, seules les apparences comptent pour ces gens-là…

Sa voix se brise sur les derniers mots. Alors, je fais ce qu'il a l'habitude de faire avec moi : je glisse mon index sous son menton pour accrocher son regard. Si je n'avais pas la certitude que Dean n'est pas comme tous ces autres riches amoureux de leur fortune, la douleur dans ses yeux me convaincrait sur-le-champ.

— Tu n'es pas comme eux, Dean. J'ai enlevé ton masque et j'ai vu la vérité, *ta* vérité. Et si tu laisses la possibilité à d'autres, je suis sûre qu'ils découvriront l'homme formidable que tu es. Crois-moi, je me connais, et jamais je n'aurais pu tomber a…

La suite reste en suspens sur mes lèvres, et je sens mes joues se réchauffer instantanément.

Merde.

Les yeux de Dean me fixent intensément et, l'espace de quelques secondes, j'ai le souffle coupé. Ma bouche recommence à bouger, mais aucun son n'en sort. Un bruit fait éclater notre bulle, et quelque chose passe au-dessus de nos têtes.

J'ai un mouvement de recul et plaque mon corps contre la portière.

— Une sittelle. Juste un oiseau, précise Dean.

Je lui jette un coup d'œil interrogateur.

— Quand j'avais huit ans, j'ai retrouvé un oisillon tombé du nid, dans le jardin de mes parents. Ça a été le début d'une grande passion pour l'ornithologie.

— Vraiment ? demandé-je, curieuse.

— Oui, ma mère m'a abonné à un tas de revues scientifiques, je dépensais tout mon argent de poche dans l'achat de jumelles, d'appeaux. J'ai même plaidé ma cause auprès d'Alfred pour qu'il installe des mangeoires et des nichoirs sur la propriété. Une grande époque !

Maintenant que je le connais mieux, son anecdote ne me surprend pas. Je l'imagine aisément, courant partout dans le jardin de ses parents, en train de répertorier les différents oiseaux qu'il y voyait.

— Et depuis, ma mère et moi venons toujours passer quelques jours ici l'été. Il y a énormément d'espèces, et même si je ne suis plus enfant, j'ai encore plaisir à les observer.

— Tu m'apprendras ?

— Bien sûr. On y va ?

Il n'attend pas ma réponse et saute de la voiture pour récupérer nos valises. Je m'extirpe du 4×4 et inspire l'air pur de la forêt pour me calmer. Je n'en reviens pas de ce qui a failli sortir de ma bouche. Si facilement en plus…

Suis-je vraiment amoureuse de Dean ?

Je ne peux pas nier que j'éprouve des sentiments pour lui, mais de là à appeler ça de l'amour ? Mon cœur semble détenir des réponses que mon cerveau n'a pas. Car tout à l'heure, ce n'était pas ma tête qui était aux commandes…

Dean vient me rejoindre, et je le suis jusqu'à la cabane. Nous pénétrons dans le chalet qui ressemble beaucoup à sa maison, mais en cent fois plus petit. Il n'y a qu'une pièce principale qui accueille un lit, un réchaud et une table pour deux. C'est minuscule, mais si cosy ! Tout comme chez Dean, les murs sont recouverts de bois, mais à la place des lattes, ce sont de gros rondins.

— Ça te dit de faire une randonnée ? Je nous ai préparé des sandwichs avant de partir des Hamptons, j'ai pensé qu'on pourrait pique-niquer et admirer le coucher de soleil ? Il est 17 h 30, ça nous laisse le temps de faire une belle promenade.

— Volontiers ! Je vais juste me changer, et on peut y aller.

Je m'isole dans la minuscule salle de bains, troque mon pantalon contre un short en flanelle et garde mon débardeur. J'attache mes cheveux en queue-de-cheval et ressors. Puis, nous enfilons nos chaussures de marche, Dean prend son sac à dos, et nous partons nous balader dans la forêt boréale.

Celle-ci est incroyable. Les riches espèces d'arbres, sapins, peupliers, bouleaux ou encore érables constituent un véritable trésor. Je comprends pourquoi il aime venir dans cette réserve, c'est si beau et apaisant. Je passe les deux heures suivantes le regard en l'air ou bien perdu dans le sous-bois environnant à admirer la verdure et les oiseaux qui volent au-dessus de nos têtes, tandis que Dean enchaîne les clichés avec son appareil-photo. On ressent une vraie connexion avec la nature.

Nous nous arrêtons une bonne demi-heure pour faire une pause, et Dean m'apprend à reconnaître certaines espèces de volatiles à l'aide de ses jumelles : grives, roitelets, gros-becs, bruants… Mon préféré est la paruline tigrée, jaune et mouchetée de marron. Puis, nous reprenons notre marche pendant une heure environ pour nous rapprocher du chalet.

À notre arrivée devant une montée, une main se glisse dans la mienne.

— Ferme les yeux, murmure Dean à creux de mon oreille.

— Dans une montée ? Mais tu as envie que je tombe ?

— Je te guiderai, mon cœur, dit-il en déposant un baiser sur ma joue.

J'ai la sensation qu'il peut obtenir ce qu'il veut de moi quand il me surnomme comme ça. Peut-être parce que les mots tendres n'étaient pas le genre de mes ex. Ou peut-être à cause de l'évidence que je refuse de voir.

J'obéis donc à Dean, et il me conduit tout au long de la montée, comme il me l'a promis. Une fois en haut, je tente d'ouvrir mes paupières, mais il plaque les mains sur mes yeux.

— Encore un peu de patience, souffle-t-il.

Nous marchons quelques mètres, et il retire enfin ses paumes. Ma bouche s'agrandit de surprise et les mots ne me viennent pas tout de suite. Le paysage est tout simplement… spectaculaire. Dean m'enlace par la taille, le menton sur mon épaule, tandis que je détaille ce que j'ai devant moi. Nous sommes en haut d'une falaise, face à un lac bordé par des sapins. Une petite cascade s'y déverse, et le soleil commence à décliner dans le ciel teinté d'orange et de rose. Les couleurs se reflètent sur l'eau, me donnant l'impression d'être transposée dans une autre dimension.

— C'est magnifique…, murmuré-je, chavirée par la féerie du lieu.

— J'ai découvert cet endroit quand j'étais enfant, à force de vadrouiller dans la réserve. Je ne l'ai jamais montré à personne, c'était mon jardin secret. Jusqu'à aujourd'hui.

Je me retourne pour lui faire face et ne peux retenir une larme tant sa déclaration me touche. Je me sens si… spéciale auprès de Dean.

Il encadre mon visage et plante un doux baiser sur mes lèvres.

— Merci, soufflé-je, émue.

— C'est moi qui te remercie…

Il m'embrasse de nouveau, mais ce n'est plus le rythme lent d'il y a une minute. À présent, le désir l'a contaminé. Il détache ma queue-de-cheval et enfouit les mains dans ma chevelure. Lorsque mon ventre gargouille, je sens le sourire de Dean contre mes lèvres.

— Mangeons avant que tu meures de faim. Tu auras besoin

de force pour la suite du programme, susurre-t-il en mordillant mon lobe d'oreille.

J'éclate de rire tandis qu'il installe une couverture à carreaux sur l'herbe, sortie de son sac à dos. Nous dînons dans cette atmosphère paisible. Il me raconte des anecdotes sur ses vacances d'enfants ici : les chasses au trésor que sa mère lui organisait, la fois où il s'est ouvert le genou, ou bien encore son premier amour qui était dans un chalet non loin du sien.

Puis, nous nous installons face au lac. Dean est assis, les jambes relevées, et je suis lovée contre lui, mon dos contre son torse musclé. Il caresse mes bras alors que nous observons le soleil se coucher et le ciel étoilé apparaître. Le quartier de lune s'insère à merveille dans la voûte céleste au-dessus de nous. Sa lumière éclaire les environs.

Dean remue derrière moi, et lorsque je lui lance un regard, il pointe quelque chose au-dessus de nos têtes.

— Tu vois l'amas d'étoiles et la trace blanche ? demande-t-il.

— Oui, la Voie lactée ?

Il baisse les yeux vers moi, et ceux-ci s'arrondissent de surprise.

— Toi, c'était l'ornithologie, moi, c'était l'astronomie, précisé-je. J'empruntais à la bibliothèque tous les livres existants sur le sujet.

Puis, je désigne un autre regroupement scintillant dans le ciel.

— Tu vois l'espèce de W ? C'est Cassiopée. C'est la première constellation que j'ai su reconnaître. Je m'en souviens comme si c'était hier. C'était la veille de Noël, j'ai supplié ma mère de m'emmener au parc le plus proche de notre appartement. J'ai mis plus d'une demi-heure à la trouver, et on était gelées en rentrant chez nous, mais c'est l'un de mes plus beaux souvenirs d'enfance.

Dean m'adresse un sourire.

— Qu'est-ce qu'il y a ? demandé-je.

— Rien… Tu es juste parfaite.

Sur ce, il bouge de telle sorte à ce que je me retrouve allongée et que son corps me recouvre. Il fait un peu frais dehors, mais une chaleur agréable se diffuse aussitôt dans mon organisme. Dean sait si bien me faire vibrer que mon bas-ventre se contracte quand je pense à ce qui va suivre.

Il attrape mes poignets, les remonte au-dessus de ma tête et les bloque dans l'une de ses mains. Puis, il promène lascivement son index sur mes lèvres. Alors que je brûle d'impatience qu'il me touche partout ailleurs, il n'en fait rien.

— Dean…, murmuré-je, me sentant déjà au bord du gouffre.

Je remue, dans l'espoir vain de me libérer et d'accélérer les choses.

Il sourit.

— Patience, mon cœur. Laisse-moi prendre le temps de m'occuper de toi…

Mais j'ai envie de plus. Lorsqu'il est perdu dans la contemplation de mon corps, j'en profite pour me relever. Il manque de chuter en arrière, mais il se redresse vite et se rallonge sur moi. Son érection se plaque contre mon intimité, et j'étouffe un soupir.

— Tu es si têtue…, chuchote-t-il en me regardant avec gourmandise.

— Dean, touche-moi. S'il te plaît…

Il émet un grognement de satisfaction. Pour une raison qui m'est incompréhensible, Dean adore que je le supplie de me faire du bien.

— J'ai envie de toi…, soufflé-je contre sa bouche à quelques centimètres de la mienne.

Il ne se fait pas prier et prend d'assaut ma gorge. Je pousse un râle approbateur en sentant ses dents mordiller ma chair.

Que c'est bon…

Ensuite, il me débarrasse de mes habits en un temps record, et bientôt je n'ai plus que mes sous-vêtements rose fuchsia en dentelle. Allongée sur la couverture, je l'observe s'abaisser entre mes cuisses, ses paumes posées sur mes genoux.

Enfin.

Ses yeux sont accrochés aux miens, et les choses deviennent encore plus intenses. Sa main se déplace dans une lente torture jusqu'à mon entrejambe.

Dean joue avec ma frustration mieux que quiconque. Paradoxalement, ça me rend aussi dingue que ça décuple mes orgasmes.

À chaque fois que sa paume m'effleure, je halète de plus en plus rapidement. Son regard plein de désir m'enveloppe et ne fait qu'accentuer les flammes que je ressens dans tout mon corps.

À présent, ses mains sont à quelques centimètres de mon intimité, dans laquelle un feu ardent crépite.

— Dean… Plus vite…

Il secoue la tête, et je manque de hurler mon mécontentement. Puis, il effleure avec lenteur mon bas-ventre de ses lèvres. Mes paupières se ferment tandis que je savoure la douceur de sa bouche.

Mes yeux se rouvrent lorsque j'entends vaguement Dean fredonner le rythme d'une chanson que j'adore, *Dandelions* de Ruth B. Je me redresse sur les coudes.

— Hum… Dean ?

— Oui, mon cœur ?

— Loin de moi l'idée d'être désagréable, mais on n'est pas vraiment là pour ça.

Il éclate de rire avant de se remettre à chanter et promène son index sur la dentelle de mon sous-vêtement, exactement là où je le voulais. Mon corps se détend aussitôt, et je me rallonge sur la couette pour apprécier les prouesses de mon photographe. Dean franchit la barrière de mon sous-vêtement pour taquiner mon clitoris.

Douce délivrance.

Le plaisir fuse dans mes veines, et je me tortille à chacun de ses mouvements. C'est si bon que mon cœur s'emballe, et mes jambes se mettent à trembler. Mais sans crier gare, son doigt se stoppe alors que je suis aux portes de l'orgasme.

Il va me rendre folle !

— Tu sais, j'ai fait exprès de mal chanter. Pour te détendre, dit-il.

— Dean ! Concentre-toi !

Mais il reste sourd à ma supplique et pose les mains sur mes genoux.

— Je t'assure ! J'ai même gagné le premier prix d'un concours de chant au lycée.

— J'ai envie de te tordre le cou ! Arrête de débiter des âneries et occupe-toi de moi ! grogné-je.

Ses lèvres se retroussent.

— Petit un : jouer avec ta frustration m'excite autant que toi. Et, petit deux, *mon cœur*, tu sais très bien que ton orgasme va être bien plus intense après ce que je viens de faire, réplique-t-il d'une voix suave.

— Tu ne vas pas avoir le culot de te prétendre altruiste ? réponds-je alors qu'il retient un sourire.

Je ne l'admettrais pas, mais il a raison. Ma jouissance est spectaculaire lorsqu'il me prive la première fois de mon orgasme.

— Et pour info, je ne mentais pas, ajoute-t-il.

Je m'assois en tailleur. Il a définitivement plombé l'ambiance, alors autant qu'il me raconte son histoire pour qu'on revienne vite à ce qui m'intéresse.

— Voyez-vous ça ? Eh bien, je t'écoute, vas-y, le défié-je.

Une lueur d'amusement brille dans ses yeux.

— Tu es sûre, mon cœur ? Tu risques de tomber amoureuse de moi si je fais ça…

On n'est plus à ça près, me souffle mon cerveau. Et je suis curieuse de voir s'il dit vrai.

Je hoche la tête, les bras croisés sur la poitrine. La luxure brille dans les iris de Dean. Finalement, il va peut-être m'épargner et revenir à notre petit jeu aussi addictif que jouissif.

— Très bien. Mais avant, tu vas faire quelque chose pour moi.

La manière dont il scrute mon corps avec envie réveille mon excitation. Je ne sais pas comment il réussit la prouesse d'éveiller mon désir en un regard, mais assurément, ça marche à chaque fois.

— Tout ce que tu veux…, soufflé-je.

Ses joues sont contractées, et il respire bruyamment.

— Enlève tes sous-vêtements.

Je ne réfléchis même pas et me lève aussitôt. Alors que je m'apprête à lui obéir, il me stoppe de la main.

— Lentement, précise-t-il.

Il est toujours assis, et je le surplombe de toute ma hauteur. Je passe un index sous l'une des bretelles de mon soutif et la fais glisser avec paresse, comme il l'exige. Puis, je répète la manœuvre avec l'autre.

Je décide de m'amuser un peu avec celui qui prend plaisir à le faire avec moi, chaque fois que nous couchons ensemble.

Je promène mon doigt entre mes seins et sur la dentelle rose. Mes tétons se mettent au garde-à-vous, et Dean émet un râle rauque. Je continue à dessiner les contours de mon sous-vêtement sous son œil attentif. Sous l'effet de ma caresse, un soupir m'échappe. Dean se mord l'intérieur de la joue, et la frustration se peint sur son visage.

Enfin.

Il enroule sa main autour de ma cheville. Ma respiration est en suspens lorsqu'il remonte sa paume le long de ma jambe.

— Si insolente, murmure-t-il, les mâchoires contractées. Maintenant, enlève-le.

Avec un sourire en coin, je dégrafe par l'avant mon soutif et le laisse tomber derrière moi. Lorsque ma poitrine est offerte à sa vue, sa main se crispe sur mon mollet. Quant à moi, je me liquéfie sous l'intensité de son regard.

Je me sens si désirable quand il m'observe ainsi…

Ses paumes remontent jusqu'à ma culotte et alors qu'il exigeait de la lenteur, il l'abaisse brusquement. Je prends appui sur ses épaules et il me la retire ensuite.

— Allonge-toi, mon cœur.

Mon rythme cardiaque s'accélère aussitôt. Une fois sur le plaid, Dean se place entre mes jambes. Ses yeux observent le moindre centimètre carré de mon corps, admiratif. Puis, il se remet à fredonner l'air de *Dandelions*. À chaque phrase, il caresse un endroit différent : d'abord les contours de ma bouche, puis mes clavicules. Ensuite, ses doigts taquinent ma poitrine, s'amusent à proximité de mon entrejambe. Et enfin, il termine avec mon tatouage au poignet…

Je pensais qu'il allait de nouveau cesser de chanter, mais il n'en est rien.

I think that you are the one for me

(« Je pense que tu es faite pour moi »)

Cause it gets so hard to breathe

(« Parce que j'ai du mal à respirer »)

When you're looking at me

(« Quand tu me regardes »)

I've never felt so alive and free

(« Je ne me suis jamais senti aussi vivant et libre »)

When you're looking at me

(« Quand tu me regardes »)

I've never felt so happy

(« Je ne me suis jamais senti aussi heureux »)

And I've heard of a love that comes once in a lifetime

(« Et j'ai entendu parler d'un amour qui ne vient qu'une fois dans une vie »)

And I'm pretty sure that you are that love of mine[1]

(« Et je suis presque sûr que c'est toi »)

Je frissonne. Chaque toucher m'électrise un peu plus que le précédent. Mon souffle est erratique, et j'ai les larmes aux yeux. Le sens des paroles ne m'échappe pas, et mon cœur cogne dans ma poitrine. Car ce n'est pas par hasard qu'il ait choisi cette chanson, je le ressens au plus profond de moi. Dean me confesse son amour, et même s'il ne le dit pas clairement, il ne manque pas grand-chose.

Je crois que s'il était possible de mourir à cause d'un excès de tendresse, j'ai perdu la vie à plusieurs reprises. Et il n'a pas menti : il se débrouille plutôt bien. Aucune fausse note : ni les paroles ni dans le rythme ou dans mon cœur.

Lorsqu'il arrête de chanter, nous échangeons un regard, et je ne peux empêcher l'une de mes larmes de couler.

— Tu avais raison…, murmuré-je, la voix rauque d'émotion.

— À propos de quoi, mon cœur ?

— Je suis en train de tomber amoureuse de toi…

Avouer à voix haute la vérité me libère d'un poids. Le visage de Dean s'illumine de bonheur. Et la seconde d'après, il est sur moi. Ses lèvres se posent sur les miennes, et même s'il embrasse ma bouche en cet instant, j'ai la sensation qu'il embrasse aussi mon cœur. Je noue les bras autour de sa nuque, et mes jambes entourent sa taille. C'est comme si avec Dean, j'avais trouvé la partie manquante au puzzle qu'est ma vie.

Je ne peux retenir un petit cri quand il nous fait basculer sur le côté pour échanger nos places. Je me retrouve à califourchon sur lui, et ses mains se perdent sur ma chute de reins.

— Dis donc, ce n'est pas très équitable. Encore une fois, je suis nue, et toi, tu es totalement habillé…

1 Extrait de la chanson écrite par Ruth Berhe.

— Je t'en prie, officie…, souffle-t-il en me lançant un regard amusé, pliant les bras sous sa tête.

La première chose que j'enlève, c'est sa ceinture. Suivent son T-shirt et son short. Quand mes yeux retournent vers lui, son appareil-photo est entre ses mains.

— Je peux ? demande-t-il. Tu es magnifique… Entre la beauté de tes courbes, le ciel étoilé et la lumière de la lune, les clichés seront superbes…

Beaucoup de femmes hésiteraient à se faire tirer le portrait, dans le plus simple appareil, pas moi. Pas avec Dean. Et je n'ai aucun doute, il saura rendre artistique son travail, et ça n'aura rien de vulgaire.

— Interdiction de les montrer à qui que ce soit. Ou d'en afficher, préviens-je.

— Pas même au-dessus de mon lit ? répond-il avec un sourire coquin.

Je le menace faussement du regard, et il explose de rire.

— C'est promis, assure-t-il. Lève-toi et tourne-toi légèrement vers la droite, mon cœur.

Pendant le quart d'heure qui suit, Dean guide mes postures, et les flashs s'enchaînent. Une brise parcourt ma peau nue et un frisson m'assaillit.

— Attends, je n'ai pas encore fini, râle celui-ci alors que je m'installe de nouveau à califourchon sur lui.

Je lui prends son appareil et le pose sur son sac à dos.

— Et moi, j'ai froid. J'ai besoin qu'on me réchauffe…, murmuré-je.

— Hum… J'ai exactement ce qu'il te faut, susurre Dean en attrapant un emballage argenté dans son sac.

Je surélève mon bassin pour lui permettre de baisser son caleçon et lui vole ce qu'il a entre les mains au passage. Son excitation est évidente lorsqu'il me voit dérouler le préservatif et le lui mettre.

Ses rétines sont d'un vert sombre, sa poitrine se soulève plus vite que d'habitude, et j'entends sa respiration s'accentuer.

Je me repositionne au-dessus de son sexe et frotte mon intimité dessus. Sans surprise, je suis déjà prête pour la prochaine étape.

Il se redresse pour me faire asseoir, et mes jambes s'enroulent autour de lui, nous plaçant dans la posture du lotus. Dean détaille chacun de mes traits. Son émerveillement est manifeste. Mon rythme cardiaque s'emballe. Ses mains empoignent mes fesses tandis que mes paumes encadrent son visage.

— Tu veux me demander quelque chose, Dean ?

Ma paraphrase le fait sourire, et il dépose un doux baiser sur mes lèvres.

— Fais-moi jouir, mon cœur…

Sa supplique n'est qu'un murmure, et nos yeux ne se lâchent pas quand il pénètre d'une poussée. J'en ai le souffle coupé. Il m'emplit totalement, et c'est si bon. Dean remue avec lenteur, et mes gémissements de plaisir rencontrent ses grognements de satisfaction. Mais ça ne me suffit pas. J'ai une telle envie de lui que ça en fait presque mal. Je veux me libérer du supplice qu'il m'a fait endurer.

Alors, je délaisse le rythme paresseux qu'il a initié. Mon bassin ondule contre son sexe avec davantage de ferveur. Mon souffle devient erratique, et des décharges électriques se diffusent dans tout mon corps.

Bordel, c'est si bon !

Quelques secondes plus tard, mon photographe ferme les paupières. Je m'accroche à ses épaules et remue de plus en plus vite. Ma tête bascule en arrière et, à mon tour, mes yeux sont plongés dans l'obscurité. J'ai des picotements jusqu'au bout des doigts. Quelques minutes plus tard, Dean resserre la prise de ses mains sur mon fessier et guide mes hanches pour leur donner la cadence qu'il souhaite. Avec cette lenteur qui me rend folle mais qui, je le sais, va me propulser au sommet. Et bientôt, je ne bouge plus, me contentant de le recevoir en moi. Puis, ses allers-retours gagnent en rapidité, et son rythme est de plus en plus effréné. Pendant ce temps-là, je me cramponne à sa nuque pour ne pas chanceler à cause de la puissance de ses assauts.

Je crois que si quelqu'un venait à nous surprendre, je n'aurais même pas la force d'arrêter tellement c'est bon et addictif. Ici, en pleine nature, sous ce ciel féerique, nous n'entendons que le bruit de nos halètements.

Mes membres commencent à s'alourdir, et mon bas-ventre se contracte de plus en plus à chacune de ses poussées. Je ne vais plus tenir longtemps, je reconnais tous les signes. Dean embrasse ma gorge et le contact de sa langue, puis de ses dents, suffit à me propulser dans une autre dimension. Je jouis, comme je n'ai jamais joui. L'orgasme déferle, m'engloutit comme un raz-de-marée. L'espace d'un instant, ma respiration se bloque sous l'effet du plaisir. Mes jambes se resserrent autour de Dean, et mes ongles se plantent dans son dos.

— Dean…, gémis-je, à bout de souffle.

Dean Hamilton est ma religion.

Celle dont j'ai envie de scander le nom telle une litanie de prières.

Dean Hamilton est mon tout, celui dont je suis certaine de ne plus arriver à me passer.

Je prends subitement conscience que la Violette que j'étais avant lui ne pourrait plus être. Elle a bien trop besoin de lui.

Quelques secondes après mon orgasme, ses doigts s'enfoncent dans mes hanches. Il émet un cri qu'il étouffe en plantant ses dents dans ma clavicule, et il nous fait tous deux vaciller en arrière.

Mon oreille est posée contre son cœur qui bat à tout rompre. L'un de ses bras s'enroule autour de ma taille, tandis que sa main est dans ma chevelure. Nous respirons comme si nous venions de courir un marathon. Une bulle invisible de bien-être nous enveloppe, comme si nous étions seuls au monde.

Allongée, entourée d'une paix à laquelle je n'ai jamais goûté, je prends conscience que jamais je n'ai été si proche du bonheur…

Chapitre 30

Violette

Les deux autres jours dans la réserve passent à une vitesse folle. Nous randonnons au quotidien et quand nous rentrons en fin de journée au chalet, Dean prend très à cœur sa mission antigaspillage des boîtes de préservatifs. Selon ses dires, c'est par souci écologique qu'il se comporte ainsi, à me faire l'amour comme un dingue dès qu'il en a l'occasion. D'ailleurs, il n'y a pas que dans la cabane en bois qu'il fait démonstration de ses talents : contre un arbre, de nouveau près du lac féerique où il m'a emmenée lors notre première soirée dans la réserve, et j'en passe.

Je n'ai pas souvenir de m'être autant adonné à l'acte charnel en un laps de temps aussi court. Je ne me rappelle pas non plus que ça ait été si bon. Mes partenaires n'ont pas été nombreux, mais assurément, aucun n'arrivait à la cheville de Dean. Pas même à son petit orteil, à vrai dire.

Après plusieurs balades, la découverte de paysages tous plus saisissants les uns que les autres et un millier d'orgasmes plus tard, nous repartons le lundi matin pour les Hamptons. Ma peur durant le vol en avion est difficile à gérer, mais la présence de Dean et des mignonnettes qu'il m'ouvre à la demande me permet de réussir à surmonter mon angoisse.

Une heure et demie plus tard, nous avons atterri. Nous avons récupéré la voiture de Dean et nous roulons vers chez moi. J'ai appelé Lana sur le trajet, et elle m'a avoué que ces quelques jours seule l'ont aidée à remettre de l'ordre dans ses pensées et qu'elle se sentait mieux à présent.

Dean me sort de mes réflexions lorsqu'il me prend la main pour la poser sur sa cuisse, l'embrassant au passage. Tandis qu'il accorde son attention à la route, mon regard dévie sur son visage, si serein et apaisé. J'aurais aimé rester dans la réserve encore une semaine, dans notre bulle, à l'abri du chaos qui se prépare et qui est susceptible d'engloutir tout ce que nous partageons. Car plus nous nous rapprochons de Southampton, plus je sens de l'épée de Damoclès au-dessus de ma tête. Celle dont Dean risque de se servir pour transpercer mon cœur dans un futur imminent.

Je vais devoir lui dire. Ce n'est plus qu'une question d'heures… Comment va-t-il prendre tout ça ? Se montrera-t-il compréhensif ? Ou bien ne pourra-t-il pas passer outre les mensonges entre nous ?

Mon estomac se tord quand je pense à l'éventualité que Dean ne réagisse pas comme je le voudrais…

Une chose est certaine : lorsqu'il apprendra qui est réellement son père, il n'en ressortira pas indemne. Je ne suis pas sûre que notre lien sera assez puissant pour surmonter les mensonges que je dissimule.

J'observe l'océan et je tente d'ignorer la boule dans ma gorge. En vain. Non seulement la boule se transforme en une lourde pierre, mais son volume et son poids semblent gagner en ampleur au fur et à mesure qu'on se rapproche de ma maison.

Peut-être que je pourrais attendre encore quelques jours pour le lui dire ?

Mais alors que Dean se gare près d'un trottoir, me lançant un regard empli de tendresse, je sais que je ne peux pas lui faire ça. Il mérite mieux. Mieux qu'une femme qui dissimule la vérité. Je ne supporte plus cette culpabilité qui ternit mon cœur et me grignote de l'intérieur.

Dean enroule ses doigts autour de ma nuque et me rapproche de lui. Alors qu'il écrase ses lèvres sur les miennes, j'ai conscience que lui mentir sur cette affaire serait plus simple. On continuerait comme si de rien n'était et personne n'aurait besoin de souffrir. Enfin, personne sauf John Hamilton.

Mais je ne peux pas, car la malhonnêteté n'a pas sa place dans ma vie et encore moins dans une relation amoureuse.

Mon beau photographe fait remonter son autre main de ma cuisse au bouton de mon jean, passe la barrière du tissu de mon T-shirt. Sa bouche se perd sur ma gorge. Et tandis qu'il s'amuse à jouer avec mes sens, sa paume se promenant à proximité de ma poitrine, je réalise soudain une chose.

Dean Hamilton est mon fruit défendu.

Je suis Ève et lui la pomme tentatrice.

Celle dans laquelle je n'aurais jamais dû croquer. J'ai reproduit à la perfection ce mythe exécrable qui a été la Genèse de l'infériorité de la femme.

— Eh, tu es avec moi ?

Je me rends compte que je fixais le rétroviseur de sa Porsche, perdue dans mes réflexions.

— Pardon, j'ai l'esprit ailleurs.

— Ailleurs comme en train de penser à un autre mec ? demande-t-il, les sourcils froncés.

— Quoi ? Mais non ! Qu'est-ce que tu vas imaginer là ?

Techniquement, si, je pense à un autre homme. Son père, qui plus est. Mais pas de la manière dont il le croit.

— L'avion m'a épuisée nerveusement, c'est tout, reprends-je en lui volant un baiser et me forçant à plaquer un sourire sur mes lèvres.

Mais je ne dois pas avoir l'air convaincante, car le scepticisme est toujours peint sur son visage.

— Tu devrais te reposer cet après-midi, finit-il par répondre.

— C'est prévu… après mes lessives.

— Tu sais, j'ai une machine à laver chez moi. Bon, OK, je ne m'en sers pas souvent, mais elle est fonctionnelle, sinon Marie me l'aurait dit.

— Marie ?

— Ma femme de ménage. Avec mes horaires au boulot, je n'ai pas le temps pour les tâches ménagères. Et j'ai aussi un lit…

— Où veux-tu en venir ? l'interrogé-je, amusée.

Dean se recule de quelques centimètres, délaisse ma nuque, et trace de l'index des dessins imaginaires sur mon jean.

— Eh bien, comme je suis encore en vacances, peut-être que tu pourrais élire domicile chez moi durant quelques jours. Il reste des préservatifs à utiliser… Je m'en voudrais beaucoup s'ils se périmaient, dit-il en plaçant la main qui n'est pas sur ma cuisse sur son cœur. En plus, je sais que tu aimes être chez moi.

Je souris en croisant les bras sur ma poitrine.

— Tiens donc, et pourquoi ?

— Pour une simple raison…

Dean enfile ses Ray-Ban avant de reporter son attention sur moi.

— *Paradise on Earth…*, dit-il.

Cette fois-ci, je ne peux retenir mon rire, et mes yeux s'arrondissent de surprise.

— Tu as vraiment fait une référence à *Outer Banks* ?

Et plus exactement, il vient de citer les mots au début du premier épisode de la série, où John B, l'un des héros, décrit l'endroit où il vit, Outer Banks, comme un paradis sur terre.

— Tu oses prétendre que ta maison est un paradis sur terre ? Rien que ça ? m'esclaffé-je.

— Pour toi, ça l'est. Je sais que tu l'adores, répond-il, espiègle. Tu connais la série ?

— Bien sûr, on est fans avec Lana !

— Eh bien, comme la plupart des habitants de cette terre, j'ai Netflix. On pourrait se mater le début de la première saison ce soir. Enfin, une fois que tu auras rempli ton devoir conjugal…

J'éclate de rire et sors mon téléphone de ma poche.

— Tu ne perds pas le nord, toi… Va pour ta maison ! Laisse-moi juste prévenir Lana.

Dean me gratifie d'un sourire façon Colgate et enclenche la première. Mon cœur se gonfle d'appréhension. J'ai bien sûr accepté sa proposition parce que je préfère me confier à lui en toute tranquillité. Si la situation dégénère, je sais que Lana n'hésiterait pas à montrer les crocs à Dean.

Après quelques minutes de voiture, il se gare dans son allée, puis nous portons nos valises jusqu'à l'intérieur de son manoir. Mon estomac pèse une tonne, mes mains sont moites, et mon cœur bat la chamade.

J'ai si peur de sa réaction.

J'ai si peur qu'il ne comprenne pas.

J'ai si peur qu'il renonce à nous…

— Je vais lancer une lessive avec nos affaires, tu nous sers quelque chose à boire ?

J'acquiesce et m'exécute. Quelques minutes plus tard, il descend pour me rejoindre sur le canapé et avale une gorgée du verre de limonade que j'ai posé sur la table basse à son intention. Puis, il allume la télé et lance sur Netflix. Le voir si joyeux me fend le cœur, parce que d'ici quelques minutes, son sourire disparaîtra.

— Tu veux grignoter un truc ? propose-t-il. Je n'ai pas grand-chose hormis du petit déjeuner… J'irai faire des courses ce soir.

— Des céréales, ça me va.

Il est une heure de l'après-midi, mais je ne suis vraiment pas regardante sur la nourriture. Qui plus est, j'ai l'estomac si noué que je ne pourrai avaler que quelques cuillères. Dean revient avec deux bols et saisit la télécommande sur la table. Lorsque j'examine le contenu du mien, je n'ai pas les mots.

Nous nous observons, et il hausse les épaules en faisant une moue adorable.

— Tu m'as acheté des Lucky Charms ? demandé-je.

Ma voix déraille sous le coup de l'émotion.

— Alors techniquement, ceux-là, je ne les ai pas achetés, dit-il en montrant mon bol du menton. C'était la boîte que tu as laissée. En revanche, pour les trois autres à côté de la tienne, j'ai bien peur de devoir plaider coupable…

Un sourire fend son visage, et lorsqu'il dépose un baiser sur mon front, je ne peux empêcher une larme de couler. De la main, je la chasse. Je me sens ignoble de l'avoir trompé ainsi. Mes sentiments à son égard n'en restent pas moins sincères. Bon sang, je n'ai jamais éprouvé ce que je ressens quand il est auprès de moi.

Dean fait les réglages pour le premier épisode de la série et, avant de le lancer, se retourne vers moi. Le regard qu'il m'adresse ne fait qu'accentuer mon mal-être.

Dis-lui, Violette.

— J'ai passé un super week-end…, déclare-t-il en jouant avec l'une de mes mèches de cheveux.

Dean, je ne suis pas celle que tu crois.

— D'ailleurs, je pense que c'était le meilleur que j'aie jamais passé là-bas.

Ce que je ressens pour toi n'est pas une illusion, tu es important pour moi… Ne l'oublie pas quand tu vas entendre ce que j'ai à te dire.

— Violette…

Ton père n'est pas qui tu crois, Dean. Et cela fait longtemps qu'il n'est pas ce qu'il prétend.

— Tu comptes beaucoup pour moi, mon cœur…

Il m'a volé quelque chose. Plusieurs, à vrai dire : mon avenir, ma réputation, mon rêve d'enfant.

— J'espère que tu le sais… Je n'aurais pas proposé à n'importe qui de partir avec moi dans cette réserve.

Ton père doit payer pour ce qu'il m'a fait. Mais aussi pour ce qu'il fait au quotidien avec l'argent des dons que reçoit Hamilton's Jewelry…

— Violette ? Qu'est-ce qui se passe ?

Ce n'est que lorsque Dean essuie du pouce les larmes sur mes joues que je réalise que je pleure.

— Tu es ailleurs depuis qu'on est sortis de l'avion… Dis-moi ce qui te tracasse, dit-il.

C'est le moment ou jamais. Maintenant, Violette.

— Dean…

Ma voix est enrouée et la boule d'anxiété dans ma trachée ne m'aide pas. J'éclaircis ma gorge et reprends :

— Dean, il faut que je te parle de quelque chose.

— Je t'écoute.

— Je te demande de garder l'esprit ouvert et de ne surtout pas oublier que, quoi qu'il arrive, je tiens beaucoup à toi. Sûrement peut-être plus que tu ne le penses.

Un sillon se creuse entre ses sourcils.

— Qu'est-ce qui se passe, Violette ?

— Eh bien, il y a une dizaine d'années…

La sonnette de la maison m'interrompt. Dean n'y prête pas attention et m'enjoint de la tête de continuer. Mais alors que je m'apprête à lui confesser mon lourd secret, plusieurs sonneries retentissent à nouveau. Mon beau photographe grogne et finit par se lever.

— Ne bouge pas, je reviens.

Il s'engouffre dans le couloir qui mène à l'entrée, et je l'entends déverrouiller la porte.

— Qu'est-ce que tu fous là ? tonne-t-il.

— Bonjour à toi aussi, fils.

Je frissonne au son de la voix faussement mielleuse de son père. Il tombe mal.

— Je t'ai posé une question, déclare Dean.

— Et je serais ravi d'y répondre. Tu permets que j'entre ? Violette est là ?

En entendant mon prénom, j'ai un mauvais pressentiment. C'est une sensation que je ne peux expliquer, mais j'en ai la chair de poule. Et ça empire lorsque John débarque dans le salon : mon corps est gagné par un frisson. Il m'adresse un sourire hypocrite et tend les bras vers moi, bien qu'il reste debout à quelques mètres de là où je suis.

— Ah, Violette ! Justement, je vous cherchais. J'étais certaine de vous trouver chez mon fils.

Ça ne sent pas bon tout ça…

Dean arrive sur les talons de son père, et son regard alterne entre lui et moi.

— Tu vas enfin me dire ce que tu fous chez moi ? Je n'ai pas été clair quand j'ai affirmé que je n'avais pas envie de te voir pour le moment ? s'énerve-t-il alors que John continue d'être tout sourire.

— Je te l'ai dit, je viens pour Violette. Comment allez-vous, ma chère ?

— Euh…

John déambule dans le salon et jette un coup d'œil aux tableaux accrochés aux murs. Puis il s'assoit sur la table basse, en face de moi.

— Violette, vous partagez la vie de mon fils, je pense qu'il est important que nous apprenions à nous connaître, vous ne croyiez pas ?

Dean s'avance vers nous et se place aux côtés de son père.

— Mais à quoi tu joues ? s'énerve-t-il.

Quant à moi, je n'en mène pas large. Je n'ai qu'une envie : prendre mes jambes à mon cou. Quoi qu'il se trame, je ne suis pas certaine d'apprécier la suite.

— Je fais connaissance avec ta petite amie ! renchérit John. Commençons par les bases : quel est votre nom de famille ? Je ne m'en souviens plus...

Mes yeux s'écarquillent, ce qui n'échappe pas à Dean, qui me dévisage.

Pourquoi me demande-t-il ça ? Je suis certaine qu'il s'en souvient très bien.

— Williams, réponds-je alors que mes paumes sur mes genoux deviennent très moites.

— Ah oui, c'est vrai... Dean, tu savais que « Williams » est l'un des noms les plus répandus en Amérique ? Fascinant, n'est-ce pas ?

Son fils m'observe étrangement et secoue la tête.

John ne quitte pas son faux entrain, et mon mauvais pressentiment tourne à l'angoisse tandis qu'il croise les bras sur sa poitrine. Mon dos est raide, et mon rythme cardiaque s'accélère. J'ai l'impression que je vais m'évanouir.

— Comme c'est pratique, Violette. Ne trouvez-vous pas ?

Dean est de plus en plus confus. Quant à moi, je comprends ce qui est sur le point de me tomber dessus. Son père va non seulement anéantir ma relation avec son fils, mais également la vendetta que j'attends depuis une dizaine d'années.

— Je ne suis pas sûre de vous suivre, réponds-je avec la voix qui déraille.

— Oh ! vraiment ?

Un éclat de rire franchit la barrière de ses lèvres. Je suis certaine que j'ai blêmi.

— Et si je vous dis qu'il n'existe aucune Violette Williams aux États-Unis ? Pardon, qu'il n'existe aucune Violette Williams qui a votre visage.

Ma respiration se bloque, et je m'agrippe à l'accoudoir du canapé. Mon regard alterne entre le père et le fils. Fils, dont le trouble est on ne peut plus visible.

— Qu'est-ce que c'est que cette histoire ? Violette ?

Dean s'approche de moi, mais je l'arrête de la main avant qu'il parvienne à mes côtés.

— Dean, ce n'est pas ce que tu crois…

— Attends, ce n'est pas tout, fils, reprend John. Après ce qu'il s'est passé le 4 Juillet, j'ai commencé à chercher qui pourrait être responsable du scandale qui a éclaté. Qui aurait pu glisser des photos de moi en situation compromettante dans mon discours ?

Vu l'expression sur le visage de Dean, j'ai très peur qu'il pense à l'évidence qu'énonce son père.

— J'ai d'abord songé à l'un de mes amis. Beaucoup sont jaloux de mon ascension et de ma réussite. Puis, j'ai réalisé que j'avais des informations compromettantes sur la plupart d'entre eux. Les deux seules personnes étrangères à notre cercle habituel, c'était vous et Lana.

— Tu es ridicule ! Tu as vraiment le culot de l'accuser ? s'indigne Dean. Je suis certain qu'il y a une explication pour son nom de famille… Tu as pris celui de ta mère, Violette ?

Mon cœur se serre quand je l'entends me défendre. Jusqu'au bout, Dean n'aura pas douté de moi. Il va tomber de haut et ça anéantira les dernières lueurs d'espoir qu'il avait en l'amour…

Je m'apprête à lui répondre, mais son père ne m'en laisse pas l'opportunité.

— Je suis culotté ? Ce qui est culotté, c'est que ta petite amie soit venue fouiller dans mon bureau alors que ta mère et toi faisiez des cartons. La mémoire vous revient maintenant, petite garce ? dit John en s'adressant à moi.

Je manque de m'étouffer. Comment est-il au courant ?

Alors que je m'apprête à faire un épisode de tachycardie, Dean répond à son père à ma place.

— Sors de chez moi. Tout de suite ! ordonne-t-il en attrapant son père par le col de sa veste. Je t'interdis de lui parler sur ce ton.

Ce dernier s'écarte de son fils et se lève. Et moi, mon cœur se brise morceau par morceau quand je vois la loyauté que Dean me témoigne.

— Je ne plaisante pas ! Dégage !

— Tu la penses si parfaite, n'est-ce pas ? crache John. Je savais que tu n'accorderais aucun crédit à ma parole. C'est pourquoi je t'ai amené une preuve.

Quoi ?

John sort son portable de sa poche de pantalon et le place dans les mains de Dean. Ce dernier regarde l'écran. Plus les secondes s'égrènent, plus son visage se décompose.

J'ai de nouveau du mal à respirer, et j'ai la sensation que mon cœur pèse une tonne dans ma poitrine. Quant à Dean, ses sourcils sont froncés, et ses mâchoires sont tendues.

— Je ne sais pas qui vous êtes, reprend le père de Dean, mais je vais faire de votre vie un enfer. On ne se paye pas la tête de John Hamilton sans souffrir des conséquences. À cause de vous, mon mariage est fichu. Et si vous pensiez trouver des choses compromettantes dans mon bureau, même s'il n'y en avait pas, j'ai tout déplacé après le 4 Juillet.

Quel menteur !

Je vais tomber, mais il tombera avec moi. Et manifestement, il ignore tout de ma véritable identité, ce qui jouera en ma faveur.

— Oh ! et j'ai aussi fait installer des caméras dans la maison, ajoute-t-il.

Alors c'est donc ça qu'il montrait à son fils, sur son portable ? Une vidéo de moi commettant mon méfait ?

Mon regard rencontre celui de Dean. Son air peiné et déçu me tord l'estomac.

— S'il te plaît, Dean, j'allais t'en parler… Ce n'est vraiment pas ce que tu crois…

Mais il n'écoute pas ma supplique, et mon cœur se comprime quand je le vois s'approcher de son père.

Non, non, non… Ça ne devait pas se passer comme ça !

— Dean, je…

— Pourquoi tu m'as fait ça ? Pourquoi tu *nous* as fait ça ? demande-t-il simplement.

Des étoiles dansent devant mes yeux tant je suis sous le choc, et je frotte mes tempes de manière acharnée.

Quand je les observe, mon cœur éclate en un million de morceaux. Si la mine de John est resplendissante, on ne peut pas en dire autant de son fils.

La douleur de ma trahison se reflète dans ses iris, mais aussi dans chaque trait de son visage. J'ignore le poids lancinant sur ma poitrine et vais le rejoindre. Mais alors qu'il ne me reste qu'un mètre à faire, Dean se recule, ce qui m'achève.

— Je sais que tu me détestes en ce moment, fils. Mais tu dois regarder la vérité en face : elle s'est servie de toi, renchérit John. Chaque sourire, chaque parole, tout était inventé. Elle a bousillé mon mariage en créant un scandale, elle t'a fait croire qu'elle était follement amoureuse de toi. Et tout ça, pourquoi ? Nous faire du chantage et nous soutirer de l'argent, j'en suis certain !

— Non ! hurlé-je.

Le désespoir s'infiltre en moi. La seule histoire d'amour sincère que je n'ai jamais eue se consume devant moi. John est en train de monter la tête de son fils et j'assiste, impuissante à la scène.

— Alors, je n'étais qu'un pion ? murmure Dean en déglutissant avec peine.

Ses yeux sont dardés sur moi, inexpressifs.

— Dean, ce n'est pas…

— Réponds-moi ! ordonne-t-il d'une voix autoritaire que je ne lui connais pas.

Si ses paroles sont sèches, son regard me supplie, comme s'il espérait que je ne sois pas celle que son père décrit. J'échange un coup d'œil avec son paternel, et son air réjoui me donne envie de lui décoller une gifle. Puis, je retourne à Dean.

— Tu n'as pas intérêt à me mentir, siffle-t-il en guise d'avertissement.

J'opte pour la carte de l'honnêteté. Je n'ai pas d'autre choix. Mais écoutera-t-il ce que j'ai à lui dire ?

— C'est la vérité, Dean. Je t'ai séduit pour me rapprocher de ton père. Mais ce n'est pas ce que tu crois !

— Et donc, tout ça, ce n'était qu'une grosse mascarade ? hurle-t-il, hors de lui.

Il ne faut pas être un génie pour deviner qu'il a encore une fois le sentiment de s'être fait avoir. Et après Cassy, sa douleur doit être démultipliée.

— Non ! Mon Dieu, non ! Enfin si, au début… Mais après, j'ai appris à te connaître, Dean. J'ai vu la belle personne que tu es ! Je n'avais pas prévu de…

— De quoi, Violette ? ! Tu n'avais pas prévu quoi ? De tomber amoureuse de moi ? À d'autres, je ne croirai plus un traître mot qui sort de ta bouche ! Je me suis déjà fait avoir une fois, non merci.

Le dégoût sur son visage me porte le coup de grâce. Il ne veut pas entendre ce que j'ai à lui dire.

— En tout cas, chapeau bas l'artiste, je suis vraiment tombé dans le panneau. Tu joues magnifiquement bien la comédie ! crie-t-il en se dirigeant vers la porte d'entrée.

Désespérée, je me lance à sa poursuite en ignorant le sourire mesquin de John. Je m'occuperai de cet enfoiré et de ma vengeance plus tard. Pour le moment, le plus important, c'est Dean.

— Dean, je t'en prie… Écoute ce que j'ai à te dire et si jamais tu ne veux plus me voir, je respecterai ta décision.

— Quand je pense que tu as fait semblant de compatir pour ce qui arrivait à ma mère… Que tu m'as fait croire que tu étais heureuse de l'aider à faire ses cartons… Tout ça pour aller fouiner chez mes parents et trouver de quoi soutirer de l'argent à mon père. Tu n'avais pas assez de chiffres sur ton compte ? Il fallait rajouter des zéros ?

Il parle à voix haute, mais ne s'adresse pas vraiment à moi. Son regard est perdu sur le sol, et ses poings sont serrés le long de son corps. Son père a réussi : il a rallié Dean à sa cause.

Et pas étonnant qu'il croie que j'ai fait tout ça pour lui extorquer de l'argent. À sa place, je penserais la même chose.

— Tu te trompes, je me fiche de la fortune de ta famille ! Dean, s'il te plaît !

Je le tire par la manche de son T-shirt, mais il se dégage aussitôt.

Dean ouvre la porte, m'attrape par la taille et me pousse à l'extérieur. Bien que choquée par sa brusquerie, je ne lui en tiens pas rigueur. Il n'est pas dans son état normal. Alors qu'il tente de refermer la porte, je place mon pied dans l'entrebâillement.

— Violette, si tu ne veux pas perdre un orteil, enlève ton pied.

— Dean, je t'en conjure, laisse-moi une chance de m'expliquer…

Je pleure, mais je m'en fiche.

— Tout ce que j'ai fait, je ne l'ai pas fait pour te faire du mal.

Seul ton père était visé dans tout ça. C'est lui qui mérite d'être puni, pas toi. Et, seigneur, encore moins ta mère. Je regrette, si tu savais comme je regrette… Je t'en prie, laisse-moi une chance.

J'essaye d'ouvrir davantage la porte de l'épaule, mais c'est peine perdue, il est plus fort que moi.

— C'est fini, Violette, je ne croirai plus jamais un seul mot empoisonné qui sort de ta bouche de menteuse. Garde tes jérémiades et épargne-moi ta comédie, crache-t-il.

Sur ce, il passe un bras dans l'entrebâillement et me pousse légèrement vers l'arrière pour éviter d'écraser mon pied. Le fracas avec lequel la porte d'entrée claque me fait sursauter.

Durant le quart d'heure suivant, je fixe le bois de la porte, les joues humides de larmes, me répétant que j'ai gâché l'une des plus belles choses qui m'est arrivée dans la vie.

Chapitre 31

Violette

Allongée sur le lit, je m'interroge : est-ce que si je continue de fixer le plafond de ma chambre, il me tombera dessus ? On dit souvent que lorsqu'on désire quelque chose très fort, cela finit par se produire.

Sauf que moi, à aucun moment je n'ai souhaité ce qui m'arrive.

Je n'ai pas voulu me lier intimement au fils de mon ennemi.

Je n'ai pas voulu m'éprendre de lui.

Je n'ai pas voulu que Dean Hamilton façonne ma vie.

Mais ça s'est produit. Et le pire dans tout ça ? Il s'est infiltré dans mon cœur sans que j'en aie vraiment conscience, tel un poison dont le remède n'existe pas et avec lequel on doit se forcer à vivre.

Sans sa présence à mes côtés, j'ai peur qu'il ne rebatte jamais normalement.

Comment en suis-je arrivée là ?

Comment ai-je pu à ce point me tromper de chemin ?

Le plan était pourtant simple : me servir du fils de mon ennemi pour trouver quelque chose d'incriminant sur son père et le faire tomber. Le destin a eu un drôle de sens de l'humour à mon égard : non seulement j'ai détruit un mariage de la plus horrible des manières, mais mon cœur n'a pas non plus été épargné. Piétiné comme jamais il ne l'avait été. Dean a décidé de me fermer la porte de sa maison, de sa vie et de ses sentiments.

Ces pensées, je les ressasse au quotidien. Quotidien que je passe la plupart du temps dans mon lit. Je ne me donne même pas la peine d'ouvrir les volets ou de reprendre mon existence. Je ne me rappelle plus la dernière fois où je me suis douchée, et cela fait plusieurs jours que je porte mon pyjama corgi.

Je pose la main sur ma poitrine, ne retiens pas mes larmes tandis que mon cœur hurle d'agonie. Depuis que Dean m'a dit au revoir, ma vie a été mise sur pause. J'ai passé des jours sans manger, à pleurer, me laissant engloutir par le chagrin. La seule chose qui a changé depuis le début de ce désespoir, c'est que Lana me force à me nourrir au minimum une fois par jour.

Je n'en ai pas envie, mais je le fais. Pour elle. Car je discerne l'inquiétude qui la gagne lorsqu'elle monte me voir depuis que l'homme qui rendait ma vie meilleure m'a prié de sortir de la sienne.

Deux semaines.

Quatorze jours.

Voilà depuis combien de temps je n'ai plus de nouvelles de Dean.

Je délaisse le plafond blanc de ma chambre pour me mettre en chien de fusil. Les genoux contre ma poitrine, je rabats la couette pour qu'elle me recouvre le visage. Je ne sais pas depuis combien de temps je suis ici, allongée à me morfondre. Mais je n'ai ni l'envie ni la force de faire autre chose. La seule chose que je veux, c'est Dean.

Je donnerais n'importe quoi pour qu'il me laisse lui expliquer l'étendue de mes sentiments. Au début, j'ai lutté contre ce que j'éprouvais, pensant juste qu'il s'agissait d'un *crush* passager.

Mais non, ce n'était pas ça. Car à chacun de ses sourires, des papillons se déployaient dans mon ventre. Des éclairs de bonheur m'irradiaient quand ses doigts effleuraient ma peau. Mon cœur s'adonnait à des montagnes russes lorsqu'il me faisait l'amour comme s'il n'y avait pas de lendemain. Tout ça, ce ne sont pas que des sentiments éphémères.

Ça ressemble à de l'amour.

Et je suis bien plus qu'amoureuse de Dean.

Je… l'aime.

Chaque fibre de mon être le ressent.

Chaque cellule.

Chaque atome.

Voilà pourquoi je ne parviens pas à passer à autre chose… Parce que c'est impossible. Il m'est inconcevable d'imaginer une vie sans lui.

Mais Dean ne veut rien entendre.

J'ai tout tenté après ce moment horrible. L'appeler sur son portable, aller chez lui, plusieurs jours d'affilée, mettre un mot dans sa boîte aux lettres. La seule chose que j'ai obtenue, c'est un silence cuisant. Désespérée, je me suis même rendue à Hamilton's Jewelry, mais on m'a empêchée d'entrer ne serait-ce que dans le hall du bâtiment. Pour couronner le tout, Lana s'est fait virer comme une malpropre, John la pensant impliquée, à raison, dans mes magouilles.

Alors, j'ai abandonné tout espoir de revoir Dean un jour et, depuis, je me terre dans mon lit. Les preuves pour réaliser ma vengeance, je les ai et dès que j'aurai retrouvé du poil de la bête, je songerai à la meilleure manière de les exploiter. D'ailleurs, je ne sais pas si elles sont recevables par un tribunal étant donné la façon dont elles ont été obtenues…

Un coup frappé à la porte de ma chambre me sort de mes pensées, Lana entre sans mon accord. Le matelas s'affaisse à côté de moi, et je pousse un grognement quand la couette qui me recouvre la tête se soulève.

— Bonjour, marmotte, dit mon amie à qui je tourne le dos.

Marmotte.

Mon cœur se serre dans ma cage thoracique. Dean aussi m'appelait comme ça.

— Tu sais quelle heure il est ? questionne Lana.

Je râle et essaye de remettre la couette par-dessus mon visage. Sans succès, car à la seconde où le tissu touche mon front, il est à nouveau enlevé.

— Il est 18 heures, l'heure des Lucky Charms.

Dean déteste ça…

— On pourrait regarder une nouvelle fois la saison une de *Outer Banks*. Aucune déprime ne peut résister à JJ et aux bonnes ondes de cette série !

Cette fois-ci, mon cœur se lance dans une course effrénée et douloureuse contre la montre. Mes paupières se ferment et de nouvelles larmes silencieuses dévalent mes pommettes. Des spasmes secouent mes membres et, sans une parole, Lana m'entoure de ses bras, poussant sur le côté la totalité de la couette dans laquelle j'étais enroulée. Nous restons l'une contre l'autre quelques minutes avant qu'elle dise :

— Je sais que ça fait mal, Violette. Dean était important pour toi, et ton petit cœur est en miettes à l'heure qu'il est. Loin de moi l'idée d'être donneuse de leçons, mais il faut que tu essayes de remettre un pied dans la réalité. En quinze jours, tu n'es pas allée voir ta mère pour la soirée tacos ou nager dans l'océan. Et je ne te parle même pas des Lucky Charms que tu as boudés. Ce n'est qu'une question de semaines avant qu'on rende cette superbe maison, alors autant profiter des avantages qu'elle confère. Aux chiottes les Hamilton, ils t'ont suffisamment pris.

Un sourire triste et faiblard se dessine sur mes lèvres.

— Une étape après l'autre, OK ? On va se faire un goûter et on verra pour la suite ? propose-t-elle.

J'admire Lana. Elle est toujours si optimiste. Même quand les choses vont mal, elle rumine un jour ou deux, mais elle reprend très vite la situation en main. La preuve : quoi qu'il se soit passé avec Ethan, elle a rapidement mis ça de côté.

— Allez, on descend ? renchérit-elle.

Je me redresse et soupire de lassitude. La faim n'est pas ma préoccupation première du moment. Mais je décide d'accepter sa proposition. Depuis quinze jours, elle fait tout pour me remonter le moral. Je lui dois au moins ça.

— Très bien, concédé-je en sortant du lit à mon tour.

À la seconde où je vois une lueur d'espoir briller dans les yeux de ma meilleure amie, je sais que j'ai fait le bon choix.

— Je vais nous préparer un plateau et allumer la télé, lance Lana, qui est déjà en train de descendre les escaliers pour s'atteler à la tâche.

— Tout sauf *Outer Banks* ! répliqué-je.

Je saisis la couette et m'enroule dedans. En sortant de ma chambre, je longe le couloir pour aller dans la salle de bains boire un peu d'eau. Lorsque mon regard se pose sur le miroir au-dessus de l'évier, un frisson m'assaille.

Je ne reconnais pas la femme qui me fait face. Du bout des doigts, j'effleure mes cernes qui descendent à un niveau inquiétant, sous mes yeux injectés de sang. La couette tombe de mes épaules, mais je n'y prête pas attention, trop absorbée par la pâleur de ma peau. Je ressemble à la belle-mère maléfique de Blanche Neige. Je fais vraiment peur à voir avec mes joues creusées.

— C'est prêt ! hurle Lana d'en bas.

Je jette un dernier coup d'œil à mon reflet et reprends la couverture. Quelques dizaines de secondes plus tard, je suis affalée sur le canapé, lovée dans ma couette.

— Ça me fait plaisir que tu sois là. Notre rituel me manquait beaucoup, avoue-t-elle.

Mon cœur se serre. J'ai vraiment beaucoup de chance de l'avoir à mes côtés…

— Merci de me soutenir…, murmuré-je.

— C'est à ça que servent les amies !

Lana me tend un bol après y avoir versé du lait et allume la télé. *Comment se faire larguer en dix leçons*, une comédie romantique que nous visionnons quand nous déprimons, passe sur une chaîne. Ça tombe bien, c'est de circonstance. Mais alors que je touille mes Lucky Charms, trois coups sont frappés à la porte d'entrée. Nous échangeons un regard circonspect avec mon amie. Comme nous ne réagissons pas, les coups se renouvellent.

— Qui ça peut-être ? demandé-je.

Lana hausse les épaules.

— J'en sais rien.

Je me lève, délaisse ma couette et me rends à la porte. Mais lorsque je l'ouvre, ma mâchoire manque de se décrocher tant la surprise est grande. Ma main s'agrippe au chambranle et l'air déserte mes poumons.

— Bonjour, Violette.

Je suis si abasourdie que je ne trouve pas la force de lui répondre.

La mère de Dean est sous mon porche. Que me veut-elle ?

— Puis-je entrer ? demande-t-elle.

Je m'attendais à une attitude froide et distante de sa part, car je n'ai aucun doute quant au fait que son fils lui ait confessé mes péchés. Pourtant, quand je lui enjoins de la main d'entrer, elle m'adresse un sourire chaleureux comme elle en a l'habitude.

Helena se tourne vers moi et émet un soupir qui se passe de commentaires. Je referme la porte et m'y adosse.

— Mon fils ne sait pas que je suis ici, mais je me devais de venir vous voir. Ce que vous avez fait…

Mes joues se réchauffent, et je sens la honte s'infiltrer en moi en fixant mes pieds. Je n'ai pas le courage de soutenir son regard, pas plus que je suis prête à l'affronter.

— Helena… Jamais je n'ai voulu vous causer du tort, ni à lui d'ailleurs. Ça ne devait pas se passer comme ça, dis-je d'une voix mal assurée.

Helena pose une main sur mon avant-bras tandis que je suis toujours perdue dans la contemplation de mes pieds nus.

— Peu importe, vous l'avez fait. Mais quelque part, je vous en suis reconnaissante même si j'en ai beaucoup souffert.

Mes sourcils se froncent. Sa déclaration me pousse à la regarder.

— Je préfère connaître la vérité sur mon époux, plutôt que de m'enfermer dans l'illusion d'un mariage parfait qui n'est en réalité ficelé que par un tissu de mensonges.

Une larme solitaire coule sur ma joue, et Helena m'adresse un sourire avant de l'essuyer de son doigt.

— Et je peux vous dire une chose : jamais je n'ai vu Dean aussi épanoui que ces dernières semaines. Pas même avec Cassy, avec qui il est resté des années. Et je sais que c'est grâce à vous. C'est pourquoi je veux vous donner une chance de me dire ce qui vous a poussée à faire une telle chose. Dean m'assure que vous vous êtes servie de lui, mais je pense que l'explication est un peu plus complexe que ça. Car je vois bien la manière dont vous vous comportiez avec mon fils, la façon dont vos yeux s'émerveillaient quand il vous tenait simplement par la taille. Vous êtes amoureuse de lui, Violette, c'est évident. J'aimerais que les choses s'arrangent entre vous et je refuse de croire que vous l'avez seulement utilisé pour soutirer de l'argent à John…

Cette fois-ci, les larmes coulent en nombre sur mes joues. Qu'Helena me permette de lui livrer ma version des faits est inestimable. Le poids sur ma poitrine, qui ne me quitte pas depuis des semaines, s'estompe quelque peu. Mon cœur se rouvre à un sentiment que j'avais perdu : l'espoir.

— Vous devriez vous asseoir, conseillé-je en pointant du nez le canapé.

Lana, qui n'a pas loupé une miette de notre échange, pousse la couverture par terre et se décale pour laisser la mère de Dean se poser sur les coussins. Quant à moi, je me place en face d'elles, les fesses sur la table basse après avoir éteint la télévision. Mes mains sont moites d'angoisse, ma bouche est sèche, et je ne suis pas sûre que ce que je m'apprête à confier à Helena soit une bonne idée.

Mais je n'ai plus rien à perdre, alors…

— Eh bien, tout a commencé quand j'ai effectué un stage chez Hamilton's Jewelry, lorsque j'avais dix-sept ans…

Les couleurs sur le visage d'Helena s'estompent au fur et à mesure qu'elle découvre qui est le monstre qui se cache derrière son mari.

Chapitre 32

Dean

— Mec, tu as vraiment une sale gueule.

J'ignore la remarque d'Ethan en reportant mon regard sur l'océan en face de nous. La nuit réclame ses droits sur le jour, et d'ici peu, il n'y aura plus qu'un croissant de lune qui éclairera faiblement le paysage.

Assis dans l'herbe de mon jardin, j'ouvre une bière et en siffle la moitié d'une traite.

— Tu devrais peut-être ralentir sur la picole, conseille Ethan.

— Tu m'accompagnes en boîte ce soir ?

Ethan arque un sourcil et ne me répond même pas. Tant pis, j'aurais essayé, des fois qu'il ait pitié de moi.

Je termine ma bouteille et l'envoie valser derrière moi avant d'en ouvrir une autre. Une fois que je l'ai décapsulée, je porte le goulot à mes lèvres. Mais je n'ai pas le temps d'en prendre une gorgée, car Ethan me l'arrache des mains. Je lui lance un regard noir en le voyant vider son contenu dans la pelouse.

— Ethan, si t'es venu pour me faire chier, ce n'est pas le moment du tout.

— Je suis venu pour te soutenir, abruti.

— Le genre de soutien dont j'ai besoin, c'est celui que Noah pourrait m'apporter, sifflé-je en attrapant une nouvelle bouteille dans le pack à côté de moi.

Je manque d'étrangler Ethan quand il récidive avec son action de sensibilisation antialcool.

— Tu crois vraiment que « sexe, drogue et alcool » est le meilleur mélange pour faire face à ton histoire avec Violette ?

Entendre le nom de celle à l'origine de tous mes tourments comprime mon cœur. Ce que mon ami ignore, c'est que n'importe quel moyen pour me la sortir de la tête est bon. Depuis le jour où je l'ai éjectée de ma vie, il ne se passe pas une seconde sans qu'elle occupe mes pensées. Pire, je me prends souvent à rêver que rien de tout ça n'est arrivé : qu'elle n'a pas trahi ma confiance et qu'elle ne m'a pas menti pendant des semaines.

Quel abruti je fais !

Comment ai-je pu me laisser aussi facilement berner ? Surtout après Cassy ?

— Eh bien, « honnêteté, confiance et amour » n'a pas marché, alors pourquoi ne pas essayer de se lancer dans les pires vices que cette terre ait à offrir ? réponds-je.

— Tu ne penses pas ce que tu dis.

— Oh que si !

Oh que non…

M'imaginer avec quatre grammes d'alcool dans le sang en sniffant de la poudre entre les seins d'une blonde siliconée avant de la culbuter me file la gerbe. Je ne suis plus avec Violette, pourtant, j'aurais l'impression de faire quelque chose de mal. Ce qui est insensé, car elle se contrefout de moi. Pour elle, je n'étais qu'un moyen de parvenir à son objectif. Ce que je ne comprends pas, c'est pourquoi elle a fait tout ça. Enfin, si, sûrement pour soutirer de l'argent à mon père. Sauf que mon intuition me dit qu'il y a une autre raison. Ça me parasite sans cesse et me prend la tête.

Mais comme je ne lui ai pas donné l'opportunité de s'expliquer, il m'est impossible de saisir son but.

« *Seul ton père était visé dans tout ça. C'est lui qui mérite d'être puni.* »

Ses paroles résonnent dans ma tête. Une partie de moi meurt d'envie de savoir ce dont elle parlait. J'ai questionné mon paternel à ce sujet, mais il m'a simplement répondu qu'il ne l'avait jamais vu de sa vie et que c'était probablement une cinglée qui devait avoir des dettes à régler.

Mais ce qui me pose problème, c'est la manière dont Violette a présenté les choses : ça me laisse penser qu'il lui a un jour fait du mal. Rien qu'à cette idée, ma poitrine se gonfle de colère, et mon sang bout dans mes veines.

Voilà pourquoi c'est un bordel sans fin dans ma caboche depuis deux semaines. Je suis tiraillé par mes puissants sentiments pour elle qui ne disparaissent pas et le dégoût que son comportement m'inspire.

Même si elle n'est pas là, c'est tout comme. Les notes subtiles de fleur d'oranger et de pomme de son shampooing ont imprégné ma maison. C'est pour cette raison que j'ai le cul par terre dans l'herbe plutôt que sur mon canapé.

La voix d'Ethan m'arrache à mes pensées.

— Tu sais qu'elle va finir comme les deux précédentes.

Je jette un coup d'œil à la bouteille de bière que j'ai pris mécaniquement dans le pack. Je pousse un juron et la remets à sa place sous la mine approbatrice d'Ethan.

— Ingérer la totalité de la production annuelle de Budweiser en quelques semaines n'est pas la solution à ton problème, affirme-t-il.

— Acheter une machine à remonter le temps pour ne jamais rencontrer Violette l'est ?

Mon ami me lance un coup d'œil à la dérobée. Puis, il croise les bras sur sa poitrine et reporte son attention sur l'océan face à nous.

— Tu ne penses pas ce que tu dis.

— Si.

Non.

— Non, tu ne le penses pas. Dean, tu n'es plus le même depuis que Violette a débarqué. Et je suis certain que chaque matin, t'as l'impression que le soleil brille plus fort. Que chaque soir quand tu te couches, elle traîne aussi bien dans ta tête que dans ton cœur. La vie te semble plus savoureuse depuis qu'elle est à tes côtés pour la simple et bonne raison que c'est elle qui la rend meilleure.

Ethan a toujours été quelqu'un de réservé et c'est bien la première fois depuis que je le connais qu'il me parle avec son… cœur. Les sentiments, l'amour… Ça n'a jamais été son truc, même lorsqu'il était en couple avec une femme. Nous partageons beaucoup de choses, mais discuter de nos sentiments n'est pas quelque chose que nous faisons.

Ses paroles sont justes. Violette était la lumière qui manquait à mon existence. Mais j'ai la sensation que ce n'est pas d'elle dont il est question. C'est d'ailleurs peut-être pour ça qu'il se confie.

— Tu es sûr qu'on parle toujours de moi ?

Il hausse les épaules.

— De qui d'autre je parlerais ?

— Lana…

Ethan tourne la tête vers moi. Un voile de tristesse traverse ses iris bleutés, et ses mâchoires sont tendues. Il ne l'a pas revue depuis des semaines, parce qu'elle passait le plus clair de son temps en télétravail avant que mon père la vire.

— Ne sois pas ridicule, murmure-t-il avant de jouer avec du sable.

— C'est toi qui es ridicule. Tu ne m'as même pas expliqué ce qu'il s'est passé entre vous…

D'ailleurs, Violette n'en a pas appris davantage de son côté. C'est un mystère qu'Ethan et Lana semblent résolus à garder pour eux.

— Pour la centième fois, il ne s'est rien passé entre nous. Et tu sais très bien que je pars dans quelques mois au bout du monde.

— À d'autres ! Ça faisait longtemps que tu n'avais pas décroché un sourire, jusqu'à ce que ce petit bout de femme débarque dans la boîte.

Ethan se fige. Il expire bruyamment en plongeant la main dans ses cheveux lâchés où quelques grains de sable se logent. Puis, il m'adresse un triste sourire.

— On ne parle pas de moi, mais de toi.

Traduction : occupe-toi de tes oignons.

— Tout ça pour dire que, Dean, je ne t'ai jamais vu plus heureux qu'avec Violette. Bordel, tu as même pris deux semaines de vacances ! Ça n'était pas arrivé depuis combien d'années ?

J'aimerais le contredire en prétendant que c'était pour ne pas croiser mon père que je l'ai fait, mais c'est faux. J'avais réellement envie de passer du temps avec Violette, de sortir la tête de mon travail dans lequel je me noyais.

— Et maintenant, tu es une vraie épave. Pire que quand tu as appris la vérité sur Cassy.

Encore une fois, je ne démens pas, car il a raison. Bordel, Violette me manque tellement. J'ai eu toutes les peines du monde à ne pas lui ouvrir quand elle est venue trois fois frapper à ma porte.

La lettre qu'elle a déposée a fini à la poubelle. Les premiers jours après avoir appris la vérité, j'étais si en colère que je ne voulais plus jamais entendre parler d'elle. Mais maintenant, je regrette de ne pas avoir lu ce qu'elle avait à me dire. Je suis partagé entre deux envies contradictoires : celle de l'écouter me livrer sa version des faits et celle de ne plus jamais croire un traître mot sorti de sa bouche.

La Violette que je fréquentais se montrerait honnête. Mais comment savoir si je la connais vraiment ? Elle a changé depuis notre rencontre et s'est ouverte à moi, s'est laissée apprivoiser dans une certaine mesure. Mais si tout ça était calculé ?

— Dean, il faut que tu lui parles, dit Ethan en me ramenant une fois de plus dans la réalité du moment. Il faut que tu clarifies tout ça.

— C'est déjà clair, elle s'est servie de moi.

Ethan soupire.

— Tu penses que Lana était de mèche avec elle ? demandé-je.

— J'en sais rien… Je pense qu'il y a autre chose derrière cette histoire. Ça me paraît trop gros de faire ça uniquement pour de l'argent.

— Tu crois ?

— Je ne dis pas que ce n'est pas possible, mais que ça m'étonne. J'ai essayé d'appeler Lana pour tirer ça au clair, mais elle refuse de me parler depuis…

La fin de sa phrase meurt sur ses lèvres. Sûrement parce qu'il vient de se rendre compte qu'il allait me révéler ce qu'il s'évertue à nier.

Puis, il se relève en me tendant la main. Je l'attrape, et nous rentrons. À la seconde où nous pénétrons dans le salon, des effluves d'oranger et de pomme assaillent mes narines. Ethan sent-il cette odeur entêtante ou bien est-ce mon imagination qui me joue des tours, car je suis en manque de sa muse ?

Je soupire et passe une main dans mes cheveux en tirant légèrement dessus après avoir refermé la baie vitrée. Toute cette histoire me fatigue. Je n'en dors plus et je ne mange presque plus. Ce n'est pas une épave que je suis, mais un mort-vivant. Éveillé, mais mort à l'intérieur.

— Dean, me hèle Ethan depuis le couloir.

Je le rejoins tandis qu'il enfile sa veste.

— Appelle-la, dit-il à nouveau. J'ai bien remarqué la façon qu'elle avait d'être avec toi. Ses yeux brûlaient d'amour quand elle les posait sur toi. Elle pensait sûrement qu'on ne la voyait pas lorsqu'elle te regardait à la dérobée, mais moi, je l'ai observée. C'est impossible de feindre ça. Peut-être avait-elle prévu de se servir de toi à la base, mais ça s'est retourné contre elle. Je ne te dis pas de l'accueillir à bras ouverts, mais écoute-la. Tu le regretteras toute ta vie sinon. Et qu'est-ce que tu as à perdre ?

Ethan me surprend de plus en plus. Je retiens un sourire.

— Quoi ? interroge-t-il en fronçant les sourcils.

— Rien. Je suis juste… étonné. D'habitude, tu es allergique à toute forme de mièvrerie.

Sa pomme d'Adam s'agite rapidement, et il dévie le regard. J'ai bien envie de lui suggérer que c'est Lana qui est à l'origine de ce changement, mais je me ravise. Quoi qu'il se soit passé entre les deux, ça à l'air d'être source de douleur pour lui.

— Bref, en tout cas, je te remercie de m'avoir écouté. Et tu as peut-être raison…, ajouté-je.

Contacter Violette me trotte dans la tête depuis quelques jours. Il devient nécessaire de mettre un point sur notre histoire. Qu'il soit final ou de suspension.

Il faut que je me plonge dans ses yeux ambrés pendant qu'elle me parle. Je dois l'observer pour savoir si elle est honnête.

— Appelle-la, Dean, répète Ethan pour la énième fois.

Et alors que je pense qu'il va s'en aller, il me surprend encore une fois en me serrant dans ses bras. Des larmes que j'ignorais retenir coulent. Je réalise que j'avais vraiment besoin du soutien d'un ami. J'ai passé deux semaines cloîtré chez moi, sans contact avec le monde extérieur.

Ethan s'écarte, et je m'empresse de sécher mes larmes avant qu'il les voie.

— Pleurer ne fait pas de toi quelqu'un de faible, Dean. Mais quelqu'un d'humain, qui ressent et a besoin d'exprimer à quel point son cœur a été brisé par la femme qu'il aimait… Ce mythe de l'homme fort, invulnérable et qui ne pleure jamais, c'est des conneries. Même un mâle alpha doit lâcher son trop-plein d'émotions de temps en temps. Ça ne fait pas de lui quelqu'un de moins viril. Bien au contraire, reconnaître et accepter ses failles est ce qui fait d'un homme un homme.

Je sais très bien qu'à travers ces paroles se reflète sa propre expérience lorsqu'il a perdu sa mère.

— On dirait que le destin vient de prendre une décision à ta place, murmure Ethan en observant l'extérieur.

Chapitre 33

Dean

J'observe mon ami faire un signe de la main tandis qu'il descend les marches du perron pour regagner sa voiture. Quand j'aperçois les personnes qu'il a saluées, mes doigts s'enfoncent dans le bois de porte, et mes mâchoires se crispent.

Violette est là.

Violette est là, et ma mère l'accompagne.

Qu'est-ce que c'est que ce bordel ?

En moi l'irritation se mêle à un sentiment que je ne peux ignorer : le soulagement. J'ai l'impression de respirer normalement à nouveau.

Je les regarde avec appréhension remonter mon allée après avoir salué Ethan. Les découvrir ici ensemble ne me dit rien qui vaille. Ma mère a toujours pris un grand soin de ne pas s'impliquer dans mes histoires d'amour, aussi suis-je surpris. Toutes deux se postent à un mètre de moi.

J'accorde un bref signe de la tête à ma mère avant de passer à ma belle fleur. J'avais la certitude que mon cœur était complètement brisé. Mais lorsque je pose le regard sur Violette, je constate qu'il ne l'était pas entièrement. L'infinie tristesse dans ses iris me cloue sur place. Elle a mauvaise mine et n'est plus que l'ombre d'elle-même. Et je ne parle pas de son corps aminci qui semble presque frêle.

Elle se tortille dans son ensemble jogging rose pastel, mais ne se résout pas à m'observer à nouveau.

Je ne supporte pas de la voir souffrir, même si elle m'a planté un poignard dans le cœur.

Putain, quelle connerie l'amour.

Car c'est évident, je suis fou de cette femme. Elle m'a trahi, mais la puissance de mes sentiments pour elle est toujours là.

Violette lance des coups d'œil à ma mère en malaxant ses mains l'une contre l'autre. Sa souffrance est manifeste, tout comme son mal-être. Je doute fort qu'elle puisse feindre à ce point le chagrin.

— Qu'est-ce que vous fichez là ?

Ma voix est plus cassante que je ne le voudrais, et je ne peux m'empêcher de fusiller Violette du regard. Moi aussi, je souffre, putain !

— Dean, dit ma mère en s'approchant de moi pour poser les mains sur mes épaules. Je ne cautionne pas ce que Violette a fait. Mais même si ça te paraît inconcevable, je te demande de me faire confiance. Son histoire vaut la peine d'être entendue, et je sais que ça changera ton point de vue sur ce qu'elle a fait.

J'observe la principale intéressée qui se mordille la lèvre. Ça m'a tellement manqué de la voir faire ça…

Ma mère m'embrasse la joue avant de se retourner pour serrer Violette dans ses bras. Elle lui murmure quelque chose à l'oreille et la seconde d'après, des larmes apparaissent aux yeux de Violette.

Ma mère lui a donc pardonné ?

Le silence s'installe entre nous tandis que le cliquetis des talons de ma mère sur les dalles de mon allée résonne.

Je dois prendre sur moi pour ne pas la serrer dans mes bras. J'ai tellement envie de sentir à nouveau sa peau contre la mienne que c'en est douloureux. Mais je veux écouter sa version pour voir si je parviens à lui pardonner ses erreurs. Je n'arrive pas à croire que j'envisage de le faire. Je m'étais juré après Cassy que je ne tolérerais aucun faux pas de cette ampleur, pourtant voilà que je le considère.

Putain d'amour à la con.

Je m'écarte et l'invite à entrer du bras. Violette ne se fait pas prier et moins d'une minute plus tard, nous sommes dans le salon. Je m'installe sur le canapé, et elle se perd dans la contemplation de l'un des tableaux de ma mère qui représente la forêt boréale où nous sommes allés tous les deux. Je me contente de l'observer. Il est hors de question que j'initie le dialogue.

Quand j'en viens à penser qu'aucune parole ne franchira ses lèvres aujourd'hui, elle murmure :

— Lors de ma dernière année de lycée, nous devions trouver un stage pour avoir une première expérience du travail avant d'aller en fac.

Je me redresse lorsqu'elle se détourne enfin de la peinture *Automne* de ma mère. Violette s'assoit en face de moi, prenant soin de laisser quelques mètres de distance entre nous. De ses mains tremblantes, elle sort une pochette de documents de son sac. Elle remonte les manches de son sweat et inspire profondément.

Je ne comprends pas où elle veut en venir.

— Grâce à mon travail acharné à l'école, je collectionnais les A et les excellentes appréciations. Et même si ma scolarité a été interrompue pour quelques mois quand je vivais dans la r…

Elle ne continue pas et n'en a pas besoin, je sais parfaitement à quelle période de sa vie elle fait référence.

— Bref. J'étais une très bonne élève, ce qui m'a permis de décrocher une bourse.

Hein ?

Mes sourcils se lèvent, et Violette daigne enfin me regarder. Ses iris vifs et si brillants d'ordinaire sont aujourd'hui ternes.

Ne la serre pas dans tes bras, Dean, ne fais pas le con, laisse d'abord s'expliquer.

— Voilà mon premier mensonge. Je n'ai jamais été riche, Dean. Ma mère et moi n'avons jamais roulé sur l'or, il n'y a eu aucun héritage miraculeux qui nous est tombé dessus. J'ai économisé pendant des années, jonglant entre plusieurs jobs pour pouvoir louer la maison des Hamptons, m'offrir de superbes tenues et créer mon personnage de Violette Williams. Je m'appelle bien Violette, mais mon vrai nom de famille est Dash.

J'ai l'impression qu'une force invisible m'administre une gifle. Je comprends mieux pourquoi Violette n'a jamais agi comme tous les riches obsédés par leur porte-monnaie. N'ayant jamais connu ça, elle n'en avait pas les codes et le comportement.

Et quand je pense aux nombreuses fois où elle a refusé que je paye à sa place… Ma belle fleur est clairement en train de remonter dans mon estime.

— Alors, quand la fille du quartier malfamé de Brownsville que j'étais a décroché une bourse, j'étais aux anges. Je voulais faire des études dans la finance et j'ai été prise en stage dans une société que j'admirais. Jamais je n'aurais pensé que les choses tourneraient si mal pour moi.

Puis, elle ouvre la pochette et me tend un document. Lorsque je m'en saisis et effleure l'espace d'un instant sa main, la chair de poule gagne ses bras. Je ne peux cacher ma stupeur découvrant un contrat rédigé par Hamilton's Jewelry ; je reconnais même la signature de mon père.

— Tu as fait un stage dans notre entreprise ? demandé-je, incrédule, me décidant enfin à rompre mon mutisme.

Elle hoche la tête, et ses yeux s'emplissent de larmes. Je sens que je ne vais pas aimer sa prochaine confession.

— Oui. Depuis que ma mère et moi ne vivions plus dans la

rue, j'avais un rêve que je souhaitais accomplir. Voir un jour ce rêve devenir réalité a été mon carburant pendant toute ma scolarité. Et à côté de ça, je voulais décrocher un poste à hautes responsabilités dans une grande entreprise, pour nous sortir ma mère et moi de la précarité… Pour ça, je désirais faire des études dans la finance, apprendre les rouages des sociétés… Alors, quand Hamilton's Jewelry a répondu favorablement à ma demande de stage, j'ai sauté au plafond. Puis, ma vie s'est effondrée le jour où j'ai eu un rendez-vous avec ton père.

« Seul ton père était visé dans tout ça. C'est lui qui mérite d'être puni. »

Mon mauvais pressentiment ne fait que se confirmer.

— À la fin de notre stage, nous devions proposer un projet à notre professeur d'économie dont le thème était « comment améliorer l'image d'une entreprise ? ». Il fallait qu'il soit validé par la société dans laquelle nous travaillions pour quelques semaines. J'ai donc présenté le mien à ton père, mon rêve d'enfant qui collait parfaitement à l'intitulé de notre devoir.

Elle rouvre sa pochette et me tend un petit carnet violet sur lequel une licorne est dessinée. Ses meilleurs jours sont clairement derrière lui, et la couverture est tachée. Violette m'encourage d'un signe de tête à le consulter. Il est corné en bas de certaines pages, et le papier est jauni. Ce truc devait lui appartenir quand elle était enfant. Des dates sont notées au-dessus de chaque page et au fil de celles-ci, l'écriture évolue, le tracé des lettres s'améliorant. Je ne lis pas vraiment ce qui s'y trouve, mais un griffonnage attire mon attention. En fait, il s'agit plutôt d'une liste dont tous les mots sont barrés sauf le dernier.

Heaven.

Putain de merde.

Mon cerveau n'arrive pas à traiter ce que je suis en train de réaliser. J'observe Violette dont les yeux sont embués. Son corps est secoué par un tremblement.

Non. C'est impossible. Mon père est un con, mais il n'aurait tout de même pas fait ça ?

— Es-tu en train de suggérer…

Elle ne me laisse pas terminer ma phrase, et son regard se fait dur.

— Je ne suggère rien du tout, Dean. Je t'affirme que ton père m'a volé mon rêve. Le Heaven était mon projet ! Ton abruti de géniteur n'a même pas pris la peine d'en changer le nom !

Et comme ça, en une seconde, Violette retrouve toute sa superbe. La détermination anime son visage. Sa colère envers mon père est son énergie motrice.

— Il m'a fait croire que cette idée ne fonctionnerait pas et il s'est moqué de moi, arguant qu'il ne soutiendrait jamais un tel projet et qu'il ne manquerait pas de décrocher le téléphone pour appeler mon lycée si je n'en développais pas un autre. Tout ça, après que j'ai refusé ses avances.

Quoi ?

Les larmes continuent d'affluer sur ses pommettes, mais elle n'y prête pas attention.

— Mais il ne s'est pas arrêté là. Il s'est assuré que je ne fasse pas de scandale en clamant qu'il m'avait volé mon idée.

La fureur qui brille dans ses yeux m'inquiète.

— Ton père a fait courir de fausses rumeurs à mon sujet. Il a contacté l'université qui m'avait accordé une bourse pour leur raconter un tas de mensonges.

Un sanglot s'échappe de ses lèvres, et mon bide se tord. Je me sens de plus en plus mal à l'aise. Après avoir longuement inspiré, elle reprend :

— Ton père a retourné la situation : ce serait moi qui lui aurais fait des avances pour négocier ma future place dans son entreprise.

Il aurait soi-disant refusé, alors, je l'aurais menacé de faire éclater un scandale en prétendant que le projet du Heaven était mon idée, pas la sienne.

Violette malaxe ses mains l'une contre l'autre. Je nage en pleine confusion et je ne sais pas quelle version croire.

— Du coup, ma bourse a été annulée… L'université ne voulait pas d'une étudiante avec une telle réputation. Et il était trop tard pour postuler à une autre. De toute façon, même si j'avais été accepté ailleurs, l'établissement n'aurait pas mis longtemps à comprendre pourquoi ma première bourse avait été annulée. En somme, j'étais coincée, car on n'avait pas les moyens pour que je prenne un prêt étudiant…

Mon cœur loupe un battement. Mes mains se crispent sur son petit carnet. Mon enfoiré de père a vraiment fait ça ?

— Je n'étais plus qu'une fille facile prête à passer sous le bureau pour obtenir ce qu'elle voulait… Non seulement je n'ai pas pu faire les études dont je rêvais, mais j'ai aussi été victime de harcèlement… Ton père a raconté ses mensonges à l'un de ses directeurs commerciaux dont la fille allait au même lycée que moi et qui… me détestait. Il n'a pas fallu longtemps avant que des rumeurs circulent. Mes camarades ont tagué mon casier, m'ont intimidée, insultée dans les couloirs ou sur les réseaux sociaux. Je n'ai pas pu finir l'année scolaire, le proviseur m'a suspendue après que je me suis défendue lorsqu'un garçon a essayé de me peloter sans mon accord…

Les larmes coulent à nouveau sur ses joues, et sa voix tremble.

Elle ne pourrait pas feindre à ce point ? C'est impossible, pas vrai ?

Je suis complètement paumé et je n'y comprends plus rien.

— J'ai passé deux mois cloîtrée dans ma chambre, à pleurer sur mon sort et pour mon avenir parti en fumée après tant d'efforts, continue-t-elle. Aux yeux de mes camarades, j'étais devenue

« Violette, la traînée ». Heureusement que ma mère et Lana me soutenaient, je ne sais pas comment je m'en serais sortie sans elles.

Cette fois-ci, elle pleure franchement. Mon cœur se brise. J'ai une furieuse envie de sécher ses larmes, mais j'en suis incapable. Je n'arrive pas à démêler le vrai du faux de cette situation.

— Qu'est-ce qui me prouve que tu dis la vérité ? murmuré-je.

Les yeux de Violette sondent les miens. Il n'y a que la tristesse sur son visage. Une tristesse qui me perfore l'estomac.

— Rien, Dean. Mais pour quelle raison je te mentirais encore ? Tu as découvert qui j'étais, que je me servais de toi au début… Je n'ai plus rien à perdre… Je t'ai déjà perdu…

Elle renifle bruyamment.

— Mais si tu veux, tu peux faire comme ta mère : elle a appelé la mienne pour qu'elle confirme ma version des faits.

Bordel.

La rage que j'éprouvais à l'égard de Violette a changé de cible, j'ai une folle envie de tordre le cou de mon père. Je n'ai nul besoin de contacter la mère de Violette.

Mon père est un homme mort.

C'était déjà acté dans mon esprit qu'il n'était plus celui que j'ai connu autrefois, mais il semblerait que c'est un enfoiré depuis bien plus longtemps que je ne le soupçonne.

— Qu'est-ce qui t'a fait changer d'avis ? Parce qu'on n'en est pas arrivés là par la force du Saint-Esprit, répliqué-je, d'un ton plus dur que je ne le voulais.

Ma réplique pousse Violette à détourner le regard.

— Un reportage que j'ai vu un jour sur lui… Il était présenté comme un philanthrope, altruiste, profondément dévoué à l'être humain. Il se fout des sans-abris, il me l'a avoué… Alors, j'ai pris une décision : ton père devait payer pour ce qu'il m'avait fait. Je m'étais résignée depuis trop longtemps.

Ses doigts se promènent sur son tatouage fleuri au poignet, dont elle repasse, comme par automatisme, les traits. Je ne peux m'empêcher d'attirer son avant-bras vers moi. Un spasme la secoue, et j'en déduis que, tout comme moi, notre puissante connexion physique lui a manqué. Avec douceur, je repousse sa main et entreprends à mon tour de dessiner les contours de l'encre. Violette soupire et expulse l'air qu'elle retenait. Ses paupières se ferment. Elle est soulagée, et ses épaules s'affaissent sous mon contact.

Ça lui a manqué autant qu'à moi, je n'ai pas de doute là-dessus. Comme je n'ai pas de doute sur le fait qu'elle ne me ment pas. Mais est-ce suffisant pour lui pardonner de s'être servi de moi ?

— Cinq épines ? Pourquoi ? demandé-je, soudain captivé par le noir sur sa peau.

Ses paupières s'ouvrent.

— Ça représente les cinq ans que j'ai passés à mûrir ma vengeance, à économiser pour entrer dans… ton monde.

Un air penaud se peint sur ses traits, et elle baisse la tête.

— Et ce n'est pas tout, Dean, murmure-t-elle.

Elle s'arrache à mon contact et sort une liasse de documents de sa pochette. Un coup d'œil à l'en-tête m'apprend qu'il s'agit d'un relevé de comptes de Hamilton's Jewelry.

— Tu as ajouté hackeuse à ta casquette en plus de celle de comédienne hors pair ?

Ma remarque est cinglante, mais Violette ne bronche pas.

— Ce que ton père m'a fait, je n'avais aucune preuve. C'était ma parole contre la sienne. C'est pour ça que je me suis rapprochée de toi. Je voulais te séduire pour trouver quelque chose d'incriminant sur lui.

— Tu as fouiné dans le bureau de mon père, je suppose que tu en as fait autant avec le mien, à l'étage ?

Violette baisse les yeux, donnant ainsi une réponse silencieuse à ma question.

— Ce que ton père ne sait pas, c'est qu'avant qu'il déplace ses documents et fasse installer des caméras, nous avions pu fouiller une fois son bureau avec Lana. Le 4 Juillet. Observe bien ces lignes, dit-elle en tapotant du doigt sur la feuille.

Je fais ce qu'elle ordonne, et il ne me faut pas longtemps pour comprendre.

— À qui appartient le compte où part la moitié des dons ?

— À ton avis ? crache-t-elle.

Je sais qu'elle se venge pour mes remarques cinglantes, qu'elle ressent le besoin de s'affirmer. Et j'adore ça. J'aime sa combativité et sa personnalité explosive. Violette redevient enfin elle-même.

— Éclaire ma lanterne, exigé-je.

Je ne peux me résoudre à accepter ce qui tourne en boucle dans mon esprit.

— Ton père.

En deux mots, Violette anéantit le déni dans lequel je tente de m'enfermer. Je me lève pour aller ouvrir la porte-fenêtre qui donne sur le jardin. Je pensais que l'air estomperait la nausée qui me gagne, mais il n'en est rien. Je la ferme donc.

— Tu es sûre de ce que tu affirmes ? demandé-je.

J'entends les pas de ma belle fleur résonner derrière moi. Son reflet apparaît dans la vitre, et je la contemple alors qu'elle acquiesce en silence.

Bordel, qu'est-ce qu'elle m'a manqué.

J'essayais de me persuader qu'elle n'était pas essentielle à mon existence, mais je réalise à quel point je m'étais trompé.

— Dean ?

Sa voix n'est plus qu'un murmure. Je me retourne pour lui faire face et plante mes yeux dans les siens. Sa vulnérabilité me perturbe.

— Tu me crois ? questionne-t-elle.

Elle s'aspire la lèvre entre ses dents, mal à l'aise.

— Oui, Violette.

Elle relâche sa lèvre. Si elle est rassurée, j'ai néanmoins besoin de lui confier une dernière chose.

— Je comprends pourquoi tu as fait tout ça, Violette. À ta place, j'aurais voulu me venger aussi. Et vu tout ce que tu as vécu, c'est amplement justifié. Mon père doit payer pour ses fautes. Mais je ne suis pas sûr que j'arriverais à passer au-dessus du fait que tu m'as utilisé pour assouvir ta revanche. Et je ne parle pas du mal que cela a occasionné pour ma mère.

Ses lèvres décrivent un « o » parfait, et elle tremble en hochant la tête.

— Dean…

Violette s'éclaircit la gorge et inspire longuement avant de reprendre, les yeux rivés à ses baskets :

— Je comprends…, chuchote-t-elle. Mais, vraiment, je t'assure que je ne souhaitais pas faire de mal à ta mère. Seul ton père devait voir sur ces photos, je voulais lui insuffler de la peur, qu'il sache qu'au moins une personne n'était pas dupe quant à l'homme qu'il est réellement.

Ce n'était pas bête comme stratégie.

— Et pour ce qui est de nous… J'ai voulu me rapprocher de toi pour opérer de l'intérieur. Je n'avais prévu qu'on couche ensemble qu'en cas d'extrême nécessité. Mais, ça ne s'est pas passé comme je le souhaitais…

Sa tête se redresse, et lorsque Violette m'adresse un regard, de nombreuses larmes coulent sur son visage.

— Je ne pensais pas que nous nous entendrions si bien et que j'allais m'éprendre de toi. Je croyais que tu n'étais qu'un copié-collé de ton père, une version plus jeune de l'ordure qu'il est.

Je ne la contredis même pas, elle a décrit mon paternel avec justesse. Violette renifle, chasse ses larmes de ses doigts et poursuit :

— Et quand j'ai compris que tu ne faisais que porter un masque, tromper la plupart des gens qui te côtoyaient, il était trop tard, Dean. Tu avais déjà gagné mon cœur. Il t'a appartenu bien avant que je m'en rende compte.

Ses sanglots ne font que s'accentuer, et j'ai toutes les peines du monde à rester loin d'elle.

— Oui, mais la seule chose qui t'a poussée à être honnête, c'est que mon père t'ait grillée ! m'emporté-je. S'il ne l'avait jamais découvert, on aurait passé plusieurs années à vivre dans le mensonge ? Tu sais que je hais ce genre de comportement, ça me révulse.

Un frisson la secoue quand elle entend mes mots.

— Si, j'allais t'en parler. Je ne supportais plus la culpabilité et j'avais sincèrement envie qu'un « nous deux » puisse perdurer. Je voulais tout t'avouer avant le week-end que nous avons passé au Canada, mais j'ai été égoïste et ai préféré avoir un dernier bon moment rien que nous deux, car je redoutais ta réaction. Le plus ironique dans tout ça, c'est que j'allais tout te dire quand on est arrivés chez toi après notre voyage, juste au moment où ton père a débarqué.

« Dean, il faut que je te parle de quelque chose. »

Je me souviens très bien de ses mots et de l'angoisse qui a gagné ses pupilles à ce moment-là. Et je la crois, sans l'ombre d'un doute. Je continue de la fixer en silence, mais ne trouve pas la force de m'avancer vers elle.

Violette renifle bruyamment.

— J'ai conscience que j'ai déconné dans les grandes largeurs. Mais je suis tellement désolée, Dean. Tu n'as pas idée à quel point je voudrais revenir en arrière et faire les choses différemment. Je pensais que ma vengeance m'apporterait du réconfort et serait ma planche de salut. Mais elle n'a fait que m'arracher l'homme que… *j'aime.*

Ses mots me frappent, et mon cœur se met à battre plus vite.

— Bon sang, je t'aime tellement, comme je n'ai jamais aimé quelqu'un de ma vie, Dean.

La blessure qu'elle m'a causée se réveille elle aussi quand j'entends ses paroles.

— Je t'aime, Dean, n'en as-tu pas conscience ? J'aime la femme que je suis à ton contact. J'aime la manière dont tu me regardes avec douceur. J'aime le fait que tu me pousses dans mes retranchements, et que tu sois suffisamment gentleman et respectueux pour attendre mon consentement avant de m'embrasser… Bon Dieu, j'aime même ce tatouage ringard qui te rend infiniment plus sexy que Dylan O'Brien ! Et je crois que si tu me le demandais, j'arrêterais les Lucky Charms pour toi !

En quelques secondes, la douleur qu'elle m'a infligée s'estompe et finit par disparaître. Violette me confesse ce qu'elle ressent au plus profond d'elle, et c'est la plus belle poésie que j'aie jamais entendue de ma vie.

Le cœur lourd, j'avance d'un pas vers elle. La détresse dans ses yeux me bouleverse, et je m'autorise enfin à faire ce que j'ai envie de faire depuis que je l'ai vue. Je l'approche de moi et l'encadre de mes bras. Ma belle fleur ne se fait pas prier et se love contre mon torse en continuant de pleurer.

— Chut, tout va bien, *mon cœur…*

À la seconde où je prononce ce surnom affectueux, elle pousse un soupir étouffé et se cramponne à mon T-shirt, comme si elle avait peur que je veuille m'échapper.

— Je suppose que si je t'appelle mon canari jaune, tu ne vas pas aimer ?

Elle relève la tête pour souder nos yeux, et j'éclate de rire. Sa mine triste me fend le cœur, je caresse sa joue de mon pouce.

— C'est si bon de t'entendre rire, chuchote-t-elle. J'avais si peur que tu ne veuilles plus de moi…

Elle pleure de plus belle.

Je l'embrasse avec toute la tendresse dont je suis capable. Violette s'abandonne à mes lèvres.

Mon harmonie est enfin revenue et elle a le nom de *Violette.* Car, nulle part ailleurs, je ne me sens plus à ma place qu'à ses côtés. Cette femme est devenue en très peu de temps mon monde et le socle qui manquait à ma vie. Impossible de m'en passer.

— Comment le pourrais-je ? Je t'aime comme un fou, je n'imagine pas une seule seconde vivre sans toi… À tel point que je t'achèterai aussi souvent que tu le demandes ces satanées céréales immondes et bourrées de sucres.

Violette éclate d'un petit rire tandis que ses larmes continuent d'affluer. Je les embrasse en réalisant que tenir entre mes bras celle qui redonne du sens à mon existence est un trésor inestimable.

Chapitre 34

Violette

Je réajuste mon chemisier blanc rentré dans ma jupe crayon noire. Assise sur l'une de chaises qui fait face au bureau devant moi, je tente de maîtriser ma respiration qui prend de l'ampleur au fur et à mesure que les minutes s'égrènent. Un coup d'œil à ma montre m'indique qu'il ne tardera pas à faire son entrée.

Une dizaine de secondes après ma réflexion, il pénètre dans son bureau, comme tous les lundis à 14 heures, après son déjeuner.

John Hamilton est d'un prévisible affligeant, et c'est sans nul doute ce qui causera sa perte. Car s'il n'était pas du genre réglé comme une pendule, mon plan d'aujourd'hui serait tombé à l'eau.

On y est enfin.

Le moment tant attendu.

L'apogée de ma vengeance.

Cet enfoiré de snobinard ne me voit pas tout de suite, occupé à faire glousser la brune qu'il serre contre lui en refermant la porte. Elle doit avoir la moitié de son âge, si ce n'est moins. Visiblement, les remords qu'il a manifestés à sa femme quant à ses nombreux adultères étaient, comme tout ce qui sort de sa bouche, un mensonge.

Les deux tourtereaux commencent à faire leur affaire contre la porte du bureau, et je ravale la bile qui monte dans ma gorge.

Dean me disait qu'hier encore, il essayait de reconquérir sa mère.

— Bonjour, John, lancé-je en le regardant par-dessus mon épaule.

La brune pousse un hurlement, et John m'observe avec une expression mi-étonnée mi-furieuse. Quand la fureur chasse totalement l'étonnement, le P-DG de Hamilton's Jewelry reprend enfin ses esprits et se décolle de sa conquête.

— Sors, ordonne-t-il d'une voix cassante.

Nous savons tous les deux qu'il ne s'adresse pas à moi, et l'invité indésirable s'empresse d'accéder à sa demande. La colère dilate les narines d'Hamilton tandis qu'il fonce dans ma direction. Je m'attends presque à ce qu'il me foute à la porte vu le rouge qui parsème son visage et ses poings serrés contre son pantalon de costume.

Mais il n'en fait rien. Au contraire, il se glisse derrière son bureau et s'affale dans le fauteuil. John s'est même recomposé une mine de façade et me décroche un grand sourire.

Est-ce ainsi qu'il procède pour duper tout le monde ?

En tout cas, il est foutrement doué. Je comprends pourquoi personne n'arrive à voir clair dans son jeu.

— Vous avez un sacré culot de vous pointer ici, dit-il en croisant les doigts sur sa poitrine.

— Comment va votre mariage ? le provoqué-je en faisant claquer mes ongles sur les accoudoirs.

Je lance les hostilités et, comme je m'y attendais, son calme apparent se fissure durant un bref moment. Malheureusement pour lui, je vais appuyer là où ça dérange et lorsque j'aurai abattu toutes mes cartes, John Hamilton ne sera plus que l'ombre de lui-même. On oubliera jusqu'à la moindre de ses bonnes actions, si rares soient-elles, au profit du scandale que sa chute entraînera.

Un puissant flot d'adrénaline circule dans mes veines, et j'ai hâte de déballer ce que j'ai sur le cœur.

— Si un jour un homme daigne vous épouser et arrive à passer au-dessus de vos mensonges, vous verrez que les aventures extra-conjugales font partie du lot.

— Peut-être que dans votre monde d'enfoiré mégalomane c'est ainsi que ça se passe, mais je peux vous assurer que ce n'est pas le cas pour nous, les petites gens.

— Nous appartenons à la même classe sociale, pauvre idiote, s'esclaffe Hamilton.

J'ai une furieuse envie de lui coller mon poing dans la figure pour effacer son air réjoui.

Patience, Violette.

J'attrape mon sac à main posé dans le fauteuil à côté de moi, en sors un papier et le balance sur son bureau.

— C'est là que vous vous trompez, mon cher John.

Je croise une jambe sur l'autre, et la satisfaction m'envahit lorsqu'il saisit la convention de stage. Il lui faut une bonne vingtaine de secondes pour réaliser ce qui se trouve sous ses yeux. Et quand ses neurones daignent se réveiller, ses sourcils se froncent l'espace d'une courte seconde.

Bingo, il a fait le lien.

— Un problème, John ? demandé-je innocemment, jouant à dessein avec ses nerfs.

— Aucun. Qu'est-ce que c'est que ça ? répond-il d'une voix assurée en brandissant le document.

— On va tout de suite arrêter de faire comme si vous ne saviez pas qui je suis, John.

L'appeler par son prénom, jouer la carte de la familiarité alors que nous ne nous connaissons pas vraiment me donne une impression de pouvoir. Comme si je tenais les rênes de cette histoire. En fait, c'est le cas. Voilà pourquoi c'est si grisant d'observer sa pathétique tentative de déni.

— Je suis la fille à qui vous avez volé le projet de restaurant caritatif, arguant que ça ne tenait pas la route. D'ailleurs, je crois même que vous l'avez qualifié de « ramassis de conneries » si ma mémoire est bonne.

Hamilton chiffonne la convention de stage et la jette dans la poubelle à côté de son bureau. Ses lèvres se retroussent avec suffisance.

— Violette *Dash*.

Il a prononcé mon nom de famille en sifflant, et son regard lubrique me confirme qu'il se souvient bien de qui je suis.

— Comment pourrais-je oublier votre petit cul à se damner ? Après votre passage dans mon bureau, c'est votre visage que j'ai vu pendant des semaines en baisant ma femme. C'est vraiment dommage que vous n'ayez pas ouvert vos cuisses pour moi, j'aurais pu vous aider à développer votre rêve de restaurant pour clodos.

Je vais vomir. Quel porc !

Mais je ne me démonte pas et ne laisse pas transparaître mon dégoût.

— Je n'étais pas branchée vieux croûton quand j'avais 17 ans. Et vous, vous êtes du genre à prendre plutôt qu'à donner, je suis certaine que je n'aurais rien gagné. Vous n'avez pas hésité à me voler mon projet et vous vous êtes assuré que je perde ma bourse en salissant ma réputation. Pour éviter que je ne fasse de scandales, je suppose. C'était malin.

— Ah bon ? La rumeur d'une petite traînée opportuniste qui a proposé de me sucer en échange de mon soutien et d'une place dans mon entreprise ne vous a pas été bénéfique ?

Cette fois-ci, j'ai du mal à me contenir, et mes mains s'enroulent autour des accoudoirs de ma chaise pour les serrer. Un air de triomphe se peint sur son visage, ce qui a pour effet immédiat de m'apaiser. Et un claquement de doigts, je retrouve mon calme olympien. J'ignore sa remarque rabaissante et reprends :

— Le pire dans tout ça, c'est que vous ne vous êtes même pas donné la peine de changer le nom que j'avais trouvé pour le restaurant.

— Oui…, dit-il en se frottant le menton, faisant semblant de réfléchir. Le Heaven est un super nom. Et je ne craignais rien. Qui aurait cru la parole d'une garce aguicheuse qui jouissait d'une réputation qui aurait fait pâlir la Vierge Marie ?

Enfoiré !

— En revanche, je pensais vraiment ce que je vous avais dit : quelle horreur d'aller jouer à la dînette avec ces sales clodos ! Mais ça a servi mon image, et ça a permis qu'on me colle une étiquette de philanthrope, c'est bon pour les affaires tout ça !

— Sûrement… mais vous ne vous êtes pas arrêté là, n'est-ce pas, John ?

Il me lance un regard à la dérobée, à la fois curieux et légèrement inquiet.

Oh oui, tu peux être inquiet…

— Votre fils a mis la main à la pâte pour porter ce projet, le développant considérablement, et vous n'avez rien trouvé de mieux que de détourner de l'argent des dons qui ont été faits.

Ma remarque fait mouche si j'en crois l'air sidéré de John. Celle-là, il ne s'y attendait pas.

— Vous n'avez aucune preuve, déclare-t-il d'un ton détaché.

Je lui balance à la figure les relevés de compte dans ma pochette, avec une sensation de triomphe absolu.

Ta fin est proche, connard.

— Hum, je vois… Vous êtes donc venu fouiner dans mon bureau bien avant que j'installe les caméras, réalise-t-il.

Il se frotte le menton avant de repousser la liasse de documents vers moi.

— Sauf que ce sera irrecevable devant un juge, ma jolie. D'une part, ça a été obtenu illégalement, car aucune personne dirigeant la société ne vous a donné l'accord d'accéder à ce compte. Et d'autre part, à la seconde où vous sortirez de ce bureau, je ferai le nécessaire pour effacer toute trace de ces… cafouillages.

Il est temps pour moi de commencer mon show, de livrer la meilleure prestation d'actrice de ma vie.

— Vous ne vous en tirerez pas comme ça ! hurlé-je en me levant subitement de ma chaise. Je vais en parler à Dean !

Ma voix part volontairement dans les aigus pour induire John en erreur. Et comme je m'y attendais, cet enfoiré se sent en position de force devant la crise d'hystérie que je suis sur le point de piquer.

— Venant d'une menteuse compulsive qui lui a fait croire qu'elle l'aimait ? J'en doute, je connais bien mon fils, et s'il y a une chose qu'il ne tolère pas, c'est le mensonge. Faites-vous une raison, ma petite, vous allez repartir avec la queue entre les jambes. Ou bien, si vous voulez accueillir la mienne, on peut peut-être négocier une indemnité avant que vous retourniez dans votre ghetto…

Ma surprise est évidente, tout comme la colère qui me gagne subitement. Je vais lui arracher ses parties intimes et les clouer en plein centre-ville.

— Il me croira ! déclaré-je alors que John rigole de plus belle.

Un coup est frappé à la porte et la seconde d'après, Dean pénètre dans le bureau. Il me lance un regard interloqué et il feint si bien la rage lorsqu'il me dévisage que si nous ne nous étions pas rabibochés il y a une semaine, je penserais qu'il me déteste vraiment.

— Qu'est-ce qu'elle fout là ? aboie-t-il en s'avançant vers nous.

— Fils, ça me fait plaisir de te voir ! Tu ne devineras jamais ce que cette garce vient d'inventer !

— Dean, ne l'écoute pas… Il faut que je te…, supplié-je en lui attrapant le bras.

Il se dégage avec brusquerie et va se placer aux côtés de son paternel.

— Si tu penses pouvoir m'amadouer, tu te fourres le doigt dans l'œil. Ça ne t'a pas suffi de t'en prendre au mariage de mes parents ?

— Ce n'est pas ce que tu crois…, couiné-je en sentant une larme rouler sur ma joue.

Merde, je devrais songer à essayer les cours de théâtre, je suis vraiment bonne actrice !

Mon émotivité n'échappe pas à Dean, et l'espace d'un instant, il sort de son rôle d'ex furieux, pour m'adresser un regard tendre.

Qu'est-ce que j'aime cet homme…

— Figure-toi qu'elle affirme que le concept du Heaven était le sien, fanfaronne John. Elle en est même venue à trafiquer des documents prétendant qu'elle a fait un stage dans notre entreprise il y a dix ans et que je détourne l'argent des dons.

Dean grogne sa désapprobation en me lançant un coup d'œil ulcéré. Il abandonne son père pour se placer en face de moi. Il est si proche que nos nez se touchent presque.

— Tu n'es qu'un poison. Un parasite dont personne ne veut. Tu essayes de t'inventer une existence pour combler la misérable vie que tu as. Tu vas tout de suite dégager d'ici avant que j'appelle les flics, me crache-t-il.

— Bien dit, fils.

Je déglutis avec difficulté. Tout ça n'est que pure comédie, mais une nouvelle larme s'échappe de mes yeux. Le regard de Dean se fait plus doux, et je le vois lever les mains. La culpabilité s'affiche sur ses traits. Nul doute qu'il s'apprête à encadrer mes joues pour me réconforter.

Au dernier moment, je me déplace pour éviter que nous grillions nos couvertures.

— Dites-lui la vérité, John ! Dites-lui que vous avez volé mon idée et que vous détournez de l'argent. Bon sang, pour une fois dans votre vie, soyez honnête ! crié-je.

— Ne te fatigue pas à gaspiller ta salive, Violette. Tout le monde sait que mon père a eu l'idée du Heaven après avoir discuté avec un groupe de sans-abris sur la plage des Hamptons pendant des heures.

— Parfaitement, renchérit John. Maintenant, barrez-vous d'ici et ne vous approchez plus de ma famille !

Ça y est.

Nous y sommes.

La délivrance tant attendue.

John me toise, les sourcils froncés. Sans doute se demande-t-il ce qu'un air victorieux fait sur mon visage. Le poids de ces dernières années commence à glisser de mes épaules. Le triomphe pulse dans mes veines, et mon cœur bat la chamade. Une main se pose sur ma nuque et quand je regarde sur le côté, Dean m'adresse un sourire.

— Dean ? appelle son paternel d'une voix incrédule.

Son fils l'ignore et m'embrasse à pleine bouche, comme pour sceller ma victoire. *Notre victoire*. Sans lui, je n'en serais pas arrivée là. Lorsqu'il délaisse mes lèvres, Dean m'enlace par-derrière.

La confusion qui gagne son père atteint son summum lorsqu'il le regarde avec horreur déposer un baiser sur ma clavicule.

— C'était bien tenté, John, dis-je en pliant le bras derrière moi pour caresser la barbe de Dean. Dans une interview que vous avez donnée la semaine d'ouverture du Heaven, vous aviez dit que l'idée de ce concept vous était venue après un voyage en Inde, où la pauvreté était telle que vous vouliez aider votre prochain en Amérique. C'est bien ça, *mon amour* ?

À la manière dont Dean resserre son étreinte autour de ma taille, j'en déduis qu'il aime la façon dont je le surnomme. C'est la première fois que ça arrive, et je suis certaine que ce ne sera pas la dernière.

— Tout à fait, mon cœur, répond-il en déposant un baiser sur ma joue.

Son père pâlit, à tel point que je pense qu'il risque de s'évanouir. Son regard hargneux rencontre mon sourire joyeux.

— Échec et mat, espère d'enfoiré ! m'exclamé-je. Alors, qui est-ce qui va repartir la queue entre les jambes ?

Dean s'esclaffe derrière moi, ce qui ne fait qu'accentuer la fureur de son père. Ses joues sont rouge écarlate, ses yeux nous assassinent. Il balaye d'un grand coup la totalité de ce qui se trouve sur son bureau, son PC inclus. Puis, il s'approche de nous, levant un doigt menaçant. Ni Dean ni moi ne bougeons d'un iota, nullement impressionnés par cet homme en disgrâce.

Il devrait m'effrayer, mais ce n'est pas le cas. À la place, je savoure la grisante sensation de me sentir enfin victorieuse devant ce connard. Il s'apprête sans doute à me cracher des insultes à la figure, mais je ne lui en laisse pas l'opportunité.

— Oh et au fait, dites bonjour à la caméra, déclaré-je en désignant de l'index l'un des faux boutons de mon chemisier.

La bouche de John reste grand ouverte, et ses yeux font l'aller-retour entre mon visage et mon décolleté. Et quelques secondes plus tard, ce n'est plus un doigt qu'il pointe devant moi, mais son poing.

Dean est plus rapide que son paternel et bloque le coup qui m'était destiné. Il passe devant moi et pousse son père contre le bureau. J'éteins la caméra, décidant que les journalistes, ainsi que les flics qui regardent en direct sur grand écran, dans le hall de Hamilton's Jewelry, les confessions du P-DG, en ont assez vu.

Ce n'est plus qu'une question de minutes avant que la cavalerie déboule pour embarquer John. Dean a contacté de son propre chef la police, leur donnant accès aux comptes de l'entreprise, après leur avoir raconté ma triste histoire, ainsi que le détournement de fonds. Les policiers ont accepté de nous fournir ce gadget qui habille mon chemisier. Puis, Dean a passé un coup de fil anonyme à plusieurs agences de presse pour être certain que l'Amérique ne louperait pas une miette de la chute du P-DG. Ce qui m'a étonnée, car ça reste tout de même son père.

Mais Dean m'a rétorqué qu'avec tout ce qu'il avait fait, père ou pas, il méritait d'être puni. La vidéo de ce qui vient de se dérouler permettra d'apporter des preuves tangibles pour son procès, car un avocat pourrait réfuter le fait que le compte a pu être ouvert sans qu'il soit au courant. Je ne voulais laisser aucune chance à cet enfoiré de s'en tirer.

— Si tu essayes de la toucher encore une fois, je te refais le portrait, gronde Dean, qui plaque le dos de son père sur le plateau en verre, le poing à quelques centimètres de son visage.

Même lorsque Dean s'est mis en colère contre moi, ça n'a jamais été à ce point. Et je ne veux pas que la rage ternisse son cœur comme elle l'a fait avec le mien. Je m'approche de lui et pose une main sur son épaule.

— Mon amour, il n'en vaut pas la peine. Justice sera rendue, ne t'en fais pas.

Les traits de Dean se décrispent légèrement, puis se tendent à nouveau quand son père éclate de rire.

— Elle te tient vraiment par les couilles, fils !

Je n'ai pas le temps de réagir que le poing de Dean entre en collision avec la joue de John. La porte s'ouvre à la volée en même temps, et des policiers en uniforme noir sont très vite à nos côtés.

— Monsieur Hamilton, nous prenons le relais, dit l'un d'entre eux en posant la main sur l'épaule de Dean, pour le détourner de sa cible.

Il ne mentionne pas la colossale droite que Dean a collée à son père, qui le regarde avec mépris.

John hurle des insultes et essaye de s'enfuir. Cependant, après une tentative infructueuse, il est plaqué au sol, et un policier lui passe les menottes en lui récitant ses droits. Une minute après, la porte du bureau claque, et le silence nous entoure.

Dean me tourne le dos et, de la main, je le ramène vers moi. Il expire bruyamment, ses poings sont toujours contractés, signe que la colère est encore présente. Mais quand il pose les yeux sur moi, la rage est remplacée par autre chose que je n'arrive pas à saisir. Il encadre mes joues de ses mains, comme à son habitude.

— On a réussi, murmuré-je en soudant nos fronts.

Je ne peux empêcher les larmes de joie d'inonder mon visage tandis que Dean m'embrasse avec une passion qui fait chavirer mon cœur. Il me soulève, et mes jambes s'enroulent autour de sa taille. Mon fessier entre en contact avec le bureau, et il me contemple avec émerveillement.

— Félicitations, mademoiselle Dash. Vous avez été incroyable ! chuchote-t-il en m'embrassant tendrement.

Notre baiser devient très vite enflammé. La température de la pièce monte d'un cran, tout comme celle de mon corps. Dean a déjà les mains sous ma jupe.

— Félicitations à vous également, monsieur Hamilton, chuchoté-je.

Je renverse la tête en sentant son index taquiner la dentelle de mon string.

Un feu s'empare de mes reins lorsque Dean attrape entre ses dents ma lèvre inférieure, puis la relâche pour la caresser de son pouce libre.

— Tu es magnifique… Je ne me lasserai jamais de te regarder. Aussi belle à l'extérieur qu'à l'intérieur, confesse-t-il.

— Je t'aime aussi…

Mon cœur se gonfle d'amour, je suis reconnaissante du trésor qui m'a été offert lorsque le destin nous a réunis.

— Et maintenant, que dirais-tu de célébrer ta victoire en nous envoyant en l'air sur le bureau de l'homme que tu viens de faire tomber ?

— Je crois qu'on est déjà en train de le faire, dis-je en lâchant un gémissement lorsque le doigt de Dean effleure mon clitoris.

Il rit.

— Assure-toi que tout le monde entende ton cri de victoire, mon cœur. Je veux que tous les salariés soient au courant qu'aujourd'hui, on fête ton triomphe.

Un sourire traîne sur mes lèvres. Ça faisait des années que je ne m'étais pas sentie aussi bien, aussi sereine. Au-delà de la puissante euphorie que je ressens d'avoir réalisé ma vengeance, je sais que l'homme qui prend d'assaut ma poitrine, après m'avoir arraché mon chemisier, y est pour quelque chose.

— Compte sur moi…, murmuré-je alors que Dean semble résolu à me dévorer tout entière.

Épilogue

Violette
Six mois plus tard

La vie est vraiment étrange par moments.

Qui aurait pu imaginer que l'homme qui sublime mon quotidien porterait le même nom de famille que celui qui a contribué à en bousiller une partie ?

Certainement pas moi.

Il y a deux mois, le jugement concernant l'affaire très médiatisée de John Hamilton a été rendu. Coupable, sans l'ombre d'un doute. Cet enfoiré s'est tout de même arrangé pour que ses avocats fassent traîner le plus possible le procès, sûrement dans le vain espoir de trouver une porte de sortie. Mais hélas pour lui, personne ne peut échapper à son destin, et le sien se déroulera dans une cellule de prison ces prochaines années.

Son divorce a été prononcé quelques semaines après son incarcération, rendant à la mère de Dean une liberté qu'elle avait amplement méritée. Elle n'a pas retrouvé l'amour, mais ne désespère pas de le faire. Et en attendant, elle peut compter sur le soutien de ma mère, avec qui elle est devenue très amie. Dean et Helena sont toujours aussi proches, mais aucun des deux n'a plus de contact avec John.

Hamilton's Jewelry a souffert de la mauvaise presse qu'à engendrer les accusations sur son dirigeant. La société a chuté en bourse, si bien qu'elle a mis la clé sous la porte. Mais Dean, altruiste dans l'âme, a bien fait les choses : il a fait un chèque à chaque employé, d'une somme assez coquette, pour qu'ils puissent se retourner le temps de retrouver du travail. Quant aux dirigeants des bijouteries avec lesquels Hamilton's Jewelry avait fusionné, Dean leur a fait des dons des locaux, leur permettant de continuer leurs affaires sans être inquiétés.

Comme l'entreprise a fermé, Ethan est parti à la Réunion, avec quelques mois d'avance. Il nous envoie régulièrement des photos par mail de son périple et semble très épanoui de sa vie sous les cocotiers.

Quant à mon amie Lana, elle a suivi Noah jusqu'à La Nouvelle-Orléans. Rien de tout ça n'était prévu, mais lorsque Hamilton's Jewelry a mis la clé sous la porte, Noah y a vu l'occasion de fonder sa propre société, comme il en avait toujours rêvé, mais aussi de retourner dans sa ville natale. Il a réussi à convaincre mon amie en doublant son salaire et en lui offrant une promotion, faisant d'elle son assistante. Depuis quelques mois, Hudson's Rum est ouvert, et leurs rhums sont distribués dans tous les bars de La Nouvelle-Orléans.

Lana me manque beaucoup, mais je crois qu'elle avait besoin de changer d'air pour oublier Ethan, même si elle ne l'avouera jamais. Quoi qu'il en soit, nous nous appelons toutes les semaines pour nous donner des nouvelles. La dernière fois elle m'a confié avoir rompu avec son petit ami avec qui elle était depuis quatre mois. Elle semblait résolue à dire adieu aux hommes jusqu'à la fin de ses jours.

Et il y a moi, Violette Dash.

Petite amie officielle de Dean Hamilton, qui a emménagé chez lui après avoir rendu les clés de la maison dans laquelle nous étions en colocation avec Lana.

Mon existence ne ressemble pas à ce que je m'étais imaginé enfant, mais elle me comble au-delà de toute mesure. Il est assez ironique de penser au fait que dans ma quête de vengeance, le grand amour ait frappé à ma porte. Je n'ai aucun doute là-dessus : Dean Hamilton est l'homme de ma vie.

Notre collaboration s'est étendue au-delà de notre histoire d'amour. Ensemble, nous avons créé cet orphelinat dont j'avais eu l'idée. D'ailleurs, nous avons signé il y a quelques mois un compromis de vente pour un manoir immense dans les Hamptons, et les travaux débuteront d'ici quelques semaines. Bien sûr, nous ferons nous-mêmes tout ce que nous pouvons, et pour le reste, nous ferons appel à des professionnels. En parallèle, nous continuons de nous investir dans le Heaven et les autres restaurants caritatifs, qui ont maintenant le statut d'association. Dean, dont la fortune lui assure d'être à l'abri jusqu'à la fin de ses jours, est plus épanoui que jamais et met son argent au service de justes causes comme il souhaitait le faire depuis quelque temps.

Je souris en songeant à quel point je suis heureuse, tout en sautant par-dessus un petit ruisseau. Je me rattrape à un frangipanier et sens ses fleurs, pendant qu'il me rejoint. Il m'assène une claque sur les fesses avant de déposer un baiser sur mon épaule dénudée.

— Allez, mademoiselle Dash, je ne voudrais pas qu'on arrive en retard pour le coucher de soleil.

Je lui tire la langue, et nous continuons notre promenade, main dans la main. Cet après-midi, nous avons atterri aux Maldives. Nous nous accordons deux semaines de repos avant que les travaux commencent pour l'orphelinat. Dean m'a concocté une surprise et refuse de me dire ce dont il s'agit malgré mes nombreuses tentatives de lui soutirer des informations.

Soudain, il lâche ma main et enfouit la sienne dans la poche de son short. Il fronce les sourcils en sortant son téléphone qui vibre.

— Qui est-ce ?

— Ethan. C'est bizarre, il ne m'appelle jamais.

— Décroche, il a peut-être quelque chose d'important à te dire.

Dean accepte la conversation vidéo, et un Ethan à la mine bronzée nous fait face. Ses cheveux sont toujours aussi longs, et sa barbe a gagné en ampleur. Il nous adresse un signe de la main ainsi qu'un bref sourire.

— Salut, vous deux !

— Salut, Ethan, répondons-nous à l'unisson.

Il scrute les immenses feuilles de bananier au-dessus de nos têtes.

— Oh non… Vous êtes déjà aux Maldives ? Merde, je suis désolé, je me suis emmêlé les pinceaux dans les dates. On se rappelle plus tard si vous voulez.

— Ne dis pas de bêtises ! Comment vas-tu ? l'interrogé-je.

— Pas trop mal… Je voulais vous annoncer une bonne nouvelle : je suis de retour aux États-Unis pour quelques mois. On pourrait s'organiser un truc après vos vacances ?

— Bien sûr ! s'exclame Dean. Mais je ne comprends pas… Qu'est-ce qui t'a fait changer d'avis ? La dernière fois qu'on s'est parlé, pour rien au monde tu n'avais envie de revenir.

Ethan pose son téléphone sur ce que je suppose être un socle et se fait un chignon.

— Oui, ce n'était pas prévu… Mais il y a une semaine, Noah m'a appelé à l'aide. Il veut m'embaucher en free-lance pour trois mois pour que je contribue au développement de sa société au niveau national. Il a besoin de quelqu'un de confiance et qui connaît les rouages de l'entreprise.

Dean et moi nous observons. Je suis sûre qu'on pense à la même chose.

— Donc, tu vas bosser à La Nouvelle-Orléans ? demandé-je.

— Ouais, pourquoi ?

— Tu sais que Lana y travaille aussi ? C'est l'assistante de Noah, ajouté-je.

Le regard d'Ethan dévie une demi-seconde avant qu'il revienne à l'écran. Il esquisse une moue gênée.

— C'est ce que j'ai cru comprendre.

Un silence inconfortable s'installe. Pour briser la glace, je reprends la parole.

— C'est une superbe nouvelle, Ethan. On se rappelle dans deux semaines à notre retour aux États-Unis, et on bloque une date ?

— Avec plaisir ! Bon séjour, les tourtereaux !

Nous le saluons, puis Dean range son téléphone dans sa poche.

— Eh ben, ça ne va pas être triste, remarque-t-il en reprenant ma main et la marche. Tu crois que Noah l'a dit à Lana ?

— J'en doute… Elle m'aurait déjà appelé, je pense. Quoique…

— Tu vas lui dire ?

— J'en sais rien… La dernière fois que j'ai parlé d'Ethan, elle m'a envoyée sur les roses. Et puis, ils prétendent qu'il n'y a rien eu entre eux, ça ne devrait pas leur poser soucis de bosser quelques mois ensemble dans ce cas ?

Je soupire et hausse les épaules.

— Je vais réfléchir et aviserai demain. C'est notre soirée, murmuré-je.

Dean s'arrête aussitôt et enroule ses doigts autour de ma nuque. Il me donne un baiser à m'en couper le souffle. Je me sens déjà toute chose, et je commence à déboucler sa ceinture de pantalon. Il sourit contre mes lèvres.

— Patience, mon cœur, dit-il. Il y a quelque chose que je voudrais vraiment te montrer.

Je ronchonne, ce qui déclenche son hilarité. Nous marchons encore pendant un quart d'heure avant d'apercevoir la mer.

— Voici la plage de Vaadhoo, annonce Dean.

Je cours vers l'étendue d'eau et y trempe mes pieds. On se croirait dans un bain tellement la température est agréable. Lorsque je me retourne, je vois Dean sortir de son sac à dos une couverture et de quoi manger.

Les pique-niques sont devenus une tradition chez nous. Nous en faisons dès que possible. Et ils se terminent toujours de la même manière : Dean me fait l'amour comme un fou.

Nous grignotons des sandwichs qu'il a achetés en contemplant le paysage paradisiaque qui s'offre à nous.

Après le dîner, je me love dans ses bras.

— Ouvre les yeux, mon cœur.

Mes paupières sont lourdes. Lorsqu'elles se soulèvent, l'obscurité est tombée.

— Mais...

— Tu t'es endormie en quelques minutes, dit Dean en me caressant les cheveux.

Il embrasse le sommet de ma tête et ajoute :

— Regarde devant toi.

Je me redresse, et mes yeux s'écarquillent de surprise.

— Oh ! mon Dieu..., murmuré-je en observant la mer fluorescente devant nous sous le clair de lune.

Je sautille sur place comme une enfant et me relève aussitôt pour courir vers l'océan. Je me gorge de la beauté du paysage, j'ignorais que cela existait aux Maldives. Ce phénomène que Dean a immortalisé, et qui décore notre chambre au manoir, n'est pas sans signification pour nous, et il le sait. C'est dans cette chambre, face à sa photographie, que j'ai senti pour la première fois qu'on représentait pour l'autre bien plus que je voulais l'admettre.

Dean se plaît à dire que c'est à ce moment-là que nous sommes tombés amoureux, et je suis aussi convaincue que c'est le cas.

J'entends ses pas derrière moi, mais ne parviens pas à me détourner du spectacle saisissant devant moi.

— C'est merveilleux, Dean… Je n'arrive pas à croire que nous soyons là.

Je m'attends à ce qu'il réponde quelque chose, mais il n'en fait rien.

Je me retourne et ne le vois pas dans mon champ de vision. Quand je balaye la plage du regard, je comprends pourquoi. Dean a posé un genou dans le sable.

Oh ! mon Dieu…

L'émotion me submerge lorsqu'il ouvre un écrin noir qui révèle une bague en argent sertie d'un ambre vert.

— Dean…

Ma voix se brise, et des larmes s'accumulent au coin de mes yeux. Je ne réfléchis pas une seule seconde lorsque je m'abaisse et saute dans ses bras. Je le fais tomber à la renverse et plaque mes lèvres sur les siennes. J'interromps notre baiser au bout de quelques secondes, mais je reste allongée sur lui.

— Oui ! hurlé-je tant ma joie est forte.

Cette demande en mariage est parfaite, à l'image de tous nos moments importants qui ont eu lieu sur une plage : notre premier baiser, la fois où j'ai enfin accepté ce que je ressentais pour Dean…

— Eh, mais j'avais préparé tout un discours ! proteste-t-il faussement en éclatant de rire. Je promettrais même de dédier un placard spécial à tes Lucky Charms dans la cuisine !

— Promettrais-tu d'en manger ?

— Il ne faut pas pousser non plus ! Je te propose de devenir ma femme, c'est déjà pas mal !

Son rire est communicatif, et je n'arrive pas à retenir le mien. Dean encadre mon visage de ses mains, puis attrape mon annulaire pour y passer la bague. Je lève la main en l'air pour observer le bijou.

— Elle est incroyablement belle, murmuré-je, émue, en reportant mon regard sur lui.

Dean m'entoure de ses bras et inverse la tendance en me faisant rouler sur le dos.

— Elle l'est, mais pas autant que ma belle fleur, murmure-t-il en scellant ses paroles par un baiser.

Remerciements

L'histoire de Dean et Violette touche à sa fin, et j'espère que vous avez apprécié de faire un bout de chemin avec eux.

J'ai du mal à croire que je suis en train d'écrire les remerciements de ce roman. Le moment où j'ai appris que mon texte avait été choisi par le jury de la collection &H et de Serieousiy restera à jamais gravé dans ma mémoire et sera sans conteste l'un de mes meilleurs souvenirs.

Écrire cette histoire en deux mois a nécessité un véritable dépassement de soi, une sorte de course contre la montre qui a généré une réelle satisfaction, mais aussi bon nombre de remises en question.

C'est pourquoi je tiens d'abord à remercier du fond du cœur mes deux bêta-lectrices, Mary Florisoone et Roxane Marielli, qui m'ont soutenue durant ces deux mois d'écriture intense et qui ont fait preuve d'une patience sans égale. Merci, les filles, Dean et Violette n'en seraient là sans vous.

Un merci également à Sophie Lagriffol pour son accueil chaleureux au sein de l'équipe d'HarperCollins et mon éditrice Florence pour ses précieux conseils et sa bienveillance.

Un merci particulier à l'une de mes plus précieuses amies, Pauline Jonca, qui m'a aidée également à tirer le meilleur de cette aventure. Ta positivité est source d'inspiration pour moi.

Merci à Mérédith, Boris et Manu, pour votre soutien et enthousiasme, qui représentent beaucoup à mes yeux. Je suis heureuse d'avoir pu fêter, en premier, la bonne nouvelle avec vous.

Je tiens également à remercier mes amis de toujours, que je garde dans mon cœur au quotidien : Carole, Laëtitia, Lily, Nicolas,

Alex, Éline, Mathieu et Emma. Vous êtes mon roc et sans vous, la vie n'aurait clairement pas la même saveur.

Un immense merci à ma famille, qui me soutient depuis le début de mon immersion dans le monde de l'écriture. Vos réactions à l'annonce de ma victoire m'ont vraiment émue et ont rendu ma fierté encore plus grande.

Un dernier merci, mais non des moindres, à Jérémy, l'homme de ma vie. Celui qui me soutient et qui est présent à mes côtés depuis si longtemps. Ma vie a réellement commencé le jour où nous nous sommes rencontrés : tu es le héros dont je rêvais depuis que je lis des romans d'amour.

Composé et édité par HarperCollins France.

Achevé d'imprimer en octobre 2022.

FIRMIN-DIDOT

à Mesnil-sur-l'Estrée (Eure)

Dépôt légal : novembre 2022.

Pour limiter l'empreinte environnementale de ses livres, HarperCollins France s'engage à n'utiliser que du papier fabriqué à partir de bois provenant de forêts gérées durablement et de manière responsable.

Imprimé en France